Rolf Schneider

Marienbrücke

Roman

Osburg Verlag

Erste Auflage 2009

www.osburgverlag.de

Lektorat: Bernd Henninger, Heidelberg
Herstellung: Prill Partners producing, Berlin
Fotos: Therese Schneider
Umschlaggestaltung: Toreros, Lüneburg
Satz: Dörlemann Satz, Lemförde
Druck und Bindung: GGP Media GmbH, Pößneck
Printed in Germany
ISBN 978-3-940731-25-8

1

Am 1. Februar 1988, einem Montag, bestieg Jacob Kersting gegen 7 Uhr 30 im Fernbahnhof Berlin-Lichtenberg einen Zug, der den Namen *Vindobona* trug. Die Fahrt würde fast einen halben Tag dauern. Sie würde unterbrochen werden durch ausführliche Pass- und Zollkontrollen an zwei Grenzstationen.

Als Jacob Kersting auf dem Wiener Franz-Josefs-Bahnhof sein Zugabteil verließ, war es früher Abend. In den Straßen vor dem Bahnhof hing milchige Dämmerung, gesprenkelt von Lichtern. Ein älterer Mann, mit dem er während der Reise ins Gespräch gekommen war, Geschäftsreisender einer DDR-Exportbehörde, lud ihn ein zu einer gemeinsamen Taxifahrt, da beider Ziele in Wien sich nahe beieinander befanden. Kersting führte nur eine geringe Summe österreichischen Geldes mit sich und wusste nicht, wann er sie würde ergänzen können.

Österreich war sein erstes Reiseziel in einem Land außerhalb der deutschen Grenzen. Auf die erforderliche Genehmigung der DDR-Behörden hatte er lange warten müssen, erst zwei Tage vor Fahrtantritt war ihm das Ausreisevisum ausgehändigt worden. Er wusste, dass er damit ein Privileg wahrnahm, und wusste nicht, wie er es nutzen würde: Es gab verschiedene Möglichkeiten, die ihm gleichermaßen verlockend und riskant erschienen. Er verbot es sich, jetzt, an diesem Tag, ausführlich darüber nachzudenken.

Er war sechsundfünfzig Jahre alt. Er hatte sich in mehreren Publikationen zu Themen und Personen der jüngeren österreichischen Kunstgeschichte geäußert: Koloman Moser, Aktivitäten der Wiener Werkstätte. In Österreich war man deswegen auf ihn aufmerksam geworden. In Berlin, Hauptstadt der DDR, wurde er zu Empfängen und Abendessen des Wiener Botschafters geladen. Der war ein freundlicher weltläufiger Mensch, Kersting erzählte ihm von seinem Vorhaben, über den Architekten und Designer Josef Hoffmann zu arbeiten, worauf der Botschafter sagte, er wolle versuchen, daheim in Wien für Kersting etwas zu bewirken.

Einem Leipziger Verlagshaus war an einer möglichen Buchveröffentlichung gelegen. Vielleicht auch fand Kersting, wie schon zuvor, Interesse bei einem Münchener Kunstverleger. Die nun folgenden Verhandlungen, Briefwechsel und Telefonate mit den DDR-Behörden betreffend einen Arbeitsaufenthalt in Wien erstreckten sich über einen Zeitraum von vierzehn Wochen. Finanziert durch ein Stipendium des österreichischen Unterrichtsministeriums sollte Jacob Kersting Zugang erhalten zu Arbeitsresultaten und Hinterlassenschaften Josef Hoffmanns am Ort ihrer Entstehung.

Das Taxi hielt vor einem Gebäude, das einem riesigen Hotel ähnelte und ein Wohnheim für Studenten war. Im Inneren roch es nach abgestandenem Fett und saurem Wein. Der junge Mensch am Empfang wirkte verschlafen und trug ein auffälliges Furunkel am Hals. Er händigte Jacob Kersting einen Schlüssel aus. Kersting fuhr mit dem Aufzug bis zur vierten Etage und öffnete die Tür zu einer Wohnung, in der er vier Monate lang leben sollte. Sie bestand aus zwei dürftig möblierten Zimmern und einer winzigen Küche.

Als er am Morgen erwachte, hatte er unruhig geschlafen und behielt davon einen dumpfen Kopfschmerz. Er sah seine geöffnete Reisetasche, achtlos auf den Fußboden gestellt und mit heraushängenden Textilien: als hätte sie ihre Eingeweide verloren. Vor den Fenstern war das Gegurr von Tauben. Der Kopfschmerz wollte nicht nachlassen.

Er verließ das Studentenheim und ging die Straße hinab, die den Namen Pfeilgasse trug. Er ging vorüber an schmutziggelben Fassaden und einem Theater, das, wie die Aushänge mitteilten, englische Stücke in der Originalsprache aufführte. In der Hand den aufgeklappten Stadtplan, den er am Vorabend auf dem Franz-Josef-Bahnhof gekauft hatte, ging er bis zur Ringstraße und fühlte dabei eine sonderbare, wie fiebrige Erregung, Gemisch aus überschäumendem Glücksempfinden und diffuser Angst. An die Staketen eines Metallzaunes, hinter dem eine ausführliche Parkanlage begann, hatte ein Händler Zeitungen geheftet. Ihre Schlagzeilen handelten von dem österreichischen Bundespräsidenten Kurt Waldheim und von Jugendlichen in Ost-Berlin, verhaftet wegen ihrer Teilnahme an einer unerlaubten Demonstration. Kersting las es. Er spürte, wie das Gefühl fiebriger Erregung zerrann.

2

Das Palais Starhemberg, ein barocker Bau, befand sich am Minoritenplatz. Es beherbergte Amtsräume des österreichischen Bundesministeriums für Unterricht und Kunst. Jacob Kersting durfte den Eingang passieren, ohne auf eine kontrollierende Türwache zu treffen, das war eine für ihn ungewohnte Erfahrung. Dr. Alois Mühlbauer hatte sein Büro unter dem Dach. Der Raum zeigte abgeschrägte Mansardenwände. In zwei niedrigen, mit weinrotem Plüsch bezogenen Louis-Quatorze-Sesseln saßen Dr. Mühlbauer und Kersting einander gegenüber.

Dr. Mühlbauer hatte eine schräge Stirn und einen schwarzen Scheitel. Seine Schneidezähne standen auseinander. Wenn er die Lippen öffnete, erhielt sein Gesicht den Ausdruck von Lüsternheit. Aus einer Reklamepackung bot er Zigaretten an: Die Tabakindustrie, sagte er, sei in diesem Lande Staatsmonopol, die Bundesbediensteten würden deswegen degradiert zu kostenlosen Reklameträgern. Der Anteil der staatlichen Industrie in Österreich, sagte er, sei beim Vergleich mit anderen Staaten unverhältnismäßig hoch, Schlampereien der verstaatlichten Industrie hätten immer wieder zu förmlichen Regierungskrisen geführt, die jüngste, bei der *VOEST ALPINE*, hätte Kersting bestimmt verfolgt. (Kersting hatte nicht.) Der Herr Bundeskanzler, sagte Dr. Mühlbauer, sei heimlich ein engagierter Anhänger der freien Wirtschaft, trotz seines sozialistischen Parteibuchs, leider müsse er Rücksicht nehmen auf die orthodoxe Basis in seiner Partei, die immer noch weitgehend im Austromarxismus verharre.

Bitte, er vertrete hier bloß seine private Meinung, sagte Dr. Mühlbauer und lächelte. Seine Sätze kamen flüssig. Sein Wiener Akzent war bloß schwach. Er wollte jetzt wissen, wie sich die DDR befinde. Er sagte Ostdeutschland. Er war nur einmal dort gewesen und da nur in Berlin, vor fast einem Vierteljahrhundert. Kersting begann mit einem ausweichenden Satz, um danach zu Einzelheiten zu gelangen, aber schon wieder redete Dr. Mühlbauer. Er schien an Ostdeutschland in Wahrheit nicht interessiert.

Er machte Kersting mit seiner Überzeugung bekannt, die Intellektuellen, er benutzte das slawische Wort Intelligenzija, seien die herrschende Klasse der Zukunft und die einzige gesellschaftliche Schicht mit realen Wachstumschancen. Das Aktiv-Kapital Geist mache noch Kleinstaaten wie selbstverständlich zu Weltmächten, Beispiel sei die gegenwärtige Republik Österreich, deren wesentliches Exportgut nicht Edelstahl heiße, sondern Kultur. Hier erfuhr Kersting, Wien weise eine autochthone geistige Entwicklung auf infolge der alles beherrschenden Einflüsse von Katholizismus und Barock. Spiel, sagte Dr. Mühlbauer, Verstellung und Charme. Die Welt als Theater. Das Leben als Mummenschanz und Improvisation. Bester Ausdruck dessen sei jene Liebenswürdigkeit, die weder Zuneigung noch sexuelle Akzeptanz bedeute, sondern die Veräußerlichung all dessen in die Unverbindlichkeit.

Ein wenig sprunghaft erfolgte Dr. Mühlbauers Gedankenführung. Kersting erfuhr, wie man unter der heutigen österreichischen Kleinstaatlichkeit offenbar leide, hinter der Zweiten Republik erhob sich in schattenhafter Monumentalität die einstige Doppelmonarchie, von deren Erbe man immer noch zehre. Dr. Mühlbauer entwarf einen Kulturkreis, dessen etwas undeutliche Grenzen sowohl Przemyśl wie Mailand wie Tetschen-Bodenbach umschlossen und dessen alles verbindende Gemeinsamkeit das Kaffeehaus war. Dr. Mühlbauer bot abwechselnd die Wendungen Mitteleuropa und josefinisch an, letzteres in Ableitung vom Sohn der Maria Theresia, dem Reformkaiser mit dem Toleranzpatent, und ein kaltes Entsetzen griff nach Kersting, als er erkennen musste, dass Dr. Mühlbauer meinte, Kersting sei nach Wien gekommen, um über den 1801 geborenen Sänger, Schauspieler und Komödiendichter Johann Nepomuk Nestroy zu forschen.

Hoffmann, sagte Kersting vorsichtig, in eine der raren Pausen von Dr. Mühlbauers Rede hinein, der österreichische Architekt und Formgestalter Josef Hoffmann. Er sagte das nicht korrigierend, schon gar nicht strafend, er wollte Dr. Mühlbauer nicht kränken. Dr. Mühlbauer blickte ihn an. Wieder lächelte er kurz und beinahe schmerzlich, als habe Kersting gewagt, ihm einen Irrtum zu unterstellen. Dr. Mühlbauer war gänzlich unbegabt, sich zu irren. Wie zum Beweise machte er sofort längere Ausführungen über österreichische Kultur in der Ersten Republik, die, lange vernachlässigt, nun endlich ins Blickfeld geraten sei, spätestens seit der von Hans Hollein besorgten Ausstellung anlässlich der Wiener Festwochen von 1985, *Traum und Wirklichkeit,* die Kersting bestimmt gesehen hätte, aber Kersting hatte nicht.

Dr. Mühlbauer, sah Kersting, war ein geübter und kenntnisreicher Plauderer, bevorzugt über Gegenstände der österreichischen Kulturgeschichte. Eben deswegen saß er als Beamter hier, im österreichischen Bundesministerium für Unterricht, und vertrat die Sache nach außen. Dr. Mühlbauer versicherte, dass er Rat und Hilfe für Kersting habe, wann immer Kersting dessen bedurfte. Er stellte Kersting einen gemeinsamen Besuch im nahe gelegenen Café Landtmann an der Ringstraße in Aussicht, zu dem es, wie Kersting vermutete, niemals kommen würde.

Kersting verabschiedete sich. Der Name Waldheim war nicht gefallen. Die Aktionen der DDR gegen jugendliche Demonstranten blieben unerwähnt. Die Modalitäten des Empfangs der vom Ministerium für Unterricht und Kunst ausgesetzten monatlichen Geldzahlungen an Kersting hatte Dr. Mühlbauer wie nebenher dargetan, mit zwei Sätzen.

3

In einer Telefonzelle am Schottentor durchblätterte Kersting das olivgrün eingebundene Fernsprechbuch der Stadt Wien. Er warf eine Schillingmünze ein und wählte einen Anschluss.

Eine weibliche Stimme mit schrill sächsischem Akzent teilte mit, man sei die Botschaft der Deutschen Demokratischen Republik. Kersting sagte, er wolle seine Anwesenheit in Wien vermelden. Moment, sagte die Stimme. Die Leitung war für Sekunden unterbrochen. Dann meldet sich die Stimme zurück, wollte den Namen, die Dauer des Aufenthaltes und die Wiener Adresse erfahren. Streng fragte sie: Dienstlich oder privat? Kersting musste durchatmen, ehe er antwortete. Für ein paar Augenblicke fühlte er sich auf deprimierende Weise daheim.

Er stand auf der Marienbrücke über dem Donaukanal. Seine Kopfschmerzen waren vergangen. Er lehnte an einem Geländer, neben einer Statue der Madonna, die das Kind im Arm trug und umgeben war von metallenen Rosen. Eine Inschrift besagte, die Gottesmutter wolle sich herbeilassen, die Sünden zu vernichten. Was hieß für einen wie ihn Sünde? Ein amtmodisches Wort. Es gab Schuld, Versäumnis, Fehler, Vergehen, Verrat, das alles ließ sich ebenso als Sünde begreifen und ließ sich, als Sünde, abbitten und abbüßen, also verlieren. Katholizismus war eine gnädige Sache. Kersting war kein Katholik, er war kein Christ, er war es nie gewesen.

Tief unten floss in einem breiten Bett graues Wasser. Ein Platz für Selbstmörder, dachte Kersting, man hatte die Wahl, sich in den Donauarm zu stürzen oder auf die steinerne Uferbefestigung, um dort zu zerschellen. Ein Dampfschiff lag vor Anker unmittelbar neben der Brücke. Der Zugang war mit einem Baldachin versehen. Der Dampfer trug den Namen Johann Strauß, auf ihm erhob sich in Überlebensgröße eine aus Bronze gefertigte Plastik des berühmten Komponisten, Bogen in der Rechten und Geige am Kinn. Möwen hockten auf den Wellen. Auf dem anderen Ufer stand ein Geschäftshaus und zeigte an einer seiner Mauern mit digitalen Riesenzeichen die Uhrzeit. Kersting spie hinab in den Fluss, ehe er ging.

4

Das Bild der einander jagenden Strommasten hatten für Kersting, als er Kind war, zu den Vergnügungen des Eisenbahnfahrens gehört, aber mehr noch als dieser Anblick hatte ihn stets das Bild der zuckenden Pupillen beeindruckt, von jenen Fahrgästen, die dem Schauspiel der einander jagenden Strommasten zusahen.

Hinterher waren für ihn die Bilder und Eindrücke von Bahnfahrten aus diesen frühen Jahren ineinandergeflossen. Er erinnerte sich an das stundenlange Sitzen auf Bänken aus gelb lackierten Hölzern, die durch silbrige Schrauben zusammengehalten wurden. An der Unterkante des Türfensters hing ein breites hellgraues Gurtband herunter fast bis zum Abteilboden. Ein emailliertes Schild warnte in mehreren Sprachen davor, sich hinauszulehnen.

Bei ihrem Umzug nach Grotenweddingen war er schon acht. Vorher hatte er mit seinem Vater in Gera, Dresden, Lübeck und Chemnitz gewohnt. Er bewahrte von diesen Städten bloß Erinnerungen an Chemnitz, außer ein paar Bildern, die in das westliche Mecklenburg nahe der Ostsee passen müssten.

Die Straße dort war breit. Im Sommer wirbelte trockener Lehm auf. Die Fronten gehörten zu einstöckigen Backsteinhäusern mit fetten Dächern aus Reet oder Ziegeln, mit grünlackierten Fensterhölzern, mit gelb und rosa blühenden Dahlien neben der Haustür. Im Innern hing die Stubendecke niedrig, und auf den Gegenständen klebte fortwährend Feuchtigkeit, weil die Luft satt war von Nässe. Er meinte, die Häuser müssten vielleicht in einem am Rand von Lübeck gelegenen Arme-Leute-Dorf gestanden haben, wo die Landwirtschaft längst aufgelassen worden war, in den Häusern wohnten jetzt Arbeiter vom Trave-Hafen und aus den Fabriken für Nahrungsmittel und Metallteile.

In Chemnitz hatten sie die Erdgeschosswohnung eines vierstöckigen Mietshauses bezogen. Das Nachbargebäude beherbergte einen kleinen Lebensmittelladen, wo zu dem Zeitpunkt kurz nach ihrem Einzug die Butter, oder jedenfalls die sogenannte gute Butter, nicht mehr in beliebiger Menge eingekauft werden durfte. Die Begründung war im Radio zu hören, vielleicht wurde sie auch auf Plakaten und in der Zeitung gedruckt, aber er selbst konnte damals noch nicht lesen. *Kanonen statt Butter.* Der Geschäftsinhaber, Herr Goerner, war ein klein gewachsener Mensch, der ständig während seiner Arbeit einen gestärkten weißen Baumwollkittel trug, im Rücken mit einem schmalen Stoffriegel an zwei Knöpfen.

In der Tschechei waren die dort lebenden Deutschen zu Deutschland gekommen, mitsamt dem Gebiet, das sie bewohnten und das Sudetenland hieß. Dafür bringe man doch mal gern ein Opfer, sagte Herr Goerner. Die Butter entnahm er einem auf dem Fußboden seines Ladens stehenden Eichenfass, mit der Hilfe eines hölzernen Spachtels, den er hernach auf einem Blatt Pergamentpapiers abstrich. Genaue Mengen ergaben sich entsprechend der Anzeige auf Herrn Goerners Lebensmittelwaage. Sie wurden außerdem als Zahlen in ein Notizheft eingetragen. Bevor er zu schreiben anfing, benetzte Herr Goerner die Spitze seines Kopierstiftes mit der Zunge. Wenn ein Kunde sein Geschäft betrat oder es wieder verließ, grüßte Herr Goerner deutlich mit Heilhitler.

Die Lebensmittelwaage hatte auf ihrer der Kundschaft zugewandten Seite eine Aufschrift. *Wenn Sie zufrieden sind, sagen Sie es anderen, wenn Sie es nicht sind, sagen Sie es mir.*

Der Junge konnte diese Aufschrift erstmals buchstabieren, nachdem er zehn Monate lang die unterste Klasse der Volksschule in der Andréstraße besucht hatte. Danach grübelte er mühselig, wie jemand mit einer Lebensmittelwaage unzufrieden sein könnte, und wie es anstellen, dass ein aus Metall und Farben bestehender Gegenstand gesprochene Mitteilungen der Unzufriedenheit vernahm.

Zu diesem Zeitpunkt musste er immer noch, wenn er früh nachmittags zu Herrn Goerner ging, seinen Einkaufswunsch auf einem Zettel vorweisen, den sein Vater beschriftet hatte und in den außerdem die für den Einkauf benötigten Geldmünzen eingewickelt wurden. Herr Goerner wirkte auf ihn jetzt geschrumpft. Das mochte vielleicht bloß dadurch bedingt sein, dass der Junge seinerseits gewachsen war. Herr Goerner notierte auf dem Zettel die Einkaufssumme und subtrahierte von dem mitgebrachten Betrag. Das Wechselgeld wickelte er seinerseits in den Zettel. Herrn Goerners Laden führte auch Obst, Gemüse und Wurst. Backwaren führte Herrn Goerners Laden nicht. Am Ende der Straße befand sich der Schmidt-Bäcker, der außer Brot und Semmeln noch Kuchen anbot. Für ein Fünfpfennigstück ließen sich, in Tüten abgefüllt, die fortgeschnittenen Ränder von Blechkuchenstücken erwerben, Kuchenrindeln.

Es war schön, erinnerte sich der Junge, an der Kante des Gehsteigs zu sitzen und die süßen Streifen zu kauen. Überhaupt war die Straße, die nach einer Schlacht aus dem deutsch-französischen Krieg von 1870 hieß, in seinen Augen manchmal so etwas wie ein schmutziges Idyll. Das passierte zum Beispiel an Nachmittagen im Frühsommer. Die Sonne stand schräg über den Schornsteinfirsten der Brauerei. Sie schüttete hellbraunes Licht auf den Basalt. Unter der Treppe, die zu Herrn Goerners Laden führte, wurden von Kindern Murmeln geschoben. Ein Glasbucker besaß den Wert von drei oder fünf Tonkugeln, je nach Art seiner Zeichnung. Der Boden hinter den Zementstufen von Herrn Goerners Laden hatte eine leichte Schräge zur Hauswand hin. Mit dem Sand, der sich aus dem morosen Rauputz herauskratzen ließ, wurde die Fläche geebnet, anschließend wurden Vertiefungen geformt. Auf den Gehwegplatten waren die Felder für Himmel und Hölle aufgemalt, mit weißer Schulkreide, die Mädchen sprangen darin, beidbeinig, einbeinig, je nach der Regel und hinter einem Bündel ineinandergehängter Sicherheitsnadeln her, das sie immer wieder aufhoben, um es sofort in ein anderes Feld zu werfen.

Die Sonne nahm Platz genau zwischen den Schornsteinen. Etwas Rauch stieg hoch. Er machte das Licht unruhig. Frauen in blumigen Kittelschürzen traten auf oder größere Jungen, mit Glaskrügen in der Hand. In geöffneten Fenstern zur Straße hin zeigten andere Frauen ihre Köpfe und hatten die nackten Unterarme auf ein Kissen oder eine wollene Häkeldecke gestemmt. Die Frauen und älteren Jungen kehrten zurück vom Keglerheim. Die Krüge waren angefüllt mit gelbem Bier, das eine Schaumhaube hatte und kalten sauren Geruch. In den Radios hinter den offenen Fenstern sang die chilenische Nachtigall Rosita Serrano, mit harten Konsonanten, *Roter Mohn, warum welkst du denn schon.* Sein Vater ging die Straße hinunter. Die Frauen in den Fenstern sahen zu ihm hin, und wie der Junge glaubte, taten sie es voll Bewunderung. Der Junge hatte seine Kuchenrindeln gegessen. Er zerknüllte das leere Papier, warf es in den Rinnstein und stand auf.

Auch Kuchenrindeln konnten schon bald höchstens ausnahmsweise gekauft werden, als nämlich Backwaren bloß gegen Lebensmittelkarten abgegeben wurden und Kuchenrindeln zu den wenigen weiterhin markenfreien Waren gehörten. Herr Goerner wurde eingezogen. Zu seinem Abschied zeigte er sich noch einmal stolz, ein kleiner Mensch mit blankem Schädel und großem hässlichem dunkelbraunem Muttermal hinter dem rechten Ohr, angetan mit einer Panzergrenadier-Uniform. In seinem Laden wurden allmählich die Waren weniger. Der Betrieb musste jetzt von Frau Goerner geführt werden, die es auch schon vorher gegeben hatte, aber bloß manchmal und wenn besonders viel Kundschaft gewesen war. Frau Goerner, im Wuchs größer als ihr Mann, hatte unförmig dicke Fußknöchel, die bandagiert wurden, und knickte beim Gehen in der Hüfte deutlich ein.

Der Junge besuchte jetzt in der André-Schule die Klasse 2 b. Jeder Schüler musste ein Kriegstagebuch führen. Dazu war erforderlich, dass ein großformatiges Schulheft Seite für Seite mit den Abbildungen vom Kriegsgeschehen sowie mit handschriftlichen Vermerken der Ereignisse an den Fronten angefüllt würde. Die Abbildungen waren mit der Schere aus Zeitschriften oder Tageblättern herauszutrennen, Berliner Illustrirte Zeitung, Chemnitzer Neueste Nachrichten. Die Kriegstagebücher wurden von Klassenlehrer Klostermann in unregelmäßigen Abständen eingesammelt und zensiert.

An der Litfaßsäule beim Eingang der Andréstraße hingen Plakate mit der Zeichnung eines deutschen Soldaten, der vor einem Eisenbahnzug stand. Der Soldat lachte und wirkte heldisch. Der Zug war klein, wie nebensächlich, und die in grobe Fraktur gebrachte Aufschrift hieß *Räder müssen rollen für den Sieg*. Manchmal wurden zur Probe die Sirenen für den Fliegeralarm eingeschaltet.

Lehrer Klostermann trug schütteres rotblondes Haar, hatte ein ausgehungertes Gesicht, mit Sommersprossen, und artikulierte seine Sprechlaute weit hinten in der Gurgel. Er hasste es, wenn Schüler mitten in der Unterrichtsstunde sich meldeten, bloß um austreten zu dürfen. Er hielt dies für disziplinlos, unmännlich, er zog auch Vergleiche mit den Entbehrungen *unserer tapferen deutschen Frontsoldaten*, und um seinen Forderungen auf unbedingten Gehorsam sinnlichen Ausdruck zu verleihen, bewahrte er im Wandschrank des Klassenzimmers eine kleine Sammlung von Rohrstöcken, die er gelegentlich hervorholte, einen nach dem anderen, um sie vor den Augen der Klasse auf ihren Zustand zu überprüfen. Er befühlte sie, hob sie dann hoch und ließ sie durch die Luft fauchen.

Manche der Stöcke waren an den Spitzen ausgefranst. Andere zeigten sich noch völlig intakt. Ihre Farben waren blasses Gelb, bei vereinzelt apfelsinenfarbener Tönung. Schläge mit einem ausgefransten Stock galten als vergleichsweise wenig schmerzhaft. Einem der Prügel war eine kurze hellblaue Metallkuppe übergestülpt, deren Berührung besondere Pein verhieß. Lehrer Klostermann wies ihn stets zuletzt vor, mit dem Ausdruck triumphierenden Genusses im Gesicht. In der Klasse gab es zwei Sitzenbleiber, grobe Burschen, die übereinstimmend bekundeten, jeder Rohrstock breche sofort auseinander, ähnlich einem Strohhalm, wenn man ihn mehrfach mit der Innenseite einer aufgeschnittenen Zwiebel bestreiche. Sie lieferten für ihre Behauptung keinen tätigen Beweis. Sie redeten das vielleicht bloß so, um im Mittelpunkt der Aufmerksamkeit zu sein. Jacob fühlte eine heimliche Bewunderung für ihr aufsässiges Benehmen.

Er teilte zugleich jenen Abscheu, der die lärmend von Lehrer Klostermann eingenommene Haltung gegen die beiden war und der seinen Ausdruck fand im häufigen Abstrafen mit einem der Rohrstöcke. Der Geschlagene schrie jedes Mal übertrieben laut. Hinterher, in den Pausen, rühmte er sich seiner Verstellungskunst. Es sei alles, sagte er, bloß eine List gewesen, die zu erleidende Tortur zu verkürzen. Manche aus der Klasse hielten das für feig.

Ganz bestimmt empfand so Dietzel-Wolfgang. Er war der kleinste Junge aus der Klasse. Er trug sein hellblondes Haar kurz geschoren, dass überall auf seinem Schädel rosige Haut sichtbar war. Mit schwärmerischer Inbrunst verehrte er die militärischen Leistungen deutscher U-Bootfahrer aus zwei Weltkriegen, worüber er Beschreibungen gleich in mehreren Büchern besaß. Die waren eingebunden in marineblaues Leinen, mit silbernen Buchstaben auf dem Deckel, und sie waren angefüllt auch mit Fotos in Schwarz und Weiß. Immer wieder zog Dietzel-Wolfgang eines der Bücher aus seinem Schulranzen, um es aufzuschlagen und anderen zu zeigen und stolz zu sein.

Einmal, mitten im Unterricht, trat Dietzel-Wolfgang plötzlich aus der Bank heraus und ging sonderbar steifen Schritts zum Katheder. Er redete leise mit Lehrer Klostermann. Dann verließ er das Zimmer. Es brauchte, um den Inhalt seiner Worte zu vermuten, kein Rätselraten, da er bei seinem Gang eine dünne Urinspur hinter sich ließ. Als er vor dem Katheder stand, rann es ihm hörbar aus dem linken Hosenbein, eine kleine Strecke den blanken Unterschenkel mit dem weißen Wollsöckchen herab, von der Mitte der Wade an direkt und schräg bis auf das Linoleum, wo es als eine dunkle Lache stand. Lehrer Klostermann war zufrieden. Jemand hatte sich so vollkommen unter sein Verbot geduckt, bis erkennbar der menschliche Organismus versagte und sich entlud. Vielleicht war Dietzel-Wolfgang sogar beschämt, da die Prügelstrafe, mit der er gewiss gerechnet hatte, nicht verabfolgt worden war.

5

Das Bankgebäude befand sich eingangs der Herrengasse. Nicht weit davon, auf dem Kohlmarkt, gab es das Geschäft des Hofkonditors Demel, in dessen Schaufenster Ronald Reagan und Michail Gorbatschow als beinahe lebensgroße Zuckerpuppen posierten und dessen Inhaber, wusste Kersting aus einer Zeitung, die er sich gekauft hatte, in Ostasien flüchtig war.

Er stand am Michaelerplatz, gegenüber jenem Hause, das 1909, als es Adolf Loos umzubauen begann, der Firma Goldman und Salatsch gehörte. Die Säulen mit ihren grauen Marmorverkleidungen existierten noch. Die oberen Stockwerke hatten ihren glatten weißen Verputz. Die Fenster ohne alle Umrahmung hatte der Kaiser Franz Josef *augenbrauenlos* genannt, eine hübsche Metapher, doch Franz Josef hatte sie als vernichtenden Tadel gemeint. Die Empörung, die damals ganz Wien erfasst hatte wegen des Loos-Entwurfs und die zu einer Unterbrechung des Baugeschehens im Jahre 1910 führen würde, war inzwischen unbegreiflich geworden. Die Tragödie des Adolf Loos bestand unter anderem darin, dass er sich ausdrücklich als Traditionalist begriff und den Wienern damals als im höchsten Maße modern und umstürzlerisch erschien. Er entwarf mehr, als er baute. Noch seine Entwürfe blieben häufig bloß Sprache, statt wenigstens Bauskizze oder Modell zu sein. Verständlich die ohnmächtige Feindschaft dieses Mannes zu dem beängstigend produktiven Josef Hoffmann, den Loos verächtlich *überquellend* nannte.

Kersting war gekommen, ein Ausländerkonto zu eröffnen, damit ihm die dafür zuständige österreichische Behörde sein Arbeitsstipendium überweisen konnte. Er stand in der Schalterhalle. Er sagte sein Anliegen. Er musste seinen Reisepass vorweisen. Die Frau hinter dem Schalter durchblätterte die hellblauen Seiten, als sehe sie so was zum ersten Mal. Vielleicht sah sie es zum ersten Mal. Ihr Gesicht zeigte den Ausdruck beflissener Feindseligkeit. Sie bat Kersting um etwas Geduld. Sie ging davon, in Händen Kerstings Reisepass mit dem Abbild des DDR-Staatswappens auf dem Deckel. Kersting hatte Gelegenheit, die anderen Kunden und das übrige Personal zu betrachten.

Die in der langen Schalterhalle aufgestellten Computer-Monitore wuschen, so schien es, mit ihren Strahlungen aus den Angestellten alle Natürlichkeit fort. Die junge Beamtin, die schräg gegenüber von Kersting stand, hatte die Aura einer Untoten. Sämtliche Unterhaltungen erfolgten halblaut. Niemand, der nicht gemeint war, konnte von dem Mitgeteilten etwas verstehen. Die geraunten Laute standen für Konten, Beträge, Anlagen, Zinsen, Kredite, und alle verhielten sich, als sei dies etwas Obszönes.

Die Gesichter der Kunden waren den Mündern der Bankangestellten gierig lauschend zugeneigt. Eine Welle der Lüsternheit lief über ihre Mienen wie ein Lichtstrahl. Kersting stand neben einer mageren alten Dame. Ihr Hals war schlaff. Ihre Hände waren knotig und zeigten Altersflecken. Den Kupon, gegen den an der Kasse die gewünschte Auszahlung erfolgen sollte, erfasste sie, als handle es sich um ein zuckendes Tier oder ein männliches Genital. Der Wiener Seelenarzt Sigmund Freud, erinnerte sich Kersting, hatte das Geld dem Exkrement zugeordnet. Das Tabu ergab sich aus einem die Lust bloß mühsam zurückhaltenden Schamgefühl. Das Wiener Verhalten zum Geld war eine ins Unaufhörliche ausgedehnte anale Phase. Kersting wurde Zeuge eines analen Kapitalismus.

Die Beamtin, die Kersting bediente, kehrte zurück. Sie händigte Kersting eine Kunststoffkarte aus, dazu ein Bündel Scheckvordrucke in einer Kunststofftasche, alles in leuchtendem Gelb. Kersting setzte auf einen Vordruck seine Unterschrift. Der Gesichtsausdruck der Beamtin zeigte jetzt nur mehr Beflissenheit. Kersting war zum Teilhaber des analen Kapitalismus geworden.

6

Seine ersten Berührungen mit der Bildkunst verdankte er seinem Vater. Robert wollte, dass sein Sohn Jacob ihn immer bloß mit dem Vornamen anredete. Die Wörter Vater oder Papa, ihn betreffend, hasste er.

Robert war 1889 geboren, wie Adolf Hitler, und stammte aus dem gleichen Leipziger Proletarierviertel, in dem Walter Ulbricht groß geworden war. Roberts Vater war ein Mann mit rundem Gesicht und einer groben Nase gewesen: So blickte er von zwei bräunlichen Fotografien in Postkartengröße, in einem Album, das bei Robert im Bücherregal stand. Jacob blätterte manchmal darin. Die Bilder rochen stockfleckig. Robert und Roberts Vater, wusste der Junge, waren einander ähnlich gewesen in den Ausmaßen ihrer Hartnäckigkeit. Als Robert sich weigerte, in die väterliche Zigarrenmacherwerkstatt einzutreten, wurde er nach einer langen lautstarken Auseinandersetzung mit Worten, auch mit wiederholten Faustschlägen auf die Tischplatte, aus dem Haus getrieben.

Robert trat eine Lehre an in Leipzig-Stötteritz, bei einem 1873 gegründeten Unternehmen, das Textilmaschinen produzierte. Er lebte drei Jahre lang in einem Männerheim. Dann erhielt er seinen Gesellenbrief und ging sofort nach Süddeutschland, später nach Italien. Sechzehn Monate blieb er in der Toskana, Pistoia, wo er sich der anarchistischen *Alianza della Rivoluzione Sociale* von Errico Malatesta anschloss. Die Werkstätten und Fabriken, in denen er arbeitete, achteten ihn seiner Geschicklichkeit wegen. Als er nach Deutschland heimkehrte, weil er von Bremerhaven aus sich nach New York einschiffen wollte, begann der Erste Weltkrieg.

Statt auf dem norwegischen Dampfer *Sör-Töndelag* fand er sich wieder auf dem Mannschaftsdeck eines Schulschiffs der kaiserlichen deutschen Kriegsmarine, mit dem Heimathafen Kiel. Anschließend tat er als Obermatrose Dienst auf einem im Mittelmeer dümpelnden Schlachtschiff, das die Häfen des türkischen Verbündeten beschützen musste. Bei einer Schießerei mit britischen Kanonenbooten lief dieser Kreuzer, mit Namen *Breslau*, türkisch *Midilli*, auf eine Mine, dass er auseinanderbrach, Heck und Steven schräg in die Höhe gestellt. Die Besatzung sprang schreiend ins Wasser. Schwamm, wo des Schwimmens fähig, über eine Stunde, zwei englische Kriegsschiffe fischten die Überlebenden dann auf, unter ihnen Robert.

Reichliche zwei Jahre verbrachte er als Kriegsgefangener auf einer Festung der zu England gehörigen Mittelmeerinsel Malta. Damals begann er zu zeichnen, aus Langeweile, seine Hände zeigten sich auch darin geschickt. Im Frühjahr 1919 wurde er erst in einem Frachtschiff nach Apulien, danach, in einem mehrtägigen Güterbahntransport von Süden nach Norden, durch die gesamte italienische Halbinsel gefahren. In Wilhelmshaven das Feuer unter den Kesseln fortzureißen und die rote Fahne zu hissen, kam er zu spät, obwohl er das Bedürfnis dazu jedenfalls besessen hätte. Als er von Fürth, wo er vorübergehend in Arbeit stand, nach Leipzig fahren wollte, gelangte er bloß bis ins Vogtland. Der Zug wurde angehalten auf freier Strecke. Im Schotter des Bahndammes standen mehrere düstere Männer, Gewehr in der Hand und Signalbinde am rechten Arm. Einer schwenkte eine rote Fahne. Die Menschen sollten ihre Sache in die eigenen Hände nehmen, frei werden von jeglichem Zwang, voran dem ökonomischen, und eine Ordnung errichten, die das Ende war von aller bekannten Ordnung. Das klang sehr nach kollektivem Anarchismus. Augenblicklich beschloss Robert, sich den Männern anzuschließen und sich unter das Kommando ihres Anführers zu stellen, der Max Hoelz hieß.

Robert erlebte ihn als einen Menschen mit der unwiderstehlichen Anziehungskraft des edlen Räubers, wie schon der erfundene Karl Moor und der historische Schinderhannes einer gewesen waren. Einige Zeit behauptete sich ihr Aufstand. Dann befand sich die Reichswehr des sozialdemokratischen Ministers Noske gegen sie auf dem Vormarsch, Max Hoelz löste seine Armee auf und floh mit einigen seiner Freunde, darunter Robert, über die deutsch-tschechische Grenze.

Sie übernachteten in Heuschobern, wateten durch überschwemmte Wiesen und hatten ständig die böhmische Polizei hinter sich. Hoelz wurde aus einem Eisenbahnzug heraus verhaftet, in Marienbad. Robert gelangte bis Prag, wo er einem Mann, der offenbar unter materieller Not litt, auf einem Bahnhofsperron statt der angebotenen silbernen Taschenuhr dessen Identitätspapier und Namen abkaufte. Damit würde er die nächsten Jahre leben. Manchmal fertigte er auf Märkten Zeichnungen, Kohle auf bräunlichem Papier, die Abbilder von dafür zahlenden Passanten.

Als das Deutsche Reich eine politische Amnestie erließ, kehrte er zu seinem Geburtsnamen zurück. Bald darauf wurde er aus der Kommunistischen Partei ausgeschlossen, wegen seiner anarchistischen Neigungen. Er wechselte die Arbeitsplätze quer durch Deutschland, ein begabter Techniker und gefürchteter Querkopf, der mit seinem rednerischen Enthusiasmus gesamte Fabrikbelegschaften auf seine Seite und in die Rebellion treiben konnte. Seine Abende verbrachte er mit Fernstudien in seinem technischen Fach, außerdem vor Leinwänden, eine Weile lebte er in Dresden, wo er eine Art Abendschule für begabte Dilettanten besuchte, sie hieß *Anderer Weg*.

Robert, erinnerte sich Jacob, trug das Haar immer zurückgekämmt. Robert hielt sich sehr aufrecht. Er hatte kräftige Schultern. Mit den Jahren ging ihm der Ruf eines technologischen Wundermannes voraus und war dann noch erheblicher als die demagogische Begabung, die, wer kannte sich schon aus in linken Bewegungen, meist für kommunistisch gehalten wurde. Robert leistete dem Vorschub, indem er nochmals seinen Versuch mit der KPD machte, anderthalb Jahre lang, aber wieder Schwierigkeiten mit dem Parteigehorsam bekam und wieder ausgeschlossen wurde.

Eine Bindung seines Lebens war die mit Jacobs Mutter gewesen. Er hatte sie mitgenommen an insgesamt vier Orte zwischen Niedersachsen und Schlesien. Eine schmale Person, sah Jacob auf den vorhandenen Fotografien, mit Seitenscheitel und mit kurzgeschnittenem schwarzem Haar. Sie war bei der Geburt des Jungen gestorben.

Robert wurde für Jacob mehr, als Väter für andere Kinder waren. Das Kommen und Gehen von Frauenspersonen in ihren Wohnungen war dem Jungen vertraut. Er rief sie, wie Robert, bei ihren Vornamen. In der Chemnitzer Zeit gab es zuletzt Gerda, die gerne Seidenblusen zu gestreiften Männerhosen trug und sehr mager war, eine Schauspielerin ohne Engagement, beschäftigt als Directrice in einem Zwischenmeisterbetrieb für Damenmoden. Sie lachte gern. Ihr Lachen schlug immer um in einen Anfall von Raucherhusten.

Da er sich seiner Unentbehrlichkeit in der beruflichen Arbeit sicher war, weigerte sich Robert, zu den entsprechenden Anlässen eine Hakenkreuzfahne vors Fenster zu setzen. Bei dem darauf erfolgenden Besuch des NS-Blockwarts sagte er, dass er seine Fahne nicht finden könne, auf eine mehr oder minder es nicht ankomme, angesichts des eindrucksvoll auf der Straße sichtbaren Fahnenwalds, die Beflaggung tauge deswegen eher zum Ausweis für die Gesinnungstreue, das wolle man aber auch so sagen, es müssten nicht vaterländische Gründe vorgeschützt und statt dessen eine gesetzliche Verordnung erlassen werden. Der Obmann hörte das an. Er wusste eine passende Antwort nicht. Robert blieb bei seiner Weigerung. Der NS-Blockwart unternahm keinen weiteren Besuch in der Sache.

Die dunkle Verachtung, die Robert seiner Existenz wegen auf sich zog, ließ seinen Sohn Jacob nicht aus. Der sehnte sich insgeheim, ein gewöhnliches Leben zu haben wie andere Jungen. Manchmal wurde er eingeladen, zu einer Geburtstagsfeier, dort gab es Mütter und Großmütter, auch Geschwister. Bei ihm daheim gab es immer bloß Gerda, die nach verbranntem Tabak roch und mit heiserer Stimme redete.

Nicht einmal Gerda gab es dann mehr. Sie wurde verehrt von einem Fliegerleutnant, der häufig mit einem Strauß Rosen vor der Tür von Roberts Wohnung wartete. Schließlich ging Gerda fort, um ihren Luftwaffenoffizier zu heiraten. Nicht lange danach zog Robert mit Jacob aus Chemnitz fort.

7

Kersting erwarb eine Benutzerkarte für die Österreichische Nationalbibliothek. Sie wurde ihm ausgestellt ohne viel Aufhebens. Die kleine braune Pappkarte würde ihm Eintritt in den Lesesaal und die Lektüre dort erhältlicher Bücher sowie die Herstellung von Fotokopien ermöglichen.

Zuvor würde er seinen Mantel in einem Schrank verschließen. Der Lesesaal war in der Ausdehnung groß, in der Stimmung feierlich und etwas verschlafen. Er roch nach trockenem Staub und vergilbten Folianten. Kersting liebte die Lesesäle in alten Bibliotheken.

Wenn er das Gebäude verließ und auf die Freitreppe trat, sah er direkt über sich den Balkon, auf dem 1938 Adolf Hitler gestanden hatte, um zu den Wienern zu reden. Statt wie jetzt mit wartenden Fahrzeugen war der riesige Platz damals angefüllt gewesen mit Zehntausenden von Menschen, die genaue Anzahl hatte niemand je ermitteln wollen. Die beiden pompösen Heroendenkmäler in der Platzmitte stellten den Prinzen Eugen dar und den Erzherzog Carl, Sieger gegen Napoleon in der Schlacht bei Aspern. Die Reiterstandbilder waren Arbeiten eines geisteskranken Bildhauers namens Anton Dominik Fernkorn, der zur Zeit ihrer Fertigstellung schon im Irrenhaus saß. Zuletzt wurde erforderlich, dass man ihn für einige Stunden am Tag in seine Werkstätten entließ. Fernkorns Atelier hatte später der Maler Hans Makart übernommen, dessen riesige Historien- und Festbilder das ästhetische Entsetzen von Leuten wie Josef Hoffmann und Adolf Loos waren.

Kersting ging weiter durch die Alte Hofburg. In den Höfen roch es nach süßlichem Pferdeurin, Folge der hier unentwegt paradierenden Fiaker. Kersting wusste, über eine der dämmerigen Stiegen war Mary Vetsera zu ihrem Geliebten Rudolf geschlichen, das gierige Nymphchen zu dem todessüchtigen Erben eines morbiden Riesenreichs. In der kleinen fensterlosen Trafik standen beieinander zwei Kutscher. Sie hatten ihre Bowler ins rote Genick geschoben. Sie hielten Henkelgläser mit Silvaner in den Händen. Aber 's hat ja so kommen müssen, Wein gaberts ja noch gnua, sagte der eine. Das Gelächter des anderen klang wie eine Entleerung. Die lächelnde Trafikantin schnitt Faschiertes in Scheiben, die sie, eine nach der anderen, auf eine Waage legte. Kersting probierte die Vorstellung, er würde ständig in Wien leben.

Die Gluckgasse lag in der Inneren Stadt. In der Nähe befand sich der Neue Markt mit der Kapuzinerkirche und der Kapuzinergruft, wo die Gebeine der Habsburger beigesetzt waren in steinernen oder erzenen Sarkophagen. Wo die Besucher, in täglichen Strömen eingelassen, teilhaben konnten an der Wiener Neigung zu schauriger Erhabenheit und pompösem Sterben.

Die einfachen Wiener Gaststätten machten ihre täglichen Angebote bekannt durch Holztafeln mit Kreideaufschriften, hingestellt neben die Eingänge. Das Beißl an der Gluckgasse befand sich im Souterrain. Man musste von der Straße her Stufen hinabgehen, um einzutreten. Die Speisekarte versprach eine fette bäuerliche Küche, die träge, widerstandslos, auch bösartig machte. Jetz sauf i mi ein, sagte an Kerstings Nebentisch ein dicker Mensch, als die Serviererin ein mit Veltliner gefülltes Viertelliterglas vor ihn hinstellte. Er trug einen grauen Vollbart über einem geöffneten Hemdkragen. Er war vielleicht ein Künstler und benahm sich gemäß den Vorstellungen, die in Wien von Künstlern existierten.

An Kerstings Tisch saß eine junge Frau. Sie stocherte in ihren gerösteten Nierndln. Unvermittelt ließ sie Kersting wissen, dass sie das Kesseltreiben gegen den österreichischen Bundespräsidenten unerträglich finde. Was immer der Waldheim getan habe, es sei jedenfalls unmöglich, dass ein ordentliches Staatsoberhaupt auf den Druck der Straße hin oder wegen Einflussnahme aus dem Ausland sich sein Amt aberkennen lassen müsse. Weil, da würde bloß die Selbstachtung von einem Staat angegriffen und natürlich von dessen Bevölkerung. Bei anderen Ländern gebe es das auch nicht, bitte, des könnens nur mit uns machen. Nein, erwiderte höflich Kersting und nannte den Fall des früheren US-amerikanischen Präsidenten Nixon. Die junge Frau wiegte zweiflerisch ihren Kopf. Sie hatte davon vielleicht gehört, aber sie erinnerte sich nicht mehr genau. Übergangslos bestellte sie sich einen ungespritzten Wein. Woher Kersting kam? Berlin. Na Servas. Die junge Frau war in Berlin gewesen. Sehr sonderbare Stadt und von wegen Berliner Luft. Die Kellnerin räumte hastig das Geschirr fortgegangener Touristen beiseite. Wieder ohne Übergang: Politik sei eine dreckige Sache, und wer sich damit einlasse, wolle sowieso bloß seinen persönlichen Vorteil. Kersting wusste keine Entgegnung, die Frau wollte auch keine hören. Sie verlangte nach ihrer Rechnung. Als sie aufgestanden war, sah Kersting, dass sie mit dem linken Bein lahmte.

In dem Studentenhotel begegnet ihm, als er den Lift verließ, auf dem Korridor ein junger Mensch, der in der rechten Hand einen kleinen gläsernen Kaffeekrug hielt und in der linken einen Teller mit gebutterten Weißbrotscheiben. Unter dem rechten Arm trug er eine Tageszeitung, blaue Balken im schwarzweißen Schriftbild, Kersting las die Wörter *Bundespräsident Waldheim wird nicht*. Der junge Mann war bleich und offenbar übernächtigt. Das Haar hing ihm schwarzsträhnig in die Stirn.

Er trug eine Brille mit starken Gläsern. Er fiel Kersting auf wegen seiner etwas ungelenken Bewegungen.

8

In das Weichbild von Grotenweddingen ragten von Ferne sichtbar drei Berge. Aus einem von ihnen wuchs eine pompöse Schlossanlage. Die Obstbaumblüte geschah hier zwei Wochen später als beispielsweise in Chemnitz, und der andere Unterschied zu der Stadt, aus der Jacob und Robert kamen, waren die Dächer, die in Chemnitz aus Schiefer bestanden und hier aus rot gebrannten Ziegeln. Die darunter befindlichen Häusermauern waren in Grotenweddingen Fachwerk, manche mit Klinkern zwischen dunkelbraunen Stielen, manche mit weiß oder lindgrün gekalktem Lehm. Gebäude aus Klinkern standen zum Beispiel am Marktplatz oder in der Breiten Straße und hatten geschnitzte Balkenköpfe, deren Muster eine farbige Halbrosette war.

Es gab ein intaktes Stadttor. Ein ehemaliger Wehrturm verfiel unaufhörlich. Grotenweddingen hatte sich um ein paar dörfliche Gemeinden vergrößert und besaß eine Schmalspureisenbahn, deren Lokomotive außer einem besonders hohen Schornstein eine schrill tönende Glocke trug und die auf vielen zeitverschlingenden Serpentinen ins Gebirge fuhr.

Wegen seiner zehn Jahre war Jacob noch nicht alt genug, zu sagen, ob ihm die neue Stadt gefiel. Es brauchte eine Zeit, ehe er sich umgewöhnte und auch etwas den hier gesprochenen Akzent annahm, der von der plattdeutschen Mundart Ostfälisch kam. Die Bauern auf den Dörfern redeten bloß Dialekt. Am Stadtrand standen, zum flachen Land hin, also in

Richtung Domäne Behncke, fünf gleichförmige Gebäudereihen aus Mietwohnungen, die der Fabrikant und NS-Wehrwirtschaftsführer Henseler hatte aufrichten lassen, für Arbeitsleute aus seiner Fabrik. Robert und Jacob wohnten dort, Erdgeschoss mit drei Zimmern. Manchmal, wenn er aus dem Fenster blickte, sah Jacob weidende Schafherden, hörte das Geblök der Tiere und atmete ihren scharfen Dunggeruch.

In etwas Entfernung von den Mietblöcken hatten sich Baracken aufgetan. Erst sechs und dann nochmals fünf und wieder fünf, einstöckige Dinger mit kleinen Fenstern und Bretterwänden, die nach Holzschutzmitteln stanken. Das Gelände umspannte ein Drahtzaun. Hier wohnten ausschließlich Männer, Fremdarbeiter, sie kamen aus Polen, Frankreich, Belgien, worüber ein entsprechender Buchstabe, den sie aufgenäht auf ihren Jacken trugen, eindeutige Auskunft gab. Sie sollten bei Walter Henseler mithelfen, Motoren zu bauen. Vereinzelt waren hinter geöffneten Fenstern ihrer Baracken spitze Harmonikatöne. Zwischen den Unterkünften wuchsen dickhalmiges Gras und verwilderter Liguster. Der Untergrund war lehmig.

Es gab eine in drei Windungen zum Stadtinneren laufende Straße. Rechts war die Kleingartenanlage *Frohe Zukunft*, mit Drahtzaun, Sonnenblumen und schwarzen Holzlauben, links fiel schäumend von einer Staustufe der Nöschenbach. Wo die Straße auf einer Brücke übers Wasser führte, befand sich rechts der Schlachthof, wo zweimal in der Woche die Schweine schrien, ehe ihnen der tödliche Bolzen ins Gehirn fuhr. Eine Bahnschranke senkte sich und schloss allen übrigen Verkehr aus, wenn ein Zug mit Personen nach Westerode fuhr oder von dorther kam.

Dies war Jacobs täglicher Weg. Ecke Grünstraße/Pfarrweg, wo er zweimal am Tag vorbeikam, stand das Haus Erika, jetzt

Kriegslazarett, im offenen Fenster saßen junge Männer, um ihre bandagierten Köpfe, ihre Bein- und Armstümpfe ins Licht zu halten, wenn Sonne schien. Vom Sägewerk herüber kam Geruch von nassem Holz. In Findeisens Kohlenhandlung hob ein Fremdarbeiter Säcke voll Braunkohlenbriketts auf die Waage.

Der Große Markt war in der Form rechteckig, in seiner Mitte stand ein Metallbrunnen mit farbig lackierten Patrizierwappen und mehreren Wasserspeiern, denen das Wasser fortblieb. Kinder warfen Blechschachteln und Frühstückspapier in das tote Becken. Das Rathaus hatte kunsthistorische Berühmtheit, denn es besaß Freitreppe und Spitztürme, Fachwerk und Holzschnitzfiguren und war ein Werk der gotischen Baumeister Thomas Hagenow Vater und Sohn. Am Großen Markt begann der Suderweg, an dessen Ende, links neben dem Sudertor, hinter einer Straßenbiegung das Gymnasium stand. Hier wurde Jacob Schüler ab dem Sommer 1942.

Daneben gab es die Verpflichtung, dass Jacob ein Pimpf war bei Adolf Hitlers Jungvolk. Zweimal die Woche sollte er sich einfinden an dem vorgeschriebenen Treffpunkt, das war der dreckige Platz neben dem Schlachthofgebäude. Der Wimpel mit dem Hakenkreuz im Rhombus hing an seiner Stange schlaff herab. Lastwagen voll stinkender Kühe fuhren herbei und durchs Schlachthoftor. Drinnen brüllte schmerzlich vieles Vieh. Jacob vermied, so oft das möglich war, bei dieser Art Dienst zu erscheinen. Robert schrieb ihm die dazu nötigen Entschuldigungszettel. Manchmal schien in Grotenweddingen aller Krieg sehr weit fort.

Robert war unabkömmlich in Henselers Motorenfabrik. Es gab niemanden mehr wie zum Beispiel Gerda in Chemnitz. Jacob gewöhnte sich an die Abwesenheit von Frauen, wie an das

Leben in Grotenweddingen, wie an die Leute und die Sprache von Grotenweddingen. Eine Hakenkreuzfahne besaß Robert immer noch nicht, konnte sie also nicht vors Fenster setzen und hatte, wenn ihn der Blockwart darüber ins Gespräch zog, immer noch flapsige Wörter im Mund. Häufig gab es jetzt Fliegeralarm. Walter Henseler hatte seine Wohnblöcke gleich mit Luftschutzkellern errichten lassen, die Decken aus Stahlbeton, eiserne Klappen vor Ausgangsschächten und Fenstern. Wenn Sirenen heulten und die Hausbewohner mit ihren vorsorglich gepackten Koffern in die Keller hasteten, stand Robert, sofern er überhaupt zu Hause war, lieber draußen im Freien und kümmerte sich überhaupt nicht darum, dass er damit gegen Verbote verstieß.

9

Kersting war an Josef Hoffmann über Umwege gelangt. Eigentlich hatte er über den belgischen Jugendstilarchitekten Henry van de Velde arbeiten wollen, er hatte einiges an Zeit und Mühe auf die Sache verwendet, zweihundertzehn von geplanten vierhundert Seiten waren bereits geschrieben, als ein DDR-Wissenschaftsverlag eine ausführliche van-de-Velde-Monografie druckte. Kersting kannte den Autor. Jörg M. Schliephake war Dozent an der Kunstakademie Berlin-Weißensee, ein langer Menschen mit breiten Schultern, dröhnender Stimme und einem auffällig großen Adamsapfel. Kersting mochte ihn nicht, und er mochte Schliephakes Texte nicht.

Das lag wohl auch daran, dass sich Schliephake als Widerpart von Creyenveldt sah, dem Vater von Kerstings Frau. Schliephake verdächtigte Creyenveldt des ideologischen Revisionismus, was er freilich so direkt nicht aussprach, vielmehr hinter Andeutungen, Mutmaßungen und rhetorischen Fragen vorsichtig verbarg. Creyenveldt galt als Autorität, immer noch, allein seiner Biografie wegen, doch bot er auch Angriffsflächen, da ihm die in der DDR erzeugte Bildkunst, wie er gelegentlich äußerte, überwiegend missfiel.

Dass Kersting über van de Velde arbeitete, war weithin bekannt. Kersting hatte Aufsätze, Radiobeiträge und einen Fernsehfilm zum Thema publiziert. Schliephakes Buch kam völlig überraschend, und Rezensionen rühmten es alsbald als Standardwerk. Das Leipziger Verlagshaus, mit dem Kersting in Verhandlungen stand, kündigte den Vertrag und überwies ein Abstandshonorar.

Dies alles geschah, als sich Kersting auch sonst in allerlei Schwierigkeiten befand. Er hatte ein Verhältnis mit Gwendolyn begonnen, einer aufstrebenden Künstlerin, sie malte Bilder in der naiven Manier des Zöllners Rousseau und der Grandma Moses. Aus Neugier hatte er eine ihrer Verkaufsausstellungen besucht, in einer privaten Galerie, die aus drei großen Zimmern einer etwas muffigen Berliner Altbauwohnung am Prenzlauer Berg bestand. Der Galeriebesitzer lebte von Käufern, die reiche Ärzte und ausländische Diplomaten waren. Der Klatsch unterstellte ihm ein intimes Verhältnis mit der Staatssicherheitsbehörde.

Gwendolyns Bilder gefielen Kersting. Sie erinnerten ihn an frühere Arbeiten seines Vaters. Gwendolyn selbst war eine fleischige Person mit großen blauen Augen, dichten rotbraunen Locken und einem Gesicht voller Sommersprossen. Vor unstillbarem Hunger nach Zärtlichkeit schien sie zu beben. Sie hatte eine angenehm heisere Stimme und einen reizenden S-Fehler. Ihre Bewegungen waren von somnambuler Trägheit.

Kersting besuchte sie regelmäßig in ihrem Atelier. Er verbrachte Wochenenden mit ihr in abgelegenen Dorfgasthöfen der Mark Brandenburg. Einmal fuhr er mit ihr, da sie es so wünschte, an die herbstliche Küste der Ostsee. Drei Tage lang wohnten sie in einem Haus, das Creyenveldt gehörte und für das Kersting einen Schlüssel besaß. In der Nachbarschaft lebte eine neurotische junge Frau, die Kersting seit Jahren kannte.

Hinterher sagte er sich, es sei mehr als leichtsinnig gewesen, sich ausgerechnet hier aufzuhalten. Kerstings Frau Sonja erfuhr von Kerstings Besuch, und sie erfuhr von Kerstings Begleitung. Es kam zu langen peinigenden Auseinandersetzungen zwischen den beiden Eheleuten, bis Kersting entnervt die gemeinsame Wohnung verließ. Er suchte sich zwei Zimmer in einem alten Mietshaus hinter dem Oranienburger Tor. Er zog dort ein, mit drei Koffern, ein paar hundert Büchern und einem unfertigen Manuskript über den belgischen Jugendstilarchitekten Henry Clemens van de Velde.

Die Arbeiten daran kamen gut voran. Gwendolyn besuchte ihn, und er besuchte Gwendolyn. Mit Sonja telefonierte er, wenn es Probleme mit David gab, ihrem Sohn, dem die elterliche Trennung offenbar nicht bekam.

Irgendwann hatte Kerstings Verhältnis mit Gwendolyn seinen Höhepunkt überschritten. Gwendolyn interessierte sich inständig für Kerstings Arbeit über Henry van der Velde, obschon sie von belgischem oder europäischem Jugendstil nur wenig wusste und gar nichts verstand. Manchmal warf er ihr Heuchelei vor. Daraufhin brach sie in ein heiseres Schluchzen aus. Ihr weiches, nach erhitztem Eau de Cologne duftendes Fleisch begann ihn zu langweilen. Er überlegte, ob er die Sache mit Gwendolyn beenden und zu Sonja zurückkehren solle.

Da erfuhr er, dass Sonja ihrerseits eine Affäre hatte: mit Gleb Grigorjewitsch Surkow, einem Angehörigen der sowjetischen Botschaft Unter den Linden. Sonja hatte Surkow bei einem der Empfänge zum Jahrestag der Oktoberrevolution kennengelernt. Zu dieser Veranstaltung wurde sie regelmäßig eingeladen, gemeinsam mit Creyenveldt, ihrem Vater, und Kersting, ihrem Mann.

Surkow war ein drahtiger junger Mensch mit rosigem Bubengesicht unter einem schlohweißen Haarschopf. Sonjas Affäre mit ihm lief länger als Kerstings Affäre mit Gwendolyn, was Kersting erst bekannt wurde, als er aus der gemeinsamen Wohnung schon ausgezogen war. Die Mitteilung darüber, sie kam übrigens von Sonja, am Telefon, erbitterte ihn.

Bald darauf zog Gwendolyn es vor, zu ihrem Ehemann zurückzukehren. Dass sie verheiratet war, hatte Kersting erst erfahren, als sein Verhältnis mit ihr schon eine Weile lief, und auch da hatte er es bloß durch einen Zufall erfahren. Gwendolyns Ehemann lehrte an der Kunsthochschule Berlin-Weißensee. Gwendolyn hieß mit bürgerlichem Familiennamen Schliephake.

Die Beziehung zwischen Sonja und Gleb Grigorjewitsch Surkow ging dann gleichfalls zu Ende, denn es verstieß gegen alle Regeln, dass ein verheirateter sowjetischer Botschaftsrat ein Liebesverhältnis mit einer verheirateten deutschen Frau unterhielt, selbst wenn diese Frau in Moskau geboren war und besser Russisch sprach als Deutsch. Auch die Bedingungen unter dem neuen KPdSU-Generalsekretär Michail Sergejewitsch Gorbatschow änderten an den entsprechenden Vorschriften nichts, oder sie änderten nichts für die sowjetische Botschaft Unter den Linden. Gleb G. Surkow wurde aus Berlin abberufen und nach einem kurzen Zwischenaufenthalt im

Moskauer Außenministerium versetzt an die Mission der Sowjetunion in Ulan Bator, Hauptstadt der Mongolischen Volksrepublik.

Sonja reagierte darauf mit einer schweren psychischen Erschütterung. Sie trank viel. Sie verzehrte unentwegt Beruhigungstabletten. Immer öfter hielt sie sich im Haus ihres Vaters an der Ostseeküste auf. Ihr Sohn David schien sie wenig zu interessieren, dafür begann sie einen innigen Umgang mit jener neurotischen Nachbarin, über die sie von Kerstings Affäre mit der Malerin Gwendolyn erfahren hatte.

Kersting telefonierte manchmal mit Sonja. Wenn sie sich in Berlin aufhielt, besuchte er sie, wobei es immer wieder zu heftigen Auseinandersetzungen kam. Gelegentlich erhielt Kersting Besuch von seinem Sohn. David, einst ein sanfter und liebenswürdige Junge, hatte sich völlig verändert. Er wirkte abweisend und redete nicht viel. Meist verlangte er bloß nach Geld. Kersting schrieb ihm dann einen Scheck aus.

Als Kersting die Möglichkeit zu einem viermonatigen Arbeitsaufenthalt in Wien erhielt, empfand er das als einen erlösenden Ausweg.

10

Grotenweddingen lag vor dem Gebirge nordöstlich. Nach allen Eingemeindungen während anderthalb Jahrzehnten hatte es eine Gesamteinwohnerzahl von dreißigtausend und wucherte mit seinen Gebäuden in drei Täler hinein. Das Gebirge besaß aufgelassene Bergwerksschächte und Stollen. In den Bergwerken waren schon seit dem zehnten Jahrhundert Eisenerze gefördert worden. Reichsunmittelbare Aristokraten namens Botho, Albrecht und Ferdinand Ernst hatten sie verhütten lassen, bis der Betrieb nicht mehr rentabel war.

Schon im zweiten Jahr des durch Adolf Hitler begonnenen Weltkriegs wurde in ein paar dieser Schächte nahe Grotenweddingen auch der Förderbetrieb wieder aufgenommen. Ächzende Seilbahnen trugen das unverhüttete Erz über Biesenberg und Horstschanze bis zum Güterbahnhof, wo es krachend herabfiel in bereitgestellte Waggons. Die Seilbahn wurde durch eiserne Masten gestützt, in deren Gestängen zu klettern verboten war. Unter der Fahrstrecke drohte nach Auskünften der aufgestellten Warnschilder Steinschlag. Ungeachtet aller Warnungen und Verbote kletterten gerne Kinder in diese Masten hinein oder krochen, was gleichfalls untersagt war, in die verschütteten Einstiege von aufgelassenen Stollen.

Auch Jacob ging gerne dorthin, für eine Weile. Einmal kletterte er in einen der Masten hinein. Mit blanken Knien hing er in den höchsten Verstrebungen und legte prüfend die rechte Hand auf die Metallrollen, über die das Stahlseil mit den Förderkörben lief. Er wartete, bis einer von den Körben heran war, sammelte Nasenschleim in seinem Rachen und spie aus gespitzten Lippen auf die rötlich-grauen Erzbrocken, die der deutschen Kriegswirtschaft entgegenschaukelten. Er hatte danach immer noch genügend Feuchtigkeit im Munde und spie abermals, jetzt bloß aufs Gezweig einer Lärche, wo das hängen blieb, ein glitzernder Klumpen, den sich die Eichelhäher pflücken würden. Anschließend kletterte er wieder herunter.

Er stand vor einem Stolleneingang, der versperrt war mit zwei über Kreuz genagelten Brettern sowie einem Schild, das von drohendem Einsturz wusste. Jacob schob sich, wozu es wenig Mühe brauchte, unter den gekreuzten Brettern hindurch. Er fand sich wieder in einer Höhlung, die niedrig war und weiter ins Dunkel führte. Abgestützt war das seitlich mit Balken, auf denen als Abdeckung Bretter lagen, manche geborsten, womit sie Platz ließen für dürr und leichenblass herabhängende Wurzeln. Jacob kroch weiter. Er versuchte sich vorzustellen, wie früher Bergleute hier eingefahren waren, um Erz zu holen. Sie hatten sich ständig gebückt halten müssen oder waren kleinwüchsig gewesen, Zwerge, es gab Geschichten von Zwergen, die in der Gegend um Grotenweddingen spielten, wie auch Geschichten von Förstern, Riesen, Köhlern, Jägern, Hexen und Mönchen, alles gesammelt in dünnen hochformatigen Büchern mit Frakturbuchstaben.

Jacob las gerne darin. Er las die Geschichten zwei- und dreimal. Die ihm liebste erzählte vom Bergmönch. Der war ein ungeschlachter Kerl, Angehöriger des Zisterzienserklosters Biesenstein, das es längst nicht mehr gab, nicht einmal als Ruine und nicht wenigstens als Flurname, bloß als historische Erinnerung und als Schauplatz von Heimatsagen in dünnen großformatigen Büchern.

Der Mönch, stand zu lesen, hatte Schwierigkeiten mit dem Keuschheitsgelübde. Er war dem jungen Weib eines Handelskaufmanns aus Lüttgenweddingen hinterdrein. Die Frau wies ihn ab, voll flammender Empörung, die aber schwand mit der Zeit, bis sie ihn erhörte und ihm aufseufzend erlag. Heimlich traf sie sich mit ihm, in ihrem Haus, nächtens, wenn ihr Mann, der Händler, in Geschäften unterwegs war. Als Zeichen hatten die beiden vereinbart, dass er das Blöken eines Kalbes nachahmte, wenn er nahte, und sie, wenn sie ihn empfangen konnte, weil das Haus also leer war, ihm darauf antwortete mit dem imitierten Bellen eines Hundes. Eines Tages kehrte der Händler unvermutet früh zurück. Er fand sein Weib und den Mönch in unkeuscher Umarmung. Voller Zorn griff er sich eine Axt und erschlug den sündigen Gottesmann, sein Weib jagte er in den Wald. Den toten Kadaver trug er zu einem Bergwerksschacht und warf ihn in die Tiefe. Dort spukte seither der Mönch. Er irrte umher in Stollen und Sohlen, er schlug mit der Faust gegen Wände, dass Gestein und Erde abfiel und Glänzendes hervortrat, Katzensilber, Eisenerz und wirkliches Gold. Manchmal ließ er, nicht bloß in Nächten, sein Kalbsgeblök hören. Des Händlers Weib aber war zur Hexe geworden und suchte nach ihrem verschollenen Liebhaber, klägliches Hundegebell im Mund.

Jacob war weitergekrochen. Seine Augen gewöhnten sich an die Dämmerung. Er lauschte, ob irgendwo Kalbsgeblök war. Er gelangte zu einem aufgeschütteten Steinhaufen, wo noch zwei Zigarettenstummel lagen, eine verbeulte Büchsenmilchdose und ein schwarzbraun vertrockneter Haufen Exkrement, vom Mensch oder vom Tier. Statt Kalbsblöken hörte er ein Knirschen. Vielleicht reckte der Bergmönch soeben aufseufzend seine Glieder, vielleicht gab das morsche Stollenholz nach und würde demnächst einstürzen, wie schon das Verbotsschild vorm Eingang warnend sagte. Jacob kroch aus dem Stollendunkel zurück ans Licht.

Innerhalb bloß weniger Wochen schwoll die Schülerzahl am Fürst-Albrecht-Gymnasium in Grotenweddingen um mehr als ein Drittel, denn aus Großstädten wurden Kinder und Halbwüchsige verschickt, um sie vor feindlichen Luftangriffen zu bewahren. Schleunigst musste das Gymnasium für jeden Schülerjahrgang neue Klassen einrichten, und es ließ sich nicht umgehen, dass der Unterricht in Schichten ablief, mal früh zwischen sieben und zwölf, mal ab Mittag. Auch die Lehrer wechselten. Ältere Herren, alle schon pensioniert, wurden in den Schuldienst zurückgerufen, während Studienräte in den besten Jahren die steingraue Uniform überzogen und an den Fronten unschulischen Dienst taten.

Von Suderweg und Fürst-Albrecht-Straße führte zum Schulgebäude je ein schmaler Durchgang. An jenem zur Fürst-Albrecht-Straße lagen, von außen und innen erreichbar, die Schülertoiletten, mit scharfem Geruch nach Teer und vergammeltem Urin. Der Durchgang endete auf dem Hof und an einer Linde, vor deren Stamm ein Findling stand, grau und moosbewachsen und nach vorn hin mit einer Metallplakette, die das fürstlich-grotenweddingische Wappen trug. Das war auch an der Fassade des Rathauses verschiedentlich angebracht und zeigte einen schwarzen Hirsch in gelbem Feld.

Der Findling auf dem Schulhof des Fürst-Albrecht-Gymnasiums gab den Hintergrund her für die Zusammenkunft, bei der die Oberprimaner nach bestandener Abitur-Prüfung ihren zeremoniellen Abschied erhielten. Sie trugen dann am Revers ihrer Jacken einen Lorbeerzweig, von dem ein Stoffbändchen mit den fürstlichen Farben schwarz und gelb herabhing. Schüler der unteren Klassen standen in ehrfurchtsvollem Halbkreis. Der Direktor hielt seine Rede auf Latein, bei der er pathetisch die ohnehin fistelige Stimme anhob. Er war ein großgewachsener Mensch, mit dünnen weißen Haaren, er war Vollhumanist, aber Griechisch und Hebräisch wurden im Fürst-Albrecht-Gymnasium schon lange nicht mehr unterrichtet, zu seinem Kummer. Er trug meistens speckig glänzende Anzüge. Bei seinen Schülern hatte er den Spitznamen Jupiter tonans. Unter seinem Dirigat sangen zum Abschluss der Feier alle Versammelten gemeinsam das alte Studentenlied *Gaudeamus igitur.*

Neben Linde und Wappenstein führten steinerne Stufen hinan zum höher gelegenen Platz vor der evangelischen Martinskirche. Auf der anderen Seite des Treppchens stand efeuumwachsen das Gebäude, das der Pedell bewohnte und das zudem ausgestattet war mit einem freilich seit Längerem nicht mehr benutzten Karzer. Der Pedell war ein kahlköpfiger Mann mit einem riesigen Buckel. Sein Spitzname lautete Marabu. Er ging langsam und gravitätisch, silberne Taschenuhr in der Hand, von seinem Hause aus quer über den Schulhof bis zum Hintereingang des Gymnasiums, um dort die Glocke zu läuten. Damit begann die neue Unterrichtsstunde. An der Mauer des Hauses, wo Marabu, der Pedell, wohnte, hing in rostigen Halterungen eine hölzerne Feuerleiter.

Als Sextaner des Fürst-Albrecht-Gymnasiums saß Jacob in der Mittelreihe, zweite Bank, und war damit Banknachbar von Hans Dietrich Lehmann. Der wurde Ytsche gerufen, und Ytsche war für Kröte das ostfälische Wort. Ytsche Lehmann hatte braunes Haar, das sich kräuselte, und neigte zur Fettleibigkeit. Feistes weißes Fleisch wuchs aus Ytsche Lehmanns ledernen Hosenbeinen, und in die geöffneten Krägen von Ytsche Lehmanns rotkarierten Hemden hing schwammig Ytsche Lehmanns Doppelkinn.

Seinen Eltern gehörte die Firma Witold & Söhne, in der Langen Gasse, die gleich hinter dem Rathaus anfing und durchs älteste Grotenweddingen lief. Hier waren sämtliche Straßen eng, gekrümmt und dämmerig. Witold & Söhne verkauften aus Holz gefertigte Gegenstände, nämlich Möbel für Wohn- und Schlafzimmer, und außerdem Särge. Witold & Söhne, Inh. Dietrich Lehmann, führten jede dieser zwei grundverschiedenen Warenarten in jeweils einem eigenen Laden. Beide Geschäfte lagen nebeneinander auf der Langen Gasse und waren vom Hausinneren her über einen gemeinsamen Korridor zu erreichen.

Jacob ging manchmal zu den Lehmanns ins Haus. Er büffelte mit Ytsche Latein und Mathematik, worin Ytsche schwach war. Jacob sah sich das Haus und den Wirtschaftshof von Witold & Söhne an.

Möbel bezogen Witold & Söhne, sagte Ytsche, von entsprechenden Fabriken aus dem Hannoverschen. Särge wurden in eigener Tischlerei hergestellt, sah Jacob, auf Vorrat oder auch auf Bestellung. Die Werkstatt befand sich hinter dem Laden-, Büro- und Wohntrakt der Lehmanns in einem Wirtschaftshof, wo es außer einer Remise für Fahrzeuge noch einen Hühnerstall gab. Die Federtiere wurden tagsüber auf den Hof geschickt, scharrten nach Kerfen und rannten immer wieder durch die geöffnete Tür in die Werkstatt. Sie waren dort raschelnd zugange, sprangen auf die Ränder halbfertiger Sarghälften und setzten ihren Kot zwischen Hobelspäne. Unter denen, wusste Ytsche und zeigte es Jacob, wenn gerade niemand in der Nähe war, versteckte Männe Festerling seine Schnapsflaschen. Marianne Lehmann, Ytsches Mutter, war argwöhnisch Männe Festerlings lästerlichen Trinkgewohnheiten hinterdrein, sie sah auf Ordnung und hatte wohl recht damit.

Dabei roch man es Männe Festerling nicht an, dass er trank. An Männe Festerling hing ausschließlich der Geruch von Knochenleim, der in der Tischlerei als Inhalt eines großen schwarzen Eisenkübels auf dem Feuer stand, süßlich vor sich hinbrodelte und zähe honigfarbene Fäden zog. Außerdem tat Männe Festerling den Mund kaum auf. Er war gänzlich sprachbehindert. Er war dies nicht, weil er etwa taub gewesen wäre, er konnte hören und hörte ganz gut. Männe Festerling war von einer Lähmung betroffen, und die hatte außer seiner Sprechfähigkeit noch ein Augenlid, das rechte, das infolgedessen ständig herunterhing, und seinen rechten Mundwinkel heimgesucht. Der Mund stand ihm immer offen nach rechts hin und hing wie das Lid herab. Krumme Zähne mit bräunlichen Flecken wurden sichtbar hinter hellgrauen Lippen. Weißer Sabber rann Männe Festerling aus dem rechten Mundwinkel bis in die silbrigen Bartstoppeln, denn Männe Festerling rasierte sich nicht oft.

Männe Festerling, erfuhr Jacob, war im Alter von fünf Jahren von einem Hengst getreten worden, auf der Domäne Behncke, und liegen geblieben mit einer Öffnung im Schädel, wo sich blutig weiß etwas Hirn erkennen ließ. Der Schädel heilte wieder zu, aber seither humpelte Männe Festerling, hielt sich schief, und dazu, wie seine Eltern in der Landwirtschaft zu arbeiten, taugte er nun nicht mehr. Von allen seinen rechten Gliedmaßen waren Arm und Hand noch am besten zu gebrauchen, also lernte er in Behncke bei Dietrich Lehmann das Schreinern. Dietrich Lehmann nahm Männe Festerling mit nach Grotenweddingen in die Lange Gasse, als er Marianne Witold heiratete, oder vielmehr heiratete Marianne Witold Dietrich Lehmann, denn ihr Vater war ganz plötzlich am Schlaganfall gestorben, und die Sargtischlerei brauchte einen neuen Meister.

Das Möbelgeschäft wurde erst viel später eröffnet, weil irgendwann Marianne Lehmann der dauernde Umgang bloß mit Toten und Hinterbliebenen zu genierlich war. Da passte es gut, dass Möbelhändler Isidor Goldmann sein Geschäft aufgeben wollte, um aus Grotenweddingen überzusiedeln nach England. Er war schon mit einer kleinen finanziellen Abfindung zufrieden.

Marianne Lehmann, sah Jacob, war bei Witold & Söhne die unumstrittene Herrscherin. Alle mussten sich vor ihr ducken, sogar Dietrich Lehmann, der Meister, und natürlich Ytsche, der bloß das Kind war, und Männe Festerling sowieso.

Männe, trink dich nich!, rief Marianne Lehmann oder: Hasse wieder jetrunken, Männe!

Marianne Lehmann hatte eine scharfe Stimme, die sie aber auch zurücknehmen und weinerlich machen konnte, wenn Hinterbliebene auftraten, traurig waren und einen Sarg bestellten. Marianne Lehmann hatte böse schwarze Augen und trug an kurzen Knochen viel strammes Fleisch. Auf lauten hohen Hacken ging sie durch die raschelnden Hobelspäne der Tischlerwerkstatt, dass die Hühner aufstoben, und redete herrisch mit Männe Festerling.

Ick wer dich noch ma rausschmaaßn, Mann!

So was brachte Männe Festerling, konnte man seinem halbgelähmten Gesicht trauen, einen tödlichen Schrecken bei. Er senkte demütig den Kopf, dass ihm der Sabber statt in die Bartstoppeln auf den Werkstattboden lief, zwischen die Hobelspäne.

Außer dem Meister, der medizinisch beurkundet ein schwaches Herz hatte und tatsächlich manchmal blaurot anlief, war Männe Festerling der Einzige, der seit Vorkriegszeiten in der Sargwerkstatt von Witold & Söhne Arbeit tat. Drei Gesellen hatten Soldat werden müssen und dienten an verschiedenen Fronten. Einer war schon vermisst. In der Tischlerei arbeiteten zwei Leute, die Marianne Lehmann Pollacken nannte, obschon einer von ihnen aus Dänemark kam. Wenn Dietrich Lehmann den Zylinder aufsetzte und anschließend den schwarzen Transportwagen mit silbrigem Girlandenmuster aus der Remise holte, um dabei zu sein, wenn seine zwei Pollacken eine frische Leiche einsargten, war Männe Festerling der Einzige auf dem Hof, dem man etwas sagen konnte. Das, wenn er darüber nachgedacht hätte, musste Männe Festerling das Selbstbewusstsein kräftigen, aber hatte er darüber nachgedacht?

Dem Wirtschaftshof von Witold & Söhne schloss sich das Untersuchungsgefängnis an. Dessen Wand zum Hof hin hatte im ersten Stock mehrere Fenster, die sich im Sommer öffnen ließen. Hinter den Gittern waren Frauengesichter, denn der Trakt neben dem Hof von Witold & Söhne war ein reiner Frauentrakt. Er erregte Jacobs Neugierde. Während zweier Wochen im Juni wurde hinter einem der geöffneten Fenster ein weiblicher Untersuchungshäftling sichtbar, der flirrende schwarze Haare hatte, sehr weiße Zähne und einen großen goldenen Ohrring.

Eines Dienstagnachmittags gegen zwei humpelte Männe Festerling über den Hof. Ytsche Lehmann und Jacob saßen an einem Tisch in Ytsche Lehmanns Zimmer. Das Fenster war geöffnet und ging auf den Wirtschaftshof. Jacob konnte sehen, wie Männe Festerling eben mal eine sperrige Kiste mit Sargbeschlägen absetzte und seufzend die Arme lockerte.

Da war ein Pfiff. Jacob beugte sich vor. Die schwarzhaarige Person hinter dem Fenster im Untersuchungsgefängnis hatte die Lippen gespitzt und pfiff eine Terz. Do, mi, do. Auch Männe Festerling hörte hin. Er blickte hoch und erkannte im Fenster Umriss, Zähne und Ohrring. Die Person blies Zigarettenrauch durchs Gitter. Anschließend rief sie was Obszönes, das Jacob nicht verstand, aber Männe Festerling verstand es offenbar genau. Männe Festerling lallte ungläubig. Sabber fiel ihm aus dem Mundwinkel als langer weißer Faden. Die Person lachte und rief nochmals was Obszönes. Jacob hielt den Atem an. Männe Festerling bückte sich und nahm die Kiste auf, um sie ächzend in die Werkstatt zu schleppen.

Dietrich Lehmann hatte sich eben den Zylinder aufgesetzt und war mit dem Wagen und einem Sarg, Eiche dunkel, zum städtischen Krankenhaus gefahren. Die beiden Pollacken hatte er wie üblich mitgenommen. Die Lehmanns beschäftigten eine Wirtschafterin, von allen bloß Fräulein gerufen, also ohne Namenszusatz, eine weißhaarige Frau, die das Essen kochte, die Böden säuberte und das Geflügel versorgte. Diesen Nachmittag, hörte Jacob von Ytsche, lag Fräulein wegen Fieber und schwerer Erkältung im Bett. Jacob zeichnete für Ytsche mit Zirkel und Lineal ein rechtwinkeliges Dreieck nach vorgegebenen Seitenlängen.

Als er den Kopf hob, erkannte er durchs offene Fenster, wie Ytsches Mutter Marianne Lehmann hochhackig aus dem Büro heraustrat auf den Wirtschaftshof. Sie hielt eine weiße Emailschüssel im Arm, nahm daraus und warf Gerstenkörner unter die Hühner. Dann tat sie, leere Schüssel in der Hand, noch einen prüfenden Blick in die Werkstatt, wo Männe Festerling allein war.

Sie fand, was sie vermutlich erwartet hatte, und auch Jacob sah es jetzt, von seinem Platz hinter Ytsches Tisch und Fenster. Männe Festerling hatte eine Schnapsflasche an seinem schiefen Mund. Jacob hörte Marianne Lehmann schreien, dass Männe Festerling ein Lüdrian sei und sie ihn endgültig hinausschmeißen werde. Das hatte sie schon oft gerufen. Es war angesichts der allgemeinen Beschäftigungslage nicht ernst zu nehmen. Männe Festerling hätte seine Schnapsflasche einfach absetzen und zwischen die Hobelspäne in die Werkstattecke stellen sollen, wie sonst auch.

Männe Festerling tat das aber nicht. Jacob sah, wie Männe Festerling immer bloß weiter trank. Jacob hörte Marianne Lehmann rufen, dass Männe Festerling nichts wie eine Krücke wäre. Hässlich und schief. Das Saufen würde ihn noch hässlicher machen. Aus purem Mitleid würde Männe Festerling geduldet bei Witold & Söhne. Das sollte aber jetzt ein Ende haben.

Mit greller, in der Tonlage höher sich schraubender Stimme schrie Marianne Lehmann, und Jacob sah, wie dazu hohe Hacken das Pflaster des Wirtschaftshofes traten. Die Schüssel hielt Marianne Lehmann weiter in der Hand. Unter den Achseln der hellgrün schillernden Kunstseidenbluse, sah Jacob, standen schwarze Schweißflecke.

Männe Festerling sah es vielleicht auch. Männe Festerling setzte die inzwischen leergetrunkene Schnapsflasche ab. Er öffnete die Finger, dass die Flasche freikam und zwischen die Hobelspäne fiel. Sein Gesicht senkte er auch jetzt noch kein bisschen. Aus schiefem Mund würgte er Laute heraus, die am ehesten als Marianne zu verstehen waren, Vorname von Frau Lehmann.

Da war nun immer noch die Person mit schwarzem Haar, weißen Zähnen und goldnem Ohrring hinterm offenen Fenster des Frauentrakts. Ihre Zigarette hatte sie ausgeraucht. Mit höchstem Interesse schien sie zu beobachten, was unten im Wirtschaftshof geschah. Die Person gab ihr Missfallen an Marianne Lehmanns Handlungsweise, sie gab ihr Mitgefühl mit Männe Festerlings allgemeinem Schicksal in rohen Worten kund.

Männe Festerling sprang plötzlich Marianne Lehmann an. Er tat dies in der Art, wie große Wachhunde tun, und hatte tatsächlich in seinem Munde ein hündisches Geräusch. Jacob legte den Zirkel beiseite. Auch Ytsche Lehmann beugte sich vor. Die Frauensperson hinterm geöffneten Fenster des Untersuchungsgefängnisses klatschte in die Hände und schrie Beifall.

Marianne Lehmann hatte mit alledem nicht gerechnet. Sie ließ die leere Futterschüssel fallen und bewegte sich sonst nicht. Männe Festerling umschlang mit seinem rechten Arm

Marianne Lehmanns Nacken und riss mit der linken Hand, die seine kräftige war, die Kunstseidenbluse herunter, dass der Stoff schrie. Unter der Bluse trug Marianne Lehmann weiße Unterwäsche.

Noch immer stand sie bewegungslos. Vielleicht war sie tief beeindruckt von Männe Festerlings Aufsässigkeit. Vielleicht genoss sie sogar, wie er stark war, ihre Bluse zerriss und als nächstes ihre weiße Unterwäsche zerreißen würde. Was Männe Festerling wollte, war wohl offensichtlich, jedenfalls für Marianne Lehmann, und vielleicht hätte sie, verheiratet mit einem Mann, der bei Herzanfällen immer blaurot anlief, es sogar geduldet, wenn nicht heller Nachmittag gewesen wäre, wenn nicht Ytsche, ihr Sohn, und dessen Schulkamerad Jacob hinterm offenen Fenster gesessen hätten und zugesehen, wenn nicht die ordinäre Frauensperson aus dem Untersuchungsgefängnis die Geschehnisse verfolgt hätte, wobei sie auch immer noch Männe Festerling anfeuerte mit lauten Worten.

Marianne Lehmann stemmte sich gegen Männe Festerlings rechten Arm. Sie lief dunkelrot an im Gesicht vor vieler Anstrengung. Sie benutzte den schließlich entstehenden Abstand, dass sie Männe Festerling mit dem hochhackigen Schuh in die Leiste trat. Männe Festerling grunzte schmerzlich, ließ die Arme sinken und torkelte zurück in die Werkstatt. Marianne Lehmann, Fetzen ihrer Bluse in der Hand, rannte ins Haus. Die leere Futterschüssel blieb auf dem Hofpflaster. Die Weibsperson im Frauengefängnis schickte Marianne Lehmann außer Gelächter noch Schmähungen hinterdrein.

Als Nächstes verschloss Männe Festerling das Werkstatttor. Jacob konnte hören, wie Marianne Lehmann im Nebenzimmer das Telefon betätigte, um nach der Polizei zu rufen. Eher als ein Gendarm erschien Dietrich Lehmann mit Zylinder, schwarzem Lieferwagen und zwei Pollacken. Marianne Lehmann hatte sich eine andere Bluse übergezogen und ging wieder hinaus auf den Hof. Jacob konnte sehen, wie Marianne Lehmann offenbar Bericht gab, wozu sie weinerlich ihre Schultern zucken ließ. An eine Vollendung des rechtwinkeligen Dreiecks war nicht mehr zu denken. Auch Ytsche Lehmann zeigte sich an den Ereignissen auf dem Hof deutlich interessiert.

Jacob sah, wie Dietrich Lehmann erst mal den Zylinder absetzte und sich mit dem Handrücken über die Stirnglatze strich. Dietrich Lehmann schüttelte ungläubig den Kopf. Er ging zwischen den pickenden Hühnern schräg über den Hof bis zum Werkstatttor. Er versuchte es zu öffnen, was ihm aber nicht gelang. Das Tor war von innen verriegelt. Anzunehmen, dass Männe Festerling es zusätzlich blockiert hatte, mit Holzböcken oder Fichtenbrettern.

Männe, mach dich auf! rief Herr Lehmann, zweimal, und als nichts erfolgte, rief er: Nu mach dich man! Auch das bewirkte nichts. Herr Lehmann musste schließlich seine zwei Pollacken zu Hilfe rufen, und selbst die hatten um die zehn Minuten zu tun.

Längst hatte es auch Jacob und Ytsche Lehmann nicht mehr gehalten an ihrem Tisch in Ytsche Lehmanns Zimmer. Bloß erst zur Hälfte vollendet blieb das rechtwinkelige Dreieck auf rosigem Millimeterpapier. Spätestens als die zwei Pollacken eine Brechstange heranschafften, unter Dietrich Lehmanns sachkundiger Anleitung, liefen Jacob und Ytsche Lehmann quer über den Wirtschaftshof, dass die Hühner auseinanderstoben. Weder Dietrich Lehmann noch Marianne Lehmann noch die beiden Pollacken achteten auf die zwei Jungen. Die Pollacken waren vollauf damit beschäftigt, ihre Brechstange anzusetzen, um sich dann sofort mit ihrem Körpergewicht dagegen zu werfen, unter Dietrich Lehmanns Kommando.

Die Tür brach auf. Holz splitterte, Metall sprang auf Stein. Fichtenbretter, von innen gegen die Klinke geklemmt, fielen krachend heraus, auf das Pflaster und zwischen die Hühner. Dietrich Lehmann, Marianne Lehmann und die beiden Pollacken traten in die Werkstatt. Ytsche Lehmann und Jacob waren ihnen hinterdrein.

Jacob konnte nur einen Blick tun, dann wurde ihm gleich übel. Er musste sich umdrehen und die Werkstatt verlassen. Ytsche Lehmann hielt bedeutend länger aus. Was er sehen konnte, kaum verdeckt durch die Beine seiner Eltern und die der beiden Pollacken, war aber dies:

Männe Festerling lag im Unterteil eines Sargs aus ungebeizter Fichte. Neben seiner rechten Hüfte lag die leere Schnapsflasche. Mit einem Rasiermesser hatte er sich die Gurgel durchgeschnitten. Es musste als sonderbar gelten, dass Männe Festerling ein Rasiermesser bei sich führte, da er so selten seine Bartstoppeln abnahm.

Die Hand mit dem Messer lag ihm mitten auf der Brust. Der Kopf mit der halb durchgeschnittenen Gurgel war etwas zur Seite gerollt. Das Blut stand als dicke Pfütze auf dem Sargboden. Sie würde sich später entfernen und der verbliebene Fleck mit dunkelbrauner Beize zudecken lassen.

Nach einer Weile stellte sich eine weiße Leghornhenne auf den Rand des Sargunterteils und blickte aus schräggestelltem Hühnerkopf ungläubig herab auf Männe Festerlings Hand mit dem blutbeschmierten Rasiermesser. Da wurde es dann auch Ytsche Lehmann übel, so wie vorher Jacob, der inzwischen längst draußen in der Sonne stand und nach Atem japste.

Die Tischlerwerkstatt von Witold & Söhne würde in der Folgezeit bloß noch mit den zwei Pollacken auskommen müssen, und das war bei diesem gesamten Vorfall vielleicht das Allerärgste.

11

Josef Hoffmann also. Anfangs wusste Kersting von ihm kaum mehr als das, was in Nachschlagewerken über die Kunst der Jahrhundertwende zu lesen war: Josef Hoffmann, Wiener Baumeister und Designkünstler, hatte den Jugendstil seines bedeutenden Lehrers Otto Wagner gleichermaßen fortgesetzt wie modernisiert, wobei er eine Vorliebe für das regelmäßige Viereck entwickelte, was ihm den Spitznamen Quadratl-Hoffmann eintrug.

Bei näherer Beschäftigung erschien er immer eindrucksvoller. Seine Produktivität war überwältigend. Die von ihm ausgehenden Einflüsse erreichten noch den auffolgenden Konstruktivismus, Charles Édouard Jeanneret-Gris, bekannter als Le Corbusier, erklärte nachdrücklich, wie sehr er sich in der direkten Nachfolge Josef Hoffmans sah. Hoffmanns Arbeiten waren entschieden eigenwilliger als die van de Veldes. Kersting meinte, es sei vielleicht ein Glücksfall, dass er sich statt mit dem belgischen mit dem Wiener Stilkünstler zu beschäftigen habe. Die erste Anregung dazu war durch seinen Leipziger Verleger erfolgt.

Josef Hoffmann wurde 1870 im südwestmährischen Pirnitz oder Brtnice geboren, einer Kleinstadt nahe Iglau oder Jihlava, achtzig Kilometer von Brünn entfernt und zweihundert Kilometer entfernt von Wien. Aus der gleichen Landschaft kamen noch andere Vertreter der damaligen Architekturmoderne, so

Hoffmanns späterer Intimfeind Adolf Loos. Hoffmann besuchte eine Privatschule und danach, übrigens zusammen mit Loos, das Gymnasium. Er litt an auffälliger Gedächtnisschwäche. Die fünfte Gymnasialklasse musste er wiederholen und wurde selbst danach nicht versetzt, was er lebenslang als eine gesellschaftliche Schande empfand. Gemeinsam mit einem Freund, dem Sohn des Ortsbaumeisters, suchte er Baustellen auf und half dort aus. Auf diesem Wege fand er zu seinem Beruf. Er durchlief eine höhere Gewerbeschule und lernte ab 1882 bei Otto Wagner in Wien, wo auch Adolf Loos studierte.

Die stille Zähigkeit, mit der Hoffmann seinen Aufstieg betrieb, aller sozialen und intellektuellen Behinderung zum Trotz, begann Kersting zu beeindrucken. Vielleicht war hier nicht bloß eine ästhetische Leistung zu beschreiben. Vielleicht gab es hier eine Übereinstimmung zwischen Geist und Charakter. Natürlich wusste Kersting, dass, wer ein gutes Kunstwerk erschaffe, nicht auch ein guter Mensch sein müsse. Creyenveldt, sein Lehrer und Vater seiner Frau Sonja, spottete darüber in seinen Vorlesungen, er nannte es einen ebenso populären wie fundamentalen Irrtum, der für die bildenden Künste noch weniger zutreffe als für Musik oder Dichtung. Möglicherweise gab es Ausnahmen. Möglicherweise war Josef Hoffman diese Ausnahme.

Schon in Berlin, also noch vor seinem Aufbruch nach Wien, hatte Kersting sich vorgenommen, eine wichtige und grundlegende, eine vielleicht Aufsehen machende Arbeit zu verfassen. Jetzt sah er dazu die Chance. Er wusste zugleich, dass es seine letzte war.

12

Im Frühherbst 1943 war es bei Henselers Motorenwerken am Stadtrand von Grotenweddingen zu Störungen gekommen. Manche Werkstücke erwiesen sich nach der Auslieferung als plötzlich unbrauchbar. Robert war laut Personalakte ein ehemals eingeschriebener Kommunist.

Eines sehr frühen Morgens, nämlich vier Stunden nach Mitternacht und zum Ende der Spätschicht, standen am Haupttor von Henselers Motorenwerken zwei Männer mit ölig glänzenden schwarzen Ledermänteln am Leibe und dunkelgrauen Filzhüten auf dem Kopf. In dem mehrere hundert Menschen starken Strome derer, die von der Spätschicht kamen und die jeder ihre Karten in die schnarrende Stechuhr steckten, wurde ihnen sofort und ohne alle Schwierigkeit Roberts Person auffällig. Der seinerseits, als sie auf ihn zutraten, kannte die Männer überhaupt nicht. Einer der beiden zeigte seine Ausweiskarte vor. Der andere umfasste Roberts rechten Oberarm und forderte zu unauffälligem Mitkommen auf. Am Straßenrand wartete ein schwarzer Personenkraftwagen der sächsischen Automobilmarke Wanderer. Die Scheinwerfer waren ihm wie vorgeschrieben mit einem Überzug aus schwarzem Kunstleder verdeckt, bloß ein schmaler Spalt gab etwas Licht frei, entsprechend den allgemeinen Verdunkelungsvorschriften für den Luftschutz.

Jacob, als er an diesem Morgen erwachte, fand Robert nicht vor. Das erschien ihm auffällig, beunruhigte ihn aber nicht, da sich so etwas auch schon früher ereignet hatte, in wenigen Einzelfällen, für die es hinterher aus Roberts Mund eine Erklärung gab, die mit der Arbeit befasst war, also mit Schwierigkeiten in den Produktionsanlagen von Henselers Motorenwerken.

Jacob ging zur Schule, wie er gewöhnlich tat. Er kehrte am Mittag zurück und fand nirgends ein Anzeichen, Robert habe sich zwischendurch in der Wohnung aufgehalten. Weiterhin fühlte Jacob keinerlei Unruhe. Er versah die aufgetragenen Schularbeiten in Mathematik, Latein und Geografie. Am Abend gab es immer noch kein Zeichen von Robert. Jetzt begann Jacob Unruhe zu fühlen. Er schlief trotzdem in der Nacht. Er wachte auf bei einem Fliegeralarm, kleidete sich an, trug einen Koffer in den Luftschutzraum und wartete, dass die Sirenen zur Entwarnung heulten. Der Fliegeralarm dauerte gerade bloß eine halbe Stunde.

Als er morgens nach dem Aufwachen immer noch nichts von Robert vorfand, überfiel ihn Unruhe. Er ging wieder zur Schule. Nach der ersten großen Pause ließ er die folgenden Unterrichtsstunden aus und ging stattdessen, hastig und atemlos, vom Fürst-Albrecht-Gymnasium fort über Sudergasse, Bahnhofstraße und Adolf-Hitler-Straße bis zu Henselers Motorenfabrik.

Das Eingangstor war ein zurückgenommenes hellgraues Stahlgitter. Die Aufschrift darüber bestand aus zusammengeschweißten Metallstangen. Die Spitze der herabgelassenen Holzschranke, lackiert in den Farben rot und weiß, zeigte genau auf die Tür eines aus Klinkern gemauerten Häuschens. Der Werkschutzmann trug eine schwarze Uniform. Er hatte bloß einen Arm, den linken, sein rechter Ärmel steckte lose in der Uniformjackentasche. Der Mann lehnte mit steifem Rücken an der Holzschranke und rauchte eine Zigarette. Er beugte sich lächelnd zu Jacob herab und vernahm Jacobs Frage. Er warf seine Zigarette auf den Boden, zertrat sie und begab sich in das Klinkerhaus. Jacob konnte durchs Fenster erkennen, wie der Werkschutzmann mit seiner verbliebenen linken Hand den Telefonhörer abhob und beiseite legte, eine Nummer wählte, den Hörer wieder aufnahm und jetzt ans Ohr hielt. Jacob sah den Mund des Werkschutzmannes reden. Zu verstehen war wegen der Glasscheibe kein Wort. Der Mann nickte zuerst, schüttelte dann zweimal den Kopf, dabei war es, als ob sein Gesicht gefriere. Er legte den Telefonhörer zurück in die Gabel. Jetzt öffnete er bloß das Fenster, beugte sich vor und sagte, Robert halte sich im Betrieb nicht auf, mehr könne hier nicht geäußert werden. Dem Mann war nicht anzumerken, ob er den verängstigten Jungen vor seinem Fenster bedauerte.

Jacob nickte. So viel begriff er: dass etwas Besonderes passiert war. Er konnte sich nicht vorstellen, was genau es war. Er ging langsam von dem Werktor wieder fort, in die Adolf-Hitler-Straße hinein, also direkt in Richtung auf das Fürst-Albrecht-Gymnasium, und erst als er das Sudertor schon sah, hinter den Bäumen der städtischen Badeanstalt, entschied er sich anders und ging lieber sofort in die Wohnung.

Er setzte sich in die Küche. Er drehte das Radio an, wo gerade ein bekanntes Lied gespielt wurde, *Antje, hörst du nicht von ferne das Schifferklavier.* Er schaltete das Radio wieder ab. Er wartete eine Stunde. Wenn draußen auf dem Hausflur hörbar eine Tür bewegt wurde, überfielen ihn Hoffnung und Erwartung glühheiß wie ein Fieberstoß. Er rannte zum Wohnungseingang und öffnete. Er wollte sehen, atemlos, wie Robert käme. Er wollte ihm entgegenrennen, er wollte sich an Roberts Leib klammern und alle Angst und Unruhe aus sich herausschreien. Er erblickte einmal eine dicke Frau, die japsend, das prall gepackte Einkaufsnetz in der Hand, die Treppe hinanstieg, wobei sie nach jedem zweiten Schritt innehielt. Er erblickte einmal die Briefträgerin, die gerade in ihrer Umhängetasche wühlte und etwas in den Postschlitz der Nachbarwohnung steckte. Die übrigen Male sah er niemanden. Da war es vielleicht überhaupt bloß eine Täuschung gewesen.

Zwischendurch zwang er sich vorzustellen, wie es wäre, wenn Robert niemals wiederkäme, weil Robert vielleicht tot war. Er dachte Wörter wie Internat und Waisenhaus. Er merkte nicht, wie ihm dabei die Tränen übers Gesicht liefen. Unterdessen war Mittag geworden, er holte sein Fahrrad aus dem Keller und fuhr zu seinem Schulfreund Ytsche Lehmann. Die Angst machte, zusammen mit der Anstrengung, dass ihm Kehle und Gaumen dröge wurden, auf der Zunge hatte er einen Geschmack, als lecke er Staub.

In der Langen Gasse stieg er von seinem Rad. Fräulein stand in der Küche, nickte ihm mürrisch zu und hantierte dann wieder an ihrem Küchenherd, auf dem mittäglicher Eintopf brodelte. Jacob fing plötzlich zu weinen an, Marianne Lehmann musste zahlreiche zerhackte Wörter aus ihm herausfragen und nahm ihn zum Trösten in die Arme, was er sich fast ohne Widerstreben gefallen ließ. Er fühlte sich bedrängt von sehr viel weichem Fleisch, das nach Schweiß und Lavendel roch.

Anschließend sorgte Marianne Lehmann dafür, dass er von den Birnen mit Räucherfleisch und Kartoffeln aß, die Fräulein in reichlicher Menge aufgetragen hatte. Nu iss dich man, sagte sie, und Jacob aß und wurde tatsächlich ruhiger. Danach stieg er wieder auf sein Fahrrad. Als er heimkam, traf er, womit er fast nicht mehr gerechnet hatte, Robert im Badezimmer. Robert rasierte sich einen zwei Tage alten Bart und hatte entzündete Augen. Er lachte etwas, als er Jacob sah. Er wischte sich Seifenschaum vom Gesicht und sagte, es sei alles in Ordnung.

13

Die meisten der in Ost-Berlin verhafteten jungen Leute seien wieder frei und ausgereist nach Westdeutschland. Ein paar von ihnen weigerten sich allerdings, den dazu erforderlichen Ausreiseantrag zu stellen. Mitteilungen solcher Art, als Schlagzeile von Zeitungen, die in Kiosken der Inneren Stadt auslagen, erreichten Kersting in einem überwiegend mit Empfindungen der Taubheit und der Euphorie besetzten Zustand.

Seine augenblickliche Erlebniswelt konnte er sich mit den Namen und Verläufen von Straßen im achten Wiener Gemeindebezirk umreißen, der den Namen Josefstadt trug und westlich der Ringstraße lag. Das Studentenhotel, in dem Kersting wohnte, stand an der Pfeilgasse. Sie durchquerte die Josefstadt in ihrer fast gesamten Ausdehnung. Als bauliche Sonderbarkeit gab es eine mehr als mannshohe Mauer, die zwischen Lerchen- und Tigergasse die Pfeilgasse gleichsam auseinanderschnitt und dadurch unpassierbar machte. Kersting musste an Berlin denken, wo es Straßen solcher Art seit dem Jahre 1961 in beträchtlicher Anzahl gab. In der Pfeilgasse war die Mauer eine weitgehend zweckfreie Einrichtung oder bloß gemacht, dass Kersting die Stadt seines Herkommens keinesfalls vergaß.

Er konnte eine Treppe benutzen, um aus seiner Wohnung ins Erdgeschoss zu gelangen, oder den Lift. Die Treppe begann unmittelbar neben seiner Wohnungstür. Die Stufen bestanden aus grauweißem Kunststein. Auf dem Wege zum Lift ging er an der stets offen stehenden Tür einer Teeküche vorbei. Hier begegnete er immer wieder dem jungen Mann mit den etwas ungelenken Bewegungen. Sie nickten einander zu. Beim dritten Treffen grüßte der andere Kersting hörbar mit dessen Namen. Kersting wollte stehen bleiben, sich umwenden und fragen, wieso sein Name bekannt sei. Dann erinnerte er sich, dass seit dem Datum seiner Anreise an seiner Wohnungstür seine Visitenkarte klebte. Er sah, wie der andere durch eine Tür ging, die sich nur zwei Türen entfernt von der seinen befand.

14

Eines der beiden Lichtspieltheater von Grotenweddingen trug den Namen *Corso.* Jacob war damals völlig versessen auf Kino und Filme. Er besuchte das *Corso* nach fast jedem Programmwechsel, das war ein- oder zweimal die Woche. Er setzte sich in die Nachmittagsvorstellungen. Der Zuschauerraum war selten voll besetzt. Auch die übrigen Zuschauer waren meistens Kinder, immer vorausgesetzt, die gezeigten Filme waren jugendfrei. Die Vorstellungen begannen mit Reklame-Dias und Musik von Schallplatten. Die Dias warben außer für Dörings Eisdiele und das Ausflugslokal Kranichhorst im Nöschental für die nächsten drei oder vier dem Programm zugedachten Spielfilme. Manchmal wurde, unter der Überschrift *Pst! Feind hört mit!*, vor unvorsichtigem Gerede gewarnt, wobei sich von links unten nach rechts oben ein bedrohlicher Männerschatten über die Leinwand legte. Die Schallplattenmusik wurde schließlich abgebrochen. Ein dreifacher Gong ertönte, das Licht erlosch vollends, und das eigentliche Filmprogramm fing an.

Jacob liebte diese Augenblicke und genoss sie sehr. Dabei waren die Kulturfilme immer langweilig. Die Deutsche Wochenschau fing damit an, dass hinter dem majestätisch gereckten Reichsadler zu dröhnender Musik ein Strahlenkranz in Bewegung geriet. Darauf folgten Aufnahmen von der Ostfront. Jacob in seinem Plüschsitz stemmte gelangweilt einen Fuß gegen eine Stuhllehne der Vorderreihe und kaute ein gelbes Karamellbonbon.

Er betrat das *Corso* nie durch den Vordereingang. Viele der gezeigten Filme waren nicht zugelassen für Jugendliche unter vierzehn. Frau Zinke, die Besitzerin und eine grämliche Person, achtete streng darauf, dass an niemanden, der unter vierzehn war oder doch so aussah, eine Eintrittskarte verkauft würde. Sie hatte Angst vor Kontrollen und davor, dass sie wegen minderjähriger Besucher in Erwachsenenfilmen irgend Ärger bekam.

Frau Zinkes Tochter Geesche war ein Jahr jünger als Jacob und Ytsche Lehmann. Meistens spielte sie mit ihren schmuddeligen Puppen im halbdunklen Hof des Hauses Lange Gasse neun und war damit vollauf zufrieden. Manchmal hatte sie Lust auf Filme mit Wolf Albach-Retty und Siegfried Breuer, der einen dämonischen Schnurrbart trug. Geesche wusste, wie sie über den Hof des *Corso*-Gebäudes durch einen Hintereingang ins Kino kommen konnte. Der Hintereingang blieb immer abgeschlossen, auf Anweisung von Frau Zinke. Geesche wusste, wo ihre Mutter den Schlüssel versteckte. Geesche nahm sich heimlich den Schlüssel und gab ihn an Jacob und Ytsche Lehmann heraus.

Noch lieber ging sie selber mit ins *Corso*. Sie öffnete behutsam die Hintertür. Dort fing eine Treppe an, die, an der Vorführkabine vorbei, zunächst auf den Rang führte, wo der dunkelrote Logensesselplüsch schwach nach Mottenpulver roch. Vom Rang lief eine andere Treppe hinunter ins Parkett. Die Hintertür wurde am besten geöffnet unmittelbar nach Beginn der Reklame-Dia-Schau. Frau Zinke war da vollauf mit dem Projektor beschäftigt.

Geesche ermöglichte Jacob und Ytsche den heimlichen Weg

ins Filmtheater *Corso* und verlangte dafür entsprechend Tribut. Geesche wollte zum Beispiel, dass Jacob sich neben sie legte, unter einen mit Dachpappe gedeckten Schuppen im Hof des Hauses Lange Gasse neun, wo immer ein scharfer Geruch nach Holzschutzmitteln hing. In dem Schuppen stand neben einem alten Leiterwagen und verschiedenem Metallgerät ein aus Matratzen und alten Sofadecken hergerichtetes Bett, das sich Geesche gemacht hatte, für ihre schmuddeligen Puppen und für Jacob. Sie wollte, dass der neben ihr auf dem Bett liegende Jacob die Augen schloss und seinen Mund drückte auf ihren, der fast immer verschmiert war von Süßigkeiten, am liebsten Kunsthonig und Schokolade. Nicht bloß deswegen ekelte sich Jacob und weigerte sich, Geesches Forderungen zu erfüllen. Ytsche Lehmann, der Geesche schon lange kannte, war neidisch auf Jacob gerade deswegen. Jacob wusste das. Ytsche hatte es ihm gestanden, mit hochrotem Gesicht. Geesche machte sich lustig über Ytsche, sie nannte ihn fett und schwabbelig, was Ytsche zu schaffen machte und dazu führte, dass er immer noch hündischer wurde zu Geesche und immer noch neidischer auf Jacob.

Geesche ging mit Jacob ins Filmtheater *Corso* zu einer Nachmittagsvorstellung des Veit-Harlan-Films *Jud Süß*, der sogar für Jugendliche unter achtzehn Jahren verboten war. Über die Entschädigung, die sie verlangte, verlor Geesche kein Wort. Jacob hatte ihr vorher bloß versprechen müssen, dass er eine Belohnung geben müsse, was es auch sei. Jacob fürchtete, dass sie vielleicht beträchtlich ausfiele, aber er war enorm neugierig auf diesen Film, über den alle Welt redete, und wollte ihn unbedingt sehen.

Jud Süß erzählte von einem Menschen namens Oppenheimer im achtzehnten Jahrhundert. Ein fetter Herzog schickte nach dem jungen Mann, der in einer engen Gasse mit sonderbaren Leuten lebte. Er hatte eine fransigen Kinnbart und komische Löckchen direkt neben den Augen. Oppenheimer verwandelte sich dann in einen eleganten Menschen und fuhr in einer Kutsche nach Stuttgart. Unterwegs begegnete ihm Kristina Söderbaum. Am Stuttgarter Hof regelte Oppenheimer die Finanzen, worunter viele Leute leiden mussten. Oppenheimers Berater hieß Levy und war ziemlich mies. Oppenheimer ließ einen Schmied vertreiben, der nicht zahlen konnte. Aus irgendeinem Grund war er hinter Kristina Söderbaum her und feierte tolle Feste. Kristina Söderbaum ging ins Wasser, denn um ihren Verlobten aus dem Gefängnis zu holen, hatte sie sich vorher eingelassen mit Oppenheimer. Die Sache endete damit, dass der fette Herzog tot war und Oppenheimer in einem Eisenkäfig auf einen hohen Galgen gezogen wurde, wozu er laut jammerte. Viele Leute sahen ihm zu und johlten. Der Boden des Käfigs ging auf, heraus baumelten Oppenheimers nackte Füße, und Schneeflocken fielen, denn es war Winter. Jemand sagte dazu, die Juden wären ein Unglück und man sollte sie vertreiben.

Jacob fand, dass Kristina Söderbaum doof war und ihr Wassertod völlig in Ordnung. Es gab viele ekelhafte Leute, die überhaupt keine Juden waren, zum Beispiel Jungzugführer Rohwedder. Jacob konnte sich unter Juden nicht viel vorstellen. Er hatte noch nie jemanden getroffen, von dem er wusste, dass er Jude war.

Zwei Tage später wollte Geesche ihren Lohn für den Besuch von *Jud Süß*. Jacob musste sie in ihrem Schuppen besuchen. Geesche grinste. Schmatzend aß sie von einer Nougatstange, an ihren Mundwinkeln klebte hellbraune Süßigkeit. Sie stellte sich vor Jacob und legte ihm einen Arm um den Hals, zugleich griff sie mit der anderen Hand in die rechte Beinöffnung seiner kurzen Hose. Jacob verkrampfte sich. Geesche sagte: Hab dich man nich. Dazu versprühte sie süße Speicheltröpfchen, da sie immer noch Nougat kaute. Sie sagte dann, wenn sich Jacob jetzt weigere, also die versprochene Belohnung nicht liefere, sei es für alle Zeiten vorbei mit Besuchen im *Corso* durch die Hintertür. Dann zog sie ihre Hand aus Jacobs Hosenbein heraus und packte Jacobs Linke, die sie unter ihr Kleid schob und hinter den Gummizug ihres Schlüpfers bis zwischen ihre Beine. Jacob fühlte schlaffe Haut, eine Vertiefung und etwas Feuchtigkeit. Er wusste nicht, was mit seiner Hand tun. Mach dich schon, keuchte Geesche. Dazu presste sie ihre Schenkel zusammen und rutschte auf Jacobs Hand hin und her. Jacob wollte die Hand fortnehmen und unterließ es. Mach dich was, keuchte Geesche und schloss die Augen. Wortlos keuchte sie weiter, bis vor ihren halboffenen Lippen hellbrauner Nougatspeichel zu Schaum wurde. Jacob fürchtete, Geesche könne auch noch verlangen, dass er seinen Mund auf ihren legte, er drehte den Kopf beiseite und entdeckte, dass hinter dem Schuppenfenster ein Kopf war. Ytsche Lehmann sah Jacob und Geesche zu und war hochrot im Gesicht vor Neid.

15

In einem Ausstellungskatalog, über dem er im Lesesaal der Österreichischen Nationalbibliothek saß, fand Kersting eine Fotoaufnahme von Josef Hoffmann. Das Profilbildnis eines älteren Menschen, mit Zwicker, über den kahlen Schädel graue Haarsträhnen gelegt, der Kopf schob sich herrisch nach vorn. Dass er einmal unter Gedächtnisschwäche und schulischem

Versagen gelitten hatte, war dem offenkundigen Selbstbewusstsein dieses Mannes nicht anzumerken.

Kersting verglich die Aufnahme mit anderen Porträts. Auf einer En-face-Aufnahme von 1903 trug Hoffmann einen gezwirbelten Schnurrbart. Eine von der Zeitschrift *Ver sacrum* gedruckte Karikatur zeigte, dass er einen Kopf größer war als sein gleichfalls abgebildeter Gefährte Koloman Moser. Er sei, las Kersting in einem Begleittext, von krankhafter Berührungsscheu gewesen gegenüber Menschen, deren Hände ihm missfielen.

Man sieht, dass es unsere erste Pflicht wäre, mit ehernen Zungen gegen alles Halbe und Erlogene zu kämpfen, gegen die Affenbrut zu wettern und ein heiliges Feuer der Reinigung zu entzünden, hellauflodernd bis zum Himmel.

Ein Hoffmann-Satz. Kersting las ihn in einem Text von 1901, der *Einfache Möbel* hieß. Heilige Feuer waren eine schreckliche Metapher, und wie sich eine eherne Zunge zum Kampfinstrument eignen sollte, entzog sich aller Vorstellung. Josef Hoffmann war ein miserabler Autor. *Muss jemand ein guter Autor sein, wenn er ein außergewöhnlicher Architekt ist?* Dieser Satz stand in einem Essay von Moritz Ginsberg, einem laut Autorenvermerk an der Universität Chicago lehrenden Kunsthistoriker, der manchmal auch als Morris E. Ginsberg auftrat.

Eine Arbeit Josef Hoffmanns war das Grabencafé. Lange Zeit eine beliebte Adresse, existierte es nicht mehr, bloß die unmittelbar daneben gelegene Konfiserie, auch eine Hoffmann-Arbeit, gab es noch. Kersting stand vor dem Schaufenster. In den Auslagen sah er bunte Schokoladenwaren. Im Halbdunkel dahinter war die Verkaufstheke. Eine Frau im Nerzmantel redete mit einer devot lächelnden Verkäuferin. Zwei ständig nickende Frauenköpfe. Die Frau im Nerzmantel gestikulierte. An ihren Fingern blitzten Brillanten.

Das Österreichische Museum für angewandte Kunst befand sich an der Ringstraße, neben dem Stadtpark mit seinem pompösen Johann-Strauß-Denkmal, dessen Kopie Kersting, am ersten Tag seines Wien-Aufenthalts und mit Blick von der Marienbrücke, auf dem Deck eines Vergnügungsdampfers gesehen hatte. Das Gebäude des Museums war verbunden mit dem der Hochschule für angewandte Kunst. Josef Hoffmann hatte dort ab 1912 ein eigenes Atelier besessen. Das Museum zeigte eine ständige Ausstellung mit Produkten der Wiener Werkstätte: Vasen, Möbelstücke, Buchbinderisches, Schmuck, Geschirr, Silberbestecke, von Moser, Olbrich, Hoffmann, Löffler, Powolny, Prutscher. Aus der Nähe besehen wurden Unterschiede, auch Schwankungen auffällig. Bei Hoffmann gab es neben Arbeiten von äußerster Prägnanz ebenso Dinge mit Linienführungen von süßer Beliebigkeit.

War das erstaunlich? Damals lebten sie alle in einer von Marasmen völlig befallenen Welt. Wien war zu Tode ermattet. Leben geschah bloß noch irgendwie, durch Routine, Müdigkeit, Achselzucken, Schlamperei, durch patriotische Beschwörungen, durch den Dunst der Kaffeehäuser und gelegentlich durch polizeilichen Zugriff. Kersting fühlte sich an die Sowjetunion erinnert. Er verbot es sich, über diese Parallele weiter nachzudenken.

Die Hohe Warte, im frühen 19. Jahrhundert ein Ausflugslokal, lag auf einer Anhöhe über dem westlichen Donauufer, mit Blick auf den Wienerwald. Hoffmann hatte wiederholt hier gebaut. Er hatte drei Villen entworfen für die Steinfeldgasse, zehn Jahre später baute er gleich nebenan die große Villa für den Bauunternehmer Eduard Ast und entwarf acht Häuser für eine geplante Künstlerkolonie am Kaasgraben. Kersting fuhr mit der Bahn bis zur Station Heiligenstadt. Er sah, dass es bei den meisten Hoffmann-Bauten die ursprünglichen Fassungen nicht mehr gab. Schneeregen fiel. Er hatte keinen Schirm bei sich. Bald war er durchnässt und fröstelte. Er verfertigte Fotoaufnahmen von den Kaasgrabenhäusern und bemerkte, dass sie sich von anderen Architekturen der Jahrhundertwende kaum unterschieden. Noch am ehesten unverändert zeigte sich die Villa von Eduard Ast. Als sich Kersting mit seinem Fotoapparat dem Gebäude näherte, schlug ein Hund an.

Der Schneeregen fiel unentwegt. Das Wasser lief ihm aus den Haaren über die Stirn und den Nacken. Er ging hastig zurück zur Bahnstation und kam dabei an einem Straßenschild vorbei mit dem Namen des Kardinals Innitzer. Das war jener Kirchenfürst, der 1938 den deutschen Einmarsch in Wien willkommen geheißen hatte, mit zum Hitlergruß erhobenem Arm.

16

Jacob war ein magerer Junge von elf Jahren, der sich nicht sehr gerade hielt. Er ließ sich sein Haar wachsen, über die als ideal vorgegebene Streichholzlänge hinaus. Die Strähnen rutschten ihm übers Ohr. Beim Schreiben, wenn er den Kopf senkte, fielen sie ihm in die Stirn und bis über die Augen. Er warf dann in einer Bewegung, die irgendwie aufsässig wirkte, den Kopf zurück und mit ihm die Strähnen.

Ytsche Lehmann trug seine Haare weiterhin kurz. Er hatte sich entschlossen, seine gesamte Zuneigung dem deutschen Führer Adolf Hitler zu schenken. Jacob hätte vielleicht gut daran getan, völlig unauffällig zu bleiben, wegen Robert, der zwar nach drei Tagen aus dem Gewahrsam der Geheimen Staatspolizei von Grotenweddingen wieder freigekommen war, deren allgemeiner Aufmerksamkeit aber auch weiterhin unterstellt blieb. Dies äußerte sich zum Beispiel darin, dass in unregelmäßigen Abständen, meistens an Sonntagvormittagen, ein älterer Beamter in Zivil an Roberts Wohnungstür klingelte und Robert zu sprechen wünschte.

Er hatte eine Glatze mit weißem Haarkranz. Die Haut über seinen Wangenknochen war durchzogen von sichtbaren roten Äderchen. Sein rechtes Bein war steif. Der unregelmäßige Rhythmus seines Ganges war schon von Ferne wahrzunehmen, als Bewegung einer Silhouette, dann auch als Geräusch. Der Mann trug meistens einen grauen Mantel und einen dunkelblauen Wollschal.

Wenn Jacob ihm die Tür öffnete, lächelte er, streckte dann seine Hand aus und tätschelte Jacobs Kopf. Die Hand war dicklich, trocken und weiß. Der Mann strich Jacob die langen Haare aus der Stirn und sagte dazu im Tone freundlicher Missbilligung: Na, na. Er roch nach dem Rauch schwerer Zigarren. Ohne den Mantel abzulegen, ging er in die Wohnung hinein, deren Anlage und Türen er von Anfang an genau zu kennen schien. Er schloss sich mit Robert in ein Zimmer ein, und Jacob hörte ihre Stimmen. Robert lachte manchmal. Der Mann lachte niemals. Seine Besuche dauerten mindestens eine halbe Stunde. Ehe er die Wohnung verließ, strich er nochmals Jacob die Haare aus der Stirn und sagte wieder: Na, na. Jacob, obwohl er nicht hätte sagen können wieso, ekelte sich vor dieser Berührung.

Jacob sah sich jetzt veranlasst, den sogenannten Dienst in Adolf Hitlers Jungvolk ernster zu nehmen als bisher. Robert, der auch jetzt noch keine Hakenkreuzfahne vors Fenster setzte, schien dies betreffend etwas anderer Auffassung, sagte aber nichts. Hinter dem Stadtrand von Grotenweddingen mit Schlachthof und Henselers Wohnbauten, in Richtung auf die Domäne Behncke, befand sich der Galgenberg, dessen Westhang in ein hügeliges Gelände auslief, mit Viehkoppeln, Getreidefeldern und einer Waldung. Hier probierte die Jungvolk-Einheit, der Jacob ebenso angehörte wie Ytsche Lehmann, jene vorgeschriebene kämpferische Übung, die den Namen Geländespiel trug.

Die Schar der hieran Beteiligten wurde zunächst geordnet. Auf dem Platz neben dem Grotenweddinger Schlachthof standen dreißig Jungen in braunen Hemden und schwarzen Hosen militärisch aufgestellt. Sie hörten auf die bellenden Kommandosprüche von Jungzugführer Rohwedder, während im Schlachthof die angelieferten Schweine schrien, aus begründeter Angst vor Bolzen, Tod und Weiterverarbeitung zu Wurst- und Schnitzelfleisch. Jungzugführer Rohwedder trug zum Zeichen seiner Würde vor der Brust eine geflochtene grüne Kordel. Er besuchte im Fürst-Albrecht-Gymnasium die Obertertia.

Die Masse der Angetretenen war zu teilen nach Heerhaufen. Armbinden verschiedener Färbung wurden ausgegeben. In getrennten Blöcken erfolgte Abmarsch der Heerhaufen in Richtung Galgenberg und Domäne Behncke, wobei im Gleichschritt Lieder zu singen waren, *Es zittern die morschen Knochen* und *Unsre Fahne flattert uns voran.* Angelangt am westlichen Abhang des Galgenbergs, wo Hain- und Rotbuchen wuchsen neben vereinzelten Lärchen, mussten die Angehörigen der beiden Heerhaufen alsbald einander feindlich sein. Sie sollten sich belauern. Sie sollten sich hassen. Sie mussten einander verfolgen und übereinander herfallen, sich gegenseitig zu Boden zerren und ihre nach Knabenschweiß stinkenden halbwüchsigen Leiber durchs raschelnde Vorjahrslaub wälzen. Nackte Knabenknie setzten sich auf des Gegenüber Schultern. Blut quoll dick und dunkelrot aus knäbischen Nasenlöchern. Hämatome blühten blaugrün auf Rippen und Schläfen.

Zum Zeichen des Sieges war dem Unterlegenen die Armbinde abzunehmen. Der Sieger hob die Hand mit dem erbeuteten Stoffstück über den Kopf. Der Gedemütigte führte für den Rest des Geschehens eine Geisterexistenz. Unbeachtet, auch sich selber verächtlich, lief er auf dem Gelände umher und fand sich zusammen mit seinesgleichen. Die genaue Menge der von einer einzelnen Partei eingeholten Armbinden wurde hernach durch Zählung ermittelt und der Heerhaufen mit der größeren Beute zum Sieger erklärt. Der versammelte Jungzug marschierte zurück zum Schlachthof und wurde von Zugführer Rohwedder mit mehrfachen Sieg-Heil-Rufen entlassen.

Jacob hasste solche Spiele. Es war ihm widerlich, schweißglitschige Nacken und Arme anzufassen und ihnen Gewalt anzutun. Er wusste nicht, wieso er jemandem eine farbige Binde vom rechten Ärmel reißen und hinterher Triumph empfinden sollte. Er hasste es, sich mit Ytsche Lehmann auf dem Boden zu wälzen, bloß um zu sehen, dass Ytsche Lehmann, fett wie er war, auch über die größeren Kräfte verfügte. Ytsche Lehmanns feistes Gesäß auf dem Brustkorb, den schweißglänzenden und triumphierend grinsenden Ytsche-Lehmann-Kopf unmittelbar über sich, wurde Jacob von einem Gefühl grenzenloser Ohnmacht erfasst, dessentwegen er nicht bloß Ytsche Lehmann hasste, sondern außerdem Jungzugführer Rohwedder und das gesamte Deutsche Jungvolk.

Er suchte nach Möglichkeiten, den sinnlosen Prügeleien von

Jungzugführer Rohwedders Geländespielen zu entgehen. Man konnte nach dem Kommando Ausschwärmen den Ort des voraussichtlichen Kampfgeschehens verlassen. Man konnte sich hinhocken hinter dem schützenden Stamm einer ausgewachsenen Rotbuche und mit dem Taschenmesser aus daumendicken Weidenzweigen Pfeifchen schnitzen. Wenn der Lärm schließlich nachließ und das Kampfende damit vorgegeben war, wenn Jungzugführer Rohwedder zum Sammeln pfiff auf seiner schwarzen Trillerpfeife, deren Geräusch viel schriller und hässlicher klang als das der selbstgeschnitzten Weidenpfeifchen, konnte man wie zufällig wieder auftauchen zwischen den Lärchenstämmen. Man konnte ein Stück Stoff vorweisen, vorsorglich mitgebracht von daheim, in einer der zwei üblicherweise verwendeten Farben.

So was ging eine Weile ganz gut, bis ausgerechnet Ytsche Lehmann, der in Mathematik so schlecht war, dass er von Jacob darin Nachhilfe bekam, die Entdeckung machte und es auch laut vortrug, da seien mehr Armbinden im Umlauf, als das Geländespiel Teilnehmer habe. Zugführer Rohwedder ließ sofort zweimal nachzählen. Hinterher empörte er sich über das schmähliche Verhalten von mindestens einem, der es nicht wert sei, den Ehrentitel Pimpf zu tragen. Jacob hatte den Eindruck, Ytsche Lehmann blicke bei Zugführer Rohwedders Rede mit hämischem Grinsen hin zu ihm, Jacob.

Beim nächsten Geländespiel waren Ytsche Lehmann und Jacob in derselben Partei. Beim darauffolgenden Geländespiel wieder. Zwei weitere Spiele fielen aus, weil jedes Mal zum Zeitpunkt des Dienstbeginns rechtzeitig die Sirenen heulten und Fliegeralarm war. Das folgende Geländespiel fand an einem Mittwoch statt.

Kein Fliegeralarm war. Auch kein Regen fiel, der sie statt

zum Galgenberg ins Lüttgenweddinger Schützenhaus geschickt hätte, damit sie dort Lieder übten und Geschichten hörten, von heldischen deutschen Panzerfahrern, Kampffliegern und U-Boot-Kapitänen. Beim Abmarsch vom Platz neben dem Schlachthof waren Ytsche Lehmann und Jacob diesmal jeder in einer anderen Partei. Nach dem Kommando Ausschwärmen rannte Jacob den Nordhang des Galgenbergs hinab, während der befohlene Kampf hauptsächlich auf der Bergkuppe ausgetragen wurde und auf dem Westhang.

Nach einer Weile hörte Jacob hinter sich Geräusch. Er blieb stehen. Er duckte sich ins Untergehölz, das ziemlich dicht war und aus verkrüppelten Lärchen, Eichenschösslingen und Farnwedeln bestand. Er entdeckte Ytsche Lehmann, der suchend herumlief zwischen den Stämmen und den Mund halb offen hielt vor Anstrengung oder Begierde. Ytsche Lehmann wollte unwürdiges Verhalten aufspüren. Ytsche Lehmann wollte nach Jacob suchen.

Jacob meinte Ytsche Lehmann keuchen zu hören. Er duckte sich tiefer und kroch bis zu einer Hainbuche. Er sah, dass der Stamm zur hangabweisenden Seite, zwischen zwei dicken Wurzelsträngen, eine Höhlung aufwies. Alle Wälder im Gebirge wurden die letzten Jahre mehr und mehr heimgesucht durch Schädlinge, vor allem den Raupen von *Blastophagus piniperda* und *Ips typographus.*

Die Höhlung war groß. Sie war groß genug, dass Jacob hineinkriechen und sich im Bauminneren aufrichten konnte. Hier herrschte Dämmerung. Es roch intensiv nach Nässe und fauligem Holz. Morsches rieselte herab, auf Jacobs Haare und hinein in den Kragen von Jacobs Hemd. Jacob hörte Ytsches Schritte kommen und sich wieder entfernen. Draußen war dann bloß noch schläfriges Grillengezirp.

Jacob fand, er habe ein feines Versteck gefunden, das sich vielleicht auch anderweitig nutzen ließ, unabhängig von Jungzugführer Rohwedders Geländespielen. Jacob hockte sich hin. Er saß auf weichen bröselnden Spänen, wo, ließ sich denken, Maden wimmelten und große rötliche Waldameisen ihre weißen Larven schleppten. Die Vorstellung von glatten oder haarigen Kerbtieren ekelte Jacob überhaupt nicht. Es mochte sein, dass die Insekten alkaloide Gifte verspritzten oder die Mikroben, die das Holz fraßen, Säfte abließen, die den Nerven von höherentwickelten Säugern Lähmung beibrachten. Jacob schien, als erstürben ihm allmählich die Glieder. Die Öffnung, durch die er gekrochen war, hatte sich geschlossen.

Dunkelheit herrschte jetzt, wie in irgendeinem der abgetäuften Stollen am Biesenberg. Jacob hatte kein Licht bei sich. Wo aber eines hernehmen? Da griff Angst nach seiner Gurgel, kalt und wie eine unsichtbare Hand, weil aus dieser Dunkelheit womöglich nie mehr ein Entkommen war. Zu seiner Erleichterung sah er in der Ferne ein Licht. Es kam rasch näher und war beim Näherkommen nichts anderes als eine Lampe, die jemand trug, nämlich ein riesiger Kerl, mit einer Bergmannskappe auf dem Schädel und am Leib eine stumpfschwarze härene Kutte. Er sah aus wie eine der Sagenfiguren, von denen Jacob gelesen hatte und die hier in der Gegend zu Hause waren, Hexen und Riesen und Teufel und Zwerge.

Der Kerl sah aus wie der Bergmönch und war es wohl auch. Der Kerl hob die linke Hand und redete: Lat dik man. Da fiel ihm offenbar ein, dass Jacob zwar gebürtig war aus dem niederdeutschen Lübeck, aber aufgewachsen in Chemnitz, wo die Leute mitteldeutsch, besser obersächsisch sprachen, weswegen sich Jacob immer noch schwertat mit ostfälischem Platt. Der Kerl sagte also: Lass dich man. Sagte: Des jeht sich schon in

Ordnung. Ich will dich schon immer mal helfen. Musste dich nu nich Angst haben. Hierauf fiel er doch wieder in die angestammte Redeweise zurück, denn er schloss: Do buten is all öwer, min Kind. Daraufhin schlug er mit der linken Faust gegen die Wand, dass sie sich augenblicklich auftat und es blendend hell wurde, aber die Blendung geschah nicht durch Gold und Silber, sondern durch Tageslicht, da ja die Wand auch keine richtige Stollenwand war, sondern bloß die verbliebene Hülle einer durch Würmer und Mikroben gründlich zerfressenen Hainbuche. Jacob kroch also wieder hinaus. Er blinzelte, richtete sich auf zwischen den Wurzeln und schüttelte sich bräunliches Buchenholzmehl von den Schultern. Er hörte das Signal von Jungzugführer Rohwedders Trillerpfeife, mit der das Geländespiel beendet wurde.

Er begab sich zum ausgemachten Treffpunkt, auf der Kuppel des Galgenbergs. Dort trafen jetzt auch die anderen ein und taten ihre erbeuteten Armbinden auf den Boden. Die wollte jetzt aber niemand zählen, denn es war ein Unglück geschehen, Jungzugführer Rohwedder zeigte sich deswegen ziemlich nervös. Einer der Jungen hatte sich das Bein gebrochen. Im Augenblick lag er zwischen den abgelegten Armbinden, das rechte Bein oberhalb des Knies komisch abgespreizt und mit blauroter Verfärbung unter der Haut. Er wimmerte bei jedem Atemzug und wälzte wimmernd den Kopf hin und her.

Jungzugführer Rohwedder musste nach einem Krankenwagen schicken. Es brauchte fast eine halbe Stunde, ehe zwei weibliche Sanitäter kamen und eine Trage mitbrachten. Der Kranke wurde angehoben und verfiel vorübergehend vom Wimmern ins Schreien. Vier Pimpfe fassten die Trage, unter Jungzugführer Rohwedders schneidiger Anleitung. Der Transport verlief den Westhang des Galgenbergs hinab bis zu einem wartenden Krankenwagen. Die Trage wurde hineingeschoben. Die beiden weiblichen Sanitäter stiegen zu. Der Wagen fuhr an. Die Pimpfe standen hinterm Wegrand und sahen, wie die Räder beim Fortfahren trockenen Lehm aufwirbelten.

Jungzugführer Rohwedder wischte sich mit dem linken Handrücken Nässe von der Stirn. Er ließ dann antreten und beauftragte Jacob, über den Unfall bei der Familie des Kranken Meldung zu machen. Der wimmernde Pimpf mit dem gebrochenen rechten Bein war Ytsche Lehmann.

Eine Woche nach seinem Unfall wurde er aus dem Krankenhaus entlassen. Er ging dann wieder zur Schule. Sein rechtes Bein lag in Gips, er benutzte, um sich fortzubewegen, zwei hölzerne Krücken, die ihm vermutlich sein Vater getischlert hatte oder einer der beiden Pollacken bei Witold & Söhne. Ytsche Lehmann wurde durch die ihm auferlegte Bewegungsarmut mit den Wochen noch fetter. Jacob musste ihm vorübergehend in allen Fächern Nachhilfe geben, wegen der durch den Krankenhausaufenthalt entstandenen Lücken.

Als schließlich der Gips herunter kam, erwies sich, dass Ytsche Lehmanns Fraktur glatt verheilt war und das Röntgenbild beinahe ideale Kontur zeigte. Nur sein rechtes Bein war jetzt kürzer als das linke und sollte das bleiben. Nie mehr würde Ytsche Lehmann auf dem Galgenberg teilnehmen können an Geländespielen unter Jungzugführer Rohwedders Kommando. Er würde stattdessen Aufnahme finden in Adolf Hitlers Grotenweddinger Jungvolk-Fähnlein fünf, mit Stellort Otto-Ernst-Platz, im oberen Teil von Lüttgenweddingen.

Fähnlein fünf verfügte über einen Spielmannszug, Fanfaren und Trommeln. Ytsche Lehmann wurde einer von den Trommlern, obwohl er nicht besonders musikalisch war und vorher noch nie ein Instrument gespielt hatte. Verbissen brachte er sich jetzt das Trommeln bei. Zum Dienst hängte er sich eine der mit schwarzen und weißen Rauten bemalten Landsknechtstrommeln vor den Leib. Er wirbelte beidhändig kunstvoll die Schlägel durch die Luft, ehe er sie niederprasseln ließ aufs gespannte Kalbfell. Die Fanfarenbläser stemmten ihre linke Hand in die Hüfte, setzten mit der rechten Hand ihr Instrument an die Lippen und ließen grelle Terzen vernehmen. So was konnte im Stehen betrieben werden oder beim Marschieren. Dass sich Ytsche Lehmann neuerdings etwas unregelmäßig bewegte, war wegen der das Ausschreiten behindernden Landsknechtstrommel kaum zu erkennen. Jacob hasste die Fanfaren und Trommeln. Er hasste sie wie die Geländespiele am Galgenberg.

Schon ein paar Tage nach jenem Geländespiel, bei dem sich Ytsche Lehmann das rechte Bein gebrochen hatte, war Jacob nochmals und allein auf den Galgenberg gegangen. Er hatte die hohle Hainbuche nicht wiedergefunden. Er hatte an sämtlichen Hängen des Galgenbergs gesucht und sich jeden einzelnen Baum besehen, der eine entsprechende Größe besaß. Es war nirgendwo zwischen den Wurzeln eine Höhlung gewesen. Jacob hatte es vorher unterlassen, den hohlen Baum wenigstens zu kennzeichnen, damit er ihn wiederfinden könne.

17

Der junge Mensch mit den etwas ungelenken Bewegungen hieß Josef Kerschbaumer. Eines Spätnachmittags klopfte er an Kerstings Tür. Es war das erste Mal, dass Kersting Besuch erhielt. Er dachte daran, dass er seit Tagen immer bloß mit Angehörigen des Dienstleistungsgewerbes geredet hatte, in wissenschaftlichen oder gastronomischen Einrichtungen, ein Zustand, der allmählich zu Erstarrung und Deformation führen musste.

Kerschbaumers eigenes Zimmer war eine mönchische Zelle, ungeeignet für fast alle Handlungen außer jenen des Schlafens, des Lernens und der katholischen Meditation. Sein Name, sagte Kerschbaumer, sei nicht jüdischen Ursprungs, auch wenn er deutschen Ohren so klingen mochte, vielmehr seien die Kerschbaumers in Tirol häufig anzutreffen unter christlichen Bergbauern und Dorfhandwerkern, obschon er selber, Josef, jüdische Vorfahren habe, aber nicht von Seiten der Kerschbaumers, seiner Mutter, sondern jenen seines leiblichen Vaters, der einfach bloß Mayer geheißen habe, mit Vornamen allerdings Isaac.

Dies erzählte er mit leiser Stimme und in einer zögernden Redeweise. Kersting konnte erkennen, dass der zweifelsfrei oberdeutsche Akzent Kerschbaumers jedenfalls nicht übereinstimmte mit dem, den er sonst in Wien vernahm. Josef Kerschbaumer war aus Innsbruck gebürtig. Er entstammte einer höchst bürgerlichen Familie, war aber ein uneheliches Kind, und das schien im Lande Tirol, wo auch heute noch, wie Kerschbaumer sagte, die heilige Madonna mit dem Schützengewehr regierte und man ebenso fromm wie unduldsam und drakonisch war, einen geradezu unverzeihlichen Makel zu bedeuten bis noch ins dritte Glied.

Die Umstände seiner Biografie gestand Kerschbaumer nicht bei der ersten Begegnung. Kersting erfuhr sie später. An manchen Abenden suchten sie einander auf, um zu reden. Zumeist fanden solche Begegnungen bei Kersting statt, der in seinen zwei Zimmern über genügend Platz verfügte und wo er reichlich gekaufte Zeitschriften, entliehene Bücher, fotokopierte

Texte und beschriftete Karteikarten verstreute, was den Eindruck einer etwas fahrigen Gelehrsamkeit erzeugte. Immerhin wollte er eine Monografie verfassen über einen bedeutenden Architekten und Formgestalter der klassischen Moderne.

Kerschbaumer fand erstaunlich, dass jemand von so weit her anreiste, um sich ausgerechnet einem solchen Vorhaben zu widmen. Kersting erkannte, dass er unter den anderen Bewohnern des Studentenhotels zu einer allseits umrätselten Person geworden war. Die nackten Tatsachen seiner Herkunft waren seit dem Abend seiner Anmeldung im Hause bekannt.

Den ersten gemeinsamen Abend verbrachten Kersting und Kerschbaumer bei einem Essen in der Strozzigasse, in einem Gasthaus, das einen eindeutig tschechischen Namen trug und dessen hervorgehobene Spezialitäten solche der andalusischen Küche waren. Fischsuppen, Oktopus, Paella, der Wein kam aus Tarragona. Josef Kerschbaumer hatte Kersting hierher geführt. Er hatte eine Weile in Spanien und Portugal gelebt, um sich in den dortigen Sprachen zu üben.

Es war ein Tag unter der Woche. Das Gasthaus blieb wenig besucht, bis auf einen Tisch mit lauter lustig lärmenden Männern. Sie tranken viel Wein, Bier und Obstler. Zu vorgerückter Stunde begannen sie heimische Lieder zu singen, *I bin halt a echts Weaner Kind* und *Versaufts mei Gwand i komm in Himmel.* Ihre Fröhlichkeit war so beeindruckend, dass Kerschbaumer den Kellner fragte, wer diese Herren denn seien. Der Kellner vergewisserte sich durch Blicke rückwärts, dass niemand sonst ihm zuhörte, und teilte mit, dass dies der Stammtisch der Wiener Leichenbestatter sei.

18

Der Dienst beim Deutschen Jungvolk von Grotenweddingen fiel immer öfter aus, was keinesfalls an Jungvolkführer Rohwedders nachlassender Begeisterung für Geländespiele lag. Der Schulunterricht am Fürst-Albrecht-Gymnasium musste jetzt in drei Schichten ablaufen. Jacob hatte es einfach, für seine Abwesenheit bei den verschiedenen Zusammenkünften am Schlachthof eine Begründung vorzutragen, die mochte zutreffen oder nicht.

In Italien tobte die Schlacht um Monte Cassino. Die Titelseite des Grotenweddinger Intelligenzblatts war von den entsprechenden Nachrichten voll. Das auf der anderen Seite des Martinsplatzes gelegene Fürstin-Wilhelmina-Lyzeum für die höheren Töchter von Grotenweddingen wurde in ein Kriegslazarett verwandelt. Die Mädchen sollten in den Räumen des Fürst-Albrecht-Gymnasiums noch zusätzlich unterrichtet werden, was auch geschah. Der Karzer im Haus des Pedells diente inzwischen als Raum für die Biologiestunden von Quarta und Tertia.

Jacob ging vom Unterricht fort. Quer über den Schulhof, das Treppchen hinan, also an der Linde vorüber und dem Felsbrocken mit Plakette und Wappen der Fürsten von Grotenweddingen. Im Garten des Pedells flogen die Immen. Die Rosskastanienbäume auf dem Martinskirchhof standen in Blüte. Jacob ging bis zum Gebäude des Fürstin-Wilhelmina-Lyzeums, dessen Mauern gelbe Backsteine waren. Vor dem Hintereingang stand ein junger Mensch in Leutnantsuniform, unter den Achseln zwei Krücken. Sein linkes Hosenbein war zusammengefaltet und mittels einer schwarzen Sicherheitsnadel unterhalb des Beinstumpfs fixiert. Der Leutnant lachte

Jacob flüchtig zu, drehte sich dann zum Hof hin und humpelte Richtung Schultor davon.

Auf der Fürstin-Wilhelmina-Straße stand das Pferdefuhrwerk von Findeisen. Der Gaul fraß Futter aus einem umgehängten Leinenbeutel, dazu pisste er laut und ausführlich auf die Kopfsteine aus Blaubasalt. Die Pisse floss in schrägen Bahnen zum Rinnstein hin. Die Kohlensäcke wurden Dr. med. F. W. Lippe-Günther, Facharzt für Inneres, alle Kassen, ins Haus getragen durch zwei ukrainische Fremdarbeiter. Aus einem geöffneten Fenster im Haus von Dr. Lippe-Günther wehte der Geruch gerösteter Zwiebeln.

Jacob trödelte über die Nöschenbachbrücke und dann weiter auf die Thomas-Hagenow-Straße zu, die besonders steil verlief. Die Villen, die hier standen, wurden meistens von Walter Henselers Ingenieuren bewohnt.

Die Thomas-Hagenow-Straße hörte an zwei Metallpfählen auf. Dahinter begann mit Haselgesträuch und Brennnesselstauden der Forst. Zwischen dem Unterholz verlief ein krummer glitschiger Trampelpfad. Es roch nach Exkrement dort, was vielleicht verursacht wurde durch Stinkmorcheln. Jacob bewegte sich vorsichtig, damit er seine bloßen Beine nicht an den Nesseln versengte.

Der Trampelpfad mündete in Hochwald. Grotenweddingen lag von hier aus im Tale tief unten. Jacob ließ seinen Schulranzen vom Rücken rutschen, bis die Riemen in den Beugen seiner angewinkelten Arme hingen. Wo der Hochwald endete, gab es eine Bergwiese, auf der an anderen Tagen Rinderherden aus Lüttgenweddingen weideten und ihre Kuhschellen hören ließen. Heute gab es hier bloß uralte Kotfladen, die zu grünbrauner Kruste verdorrten und ausführlich Platz boten für Viehbremsen.

Jacob dachte an ein Gedicht, das er im Deutsch-Unterricht hatte lernen müssen bei Jupiter tonans. *Frühling lässt sein blaues Band.* Hier waren blau nur die Leberblümchen. Bänder gab es aus silbrigem Stanniol, das von feindlichen Flugzeugen abgeworfen wurde, um die deutsche Flugabwehr zu täuschen. Früher hatten die Kinder von Grotenweddingen solche Streifen aufgelesen und gesammelt. Inzwischen lag das bloß noch herum, denn es fiel immer wieder und in Massen. Jupiter tonans unterrichtete außer Latein auch Deutsch, weil am Fürst-Albrecht-Gymnasium Lehrermangel herrschte.

Jacob setzte sich auf einen kleinen Erdhügel direkt am Waldrand. Er warf seinen Schulranzen ins Gras und drückte die Verschlussfeder. Schatten fiel zitterig über Jacobs nackte Beine von den Fichten. Jacob nahm sein restliches Frühstücksbrot heraus, das schon angetrocknet war. Unten in Grotenweddingen läuteten die Mittagsglocken. Das Frühstücksbrot war mit Margarine und Landleberwurst bestrichen, die leicht ranzig schmeckte.

Jemand stand jetzt neben Jacob. Er legte Jacob die Hand auf die Schulter. Jacob bemerkte als Erstes, dass kein zusätzlicher Schatten fiel auf seine nackten Beine.

Er drehte den Kopf zur Seite. Er sah einen Stoffsaum, hären, und wusste sofort Bescheid, obwohl er den Stoff schwarz statt weiß in Erinnerung hatte.

Jacob schluckte Brocken von Frühstücksbrot aus seinem Mund. Er sagte dann: Na?

Min Kind, sagte der. Als würde er erst mal wieder ostfälisch reden wollen, was ihm gar nicht übelzunehmen war, da er schließlich aus dieser Gegend stammte.

Er redete dann doch lieber, wie schon beim ersten Mal, bloß mit ostfälischen Akzenten. Jacob hatte viel mehr als beim ersten Mal Gelegenheit, auf die Stimme zu achten. Es war eine helle Stimme. Eine Alt-Männer-Stimme. So wie die Stimme von Jupiter tonans, bloß dass Jupiter tonans nicht ostfälisch sprach, denn er kam aus Stuttgart in Württemberg, wo sie Jud Süß aufgehängt hatten, in einem Käfig. Jetzt zitierte jener aus der Offenbarung Johannis, wobei, dass er immer noch wie Jupiter tonans, der Lehrer, redete, diesmal völlig in Ordnung ging.

Et vidi, cum aperuisset sigillum sextum, et terraemotus factus est magnus, et sol factus est niger tamquam saccus cilicinus: et luna tota facta est sicut sanguis.

Weil nicht damit zu rechnen war, dass Jacob alles verstand, trotz sechs Stunden Latein die Schulwoche bei Jupiter tonans, dem Lehrer, aber der unterrichtete das silberne Latein Ciceros und Caesars, nicht das der Vulgata des Heiligen Hieronymus, wurde Jacob anschließend mit dem deutschen Texte versorgt.

Und ich sah: Als es das sechste Siegel auftat, da geschah ein großes Erdbeben, und die Sonne wurde finster wie ein schwarzer Sack, und der ganze Mond wurde wie Blut.

Da war wieder, inmitten des feierlichen Wortlauts, der deutliche Klang von ostfälischen Vokalen.

Un't entstünn Dunner un Larm und Blitzen un Irdbewen. Sagte jener und fügte hinzu, als müsse er aus dem Platt übersetzen ins Vulgata-Latein: Et accepit angelus thuribulum et implevit illud de igne altaris et misit in terram. Dies war dann vom vorigen die Übersetzung doch nicht gewesen. Jacob begriff es, als er die richtige Eindeutschung hörte: Und der Engel nahm das Räuchergefäß und füllte es mit Feuer vom Altar und schüttete es auf die Erde.

Was immer da Engel bedeutete. Der Bergmönch warf außerdem immer noch keinen Schatten. Der Bergmönch war überhaupt nicht mehr da und war vielleicht gar nicht da gewesen. Jacob grübelte, was denn Feuer und Räuchergefäß hier sein sollten. Drei Stunden später würden auf Grotenweddingen britische Sprengbomben fallen.

Es war: Diesmal heulten die Sirenen von Grotenweddingen für den Fliegeralarm ohne die sonst übliche Vorwarnung. Zwei Jahre zuletzt fast täglichen Fliegeralarms hatten die Leute von Grotenweddingen abgestumpft oder sorglos gemacht, da noch niemals eine Bombe auf Grotenweddingen gefallen und die Stadt offenbar gefeit war. Den Luftschutzraum aufzusuchen, hatten die Bewohner deswegen nicht mehr das Bedürfnis.

Die in den Wohnungen eingeschalteten Radioapparate, meistens vom Typus Volksempfänger, von manchen spöttisch Goebbels-Harfe genannt, brachten wie bei Fliegeralarm üblich überwiegend leeres Geräusch, manchmal unterbrochen durch vier Paukenschläge. Manchmal meldete sich eine Sprecherstimme und gab die Luftlagemeldung bekannt. Diesmal wusste sie von einem abdrehenden feindlichen Bomberverband über dem Steinhuder Meer und von einzelnen in östlicher Richtung fliegenden Maschinen. Die Detonationen in Grotenweddingen erfolgten dann so heftig, dass die Luftwelle die Fensterscheiben in vielen Häusern zerdrückte und Leute das Gefühl hatten, jemand reiße ihnen den Brustkorb auseinander.

Als die Sirenen das Signal für die endgültige Entwarnung gaben und die Leute vorsichtig auf die Straße traten, roch es dort nach warmem Staub. Durch die Luft wehten Sandschwaden. Insgesamt waren sieben Häuser im Zentrum von Grotenweddingen zerstört. Eine Sprengbombe hatte sich in den Stadtgarten gebohrt und einen Erdkrater aufgerissen. In Lüttgenweddingen war ein Blindgänger niedergegangen. Die Gesamtzahl der Toten betrug einhundertdreiundzwanzig, und wahrscheinlich wären es weniger gewesen, hätten die Bewohner der getroffenen Häuser, wie es eigentlich die Vorschrift war, ihre Luftschutzräume aufgesucht. Das Grotenweddinger Intelligenzblatt wies später in einem Artikel eigens darauf hin. Es äußerte außerdem seinen Abscheu gegenüber den angloamerikanischen Terrorangriffen und versicherte, dass der Kampfeswille des deutschen Volkes nach wie vor ungebrochen sei.

Die Beerdigungsfirma Witold & Söhne in der Langen Gasse sollte die folgenden Tage viel Arbeit bekommen. Herr Lehmann und seine Pollacken würden von früh bis spät unterwegs sein. Die zerstörten Grundstücke wurden während der nächsten Wochen so weit aufgeräumt, dass der Verkehr in wichtigen Straßen, besonders jenen Richtung Lüttgenweddingen, aber auch jenen Richtung Henselers Motorenwerke, wieder ungehindert fließen konnte.

Einmal musste sich Jürgen Rohwedders Jungzug an solchen Arbeiten beteiligen. Auf dem Platz neben dem Schlachthof ließ der Jungzugführer bei Dienstantritt Schaufeln, Spaten und insgesamt vier Spitzhacken verteilen. Während des anschließenden Abmarschs mit geschulterten Werkzeugen wurde wegen des tragischen Anlasses kein Lied gesungen. Bloß in den hinteren Reihen äffte jemand *Drei, vier: bei-hei dir sein!* Damit sollte der Befehl zum Liedersingen und überhaupt das Liedersingen beim Marschieren verulkt werden. Jungzugführer Rohwedder reagierte nicht darauf und hatte vielleicht gar nichts gehört.

Sie marschierten bis zur Krummen Gasse zwei, wo sich früher die Grotenweddinger Dienststelle des NS-Winterhilfswerks befunden hatte. Die Pimpfe mussten Schutt vom Gehsteig schaufeln und auf dem Grundstück Vertiefungen planieren. Eine stehen gebliebene Brandmauer wurde mit der Spitzhacke eingerissen. Jungzugführer Rohwedder, Stiel seiner Schippe im Arm, hielt dabei einen Vortrag über die verächtlichen Pläne des Weltjudentums, des russischen Bolschewismus und der angloamerikanischen Plutokraten.

Jacob hatte, während Jürgen Rohwedder redete, im hinteren Teil des Grundstücks, wo er mit dem Spaten zugange war, zwischen Dreck und Schutt etwas Buntes entdeckt. Er legte es vorsichtig frei. Er hatte vor sich den Balg einer Kinderpuppe, mit der sich aber, weil er kopflos war, nicht viel anfangen ließ. Jacob grub weiter und stieß auf eine Höhlung. Hier mochte sich früher ein Keller befunden haben. In der Höhlung unten lagen in einer schwarzen Pfütze zwei metallene Stäbe. Es handelte sich zweifelsfrei um zwei englische Phosphorstabbomben, die sich bloß nicht entzünden konnten, weil sie vollständig bedeckt waren mit Wasser. Neben den Bomben lag etwas Helleres, nämlich ein einzelner Menschenarm, abgerissen, ohne Stoff, die Finger etwas gekrümmt und alles insgesamt eher blaugrau als fleischrosa, weil vermutlich die Verwesung längst eingesetzt hatte. Immerhin ließ sich erkennen, dass die Fingernägel dunkelrot lackiert waren und der Arm demnach zu einer Frau gehört hatte.

Jacob spürte, wie sein Magen verkrampfte. Er musste viel Mühe daransetzen, dass er sich nicht übergab. Beim raschen Fortgehen geschah noch, dass er stolperte und stürzte, dabei schlug er sich außer beiden Handballen das linke Knie blutig. Das war wegen der allgemeinen Infektionsgefahr auf Trümmergrundstücken nun nicht leichtzunehmen. Daheim schrubbte er sich mit Seife und Wurzelbürste ausführlich seine Wunden, besonders die am Knie, und der Schmerz wurde dabei so stark, dass er trotz der zusammengebissenen Zähne wimmern musste, was aber niemand hörte, da Robert zur Arbeit gegangen war und Jacob sich in der Wohnung allein befand. Er tat sich Jod aufs Knie und verklebte es mit Leukoplast aus dem Sanitätskasten, der im Badezimmer stand. Das Bild des Frauenarms mit den blaugrün gekrümmten Fingern ging nicht fort. Fliegeralarm gab es diese Nacht übrigens keinen, trotz des inzwischen vollkommen aufgeklarten Himmels.

19

Das beherrschende Thema in den Radionachrichten blieben die Soldatenjahre des amtierenden österreichischen Bundespräsidenten Dr. Kurt Waldheim. Soeben hatte eine internationale Historikerkommission, berufen, die Handlungsweise des Staatsoberhauptes zu untersuchen, einen abschließenden Bericht übergeben. Man wisse von keinem Fall, in welchem Waldheim gegen die Anordnung eines von ihm zweifellos erkannten Unrechts Einspruch erhoben oder etwelche Gegenmaßnahmen getroffen hätte. Er sei im Gegenteil wiederholt an rechtswidrigen Vorgängen beteiligt gewesen und habe deren Vollzug erleichtert.

Auf dem Stephansplatz, direkt vor dem romanischen Hauptportal der gotischen Kathedrale, begab sich an einem trüben Sonntagnachmittag eine Versammlung aus Anlass der Vergangenheit und Gegenwart von Dr. Kurt Waldheim.

Zwei bekannte österreichische Künstler, ein Bildhauer und ein Schriftsteller, hatten ein hölzernes Pferd aufgestellt, mit dem sie das österreichische Staatsoberhaupt verhöhnten. Die Tiernachbildung sollte nicht so sehr auf das odysseische Werk vor Troja anspielen als vielmehr auf den Umstand, dass Kurt

Waldheim seine frühere Zugehörigkeit zur Reiter-SA erst verschwiegen und dann mit einer etwas sonderbaren Erklärung versehen hatte, was einen anderen Politiker zu der Bemerkung veranlasste: Also, ich begreif so viel, nicht der Herr Doktor Waldheim war in der SA, sondern bloß sein Pferd.

Der Politiker, der diesen Ausspruch tat, hieß Fred Sinowatz, bis vor kurzem österreichischer Bundeskanzler. Ihm wurde der Vorwurf gemacht, er habe dem Jüdischen Weltkongress in New York und dessen Vorsitzendem Bronfman das Material gegen Kurt Waldheim zukommen lassen, um dadurch den Sieg des Präsidentschaftskandidaten seiner eigenen Partei, der sozialistischen, zu ermöglichen. Durch die Äußerungen von Bronfman hatte die internationale Diskussion um Kurt Waldheim überhaupt erst eingesetzt.

Kersting erschien spät. Die Veranstaltung, angekündigt durch Handzettel, hatte um zwei Uhr nachmittags anfangen sollen. Als Kersting eintraf, war der Platz gänzlich überfüllt. Kersting hörte die Rede einer männlichen Stimme durchs Megafon. Er konnte den Sprecher nicht erkennen. Der Sprecher sagte, Kurt Waldheim möge um der Republik willen zurücktreten von seinem Amt, da es nicht angehe, einen höchsten Staatsrepräsentanten zu haben, der erweislich nicht die Wahrheit sage.

Die Worte erzeugten bei den Zuhörern Äußerungen von Unmut und Beifall. Anhänger wie Gegner des Bundespräsidenten schienen unter den Versammelten zu fast gleichen Teilen vertreten. Während durchs Megafon weiter die Stimme zu hören war, bildeten sich kleine Gruppen, von denen das Gehörte und ohnehin Gewusste wieder und wieder beredet wurde. Kersting sah gerötete Gesichter, erhobene Hände, geballte Hände, geöffnete Münder, man redete, ohne dem Megafon zuzuhören, ohne einander zuzuhören, ohne es zu können. Die Sprechenden wechselten die Gruppen, nicht die Haltungen. Es entstand eine Orgie der diskursiven Besessenheit. Dazwischen bewegten sich Leute mit Fotoapparaten und Fernsehkameras. Kersting fand es alles sehr aufregend, auch da er sich nicht erinnern konnte, jemals so was erlebt zu haben.

20

Die Domäne Behncke befand sich im Besitz der freiherrlichen Familie Birstein, deren Angehörige immer ordentliche Agrarier gewesen waren und seltener Offiziere. Ein Carl Johann Freiherr von Birstein sollte eingangs des neunzehnten Jahrhunderts dem nach Russland durchreisenden Kaiser Napoleon seinerseits entgegengeritten sein, mit kleinem Gefolge, bis an die Grenze von Behncke, um dort den neureichen Herrscher der Franzosen zu begrüßen mit den selbstbewussten Worten: *Alors, deux seigneurs se rencontrent.* Diese Geschichte war berühmt und musste über lange Jahre hin sogar gelernt werden im Heimatkundeunterricht der Schulen von Grotenweddingen.

Das Gutshaus auf Behncke war ordentlich ausgestattet mit Biedermeiermöbeln aus lichtem Kirschholz, mit Teppichen aus Täbris und mit vielen handkolorierten Veduten von Behncke, Grotenweddingen, Halberstadt, Zilly, Wolfenbüttel, Suderwieck und Ströbeck. Der einzige lebende Erbe von Behncke im Jahr 1944 war das hagestolze Fräulein von Birstein, mit Vornamen Anna Katharina Amalie, die an einem Stock gehen musste und die für die Aufsicht über die landwirtschaftlichen Arbeiten auf Behncke seit vielen Jahren einen tüchtigen Verwalter beschäftigte.

Gutshaus Behncke war schon seit mehreren Jahren auch ein Treffpunkt, meistens an den Sonntagnachmittagen, für verschiedene Leute, die einander gut kannten und miteinander reden wollten. Es gehörte zu ihnen zum Beispiel Studiendirektor Dr. Frings, den seine Schüler Jupiter tonans nannten, nach der höchsten männlichen Gottheit in der römischen Antike. Studiendirektor Dr. Frings war Altphilologe, und er leitete noch immer das Fürst-Albrecht-Gymnasium in Grotenweddingen, obgleich er sich längst im Pensionsalter befand.

Manchmal erschien zu den Zusammenkünften auf Behncke Wehrschaftsführer Walter Henseler. Er vermisste in Grotenweddingen, wo er einer allgemeinen Logistik wegen 1938 seinen Betrieb hatte errichten müssen, die Kultur einer weinfrohen Geselligkeit, wie er sie aus seiner Heimat am Zusammenfluss von Rhein und Mosel seit seiner Kindheit kannte und deren er für seinen seelischen Ausgleich bedurfte. Walter Henseler kam nach Behncke allein oder in Begleitung seiner etwas groß geratenen Tochter Gudrun. Umgekehrt kam Gudrun Henseler nach Behncke ihrerseits manchmal allein. Schon weil sie sich für Pferde interessierte und also auch für die Pferde auf Behncke. Die waren allerdings durchweg Zug- und Ackergäule, jedenfalls Kaltblüter, und taugten deswegen zum Reiten überhaupt nichts.

Auf Behncke wohnte schon seit einigen Monaten Hartmuth-Dietlof von Oertzen, dessen Familie mit den Birsteins weitläufig verwandt war und der am Fürst-Albrecht-Gymnasium eben jene Klasse besuchte, der auch Jacob angehörte.

Hartmuth-Dietlof war ein blonder Junge mit großen und abstehenden Ohren. Wenn er sich unbehaglich fühlte, wurde sein Gesicht immer blasser, nur seine Ohren leuchteten dann besonders rot. Wenn er nach seinem Nachnamen befragt wurde, betonte er jedes Mal nachdrücklich die Adelssilbe von, als käme darauf alles an. Zu jedem Schultag fuhr er nach Grotenwedddingen mit dem Fahrrad und kehrte nach dem Ende des Unterrichts in der gleichen Weise zurück. Dass er von Jupiter tonans, der manchmal an den Sonntagnachmittagen zu Fräulein von Birstein nach Behncke fuhr, etwa bevorzugt worden wäre, ließ sich nicht gut behaupten. Der junge Hartmuth-Dietlof von Oertzen nahm an den Zusammenkünften auf Behncke außerdem gar nicht teil, da bei denen Jugendliche sowieso nicht zugelassen waren.

Was wurde denn nun gesagt und getan bei Amalie von Birstein im Gutshaus auf Behncke?

Es wurde erst einmal Tee getrunken. Dabei handelte es sich um echten Darjeeling, den Fräulein von Birstein immer zur Verfügung hatte, also immer noch erhielt, und wer wusste schon woher, aus den besetzten Niederlanden vielleicht oder von entfernten Verwandten aus Göteborg in Schweden. Auf einem Stutzflügel, der helles Holz hatte wie die übrigen Möbel und an dem angeblich schon Franz Liszt gesessen hatte, spielte Domorganist Wolff aus Halberstadt Verschiedenes von Franz Schubert. Jupiter tonans trug danach aus seiner Eindeutschung des Hesiod vor, an der er nun schon ein halbes Leben lang arbeitete. Fräulein von Birstein rezitierte vielleicht Detlef von Liliencron, Gustav Falke und Richard Dehmel, deren Verse sie mochte. Sie war als junges Mädchen Alumnin des Adelsinternats Heiligengrabe in der Prignitz gewesen, wohin auch andere preußische Familien ihre Töchter gerne schickten und das bekannt geworden war durch Bücher des preußischen Schriftstellers Fontane.

Amalie von Birstein fühlte preußisch, wiewohl Behncke fast schon Niedersachsen war und die familiären Beziehungen der

Birsteins eher dorthin gingen als nach Brandenburg, Pommern oder Schlesien. Fräulein von Birstein fing bei ihren sonntäglichen Zusammenkünften irgendwann davon zu reden an, dass es jetzt dringende Zeit sei, endlich nachzudenken über ein zukünftiges Deutschland und dessen politische Gestaltung.

Ihre Bemerkungen stießen bei ihren Gästen durchweg auf Interesse. Fräulein von Birstein wünschte sich für ein künftiges Deutschland die Verfassung eines Ständestaats, also ohne die NSDAP, ohne politische Parteien überhaupt, und die Bevölkerung sollte sich vertreten wissen durch Entsandte ihrer jeweiligen sozialen Schichten, wie das nicht viel anders im alten Preußen gewesen war zur Zeit des Freiherrn vom Stein, mit denen die Birsteins ihrerseits entfernt verwandt gewesen waren. Oberstudiendirektor Dr. Frings machte dagegen Vorstellungen der Paulskirchenversammlung von 1848 geltend. Er war seit Studententagen vertraut mit den Ideen des Tübinger Stifts und des schwäbischen Liberalismus. Domorganist Wolff hielt lieber auf eine den moralischen Überzeugungen des Christentums verpflichtete Wahlmonarchie. Fräulein von Birstein wollte sich gegebenenfalls einlassen auf ein Dreiklassenwahlrecht für die zu kürenden Deputierten der Stände.

Es bestand jedenfalls Übereinstimmung, dass in der Reichsverfassung, die Fräulein von Birstein anregte und die Jupiter tonans in ersten Artikeln, über die allgemeine Einigkeit bestand, schon mal zu notieren begann, ein Führer Adolf Hitler nicht vorkommen durfte. Der war danach überflüssig und musste auf eine Art, über die noch höchst unklare Vorstellungen bestanden, vorher aus dem Wege geräumt werden, drastisch gesprochen und natürlich bloß bildlich gemeint oder vielleicht doch nicht nur bildlich?

Von alledem würde Hartmuth-Dietlof von Oertzen nichts

wissen, wenn er allmorgendlich von Behncke aufbrach, um nach Grotenweddingen zu radeln. Er nahm dort während mancher Nachmittage auch teil am Dienst in Adolf Hitlers Deutschem Jungvolk, sofern der denn überhaupt noch stattfand. Hartmuth-Dietlof von Oertzen durfte dabei sogar den Wimpel tragen und führte ein aus weißem Winkel auf schwarzem Grund gebildetes Rangabzeichen am braunen Uniformärmel.

Sein Vater Hans-Ulrich von Oertzen wusste gleichfalls nichts vom Inhalt der Gespräche auf Behncke oder doch fast nichts. Er diente in Berlin als Major i. G. beim Wehrkreiskommando am Hohenzollerndamm und war persönlich bekannt mit Offizieren, die Yorck von Wartenburg, von der Schulenburg, Barnim von Ramin und Schwerin von Schwanenfeld hießen. Auch zwei Brüder Schenk von Stauffenberg, mit Vornamen Claus und Berthold, gehörten zu seinem Bekanntenkreis.

Der schwerbeschädigte Claus Schenk von Stauffenberg zündete im Führerhauptquartier zu Rastenburg, Ostpreußen, eine Höllenmaschine, um Adolf Hitler umzubringen. Die Sache misslang, ein geplanter Putsch schlug damit fehl. Die Anführer und Beteiligten wurden festgenommen, darunter der Major i. G. Hans-Ulrich von Oertzen. Am Abend des 20. Juli 1944 gegen 23 Uhr wurde er in seiner Dienststelle einem ersten Verhör unterzogen, in Schutzhaft genommen und zuvor um Auslieferung seiner Pistole ersucht. Am nächsten Morgen bei einem Gang zur Toilette gelang es ihm, einige belastende Schriftstücke beiseitezuschaffen, zu verbrennen und die Asche in der Toilettenschüssel fortzuspülen. Auf dem Rückweg hatte er Gelegenheit, zwei Gewehrsprenggranaten zu entwenden und zu verstecken, in den Löschsandtüten, die auf den Korridoren des Wehrkreiskommandos standen. Gegen zehn Uhr fragte er seinen Bewacher, ob er nochmals die Toilette aufsuchen dürfe.

Die Erlaubnis wurde erteilt. Auf dem Rückweg griff er sich eine der Gewehrgranaten aus dem Löschsand und zog sie sofort ab. Blutend brach er zusammen. Man hielt ihn für tot, doch war er bloß schwer verletzt. Unbemerkt schleppte er sich zu der anderen Löschsandtüte, nahm dort die zweite Sprenggranate heraus, tat sie sich in den Mund und zog ab, dass ihm der Kopf völlig zerfetzt wurde. Die umstehenden Offiziere konnten gerade noch in Deckung gehen.

Dass der deutsche Führer Adolf Hitler das auf ihn verübte Attentat wie durch ein Wunder überlebt hätte, wusste in seiner Schlagzeile das Grotenweddinger Intelligenzblatt. Später fuhr ein Sonderkommando der Geheimen Staatspolizei auf der Domäne Behncke vor, durchsuchte das Gutshaus, beschlagnahmte etliche handschriftliche Papiere und erklärte das Fräulein von Birstein für verhaftet. In aufrechter Haltung, ihren Stock mit Elfenbeinkrücke wie zur Drohung erhoben, bestieg Amalie von Birstein das wartende Automobil und wurde in die Kellerräume des Gestapoquartiers nahe dem Grotenweddinger Güterbahnhof verbracht. Tags darauf verhaftete man Jupiter tonans und Domorganist Wolff aus Halberstadt.

Wehrwirtschaftsführer Henseler hatte mehrere Vernehmungen in seinem Privathaus und seinem Dienstbüro über sich ergehen zu lassen, wurde aber nicht festgenommen. Er war zu den Zusammenkünften auf Behncke nur selten gefahren, wegen seiner beruflichen Inanspruchnahme. Von Plänen zu einer Verschwörung und einem Attentat wusste er nichts.

Im Hof des Fürst-Albrecht-Gymnasiums von Grotenweddingen, dort, wo die Linde und der Stein mit der Wappen-Plakette standen, wo täglich die Schüler sich aufhielten in den Pausen, wo auch alljährlich die Abiturienten verabschiedet wurden nach bestandener Prüfung, hatten eines Vormittags im

Juli sämtliche Schüler sich militärisch aufzustellen und dabei ihr braunes Hitlerjugendhemd zu tragen.

Das Kommando führte Sekundaner Jürgen Rohwedder, der unlängst zum Jungschaftsführer befördert worden war und jetzt eine dickere Flechtkordel vor der Brusttasche trug.

Auf seinen Befehl hin musste vor die Front treten der Schüler Hartmuth-Dietlof von Oertzen. Jungschaftsführer Rohwedder verlas von einem Papier und mit schneidender Stimme, das Verbrechen gegen Führer, Volk und Vaterland, an dem die Familie des Oertzen beteiligt gewesen sei, bedeute eine Schande für das Jungvolk und die Hitlerjugend von Grotenweddingen und für das Fürst-Albrecht-Gymnasium. Haftend für die Sippe, der er entstamme, sei der Oertzen entsprechend zu behandeln. Daraufhin steckte Jungschaftsführer Rohwedder erst das Papier fort, riss danach dem Schüler Oertzen Rangzeichen und Schulterklappen vom Braunhemd und erklärte ihn für in Unehren verstoßen.

Hartmuth-Dietloff von Oertzen ging einsam über den Schulhof zur Mauer, wo die Fahrräder standen, darunter das seine. Er war im Gesicht gänzlich bleich. Nur seine großen Ohren leuchteten rot. Er würde das Fürst-Albrecht-Gymnasium nie mehr betreten.

21

Von dem Ausländerkonto, das er bei der Genossenschaftlichen Zentralbank am Michaelerplatz unterhielt, hob Kersting immer bloß kleinere Beträge ab. Bereits nach dem ersten Monat war er im Besitz einer größeren Schillingsumme. Die bloße Zahl, wusste er, konnte täuschen. Der österreichische Schilling war etwa so viel wert wie vier US-amerikanische Cent oder zwölf westdeutsche Pfennige. Kersting nahm sich vor, weiterhin zu sparen, für den Fall, dass er nicht heimkehren und also weiterhin hier leben wollte. Aber wollte er das?

Josef Kerschbaumer sagte, für ihn sei es angenehm, sich in der als Pluralismus getarnten Gleichgültigkeit einer Großstadt namens Wien zu verbergen. Gleichwohl sprach aus jedem seiner Worte ein unruhiges Heimweh. Sein Leiden an Tirol schien er als eine selbstverschuldete Verwundung zu sehen, wie auch sein Äußeres ihn ein wenig stigmatisieren mochte unter all den gesunden rothäutigen Bergbauern, Skilehrern und Kaiserjägern, aus deren Mitte er kam. Sein Zahnfleisch neigte dazu, unvermutet zu bluten. Wenn er rauchte, hielt er seine Zigarette in den Fingern, als geschehe das zum ersten Mal.

Sein Benehmen Kersting gegenüber war die höfliche Ehrerbietung. Dass er kaum älter war als Kerstings eigener Sohn David, vergaß Kersting schnell. Kersting gab, so gut das möglich war, Auskunft über Bedingungen eines Reiseaufenthaltes wie des seinen. Ein sonderbarer, aus jahrelanger Vorsicht entstandener Automatismus veranlasste ihn, die tatsächlichen Härten des Lebens in der DDR zu beschwichtigen. Welche Schwierigkeiten es gekostet hatte, die Erlaubnis zu einer Reise nach Österreich zu erlangen, unterschlug er völlig. Lieber erzählte er vom Palais Stoclet in Brüssel, Josef Hoffmanns wahrscheinlich vollkommenster Schöpfung, die er gerne würde sehen wollen.

Josef Kerschbaumer ging sorgfältig gekleidet. Er trug ständig Anzug und Krawatte, wobei seine Kleidung immer wirkte, als sei sie bereits etwas aus der Mode. Seine Bildung war einigermaßen umfassend. Gelegentlich versuchte Kersting, sich Kerschbaumers Liebesleben vorzustellen, und vermutete, dass es in der Hauptsache kummervoll verlief.

Kerschbaumer war noch kaum in Deutschland gewesen, bloß eine Woche in München. Er sprach fließend Italienisch, von der Schule her, einige seiner Verwandten lebten in Südtirol, in Brixen und Bruneck, oder Bressanone und Brunico. Religiöse Anhänger des Protestantismus waren für ihn edle Wilde, obschon er das niemals so zugegeben hätte. Er kannte Ljubljana, Triest und Mailand sehr gut. Wenn er an Länder des Kommunismus dachte, hatte er die Tschechoslowakei, Ungarn und Jugoslawien vor Augen. Die imaginäre Welt der vor siebzig Jahren verrotteten Donaumonarchie hatte auch ihn, ein eben sechsundzwanzigjähriges Bürgerkind von der Hungerburg über Innsbruck, längst eingeholt mit ihren historisierenden Träumen und morbiden Kulissen. Er sprach die Sprachen jener Romania, die einmal Österreich hieß.

Bei alledem war er eine durchaus diesseitige Natur. Er studierte Betriebswirtschaft und wollte später erfolgreich in der Industrie arbeiten. Er verstand sich auf Datenverarbeitung. Unter zarten moralischen Zweifeln schwor er auf die Marktwirtschaft und tröstete sein Gewissen, wie er selber sagte, mit den humanitären Zusicherungen der katholischen Soziallehre.

Das Gezänk um den gegenwärtigen Bundespräsidenten sah er in höflicher Gelassenheit. Bisher, sagte er, stand bevorzugt sein Tirol in dem Verdacht, dass es abonniert sei auf die ärgsten konservativen Skandale, zum Beispiel jenem noch weithin akuten Falle des Anderl. Wie, davon wisse Kersting nichts?

Es ging um eine Tiroler Wallfahrtskapelle. Sie war ausgestattet mit Bildern von geringer kunsthistorischer Bedeutsamkeit und einer außerordentlichen antisemitischen Tendenz. Das Anderl sollte ein Christenbub gewesen sein, den die Juden weggefangen hatten, um ihn zu schächten. Die sogenannten Ritualmorde hatten zur Grundausstattung des christlichen Judenhasses im europäischen Spätmittelalter gehört. Von der Geschichte des Anderl war nun überhaupt nichts wahr, das Ereignis so wenig wie die Person des Opfers. Es gab kein historisches Missverständnis, keinen wie immer gearteten dokumentarischen Bodensatz, alles war nackte Erfindung eines gegenreformatorischen Geistlichen, gleichwohl wurde der niemals geschehenen Handlung zum Gedenken eine Kapelle errichtet, die erfolgreich ihre Wallfahrer anzog noch bis in die letzten Jahre hinein, allen Geschehnissen der Endlösung aus dem Geist der gebürtigen Österreicher Adolf Hitler und Adolf Eichmann zum Trotz.

Der schließlich die Grenzen überschreitende Skandal hatte die katholische Amtskirche dazu bewegt, die Kapelle zu schließen. Sofort erhob sich machtvoller Protest unterm Kirchenvolk. Es kam zu Boykottmaßnahmen in verschiedenen dörflichen Gemeinden. Die Tiroler seien ein raues und trotziges Volk, sagte Josef Kerschbaumer, sie pflegten und bewahrten eifersüchtig ihre Eigenart als selbstherrliche Gemeinschaft.

Die Causa Waldheim, sagte er noch, der vom Anderl in seiner Herkunft gleich zwiefach betroffen war, als Kind der Kerschbaumers und der Mayers, habe die Affäre aus dem allgemeinen Bewusstsein erst einmal wieder entfernt, obwohl sie doch Fleisch von dem eben gleichen Fleisch sei. Kersting erfuhr, dass die Causa Waldheim sich auch ökonomisch zu einer Belastung entwickle, weswegen selbst traditionsbewehrte Männer der österreichischen Privatwirtschaft über eine behutsame Veränderung grübelten.

Kersting gewöhnte sich an, ständig einige Literflaschen niederösterreichischen Wein im Kühlschrank zu haben. Er kaufte sie in einem Supermarkt schräg gegenüber dem Studentenhotel. Josef Kerschbaumer trank auf eine ruhige und stete Manier. Niemals erlebte Kersting ihn alkoholisiert. Niemals wurde Kerschbaumer heftig. Nur seine bleiche Gesichtshaut begann manchmal ungesund zu glänzen, und es sickerte ihm etwas Blut über die Zähne.

22

Ytsche Lehmann hatte sich an sein Instrument im Fanfarenzug von Fähnlein fünf mit Standort Lüttgenweddingen nicht nur gewöhnt. Bloß wenige Wochen des mühseligen Erlernens waren notwendig gewesen, bis er alle erforderlichen Wirbel, Schläge, Griffe und Haltungen beherrschte. Wenn er danach in der zweiten von drei Reihen Trommlern stehen durfte, also noch vor den vier Reihen Fanfarenbläsern, verschaffte ihm das ein festlich gehobenes Bewusstsein. Er liebte dabei besonders die getrommelten Vorspiele zu den größeren Fanfarenmärschen und weniger das monotone Marschmotiv, das aus einem gleichzeitigen Aufsetzen beider Trommelstöcke bestand, nach vorherigem kurzen Wirbeln der Schlägel bloß durch die Luft, in Höhe der Haare.

Viel komplizierter, dafür ergiebiger war der Eingang etwa zu *Vorwärts, vorwärts! schmettern die hellen Fanfaren*, wo die im Liedtext angesprochenen Instrumente erst nach vierzehn reinen Trommeltakten einsetzen durften, sich dann zwar die Trommeln unterwarfen, aber die blieben das gesamte Lied hindurch immer noch gut hörbar und lehnten sich manchmal erfolgreich gegen den Blechklang auf, in verschiedenen Pausen. Ytsche Lehmann genoss es, sich schwitzend bewegen zu dürfen inmitten des aus grell und dumpf rhythmisch gemischten Lärms. Außerdem durfte er, was ihn aus der Masse der anderen Träger von Pimpfenhemden deutlich heraushob, zwei mit Fransen behängte rotweiß gestreifte Achselstücke tragen.

Für Ytsche Lehmann musste es deswegen Verzicht und Schmerz bedeuten, wenn, schon ab Januar, noch verstärkt dann im Februar und März, die Zusammenkünfte beim Jungvolk in Grotenweddingen immer rarer wurden und die Landsknechtstrommeln unbenutzt unter Verschluss blieben im Schützenhaus Lüttgenweddingen. Anfang März ließ Oberstudiendirektor Dr. Stutt, der nach der Verhaftung von Jupiter tonans zum Direktor bestellt worden war, alle Angehörigen des Fürst-Albrecht-Gymnasiums in der Aula des Schulgebäudes zusammenkommen. Nach Ytsche Lehmanns Überzeugung wäre das eine Gelegenheit gewesen für den Auftritt des Fanfarenzugs von Fähnlein fünf. Der wurde freilich in geschlossenen Räumen kaum eingesetzt und wäre manchen Anwesenden in der Aula außerdem zu grell und laut gewesen.

Oberstudiendirektor Stutt hielt die Zusammenkunft bei allem gebotenen Ernst betont schlicht. Fürst Albrecht, Namensgeber der Anstalt, blickte von der Seite, zwischen Eingangstür und Fenster, als drei Meter hohes Gemälde die Veranstaltung aus ernsten Augen an. Die Schüler hatten zu der Zusammenkunft Pimpfenhemden anlegen sollen, was von den meisten auch befolgt worden war, aber nicht von allen. Das war kein Ausdruck von heimlicher Obstruktion. Ein Pimpfenhemd konnte in der Wäsche sein oder verwachsen. Die Schülerinnen vom Fürstin-Wilhelmina-Lyzeum, die gleichfalls anwesend waren, trugen ihre Jungmädelblusen aus weißem Leinen, bei denen auf den ersten Blick sowieso nicht auszumachen war, ob es sich um Uniformen handelte oder bloß um ein Kleidungsstück, das zufällig weiß war.

Oberstudiendirektor Dr. Stutt stieg auf das Podium. Hakenkreuzfahne und Hitler-Fotografie waren bedeutungsvoll hinter ihm. Die Schritte von Oberstudiendirektor Dr. Stutt machten Geräusch. Es wurde sowohl von den Langschäftern, die Dr. Stutt an den Beinen trug, als auch von den Holzdielen des Podiums verursacht.

Oberstudiendirektor Stutt ging bis zur Mitte des Podiums und drehte sich dort den Schülern zu. Der rechte Ärmel seines braunen Uniformhemdes steckte ihm leer und zweidimensional im Hosenbund. Den Daumen der Linken hatte er seitlich in das Uniformkoppel gehängt, dass der Ellenbogen rechtwinklig vom Körper abstehen konnte und den Eindruck von soldatischem Schneid erzeugte. Dr. Stutt tat den Mund auf. Schüler, rief er, deutsche Jungen und Mädchen.

Stille und die Stimmung von Feierlichkeit gingen hin über die Versammelten. Dr. Stutt räusperte sich kurz. Dann begann er mit seinem Vortrag zur militärischen Situation.

Die Lage des deutschen Vaterlandes sei ernst. Die Bolschewiken seien in Bewegung. Wörter wie Vormarsch vermied Dr. Stutt und redete stattdessen davon, dass der Fluss Oder in den Blick des Gegners geraten sei, während der angloamerikanische Feind, dessen Terrorangriffe zur Luft den Widerstandswillen der deutschen Zivilbevölkerung niemals habe brechen können, im Westen am Ufer des deutschen Schicksalsflusses Rhein siegreich zurückgeschlagen werde. Die Lage sei ernst, aber hoffnungslos sei sie nicht, denn das deutsche Volk, von dem die deutsche Jugend ein Teil sei, glaube weiterhin unerschütterlich an den Endsieg, und das Wunder, das die militärische Wende herbeiführen würde, sei in Kürze zu erwarten. Und dann, rief Dr. Stutt triumphierend, blaues Leuchten im Blick, würden die Demokratien sich umsehen wie schon mal 1939 und 1940.

Er werde jedenfalls, sagte er noch, jeden Anflug von Disziplinlosigkeit und Feigheit unnachsichtig ahnden auch unter den Schülerinnen und Schülern der beiden Oberschulen in Grotenweddingen, und obwohl ein Drittel der Versammelten aus Mädchen und Frauen bestand, fügte er hinzu: Wie ein Mann werden wir zusammenstehen in unerschütterlicher Treue zu Führer und Vaterland.

Hier sollte ein kurzer historischer Rückblick erfolgen und erfolgte auch. Da Dr. Stutt an der Universität Leipzig mit einer Arbeit über die drei Schlesischen Kriege Friedrichs des Großen promoviert worden war, lag der Vergleich mit dem Preußenkönig nahe. Wer ihn, Dr. Stutt, aus dem Unterricht kenne, dem, sagte er, sei die Parallele geläufig, aber nicht jeder der Versammelten habe Geschichtsunterricht bei ihm, und außerdem könne man das Beispiel gar nicht oft genug wiederholen.

Während er im Folgenden eine Parallele auszog zum Preußenherrscher Friedrich II. und dartat, wie der große König sich im Februar 1762 tragisch-dramatisch befunden, begann sich Geruch auszubreiten in der Aula des Fürst-Albrecht-Gymnasiums von Grotenweddingen.

Es roch irgendwie faulig. Es roch wie verwesendes Fleisch. Wie der abgerissene Frauenarm gerochen hatte, der Jacob untergekommen war in einer Höhlung auf dem Trümmergrundstück Krumme Gasse zwei. Dr. Stutt beschrieb plastisch, wie alle Generäle und Staatsmänner Europas im sechsten Jahr des dritten Schlesischen Krieges von Friedrichs endgültiger Niederlage überzeugt gewesen wären. Der faulige Geruch wurde nicht schwächer, vielmehr breitete er sich während Dr. Stutts Worten in der Aula beständig aus. Wer Eisenspäne mit Schwefelblüte vermischte und beides über einer Flamme erhitzte, einer Kerze, besser noch einem Bunsenbrenner, erhielt im Ergebnis eine braune Masse. Eisenspäne fielen bei jedem Schlosser an. Man konnte sie sich erbetteln. Schwefelblüte war selbst im sechsten Jahr des Zweiten Weltkriegs immer noch frei erhältlich, jedenfalls bei Drogeriefachgeschäft Heribert Dobrindt in Grotenweddingens Pfarrgasse.

Die bräunliche Masse, Schwefeleisen genannt, ließ sich zerbröckeln und mit Salzsäure übergießen. In der daraufhin erfolgenden, durch Aufschäumen sichtbar werdenden chemischen Reaktion entwich Schwefelwasserstoff, auch Faulgas genannt. Dessen Geruch erinnerte laut Beschreibungen in Lehrbüchern an jenen von verdorbenen Hühnereiern. In der Natur entstand Faulgas bei der Verwesung organischer Substanzen.

Der faulige Gestank ging durch die Aula. Viele bemerkten ihn. Die Zahl derer, die ihn wahrnahmen, vielleicht sogar darunter litten, vergrößerte sich ständig in dem Maße, wie der Geruch sich ausbreitete. Wann würde er den redenden Dr. Stutt erreichen?

Als eine Antwort, die Dr. Stutt aber nicht zur Kenntnis nehmen wollte, gab es von einer der Fensterbänke, wo mehrere Schülerinnen des Fürstin-Wilhelmina-Lyzeums beieinandersaßen, ein unterdrücktes jungmädchenhaftes Gekicher. Der Geruch blieb. Er war nicht von der Stärke, dass er zu Brechreiz führen musste.

Dr. Stutt kam rasch zum Ende. Er mahnte seine Schüler zur Pflichterfüllung und schloss mit dem Rufe Sieg Heil. Danach musste noch gesungen werden. Den Arm erhoben zum deutschen Gruß und im Stehen sangen die Schüler sämtliche Strophen der beiden Nationalhymnen, und spätestens bei Beginn des Horst-Wessel-Liedes legte Jacob, dem der rechte Arm müde wurde, seine Hand auf die Schulter des vor ihm stehenden Ytsche Lehmann. Die Kameraden, die im Geiste mitmarschierten, laut Liedtext von Horst Wessel, bewegten sich durch faulen Geruch. Die Sache stank, ganz allgemein. Jacob fand das zutreffend.

Nach dem Ende der Veranstaltung musste Marabu, der Pedell, die Aula absuchen. Er fand hinter verschiedenen Heizkörpern versteckt vier offene Reagenzgläser mit einer trüben Flüssigkeit. Die Gläser stammten offenbar aus dem Chemieraum des Fürst-Albrecht-Gymnasiums, wo auch die Substanzen zur künstlichen Herstellung von Wasserstoff aufbewahrt wurden. Es gab eine Untersuchung, die aber ohne Ergebnis blieb. So blieb auch verborgen, dass Urheber der olfaktorischen Störung der überwiegend unauffällige Schüler Jacob Kersting war.

Im Unterschied zu dem blieb Ytsche Lehmann versessen aufs Trommeln im Fanfarenzug des Fähnleins fünf mit Standort Lüttgenweddingen, denn Ytsche Lehmann glaubte den Beschwörungen des Wunders von Brandenburg aus dem Munde von Oberstudiendirektor Dr. Stutt. Notfalls wollte Ytsche Lehmann, trotz seiner Fettleibigkeit und trotz seines etwa verkürzten Beines, zur Verteidigung von Führer und Vaterland herbeieilen und dabei sogar dem Tod ins Auge sehen. Er kam aus einer Familie, der das Bestattungsunternehmen Witold & Söhne gehörte. Dort stand man aus Berufsgründen mit dem Tod auf vertrautem Fuß.

Es wurde gestorben in Grotenweddingen, ob aus Kriegsgründen oder nicht. Die verschiedenen Lazaretteinrichtungen in der Stadt lieferten regelmäßig Leichen an, so gut wie das städtische Krankenhaus in der Westeroder Straße. Marianne Lehmann, Ytsches Mutter, legte fürsorglich größere Vorräte von papierenen Leichenhemden beiseite, die waren abgepackt zu je fünf Stück und lagen in braunen Pappkartons. Wenn jetzt jemand starb, und seine Angehörigen hatten keine besonderen Beziehungen zu Witold & Söhne, konnte schon geschehen, dass er bloß eilig in seinen Sarg gelegt wurde, irgendwie, dann schnell den Deckel zugeschraubt, und zum Schutz gegen Stöße gab es ordentlich Sägespäne im Inneren, wenn auch ohne papierenen Kissenbezug.

Geesche, elfjährige Tochter eines an der Westfront kämpfenden Kinobesitzers namens Edmund Zinke, fing damit an, aus dem Schuppen des Hauses Lange Gasse neun, wo sie bisher meistens gespielt hatte, allerlei Matratzen, Decken, Kissen, Puppen nacheinander fortzuräumen und in den Luftschutzkeller zu tun. Dort war es entschieden feucht, und statt nach teerigen Holzschutzmitteln roch es modrig. Dafür war es dort sicherer als zur ebenen Erde und in einem hölzernen Schuppen, zwischen Wänden aus Lehm, Ziegeln und hölzernen Balken, die beim geringsten Anlass brennen mussten. Dass Feuchtigkeit einsickerte in Geesches Besitztum, Bettfedern klamm und klumpig wurden und Baumwollstoff klaterig, dass daraufhin sich Silberfischchen und kleine Asseln einnisteten und langsam hellgrauer Schimmel hochkroch über dunkelrote Inlaystoffe, nahm Geesche hin, schmuddelig, wie sie immer noch war im Gesicht und am Körper.

Irgendwer oder irgendwas hatte ihr eingegeben, so zu handeln. Am 11. April erreichten die amerikanischen Truppen bei Magdeburg die Elbe. Oberstudiendirektor Dr. Stutt in Grotenweddingen durchsuchte seine Wohnung in der Westeroder Straße, die er erst vor einem Dreivierteljahr bezogen hatte, nach einem bestimmten Gegenstand.

Eine SS-Einheit, die zu der Ersatzarmee des deutschen Generals Wenck gehörte, zog durch Westerode. Die Amerikaner eroberten Braunschweig. Artilleriedonner und nächtliches Flackern am Horizont wurden bald wahrnehmbar in Lüttgenweddingen. Am Grotenweddinger Rathaus versammelte sich den 14. April vormittags der Volkssturm, überwiegend Greise und Krüppel. Ytsche Lehmann, der sich eine Niederlage Deutschlands nicht vorstellen konnte, ging zum Schlachthof, wo sich zur gleichen Zeit die Hitlerjugend von Grotenweddingen traf.

Dort standen um die dreißig Jungen. Die anderen hatte der Aufruf nicht mehr erreicht, oder sie waren zu feige. Die für sie bestimmten Panzerfäuste sollte ein Lastwagen der Motorenfabrik Henseler bringen. Ein Angehöriger des Werks, angetan mit weißer Armbinde, hielt den Wagen unterwegs an, stieg zu und dirigierte ihn statt zum Schlachthof bis zum Großen Markt.

Der Mann hatte den Überblick und offenbar Vollmacht. Seine Armbinde deutete darauf hin. Aus hundert Volkssturmleuten suchte er sich die drei stabilsten aus und schickte die übrigen heim. Das Artilleriegrollen am Horizont wurde lauter. Die der Ersatzarmee Wenck zugehörige SS-Einheit zog ins Gebirge. Am Schlachthof warteten die Hitlerjungen auf ihre Panzerfäuste, die nicht kommen wollten. In den Radioapparaten, die überall in den Wohnungen eingeschaltet waren, gab es bloß leeres elektronisches Rauschen.

Die Panzerfäuste auf dem Lastwagen von Henselers Motorenwerk wurden abgeladen und in den Keller des Rathauses verbracht. Der Mann mit der weißen Armbinde, auf dessen Geheiß hin dies geschehen war, verschloss sorgfältig die Kellertür und warf anschließend den Schlüssel in einen Abwasserschacht. Die Sirenen gaben Signal zum Panzeralarm. Die meisten Einwohner gingen in ihre Luftschutzkeller. Die Hitlerjungen am Schlachthof liefen auseinander, weil keine Befehle eintrafen und auch keine Waffen. Der letzte, der davonlief, war Ytsche Lehmann.

Jacob ging durch das leere Grotenweddingen. Niemand war unterwegs außer ihm. Wenn keine Detonationen erfolgten, konnte er in der Stille das Geräusch seiner eigenen Schritte hören. Er schlenderte das Ufer des Nöschenbachs entlang, überquerte die Bahnschienen und hatte vor sich den Platz neben dem Schlachthof, wo inzwischen kein Pimpf mehr wartete, bereit, Führer und Vaterland zu verteidigen. Er genoss es, durch die leere Stadt zu gehen und das Gefühl zu haben, sie stünde ihm zur Verfügung, da er der Einzige war, der den Mut aufbrachte, sich so darin zu bewegen. Er ging durch das Sudertor. Er traf dann doch noch einen Menschen. Einarmig eilte Oberstudiendirektor Dr. Stutt an ihm vorüber, blickte ihn an, erkannte ihn oder erkannte ihn nicht. Dr. Stutt trug wie immer seine braune Uniform und hielt unterm linken Arm etwas Weißliches. Jacob wusste nicht, ob er grüßen sollte, und drehte lieber den Kopf fort. Dr. Stutt ging auf das graue Gebäude des Fürst-Albrecht-Gymnasiums zu.

Entfernt war jetzt Flugzeuggeräusch, kam etwas näher und entfernte sich. Einmal flog pfeifend eine Artilleriegranate dicht über die Dächer und schlug dann ein, irgendwo in der Gegend von Lüttgenweddingen. Der Mann mit der Armbinde, der die Panzerfäuste beschlagnahmt hatte, setzte vor eines der Rathausfenster eine weiße Kapitulationsfahne. Auf dem Großen Markt fuhren direkt neben dem Brunnen mit Wappenschildern und Abfall im rostigen Auffangbecken kurz darauf zwei Panzer auf. Ihre Geschütze blickten geradeaus. An den Seiten ihrer Türme trugen sie weiße Fünfzacksterne. Der gesamte Platz des Großen Marktes stank nach bläulichen Abgasen, die immer mehr wurden und nicht fortwehen wollten, weil es zu wenig Wind gab.

Die Panzer hielten an. Aus den Türmen wuchsen die Oberkörper von Soldaten. Jacob ging quer über den Platz auf die Panzer zu, während aus dem Rathaus, vor dessen Fassade die weiße Kapitulationsfahne hing, der Mann heraustrat, der sie gesetzt hatte. Er kam die Freitreppe herunter und ging gleichfalls auf die Panzer zu. Er trug jetzt keine Armbinde mehr. Jacob lachte, als er seinen Vater erkannte. Auch Robert lachte und strich Jacob über das lange Haar, das hinfort keinen Angehörigen der Gestapo von Grotenweddingen mehr stören würde, da es hinfort in Grotenweddingen die Gestapo als Dienststelle nicht mehr gab.

23

In der Nacht war Schnee gefallen, eine sehr dünne Decke, die sofort zerriss und deren zahllose Fetzen unter Bänken, in Straßenwinkeln, auf den Wiesen der Parkanlagen, in Wohnhaushöfen und an den Rändern von Verkehrsschächten umherlagen. Pfützen waren zu runzeligen Schollen gefroren. Sie hingen in ihren grauen Vertiefungen, ohne zu tauen. Am Vormittag wurde es zum ersten Male, seit Kersting sich in Wien aufhielt, ein sonniger Tag. Er war sehr kalt. Die Stadt überspannte ein Himmel aus synthetischem Blau. Die Farben der Topographie blichen aus, statt zu leuchten.

Er aß wieder zu Mittag an einem Tisch des Beißls in der Gluckgasse. Irgendwo hatte er gelesen, die Stimmung in Wiener Wirtshäusern sei ein Gemütsklebstoff. Die Metapher erregte zweierlei Assoziation: die einer zähen, transparenten, Fäden ziehenden Masse und die eines Lösungsmittels, das, wenn man es einatmete, einen Rausch erzeugte und süchtig machen konnte.

An diesem Mittag hatte sich die Serviererin vermittels Kohle einen Katzenschnurrbart ins Gesicht gemalt. Sie trug eine Mütze mit Katzenohren und hinten am Gürtel einen stoffenen Katzenschwanz, dessen Spitze in einer Mausefalle klemmte. Die erfolgreichste Theaterproduktion in der Stadt war seit mehreren Jahren eine *musical comedy*, in deren Handlung ausschließlich Katzen auftraten. Eine andere Serviererin hatte sich eine unförmige Pappnase aufgesetzt. Der Wirt trug eine schwarze Mönchskutte. Es war Faschingsdienstag. Schon seit Längerem hingen an Plakatwänden und hinter Schaufensterscheiben Plakate, die für die Faschingsbälle einzelner Berufsgruppen warben, wie der Zuckerbäcker und der Kaffeesieder.

Später, am Nachmittag, würden auf den Straßen die Betrunkenen einfallen. In der Nacht würde die sonst ruhige Pfeilgasse, an der er wohnte, widerhallen von alkoholisiertem Gebrüll und Gelächter. Angesichts der Masken musste Kersting an James Ensor denken. Er erinnerte sich, dass der überhaupt erste Text, der je von ihm gedruckt worden war, die Masken von Ensor und die Maskenhaftigkeit der Gesichter bei Karl Hofer zum Inhalt hatte. Masken, hatte Kersting damals geschrieben, bedeuteten vorgetäuschte oder versteckte Identität, Beschwörung und Schrecken, Didaktik oder Spiel oder beides. Indios in Regionen am nordwestlichen Pazifik trugen Masken, unter denen sich wieder andere Masken befanden. Die Indios schienen Wien zu beherrschen.

24

In der Apokalypsis Ioannis heißt es am Ende nach allem Kampf, Feuer, Verderben, Züchtigen, Blutvergießen: Et vidi caelum novum et terram novam; primum enim caelum, et prima terra abierunt, et mare iam non est. Mit dem Deutsch des Reformators Martin Luther: Und ich sah einen neuen Himmel und eine neue Erde; denn der erste Himmel und die erste Erde sind vergangen, und das Meer ist nicht mehr.

Nun war die kleine Stadt Grotenweddingen das himmlische Jerusalem nicht, also ihr Gemäuer kein reines Gold und keines ihrer Tore von Edelstein, wie auch die Pracht und Herrlichkeit der Völker, wenn sie dort, gloriam et honorem gentium, hineingebracht wurden, als solche kaum kenntlich wurden für den übergroßen Teil von Grotenweddingens Bewohnern.

Die Völker waren jene aus dem halben Hundert nordamerikanischer Bundesstaaten, äußerlich kenntlich an ihren Hautfarben schwarz und weiß. Die Schwarzen blieben in der Minderzahl. Ihre Bereitschaft, Blockschokolade der Firma Cadbury oder Briefchen mit Kaugummis der Geschmacksrichtung Spearmint aus den Taschen zu ziehen und zu verteilen, sicherte ihnen im Gemüt der Kinder von Grotenweddingen einen Vorteil vor ihren weißhäutigen Kameraden. Selbst Ytsche Lehmann war geneigt, wegen der harten, doch äußerst aromatischen Schokoladenriegel seine anfängliche Verbitterung hintanzustellen und Erinnerungen an die Landsknechtstrommeln im Schützenhaus von Lüttgenweddingen seiner Gefräßigkeit zu opfern.

Robert und Jacob kamen heim am Nachmittag des Tags, da amerikanische Panzer vorgefahren waren zwischen Rathaus und Marktbrunnen, von wo aus sie, nach bloß kurzem Aufenthalt, dann weiterrollten Richtung Lüttgenweddingen. Robert und Jacob trugen ihre Koffer aus dem Luftschutzkeller in ihre Wohnung. Einen Tag später fuhren amerikanische Militärpolizisten vor und verhafteten in der Nachbarwohnung Werkmeister Wittkowski, Aufseher der Fremdarbeiter von Henselers Fabrik. Flankiert von zwei GIs wurde der Mann hochgehievt auf die Ladefläche eines offenen Lastwagens. Zwei Dutzend Männer aus dem nahe gelegenen Barackenlager für Fremdarbeiter standen daneben und spendeten Beifall.

Es gab verschiedene Aushänge betreffend eine nächtliche Ausgangssperre während der ersten drei Tage. Sammelstellen wurden betrieben, wo Waffen und Fotoapparate abzugeben waren. Bedrucktes Papier kam in Umlauf und hieß Braunschweiger Zeitung, darin war von den militärischen Fortschritten der Alliierten zu lesen und von Bergen-Belsen, wo noch kürzlich Gefangene gehalten worden waren in einer Art, dass, verglichen damit, die Bedingungen der Fremdarbeiter bei Henseler geradezu umgänglich erschienen.

Robert schlief zwei Nächte und einen Tag. Jacob klinkte die Tür auf und sah seinen Vater auf dem Bett liegen, mit beiseitegerolltem Kopf und geöffneten Lippen, die sich leicht von den Zähnen hoben beim geräuschvollen Ausatmen. Auf der Haut von Roberts Kinn und Wangen wucherten Bartstoppeln. Spätnachmittags, wenn die Sonne ins Zimmer griff und nach Roberts Gesicht, hatte das einen stumpfsilbernen Schimmer wie von Feuchtigkeit. Jacob sah, dass Robert viele Falten hatte und graue Fäden in den Haaren. Jacob war überhaupt nichts davon aufgefallen alle Monate davor. Er sah, wie sich sein Vater herumwälzte im raschelnden Bettzeug, dabei stöhnte und Dinge herausgurgelte, die unverständlich blieben, aber von unfroher Art sein mussten, denn Robert knirschte dazu mit den Zähnen.

Es war vielleicht, dass Robert sich freizumachen begann von den letzten fünf Jahren. Von den unregelmäßigen Besuchen des Gestapo-Mannes am Sonntagvormittag. Von den Verhören bei der politischen Polizei in ihrer Grotenweddinger Dienststelle, die sich zwischen Güterbahnhof und Horstschanze befand. Vom Immer-wieder-das-Gleiche-Antworten auf die immergleichen Fragen. Von dem Umstand, dass er fünf Jahre lang für Walter Henseler gearbeitet hatte und also für Adolf Hitler, in einem Rüstungsbetrieb, der Panzermotoren herstellte, außerdem Triebwerkteile für die Rakete V2. Von dem Umstand, dass er mit seinen geschickten Händen immer bloß beigetragen hatte zur Fortführung und Verlängerung von Adolf Hitlers blutigem Krieg, oder hatte er etwa nicht? Von dem Risiko, das er eingegangen war, immerhin, als er heimlich seine Arbeit sabotierte, damit die Wunderwaffen nicht noch früher fertig würden und der Krieg dadurch noch länger gebraucht hätte bis zu seinem Ende. Von dem Gefühl seiner Ohnmacht, dass sich mit seinen zwei Händen und aller Heimlichkeit nicht ausräumen ließ, was ein gesamtes einverstandenes Volk und dessen Anführer vorbestimmt hatten, so dass am Ende die einzig wirkungsvolle Tat Roberts darin bestand, zwei Dutzend Panzerfäuste im Keller des Rathauses von Grotenweddingen einzulagern, um anschließend die Kapitulationsfahne zu hissen. Robert schlief hintereinander achtunddreißig Stunden und hatte damit den in seiner Seele angehäuften Ballast etwas abgetragen. Jacob erfuhr mit seinen dreizehn Jahren von alledem erst viel später.

Jacob ging am dritten Tag nach der militärischen Einnahme von Grotenweddingen durch die amerikanische Armee aus der Wohnung fort. Robert war endlich aufgestanden und ins Badezimmer gegangen, wo er sich die Bartstoppeln abnahm. Anschließend würde er den Warmwasserofen mit Splitterholz und Presskohlen beschicken. Jacob ging bis zum Barackenlager, dessen Zaun an manchen Stellen schon abgerissen war. Die zwangsverpflichteten Belgier und Franzosen wurden nicht mehr bewacht. Sie hatten sich mit Vorräten aus der Großkantine von Henselers Motorenwerk versorgt und feierten den Frieden.

Das Wetter war sonnig, schon seit Tagen, schon seit der Zeit vor dem amerikanischen Einmarsch. Die Obstbäume trugen an ihren Zweigen kleine grünbraune Knoten, aus denen bald Blüten wachsen würden. Das Wasser im Nöschenbach staute sich bloß schwach und roch nach Dieselöl beim Herunterfallen. Im Schlachthof schrien keine Tiere. Auf dem Platz davor würde nie mehr ein Jungzug stehen, Haltung annehmen und dann singend aufbrechen zum Galgenberg, unter Jürgen Rohwedders schneidigem Kommando.

Jacob fühlte ein unbestimmtes Gefühl der Leichtigkeit. Mit jedem neuen Dutzend Schritte, die er ging, schien es ihn weiter auszufüllen. Die Bahn nach Westerode war nicht in Betrieb, die Schlagbäume am Bahnübergang wiesen höhnisch und rotweiß in die Höhe. Der Himmel war ohne Wolken und hatte als Farbe ein wasserhelles Blau. Hinter den Schienen stand, schräg vor Dörings geschlossener Eisbude, ein Jeep mit zwei Amerikanern. Beide waren weißhäutig, sie rauchten, lasen jeder in einer Zeitung namens *Stars & Stripes* und beachteten den vorbeigehenden Jungen nicht.

Jacob bog in die Pfarrgasse ein. Die Lazarette hatten Rot-Kreuz-Fahnen gesetzt. Die Fenster waren geschlossen, und kein Mensch, kein Verwundeter ließ sich erkennen hinter den dunklen Scheiben. Jacob empfand plötzlich, dass bestimmte Zwänge und Ängste, die er gewohnt gewesen war, seit er denken konnte, so dass er sie wie selbstverständlich genommen hatte, sich nun nicht mehr ereignen würden. Nie mehr. Sie waren untergegangen. Sie waren fortgezogen mit den letzten Soldaten in ihren steingrauen deutschen Uniformen. Es gab bloß noch leere Straßen, es gab gelangweilte Amerikaner in ihrem Jeep, die *Stars & Stripes* lasen, es gab etwas, wofür er noch keinen Namen wusste, wofür er später, wenn er sich daran erinnerte, das Wort Freiheit verwenden würde: In diesen Augenblicken erfüllte es ihn bloß mit einem namenlosen Gefühl der Erleichterung, so stark und so überwältigend, dass er am liebsten aufgeschrien hätte.

Dabei war Grotenweddingen geblieben wie immer. Die Stadt hatte sich keine neue Haut übergezogen. Sie erschien Jacob jetzt bloß irgendwie anders und auf geheimnisvolle Weise verwandelt. Ihre Mauern leuchteten, wozu sie keine Unterstützung brauchte aus der Apokalypse Ioannis. Et omne maledictum non erit amplius. Und es wird nichts Verfluchtes mehr sein.

Jacob war den leeren Suderweg entlanggegangen und dann quer über den leeren Martinskirchhof. Durch die Hinterpforte trat er auf den Schulhof des Fürst-Albrecht-Gymnasiums. Die laublosen Lindenäste legten grämliche Schattenadern über den Findling mit seiner Wappenplakette. Dort hatten sich früher die Abiturienten eingefunden und verabschiedet mit feierlich lateinischem Gesang. Et folia ligni. Die Blätter des Baumes. The leaves of the tree. Ad sanitatem Gentium. Zur Heilung der Völker. For the healing of the nations. Gaudeamus. Cheerio.

Auch hier wieder kein Mensch. Jacob ging über den leeren Platz bis zur Schultür und fand sie angelehnt. Im Treppenhaus war Dämmerung, war der Geruch von Staub, Schweiß, Bohneröl und sauren Ängsten, den er gut genug kannte. Seine Schritte hatten ein ungewohnt einsames Echo. Er ging den Korridor entlang.

Er hielt dann inne. Die Tür zum Klassenzimmer der Quinta stand weit geöffnet. Jacob erblickte Oberstudiendirektor Dr. Stutt.

Das Zimmer hatte an seiner Stirnseite, direkt hinter Katheder und Lehrerpult, zwei gegenläufige bewegliche Wandtafeln, die von einem Gestänge aus senkrechten metallenen Schienen geführt wurden. An der oberen Kante waren in die Wand eingelassen drei eiserne Haken, gedacht, um Schautafeln oder Landkarten zu halten, und ausgelegt, wie sich nun erwies, für erhebliches Gewicht.

An einer der Wandtafeln stand noch, mit Kreide aufgetragen und zum Zweck der Verdeutlichung gleich zweifach unterstrichen, die bekannte Formel des Pythagoras über das Seitenverhältnis im rechtwinkligen Dreieck: $a^2 + b^2 = c^2$. Dabei hatte Oberstudiendirektor Dr. Stutt niemals Mathematik unterrichtet, sondern immer bloß Geschichte.

Dr. Stutt trug, wie man es von ihm gewohnt war, seine braune Uniform, mit Reithose und Schaftstiefeln. Der inhaltlose rechte Ärmel steckte mit der Manschette im Koppel. Dr. Stutt hatte sich aus einer Wäscheleine zwei Schlingen geknüpft. Angesichts seiner körperlichen Behinderung mochte ihm das nicht leicht gefallen sein. Er hatte danach eine Schlinge, die kleinere, an einen der Haken oberhalb der Wandtafel gehängt, die andere Schlinge aber um seinen Hals gelegt. Um beide Handlungen ausführen zu können, hatte er sich zuvor auf die Sitzfläche des Stuhles gestellt, der zu dem Lehrerpult gehörte. Er war dann heruntergesprungen.

Der Stuhl war dabei umgefallen und lag nunmehr auf der Seite. Die hölzerne Lehne ragte über die Kante des Katheders hinaus. Dr. Stutts Körper hing rechts von der Formel des Pythagoras. Sein Kopf neben der weißen Leine war schräg nach links gelegt. Das Kinn hing ihm herab. Die Zunge lag klumpig auf dem herabgefallenen Unterkiefer und war blauschwarz gefärbt. Die Augen standen offen. Sie zeigten bloß noch das

Weiße. Auch die Haut von Dr. Stutts Gesicht, Hals und Händen war ins Bleierne verfärbt. Im Schritt hatte die Stiefelhose von Dr. Stutt mehrere dunkle Flecke.

Jacob rannte zurück auf den Schulhof. Er fühlte Brechreiz und musste sich die Hand vor die Lippen halten. Dabei war er nicht einmal der Erste gewesen, der dem strangulierten Dr. Stutt gegenübergestanden hatte im Klassenzimmer der Quinta.

Vor dem Tor des Fürst-Albrecht-Gymnasiums hielt nämlich in eben diesem Augenblick der schwarze Transportwagen von Witold & Söhne. Herr Lehmann, Ytsches Vater, stieg aus und warf die Wagentür ins Schloss. Er trug einen dunklen Anzug mit schwarzer Krawatte. Beim Gehen reckte er mehrfach das Kinn und nagte mit den Schneidezähnen an seiner Unterlippe. Auf Jacobs Gruß antwortete er nicht. Er war ganz geschäftig. Das gewöhnliche Leben fing gerade wieder an für Witold & Söhne. Das gewöhnliche Leben fing überhaupt wieder an. Dass es für Herrn Lehmann mit dem Tode anfing, lag einfach an dem besonderen Geschäftsgebaren von Witold & Söhne. Schließlich musste es jemanden geben, der sich auch darum kümmerte.

25

In einer Zeitschrift las Kersting, in Moskau könne man immer noch keine Zahnpasta kaufen. Die Zeitungen allerdings dürften oder sollten darüber schreiben. Dies sei überhaupt eine zutreffende Beschreibung der drei Jahre seit Gorbatschows Bestellung zum KPdSU-Generalsekretär: Das Angebot an kritischen Worten habe sich drastisch erhöht, das Angebot an täglichen Bedarfsgütern sei so schlecht wie eh und je.

Es gab daneben Nachrichten aus der DDR, über den nicht nachlassenden Druck von Ausreisewilligen auf die Behörden. Es schienen Botschaften von einem anderen Kontinent zu sein. Kersting spürte, wie in seinen Augen der Staat seines Herkommens die gleichen Züge annahm, die er für jene hatte, die nicht in ihm wohnten.

Wenn er seinen genauen Wohnort benannte, sah er meist als Reaktion den Ausdruck von Unverständnis und Abscheu. Die häufig gestellte Frage, wie es möglich sei, dort zu existieren, ließen ihn ausweichende Antworten suchen. Beunruhigend, dass ihn dabei der Verdacht beschlich, er verfehle damit die Wahrheit ebenso, wie es durch etwelche falsche Behauptungen geschah, die er korrigierte.

Die Trambahn rollte an einer fast endlos erscheinenden grauen Steinmauer entlang und hielt vor dem Haupttor. Auf der gegenüberliegenden Straßenseite gab es eine lange Gebäudereihe aus Grabsteinhandlungen, Blumengeschäften und Restaurants für den Leichenschmaus. Eine riesige Werbetafel zeigte den Firmennamen Grabsteinland. Darüber stand in einem granitgrauen Himmel die zu einem wässrigen Fleck verblasste Sonne.

Im Friedhofsinneren waren viele Wege asphaltiert und breit genug, dass Automobile auf ihnen Platz hatten. Die Begräbniskirche, ein majestätischer Zentralbau, war aus weißlichen Steinen gemacht, mit einer metalldunklen Kuppel obenauf. Sie hieß nach Karl Lueger. Er war der Wiener Bürgermeister um 1900 gewesen, sehr populär und sehr ansehnlich, dazu sehr redegewandt und sehr antisemitisch. Der junge Adolf Hitler hatte ihn sich zum Vorbild genommen.

Im Friedhof hingen Nebelfetzen. Die Pfützen zwischen den Grabstellen waren vereist. Die Luft schmeckte nach Autoabgasen und modrigen Blumen. Seinen Faltplan in der Hand, suchte Kersting nach den Reihen mit den Ehrengräbern. Er irrte umher zwischen Immortellen und Marmorengeln. Er suchte nach den Gräbern der Gruppe 14C, wo sich das Ehrengrab von Josef Hoffman befinden sollte. Stattdessen entdeckte er das Ehrengrab von Adolf Loos. Die beiden Intimfeinde machten einander Konkurrenz noch im Tode.

Josef Hoffmann hatte auch Grabstelen entworfen. Insgesamt gab es von ihm ein Viertelhundert ausgeführte Mausoleen und Grabmäler. Kersting erinnerte sich an ein spöttisches Couplet, das er im Radio gehört hatte, *Der Tod, des muss a Weaner sein*. In der Luegerkirche verdienten sich Angehörige des Wiener Staatsopernchores zusätzliches Geld mit feierlichen A-cappella-Gesängen bei den Trauergottesdiensten.

Schließlich fand er Hoffmanns Grab. Er stand kaum davor, als er beiseitetreten musste, da sich von der Luegerkirche her ein Trauerzug näherte. Ein Pompfunebrist mit schwarzem Dreispitz auf dem Kopf hielt in beiden Händen senkrecht vor sich einen großen Kruzifixus. Dahinter gingen, Blumen und Kränze im Arm, um die dreißig dunkel gekleidete Menschen. Der Sarg stand auf der offenen Ladefläche eines langsam fahrenden Automobils mit der amtlichen Zulassungsnummer W 238.704.

26

Der Frühling wurde warm. Der Sommer sollte heiß, lang und trocken werden. Die amerikanischen Besatzungstruppen hatten die zweite Woche ihrer Anwesenheit in Grotenweddingen damit angefangen, dass sie Teile der in Henselers Motorwerk hergestellten Teile für V2-Raketen auf Eisenbahnwaggons verluden, um sie Richtung Westen auf den Weg zu bringen. Walter Henseler war unmittelbar nach dem Einmarsch festgenommen worden als Wehrwirtschaftsführer. Es würde ihn viel Kraft und vierzig Tage Zeit kosten, dass er den mit ihm befassten Intelligence Officer davon überzeugte, er sei ein Angehöriger des deutschen Widerstands gewesen, Teilnehmer an konspirativen Treffen im Gutshaus von Behncke, aber ebenso würde zu seinem Freikommen der Umstand beitragen, dass er als Fabrikant von Panzermotoren und vor allem Raketentriebwerksteilen ein technischer Spezialist war, für den es auch in der Zukunft eine gute Verwendung gab, und außerdem war Wehrwirtschaftsführer nicht viel mehr gewesen als bloß ein austauschbarer Titel.

Sein großes Wohnhaus in Lüttgenweddingen wurde während seiner Abwesenheit erst einmal gänzlich allein bewohnt von seiner Tochter Gudrun. Dann sollte es dem amerikanischen Stadtkommandanten einfallen, dort eine Einweisung vorzunehmen. Ein US-amerikanischer Colonel nahm Quartier, dunkelhäutig, denn er stammte aus dem Bundesstaat Louisiana, und sehr groß gewachsen, er maß in der Länge einsneunundachtzig und war damit noch sechs Zentimeter größer als Gudrun, Walter Henselers Tochter. Colonel John Jefferson Peabodys Körpermaße sorgten dafür, dass Gudrun Henseler auf ihre beiden Rassepferde plötzlich keine Gedanken mehr verschwendete. Die Tiere waren schon am Tag nach der Besetzung Grotenweddingens fortgeführt worden von einer Gruppe belgischer Fremdarbeiter, damit sie geschlachtet würden und zu saftigen Steaks zerlegt.

Gudrun Henseler verstand von der Schule her etwas Englisch. Colonel John Jefferson Peabody nannte sie *baby, sugar, honey, doll, candy, tiger, sweetie, big bang.* Gudrun Henseler verstand das meiste nicht, doch wichtiger als der Sinn seiner Worte war ihr das Geräusch seiner Stimme, und wichtiger als seine Stimme waren ihr seine schwarzen Hände. Dann zog die amerikanische Besatzungsmacht fort aus Grotenweddingen. Mit ihr ging Captain John Jefferson Peabody und mit ihm ging Gudrun, Tochter des Motorenfabrikanten Walter Henseler aus Grotenweddingen.

Anstelle der Amerikaner befanden sich nunmehr britische Soldaten in der Stadt. Sie eröffneten in einer Ausflugsgaststätte am oberen Nöschental einen Officers' Club und stellten einen Doppelposten auf den Großen Markt, vor das von Thomas Hagenow Vater und Sohn mittelalterlich erbaute Rathaus, genau neben die Eingangstür der städtischen Sparkasse. Die würde vorerst geschlossen bleiben. Das sonstige Leben in Grotenweddingen war wieder angelaufen, irgendwie, manche Geschäfte hielten schon geöffnet, obwohl sich in ihnen fast gar nichts einkaufen ließ.

Nun gab es die Erkenntnis, ausbeuten und regieren sei ein und dasselbe, das eine ergänze das andere und diene ihm als Mittel zum Zweck. Dabei wurde in Grotenweddingen damals nicht eigentlich regiert, und gar auszubeuten war schon überhaupt nicht viel. Gleichwohl oder eben deshalb: Die politische und ökonomische Organisation des sozialen Lebens dürfe nicht mehr von oben nach unten und vom Mittelpunkt zum Umkreis ausgehen, nach dem Prinzip der Einheit und der erzwungenen Zentralisation, sondern von unten nach oben und von der Peripherie zum Zentrum, nach dem Prinzip der freien Assoziation und Förderung.

Der das so aufgeschrieben hatte, war ziemlich genau vor einhundertvierzig Jahren geboren worden in Prjamuchino, Distrikt Torjok, Gouvernement Twer, auf einem der fünftausend größten Latifundien im zaristischen Russland. Sein Vater hatte als junger Mensch in Italien gelebt, auch er selber würde sich später in der Toskana aufhalten, wo er sogar teilnahm an einem Aufstand, der aber scheiterte. Deswegen hatte er sich eine Kugel in die Schläfe schießen wollen, es dann aber vorgezogen, in einem beladenen Heuwagen zu fliehen.

Dieses Ereignis aus dem Leben des Michail Bakunin erinnerte in vielem an Verlauf und Ende der vogtländischen Abenteuer von Max Hoelz. Der war so etwas wie Bakunins politischer Schüler gewesen, nicht anders als Robert, der seinerseits einige Zeit in Oberitalien zugebracht hatte, und dort war die von Michail Bakunin ausgestreute politische Saat ganz besonders fruchtbar aufgegangen.

In Grotenweddingen befanden sich die Anlagen von Walter Henselers Motorenfabrik. Ihr Inhaber war inhaftiert und verschwunden. Die Baracken für Fremdarbeiter, die er hatte errichten lassen, waren verwaist, denn ihre früheren Bewohner befanden sich auf dem Weg heim in die Länder, denen sie entstammten. Nach drei Tagen Ausschlafens spürte Robert in seinen Händen jene Unruhe, die ihn veranlasste, etwas zu tun, und diesmal das, womit er völlig einverstanden zu sein gedachte.

Es gab in den durch Walter Henseler errichteten Wohnhäusern Männer verschiedener technischer Berufe, die nun, da die Tore der Fabrik geschlossen hielten, sich den Tag über nicht langweilen mochten. Zu Henselers Motorenfabrik gehörte eine Gießerei. Die überwiegend dort verarbeiteten Materialien waren Leichtmetalle gewesen. Als Rohstoff in Barrenform, sogenannten Masseln, lag das silbern hochgestapelt im Freigelände von Henselers Werk, direkt an einem Drahtzaun, der sich leicht überwinden ließ.

Der Schmelzpunkt von Leichtmetallen lag niedriger als der von Eisen, weswegen er eine entsprechend geringere Wärmezufuhr benötigte. Als Brennmaterialien dafür boten sich Hölzer aus dem nahen Gebirgswald an. Dort ging gegenwärtig eine Käferplage um, die Forstverwalter waren erleichtert, wenn die von Iptiden heimgesuchten Bäume gefällt und abtransportiert wurden, wobei zuvor die zerfressene Borke abgeschält und verbrannt werden musste. Solche Arbeiten waren bevorzugt an steilen Hängen zu verrichten. Verschiedentlich, vier- oder fünfmal, nahm Jacob daran teil. Mit einem Schäleisen an langem Stiel schabte er Fichtenrinde fort und besah sich die von Larven des *Ips typographus* schwärzlich ins Holz gefressenen Gänge.

Die nackten Stämme wurden mit Schrotsägen zerlegt. An jeder Seite hatte jemand zu knien, dass er, im steten Wechsel mit dem Gegenüber, den Griff zu sich hinzog und wieder fortließ, wobei es zu beachten galt, dass infolge veränderter Haltungen das Sägeblatt nicht etwa klemmte. Dessen Eisenzähne mussten mit einer Feile geschärft werden. Jacob wurde mehrmals damit befasst. Nu mok deck mol, sagten die Leute, sofern sie gebürtig waren aus Grotenweddingen oder Westerode, de Böme raupen. Feuchtes Holzmehl rieselte heraus beim Sägen, legte sich in hellen Flecken auf die dunkle Erde und verstreute Geruch. Der Sturz eines über der Wurzel angesägten, mit Eisenkeilen in seine Fallrichtung gebrachten Baums kündigte sich an durch lautstarkes Prasseln und Knacken, das heftiger wurde, rascher wurde, schließlich endete mit einem dumpfen Schlag, den die Erde weitergab als Erschütterung. Die zerlegten Stämme wurden mit Metallketten ins Tal gezerrt. Auf den Gestellwegen warteten von schweren Brauereipferden gezogene Leiterwagen. Der Hang bestand aus Granitbrocken, überwuchert von

Blaubeerengesträuch. Zwischen den Baumwurzeln wuchsen Stauden des roten Fingerhuts. In dem von Bäumen frei geschlagenen Himmel flimmerte unter der Hitze die Luft und schmeckte nach Unendlichkeit.

Das gefällte Holz wurde dann abgeladen auf dem Freigelände von Henselers Motorenwerk und umgehend zerkleinert. Ein Ofen ließ sich mit gewöhnlichen Klinkersteinen mauern. Die erforderlichen Gießpfannen gingen den gleichen Weg durch den Drahtzaun wie die im Flüssigzustand ihnen zugedachten Aluminiummasseln. Die von Robert entworfenen und nach seiner Anweisung gegossenen Schüsseln, Eimer, Tiegel, Töpfe wurden geglättet und geschliffen.

Auf den Dörfern nahe Grotenweddingen war die durch das Kriegsende unterbrochene bäuerliche Arbeit wieder aufgenommen worden. Sämtliche dabei entstehenden Viktualien wurden von ihren Erzeugern wenn irgend möglich zurückgehalten. Die im Umlauf befindlichen Geldscheine, ausgegeben noch durch Adolf Hitlers Deutsche Reichsbank, galten inzwischen im Wert nicht mehr viel. Es musste mit einer realen Ware vorsprechen, wer ein dörfliches Erzeugnis erwerben wollte, und Eimer wie Schüsseln gehörten jedenfalls in einem Landwirtschaftsbetrieb unter die immerfort benötigten, weil einem ständigen Verschleiß ausgesetzten Gegenstände.

Die von Robert ins Leben gerufene Produktionsstätte führte den Namen Assoziation Malatesta. Als ein Ort, wo für geleistete Arbeit Viktualien aufkamen, hatte sie einen beträchtlichen Zulauf von Arbeitsuchenden, die aufgenommen wurden oder nicht aufgenommen wurden nach einer entsprechenden Beratung in der Vollversammlung aller Zugehörigen, die außerdem die Besitzer waren.

Robert besah sich die Resultate der von ihm in die Welt zwischen Grotenweddingen und Behncke ausgesetzten Idee. In ihm erwachte wieder die in fünf oder zwölf Jahren unterdrückte Begabung zur politischen Rhetorik. Er machte sich pathetische Gedanken, wie innerhalb des von der Besatzungsmacht gesteckten Rahmens das Assoziationsprinzip auszuweiten sei. Er hielt es für einen wirkungsvollen Gegenentwurf zu den Formen von Diktatur und Chaos, die Deutschland heimgesucht hatten während der letzten zwölf Jahre.

Als eine Antwort darauf hingen eines Morgens Anfang Juli überall in der Stadt angeklebt weiße Papiere mit auffälligen schwarzen Aufschriften, die eine vollständige Ausgangssperre über drei Tage verfügten.

Am vierten Tag waren die britischen Besatzungstruppen aus Grotenweddingen fortgezogen in westliche Richtung. Statt ihrer herrschten fortan Einheiten der Roten Armee.

Sie hatten sich drei Straßenzüge eingeräumt unterhalb des Grotenweddinger Schlosses. In den nächsten Wochen würden sie die Gegend mit einem Holzzaun umgeben. Den würden sie mit olivgrüner Farbe bestreichen und außerdem noch schmücken mit einem fünfzackigen roten Stern, der nachts erleuchtet war, sowie mit mehreren metallenen Lautsprechern für das Aussenden von schriller Marschmusik und schwermütigen slawischen Chorliedern.

Es gab die militärische Zentrale, genannt *Kommandantura*, aufzuschreiben mit kyrillischen oder lateinischen Buchstaben. Aus Henselers Motorfabrik wurden Maschinen auf Lastwagen und Güterwaggons verladen und nach Russland gebracht. Das trug den Namen Reparation. Wer sich diesen Arbeiten zur Verfügung stellte, erhielt eine höhere Lebensmittelkarte und manchmal Pajok, das war ein Versorgungspaket mit Speck, Büchsenfleisch und Zucker. Für die Assoziation Malatesta wurde das keine direkte Herausforderung. Dank deren Produktion von Eimern und Schüsseln floss der Viktualienstrom von den Dörfern zum Stadtrand ununterbrochen, und aus einem nicht begründbaren Misstrauen heraus wurde deutscher Speck für wertvoller angesehen als russischer. An drei Hallen von Henselers Motorenwerk, dem ehemaligen Rüstungsbetrieb, wurden Sprengladungen gelegt. Während der Detonationen wirbelten Leichtmetallmasseln durch die Luft und fielen bis weit über den zuvor schon beschädigten Zaun. Die mit der Materialbeschaffung beauftragten Angehörigen der Assoziation Malatesta mussten sich bloß noch bücken.

An den Mauern von Grotenweddingen klebten andere Papiere, diesmal sehr breite, in der Höhe schmale, mit einer Feststellung von J. W. Stalin, der in Moskau der politische Anführer war. Die Hitlers kämen und gingen, aber das deutsche Volk, der deutsche Staat blieben bestehen. Robert stand davor, las es und dachte zweiflerisch daran, ob ein deutscher Staat überhaupt existiere und, vor allem, das Weiterbestehen für einen Anhänger des Anarchisten Malatesta zu wünschen sei.

27

Durch Josef Kerschbaumer lernte Kersting einen anderen ausländischen Stipendiaten kennen, der wie er in dem Studentenhotel wohnte. Sándor Juhász' Deutsch war grammatisch korrekt, doch sprach er es mit offenen Vokalen, flachen Diphthongen und der deutlichen Neigung, die erste Wortsilbe zu betonen. Er war sehr schlank und nicht besonders groß. Er trug auffällig goldblondes Haar zu einem schwarzen, kurzgeschnittenen Vollbart. Er roch intensiv nach Patschuli. In seinem Gesicht waren die kleinen Aknenarben abgedeckt mit Puder, das bei starkem Lichteinfall eine Ansammlung kleiner rosiger Krümel ergab. Seinen flauschigen Mantel legte er gern, ohne die Ärmel zu benutzen, nach der Art eines Capes um die Schultern. Er mochte zehn Jahre jünger sein als Kersting.

Sie saßen zusammen beim Frühstück, in der Mensa des Studentenhotels, einem großen trostlosen Raum mit hellen Möbeln und dem Geruch nach kaltem Bratenfett und Knoblauch. Sándor Juhász war Historiker an der Budapester Universität. Er arbeite über den Grafen Gyula Andrássy, sagte er, und über den Ausgleich von 1867, der zur Bildung der österreichisch-ungarischen Monarchie geführt habe. Andrássy, zunächst Revolutionär und deswegen in Abwesenheit zum Tode verurteilt, später von Wien amnestiert, sei ungarischer Ministerpräsident und sogar Außenminister für die Doppelmonarchie gewesen und habe sich zudem exzellent verstanden mit der auch Sisi genannten Kaiserin Elisabeth, wobei der Klatsch den beiden gar ein erotisches Verhältnis unterstelle. Dies alles sprudelte aus Juhász' Mund, in hastigen Worten und bei gelegentlichem Lächeln, das ein fast unnatürlich weißes Gebiss entblößte. Kersting hörte nicht sehr genau zu, da ihn weder Gyula Andrassy noch der Klatsch um die Kaiserin Sisi interessierten.

Juhász fragte nach Kerstings Arbeit. Oh, Jugendstil, rief er begeistert, auch in Ungarn gebe es ausgezeichnete Exempel, in Budapest, durch den großen Architekten Ödön Lechner, der die Postsparkasse errichtet habe und das Kunstgewerbemuseum, ob Kersting das kenne? Kersting kannte es. Er war zweimal nach Budapest gefahren. Er verschwieg, dass er Lechners Jugendstil abscheulich fand, überladen und ziemlich nahe am Kitsch.

Der Tee, den sie tranken, schmeckte fad. Im Hintergrund

des Saales war Geschirrklappern. Sie verabredeten sich auf einen anderen Termin.

Sándor Juhász bewohnte ein Zimmer, das den gleichen Zuschnitt hatte wie das von Josef Kerschbaumer. Beherrscht wurde es durch angehäufte Bücher mit heraushängenden Lesezeichen, durch Stapel von Fotokopien, durch ein tragbares Fernsehgerät japanischer Herkunft und eine Unzahl bunter Kissen. Juhász brühte schwarzen Kaffee nach ungarischer Manier, dazu schenkte er wasserhellen Aprikosenschnaps ein.

Sein Vater hatte unter dem ungarischen Kommunistenführer Mátyás Rákosi zwei Jahre lang im Gefängnis gesessen, als Revisionist. 1956 war er führend engagiert gewesen beim Aufstand von Imre Nagy und vor einer erneuten Verhaftung ins Exil gegangen, nach Kanada. Sohn Sándor hatte ihn dort besucht. Wieso er nicht für immer dort geblieben sei? Juhász zuckte die Achseln. Er hänge an Ungarn, und er hänge an seiner Mutter, die weiterhin in Ungarn lebe. Außerdem sei die Freizügigkeit in János Kádárs Ungarn fast unbegrenzt, immer vorausgesetzt, man besaß das für Auslandsreisen erforderliche Geld. Kersting kenne vielleicht diesen Satz: In einem Land, aus dem man fortgehen kann, da kann man auch bleiben.

Juhász führte Kersting in die Mariahilferstraße, Wiens populäre Einkaufsmeile, wo, bei den Ladengeschäften besonders am oberen Teil, die Auslagen durchweg ungarische Beschriftungen trugen. Wien befand sich kaum mehr als zwei Fahrstunden von Budapest entfernt. Die Leute von dort kauften hier Dinge ein, die es in Ungarn nicht gab oder die in Ungarn doppelt so teuer waren. Gewiss sei Ungarn die lustigste Baracke im Ostblock, sagte Juhász, doch wer lebe schon gern in einer Baracke, wenn er sich nach einem Haus mit Garten sehnte? Kommunismus sei Scheiße.

28

Der Sommer, lang, trocken und heiß, schüttete Mikroben aus. Sie erzeugten eine Hautkrankheit mit Juckreiz, zerfressener Epidermis und wässerigem Eiter. Die Ekzeme konnten sich aus geringen Anlässen herstellen, zum Beispiel einem aufgekratzten Mückenstich, und breiteten sich dann aus, wucherten unterhäutig weiter, auch jede andere Hautverletzung wurde von ihnen augenblicklich befallen und anverwandelt. Bevorzugt heimgesuchte Körperteile waren der Hals, die Schultern und die Fußgelenke. Der ausgetretene Eiter hatte die Eigenart, in aufliegende Stoffe, also Mullbinden, aber auch Hemden oder Strümpfe, allmählich einzusickern und dort zu trocknen, bei Bildung einer bräunlichen, in der Beschaffenheit borkigen Kruste.

Wurde der Stoff wieder entfernt, riss die Kruste herunter und ließ rohes feuchtes Fleisch zurück, auf dem vorübergehend Spuren unvermischten Blutes schwammen. Die Leute nannten das Krätze, obschon im streng medizinischen Sinn Krätze eine Milbenerkrankung war, hervorgerufen durch Parasiten, Sarcoptidae hominis, während das hier gemeinte Ekzem von Streptokokken verursacht wurde.

Die sogenannte Krätze suchte sich ihre Opfer quer durch Grotenweddingen und darüber hinaus, bis hin nach Westerode und Behncke. Die Opfer waren daran zu erkennen, dass sie am Hals oder um die Fußknöchel weiße Stoffbinden trugen. Ytsche Lehmann hatte das Ekzem an den Beinen. Völlig davon verschont blieb Geesche, Tochter der Kinobetreiberin Zinke. Dabei war Geesche immer schmuddelig gewesen und blieb es weiterhin, was vielleicht eine spezielle Härte und Intransigenz entwickelte gegen etwelche Mikroben.

Besonders hartnäckig hielten sich die Ekzeme bei Jacob. Immer wieder musste er sich in das Wartezimmer von Dr. Lippe-Günther setzen, dessen Praxis sich gegenüber dem Backsteingebäude des Fürstin-Wilhelmina-Lyzeums befand. Dr. Lippe-Günther war eigentlich Internist, doch wegen der epidemischen Ausbreitung von Hauterkrankungen sah er sich veranlasst, seine ärztliche Kunst einer fachfremden Therapie zuzuwenden.

Dr. Lippe-Günther war ein magerer Greis mit Glatze und einem kurzgeschorenen weißen Schnurrbart, der in Lippennähe gelblich verfärbt war infolge Tabakrauchs. Dr. Lippe-Günther redete, indem er den rechten Mundwinkel sehr viel weiter öffnete als den linken, wodurch er den Eindruck hervorrief, er halte zwischen seinen gelben Zähnen eine unsichtbare Pfeife. Wenn Jacob seine Mullbinden abwickelte, damit die Ekzeme zum Vorschein kämen, beugte sich Dr. Lippe-Günther nur flüchtig darüber. Er schüttelte unzufrieden seinen Kopf und erzeugte zwischen gelben Zähnen einen Laut der Missbilligung. Ts-ts.

Er empfahl Jacob viel Geduld. Er riet zu Umschlägen mit lauwarmer Kernseifenlauge und verschrieb eine Salbe. Während er das entsprechende Rezept ausfüllte, reckte er, sah Jacob, das Kinn vor, außerdem nagte er mit gelben Zähnen an seiner Unterlippe. Jacob kannte solche Bewegungen. Er kannte sie von Dietrich Lehmann, Ytsches Vater, und hatte sie zuletzt gesehen, als Herr Lehmann das Gebäude des Fürst-Albrecht-Gymnasiums betreten musste, auf dem Weg zu Oberstudiendirektor Dr. Stutt, der im Klassenraum von Quinta neben einer Wandtafel mit der Formel des Pythagoras hing. Dietrich Lehmann hatte beruflich zu tun mit dem Tod. Dr. Lippe-Günther war ihm dabei behilflich. Er machte solche Verbindung deutlich durch ähnliche Gebärden von Hals, Kinn und Zähnen. Die durch Dr. Lippe-Günther verschriebene Salbe war von tiefschwarzer Färbung und äußerst klebrig. Sie roch nach Teer und Salzhering. Jacob trug sie allabendlich den Ekzemen auf, die darunter nicht kleiner werden wollten, sondern sich immer nur ausbreiteten.

Jacob begann sich zu beunruhigen. Er blickte an sich herab. Er besah sich die gefräßigen Flecken an seinen Gelenken, hervorwuchernd unter den von Eiter durchtränkten Binden. Die Zeit schien stille zu stehen. Ihr einziges Metrum waren die unaufhaltsamen Fortschritte der Entzündung. Jacob sah sich riesige Klumpen von schwarzer Salbe auf seinen Körper tun, dass er zuletzt darin förmlich festbuk. Die Ekzeme würden dessen ungeachtet weiterwandern auf seiner Haut, die Beine hinan und den Bauch, bis zum Brustkorb, wo eine andere Wucherung vom Nacken schon angelangt war, in der Gegend der Brustwarzen. Wenn er nachts aus dem Schlaf aufwachte, weil er willenlos angefangen hatte, dem vielfältigen Jucken mit seinen Fingernägeln nachzugehen, wenn ihm die Hände schon verklebt waren mit Eiter, Blut, Lymphe, zerbröselten Grindfetzen und das Jucken noch immer kein Ende nahm, hatte er Visionen von einer allmählichen unaufhaltsamen Auflösung seines Körpers. Auflösung war Siechtum zu einem Ende hin. Auflösung war ein anderes Wort für Sterben, und Sterben war Übergang in den Tod. Jacob sah die beiden Toten vor sich, die er bis jetzt sinnlich erlebt hatte, Männe Festerling und Oberstudiendirektor Dr. Stutt. In beiden Fällen war Herr Lehmann gegenwärtig gewesen, was schon deswegen keine Überraschung bedeutete, weil Witold & Söhne ein Bestattungsunternehmen war, mit Särgen aus eigener Tischlerei. Er sah, wie Dietrich Lehmann in Gesellschaft von Dr. Lippe-Günther sich über seinen, Jacobs, von Ekzemen völlig zerfressenen Leib beugte. Beide reckten das Kinn vor, und beide nagten mit den Zähnen an ihrer Unterlippe. Dr. Lippe-Günther allein äußerte noch Ts-ts, indessen Dietrich Lehmann bloß geräuschlos weiternagte. Wahrscheinlich bedachte er gerade die Art des Sarges, Kiefer natur oder imitierte Eiche.

Der Sommer blieb trocken und heiß. Ytsche Lehmann ging regelmäßig schwimmen ins Suderbad, Fürst-Albrecht-Straße. Jacob blieb der Besuch öffentlicher Freilichtbäder verboten durch Dr. Lippe-Günther. Hinterm dunkelbraunen Zaun war das Gekreisch von hundert oder zweihundert Kindern und das Rauschen von Wasser. Jacob ging näher heran. Der Zaun war übermannshoch und bestand aus senkrecht nebeneinandergestellten Brettern. Es gab genügend Ritzen und leere Astlöcher. Durch sie war Einblick möglich ins Innere des Suderbads. Jacob sah Ytsche Lehmann in Badehose über die Liegewiese hetzen, mit wackelndem weißem Fleisch, behende trotz Fettleibigkeit und verkürztem Bein. Ytsche Lehmann rannte bis zum Becken, sprang ab und hielt sich dabei die Nase zu. Wind wehte. Weidenzweige über der Liegewiese des Suderbads schüttelten sich. Lärm und Geruch von Sonnenöl und Chlor wehten herüber zum Zaun.

Die Ekzeme unter den weißen Verbänden an Jacobs beiden Fußknöcheln juckten etwas, wie zur Antwort. Es geschah nicht sehr nachhaltig. Das schlimmste Jucken erfolgte immer erst nachts. Jacob trat langsam zurück von den dunkelbraunen Brettern. Er trug Sandalen mit Sohlen aus hellem Buchenholz. Er wanderte weiter, mit klirrenden Schritten, auf der Fürst-Albrecht-Straße. Kurz vor dem Sudertor überquerte er sie und ging an der Seitenmauer des Gymnasiums entlang bis zum Schulhof.

Er war nicht mehr hier gewesen seit seiner Entdeckung des strangulierten Dr. Stutt. Jetzt betrat er trotzig wieder den Platz, weil er sich selbst als Besitzer eines hinfälligen Leibes wusste und dachte, das Fürst-Albrecht-Gymnasium sei ein Ort, wo sich vielleicht Auskunft einholen ließ auch über Auflösung und Sterben.

Getreulicher Hort von Auskünften waren gedruckte Bücher. Das Fürst-Albrecht-Gymnasium verfügte über eine Schülerbibliothek. Um sie zu benutzen, musste Jacob das Gebäudeinnere gar nicht betreten. Die Bibliothek hatte auf dem Schulhof Platz genommen.

Im Vollzug einer Anweisung, deren Wortlaut und Existenz Jacob nicht kennen konnte, hatte aus allen öffentlichen sowie privaten Büchereien faschistisches Schrifttum umgehend entfernt und vernichtet werden müssen. Alle auf dem Schulhof des Fürst-Albrecht-Gymnasiums angehäuften Bände trugen auf dem Titelblatt einen Stempel mit Adler und Hakenkreuz, was Stigma genug war, sie augenblicklich zu entfernen.

Sie lagen da, in unordentlichen Stapeln, manche Bücher aufgeschlagen, die Seiten durchblättert vom Wind. Jacob stand davor. Er bückte sich und nahm den ihm zunächst liegenden Band auf, ein Bildbuch im Großformat. Ehe er sich in den Text vertiefen konnte, sah er Marabu, den Pedell, schlurfenden Schritts den Hof überqueren. Das Buch im Arm, rannte Jacob auf Holzsohlen zurück zur Fürst-Albrecht-Straße.

Später saß er am Ufer des Nöschenbachs, zwischen Huflattich und Sauergras. Das Wasser fiel von der Staustufe. Es machte gelblichen Schaum und zog hellblaue Libellen an. Das mitgenommene Buch aus der Schülerbibliothek handelte vom Dom in Naumburg und den dortigen Steinfiguren, die auf Fotoaufnahmen zu sehen waren, in Schwarz und in Weiß. Jacob blätterte. Die Fotografien zeigten Gesamtaufnahmen des Domäußeren, das Innere und die darin befindlichen Figuren jeweils einzeln. Zwei kannte Jacob, da ihre Abbilder in Unterrichtsräumen des Fürst-Albrecht-Gymnasiums ausgehängt waren. Ein dicklicher Mensch, mit Doppelkinn und geringelten Haaren, außerdem eine fischig blickende junge Frau, Krone im Haar und den Mantelkragen einseitig bis ans Kinn geholt. Dann aber erblickte Jacob Dietrich Lehmann, den Inhaber von Witold & Söhne.

Er hieß hier Timo von Kisteritz und war steinern. Er hatte den Mund gespitzt, dass er zweiflerisch und etwas missmutig aussah, wie man Herrn Lehmann kannte. Gleich würde er die Unterlippe zwischen die Vorderzähne ziehen, um daran zu nagen. Timos langes Haar hatte Dietrich Lehmann sich abscheren lassen, denn die Mode verlangte nach kurzem Haar, und Herr Lehmann war Geschäftsmann. Herr Lehmann sprach in der Verkleidung des Timo von Kisteritz, dass der Mensch sterblich sei und nach seinem Hinscheiden eines Sarges bedurfte, womöglich von Witold & Söhne, Kiefer natur oder imitierte Eiche.

Jacob hatte in seinem Mund einen Geschmack wie von Löschkalk. Seine Ekzeme begannen zu jucken. Er schlug die nächste Seite des Bildbandes auf und sah den Bergmönch.

Der neigte den Kopf etwas zur linken Schulter hin. In seinen Händen trug er ein Pult, das zusätzlich abgestützt wurde durch einen kleinen Baum mit übergroßen Blättern. Das Pult war nicht für den Mönch gedacht, der geradeaus vor sich hinblickte und das Pult vielmehr einem Gegenüber entgegenhielt, wer immer das war. Aus der Unterschrift der Fotografie erfuhr Jacob erstmals einen genauen geistlichen Rang. Diakon. Jacob hatte den Bergmönch älter in Erinnerung.

Tach ook, sagte Jacob. Er benutzte ostfälisch, das er nicht sehr gut sprach. Er wusste bloß, dass der Bergmönch den Dialekt bevorzugte.

Fotografien können nicht antworten. Der Diakon aus dem Bildband hielt den Mund klein, dünn und verschlossen. Sein linkes Auge, es lag ohnehin Schatten darauf, verengte sich etwas, und die Blickrichtung beider Pupillen, zuvor eher in die Höhe und ins Unendliche gerichtet, veränderte sich derart, dass Jacob meinen konnte, der Diakon habe verstanden.

Jacob redete weiter. Das Ostfälische gab er auf. Er hätte sonst zu viel nachdenken müssen und zu viel Kraft verwenden auf das Suchen von Wörtern. Die Sätze flossen ihm hemmungslos aus dem Mund, alle Erleichterung und Seligkeit dieses Sommers nach dem großen Krieg, auch alle Angst vor der widerlichen Krankheit, die in seiner Epidermis nistete und nicht fortgehen wollte trotz der schwarzen Salbe von Dr. Lippe-Günther mit dem Geruch von Teer und von Salzhering.

Der Bergmönch nun, tat er was? Gleichmütig rann das Wasser des Nöschenbachs von der Staustufe. Holte sich blinkende Insekten in die Nähe und ließ sie irgendwann wieder fort. Die Jacob umgebenden Geräusche waren ein gleichbleibendes und nur wenig moduliertes Rauschen, Summen, Zischen, in dessen Mitte, eher flüsternd als laut und darin den Wassergeräuschen ähnlich, die Stimme des Diakons aufstand und wieder fortwehte, zusammen mit den handgroßen Libellen über der Staustufe.

Der Diakon ging auf die sogenannte Krätze ein insofern, als er auffällig über die Verwendung von Blättern und Grünzeug redete. Als seien dies die besseren Medikamente, vorzuziehen allem hoch kompliziert Tierischen und zumal aller Chemie. Der Diakon lenkte Jacobs Blick auf die Kapitelle im Westlettner des Naumburger Doms. Der Bildband bot eindringliche fotografische Großaufnahmen. Wohlbekannte Bäume und Kräuter, sagte der Diakon, die Vorbilder seien erkennbar und für Jacob nach drei Jahren Biologieunterrichts im Fürst-Albrecht-Gymnasium von Grotenweddingen mühelos auszumachen. Hahnenfuß, Lerchensporn, Beifuß. Zum Beispiel. Letzterer auch Mutterkraut genannt, *Artemisia vulgaris*, bekanntlich ein geschätztes Küchenkräutlein, wie überhaupt den Artemisien Würzkraft eigne, so bei Estragon und Zitronenkraut, und auch der Wermut gehöre dazu, *Artemisia absinthium*, aus dessen Suden ein höllischer Schnaps gebraut werde, ebenso ein wirksames Magenkraut und Wurmmittel.

Der Diakon machte aufmerksam auf die Wiedergabe der Blätter in Stein. Wie sie sich fast völlig gelöst hätten vom steinernen Untergrund. Wie tiefe Aushöhlung der Gründe den vollplastischen Eindruck bewirke. So weitgehende Naturnähe, rief der Diakon, ins Rauschen des Nöschenbachs hinein, sei nirgends erreicht worden zu jener hochgotischen Zeit, nicht in Frankreich noch in Italien, nicht in der Plastik und schon gar nicht in Malereien für Wand oder Buch.

Jacob sah Haselnussblätter und Haselnussfrucht. Hierbei handle es sich um ein Christussymbol, wusste der Diakon und zitierte gleich aus der Deutung des Kirchenvaters Augustin: Dreierlei Substanz vereine die Nuss in ihrer Gestalt, Leder, Schale und Kern, und die Hülle sei Jesu Fleisch, da der Herr habe kosten müssen die Bitternis der Passion, und die Schale sei des Kreuzes Holz, aber der Kern sei das süße Innere Gottes, und sein Öl mache das Licht brennen.

Neben der Nuss wuchs die Traube. Der Weinstock war das christliche Vorzugssymbol entsprechend Johannes 15, 1: Ego sum vitis vera, et Pater meus agricola est. Wurzel Jesse und

Lebensbaum. Dessen Ernte wurde dann apokalyptisch eingebracht: Setze deine Sichel an und ernte; denn die Zeit zu ernten ist gekommen, denn die Ernte der Erde ist reif geworden. So war der Bergmönch wieder bei seinem Lieblingstext. Erzählte von der großen Kelter, die getreten wurde draußen vor der Stadt und die Gottes Zorn sei: et calcatus est lacus extra civitatem, et exivit sanguis de lacu usque ad frenos equorum. Er machte noch Jacob, der Wein nie getrunken hatte und nicht wusste, wie Wein wuchs, auf jenen Baum aufmerksam, der sein eigenes Diakonenpult stützt und eben der Weinstock war.

Bloß von Weinlaub hatte Jacob Kenntnis. Es wuchs traubenloser Wein an der Südwand des Wirtschaftshofes von Witold & Söhne. Die Blätter wurden blutrot im Oktober und fielen unter die Hühner mit dem ersten Frost. Blut lief von Gottes Kelter bis an die Zäume der Pferde. Witold & Söhne hatten früher einen von zwei Wallachen gezogenen Leichenwagen eingesetzt. Gedrechselte Holzsäulen, schwarze samtene Sargdecke, mit silbernen Fransen und einem großen silbernen Kreuz, die entsprechenden Fotoaufnahmen hingen in schwarzem Rahmen und unter Glas über dem Schreibtisch in Marianne Lehmanns Büro. Der Mann mit dem Schnurrbart, glänzendem Zylinder und Peitsche auf den bräunlichen Bildern war der verstorbene Herr Witold. Marianne Lehmann besaß genau das fischige Gesicht von Uta aus dem Naumburger Dom. Ihr Mann musste sich Timo von Kisteritz' langes Haar scheren lassen und nagte mit schrägem Mund an seiner Unterlippe. Dann beugte er sich zusammen mit Dr. Lippe-Günther über Jacobs Leib, beide hatten jetzt ein tierisches Blöken im Mund. War nicht auch der Bergmönch einst auffällig gewesen mit Kälbergeblök? Die Ekzeme krochen Jacob juckend über beide Knie, die Oberschenkel hinan, schließlich ins rechte Hosenbein und dort bis zur

Leiste. Beati, qui ad coenam, selig, die zum Abendmahl des Lammes berufen sind. Wieso aber Lamm und nicht Kalb?

Jacob erwachte von Schafsgeschrei. Er sah einen Hirten mit ärmellosem Umhang, gemustert in den Farben der fürstlich-grotenweddingschen Familie, auf dem altersfaltigen Kopf einen dunklen Hut mit silbrigen Plaketten. Der Mann trieb unter die Obstbäume ein Dutzend blökender grauer ungeschorener Tiere, und wo sie gewesen waren, blieben schwarze Kothaufen, auf die sich Aasfliegen stürzten.

Jacob sah, dass ihm eine Ameisenstraße über die Beine lief. Er sprang hoch. Der Bildband über den Naumburger Dom fiel ihm dabei aus dem Schoß und rutschte über die Uferbefestigung ins Wasser des Nöschenbachs, auf die Staustufe, wo er, aufgeschlagen und ausgebreitet, heruntergespült wurde in strudelnden Schaum. Die letzte Aufnahme, die Jacob erkennen konnte, zeigten die steinernen Füße des Timo von Kisteritz.

Jacob ging nach Haus. Er würde fortan nicht mehr heimgesucht werden von Juckreiz. Auch die Ekzeme sollten sich nicht mehr ausbreiten, sondern vergrinden. Nach einer Woche würden die Schorfe herunterfallen, und einzige Rückbleibsel waren ein paar schwachgraue Verfärbungen in der zuvor betroffenen Haut.

29

Der drang, sein gesicht und alles, was einem erreichbar ist, zu ornamentieren, ist der uranfang der bildenden kunst. Es ist das lallen der malerei. Alle kunst ist erotisch.

So stand es in einem Vortrag von Adolf Loos, gehalten 1908. Kersting saß über dem Text im Lesesaal der Österreichischen

Nationalbibliothek. Der Vortrag trug den Titel *Ornament und Verbrechen* und war sehr berühmt, zitiert in vielen Nachschlagewerken, Kersting hatte bisher niemals Gelegenheit gehabt, den originalen Text zu lesen.

Aber der mensch unserer zeit, der aus innerem drange die wände mit erotischen symbolen beschmiert, ist ein verbrecher oder ein degenerierter. Es ist selbstverständlich, daß dieser drang menschen mit solchen degenerationserscheinungen in den anstandsorten am heftigsten überfällt. Man kann die kultur eines landes an dem grade messen, in dem die abortwände beschmiert sind.

Loos schrieb deutlich besser als Josef Hoffmann, der das Hassobjekt auch in diesem Vortrag abgab. Kunst diene einem hochstehenden Zweck, nicht einer auf billigen Effekt zielenden Flächenfüllung. Das zeitgenössische Ornament sei tiefstehend und unwürdig. Ein untätowiertes Antlitz finde der moderne Mensch schöner als ein tätowiertes, und auf seiner Tür wünsche man nicht das Symbol für ein weibliches Geschlechtsteil in Schmiedeeisen, wie es Hoffmann in Riesengröße an der Tür der Hof- und Staatsdruckerei angebracht habe. Tätowieren, ob von Haut oder Möbelstücken, sei kriminell. Josef Hoffmann, der Verbrecher.

Das klang rüde. Adolf Loos war erkennbar eine streitbare Natur, auch das unterschied ihn von Hoffmann, der offensichtlich allem Streit ausgewichen war und dessen Verbindlichkeit etwas Wattiges hatte. Kersting begann sich in der Lebensgeschichte von Adolf Loos zu verirren. Hier ließen sich Geist und Charakter fassen, nicht durchweg vorteilhaft, aber wer erwartete bei einem Genie ein in jeder Hinsicht präzeptorales Verhalten?

Er las über Marie Lang, die es in der allmählich zu Ende gehenden Doppelmonarchie als Frauenrechtlerin zu Berühmtheit gebracht hatte. Ihr ältester Sohn Heinz war ein hübscher Kerl. Noch als Gymnasiast besuchte er das Literatencafé Central in der Herrengasse, wo er Karoline begegnete, genannt Lina, einer schönen jungen Frau. Er verliebt sich in sie. Bei Ausflügen in die nähere Umgebung und auf den Simmering kamen die beiden einander näher. Heinz Lang bestand seine Matura und reiste nach England. Es war vereinbart, dass Lina ihn dort treffen würde. Ihr Ehemann hatte bis dahin von der Affäre nichts gewusst, dann entdeckte er zufällig ein Bündel mit Liebesbriefen von Heinz Lang. Er war sehr erschüttert. Es kam zu stürmischen Aussprachen zwischen den Eheleuten, in deren Konsequenz Lina beschloss, die Affäre mit Heinz Lang zu beenden. Sie schickte einen entsprechenden Brief nach England. Heinz Lang fiel in Depression. Bei seinen britischen Bekannten hatte er einen Revolver gefunden, nun legte er sich ins Bett und schoss sich eine Kugel in den Kopf. Einige Monate später brachte das Dienstmädchen im Hause Lang zu Wien ein Kind auf die Welt. Marie Lang verdächtigte erst ihren Ehemann, der Vater zu sein, dann erfuhr sie, der Vater des Kindes sei ihr toter Sohn. Warum hatte er sich dann überhaupt umgebracht? Rätsel über Rätsel. Die Literaten im Café Central spekulierten darüber, sie klatschten und tranken. Die Ehe zwischen Lina und ihrem Mann wurde geschieden. Ihr Mann war der Architekt Adolf Loos.

Kersting verlor sich in der morbiden Situation des Wien um 1910 immer mehr. *Ein Kosmos aus Lüsternheit, Schwindsucht, Raffinement und Todeskitsch.* Die Beschreibung stammte von dem Kunsthistoriker Morris E. oder Moritz Ginsberg. Kersting besah sich Fotos von Heinz Lang und seiner Mutter, vom Inneren des Café Central, von dem Schlafzimmer, das Adolf Loos für seine Frau Lina eingerichtet hatte, mit einem riesigen Bett, umgeben von viel faltenreichem Stoff, eine aufwendige Installation für den ehelichen Beischlaf. Loos war pathetisch, unerbittlich, liebenswürdig, elegant, weltläufig und depressiv. Er schätzte die Schriften von Richard Wagner ebenso wie die Schriften des Wagner-Feindes Friedrich Nietzsche. Nach seiner Scheidung von Lina heiratete er noch dreimal und war am Ende geisteskrank, einer von vielen Irren im österreichischen Kunstbetrieb.

Widersprüchlich wie seine Wesensart waren seine Arbeiten. Seine Möbelentwürfe und seine Inneneinrichtungen wirkten verschnörkelt und muffig. Hier war ihm Hoffmann überlegen. Umgekehrt zeigten seine Architekturen eine erstaunliche Modernität, sie erinnerten an Arbeiten Mies van der Rohes und des Dessauer Bauhauses. *Sie teilten sich in die ästhetische Zukunft, die freilich jeder dem anderen missgönnte*, schrieb Moritz Ginsberg. *Loos verfuhr darin ganz ungeniert und Hoffmann, seiner Natur entsprechend, eher heimlich.* In einer editorischen Notiz las Kersting, dass Ginsberg nach mehrjährigem Aufenthalt in den USA wieder in Österreich lebte. Kersting dachte darüber nach, ob er vielleicht eine Gegenüberstellung von Loos und Hoffmann verfassen sollte oder, besser noch, eine Arbeit ausschließlich über Adolf Loos.

30

Die Schule hatte wieder begonnen. Der September war noch sonnig, und seit dem August waren Leute auf die abgeernteten Felder der Domäne Behncke gezogen, um liegen gebliebene Ähren aufzusammeln und in Beutel zu tun. Die Nächte im

September wurden überwiegend schon kalt. Die Landarbeiter von Behncke fuhren Hackfrüchte ein. Ihnen hinterdrein, mit Körben und Spaten, waren Sammler.

Als Leiter des Gymnasiums von Grotenweddingen amtierte wie bereits einmal zuvor Jupiter tonans. Lächelnd war er zurückgekehrt nach neunmonatiger Haft im Konzentrationslager Buchenwald, und auch das Fräulein von Birstein wohnte seit Juni wieder in ihrem Gutshaus und wartete darauf, dass der von ihr erhoffte Ständestaat nach preußischem Muster endlich anfing. Aufrecht, mit zusammengekniffenen Lippen, stapfte sie morgens über den Wirtschaftshof von Behncke, stieß herrisch ihren Krückstock ins Pflaster und sah dem Anschirren der Ackergäule für die Roggenernte zu.

Sie überwachte auf gleiche Weise den Beginn der Frühkartoffelernte und machte sich Gedanken über das Schicksal der auf Behncke angepflanzten Zuckerrüben. En Vaderunser, drei Krütze ant Dor, murmelte sie, manchmal, wenn sie, übrigens eigenhändig, im Einspänner zwischen den Feldern fuhr und wahrnahm, dass die Rüben diesen Sommer schlechter standen als in anderen Jahren. Der Sommer war viel zu trocken gewesen. Es lag kein Segen auf der Landschaft. Die nächstgelegene Zuckerfabrik befand sich in Suderwieck, und die Besitzer, eine Sippe von NSDAP-Anhängern mit außerordentlich niedrigen Mitgliedsnummern, hatten sich umgebracht, mittels Gift, schon beim Einmarsch der Amerikaner. Die Fabrik hielt seit dem Frühjahr überhaupt geschlossen. Zuckerrüben waren der traditionelle agrarische Reichtum der Landschaft, und Fräulein von Birstein sorgte sich, wohin sie ihre Rübenernte liefern sollte zwecks Weiterverarbeitung.

Sie musste sich nicht lange damit aufhalten, denn jedenfalls diese Sorge wurde ihr bald abgenommen. Eines Septembervormittags gingen zwei Landarbeiter in das Gutshaus von Behncke, Henning Meyer und Täve Festerling. In ihrer Gesellschaft befanden sich zwei andere Männer sowie eine Frau, die alle miteinander niemand auf Behncke je gesehen hatte, und tatsächlich waren sie eben erst aus Grotenweddingen angekommen, mit Fahrrädern.

Bei Täve Festerling handelte es sich um einen entfernten Verwandten von Männe Festerling, der einst gemeinsam mit Dietrich Lehmann fortgegangen war aus Behncke, um bei Witold & Söhne zu arbeiten in Grotenweddingen und sich dort auch umzubringen. Festerlings gab es viele auf Behncke, in Grotenweddingen, in Westerode und in Suderwieck. Täve Festerling hatte jetzt seine Mütze abgenommen beim Eintreten, ebenso wie Henning Meyer. Beide Männer waren nicht mehr jung. Henning Meyer hatte schon die Sechzig überschritten und war mehrfacher Großvater. Täve Festerling, zehn Jahre jünger als Henning Meyer, war eben erst zurückgekommen aus amerikanischer Kriegsgefangenschaft. Beide Männer kneteten erst mal ihre Kopfbedeckung mit grauen Arbeiterhänden.

Das Fräulein von Birstein saß allein an ihrem Frühstückstisch und hielt in der rechten Hand ein Messer, von dem in Fäden gelber Bienenhonig ablief. Der stammte aus eigenem Aufkommen. Es gab traditionell eine größere Immenzucht auf Behncke. Fräulein von Birstein blickte auf Henning Meyer und Täve Festerling, die in der geöffneten Tür standen, ohne vorher angeklopft zu haben, wie es doch die mindeste Höflichkeit gewesen wäre. Fräulein von Birstein blickte aus kalten blauen Augen und unter gerunzelten Brauen. Weiterhin hielt sie ihr Messer über dem Honignapf, während sie mit scharfer Stimme sagte: Na?

Henning Meyer und Täve Festerling zuckten zusammen. Sie

blickten erst einander an und dann jeder für sich auf die Dielen. Henning Meyer murmelte bloß noch: Tach ook, Frollan.

Was wollte ihr, Johann Meyer und Gustav Festerling?, fragte daraufhin mit unverminderter Schärfe in der Stimme Fräulein von Birstein. Der Umstand nun, dass sie hochdeutsch redete statt ostfälisch, die Arbeiter ihrerseits hochdeutsch nicht so gut beherrschten wie platt, würde die Unterhaltung zweifellos erschweren, jedenfalls den beiden Landarbeitern, und genau das war es, woran dem Fräulein von Birstein offenbar lag.

Henning Meyer sagte jetzt mühselig: Frollan, Sie sin sich enahschnet. Täve Festerling bekräftigte mit den Wörtern: Enahschnet. Jawoll. Hier stieß Fräulein von Birstein ihr Messer zurück in den Honignapf. Der Stiel stand fortan schräg und silbern in die Luft, wie eine sehr sonderbare Blume. Ihre Stimme aber wurde noch schneidender, als sie fragte: Eh?

Da war es den drei Mitgekommenen zu viel. Sie schoben Henning Meyer und Täve Festerling beiseite, die darüber sogar erleichtert waren. Einer der fremden Männer drückte gegen seinen rechten Oberschenkel eine abgegriffene Aktentasche, entnahm daraus ein Papier und überreichte es der Frau. Die war von mittlerem Alter. Sie trug eine graue Militärhose und hatte überm Mund Warze und schwärzlichen Schnurrbartflaum. Mit tiefer Stimme äußerte sie, Blick auf dem Papier, jetzt komme Junkerland in Bauernhand. Das Fräulein von Birstein lachte laut.

Nunmehr fingen die beiden fremden Männer zu reden an. Sie sprachen nicht sehr zusammenhängend, und ihre Äußerungen liefen darauf hinaus, dass die in der deutschen Ostzone zugelassenen Parteien KPD, SPD, CDU und LDP beschlossen hätten, eine Bodenreform durchzuführen, wie sie historisch sowieso längst überfällig gewesen wäre. Die Männer sagten nicht, weil sie es vielleicht gar nicht wussten, dass die Partei CDU dabei an eine Entschädigung dachte, worüber sie schließlich noch in eine förmliche Führungskrise geriet, in deren Verlauf ihr Vorsitzender Andreas Hermes durch Jakob Kaiser abgelöst würde, aber das alles hätte dem Fräulein von Birstein auch nicht viel geholfen.

Die hatte inzwischen zu lachen aufgehört. Sie erhob sich von ihrem Stuhle. Mehrere verstorbene Birsteins, bräunliche Fotografien oder Tempera unter Glas, an die Wand gehängt zwischen Veduten und Landschaftsaquarelle, schauten ihr dabei zu. Das Fräulein von Birstein griff nach ihrem Krückstock. Jedermann auf Behncke wusste, dass sie gehbehindert war, und doch hatte sie ihren Stock jetzt nicht ergriffen, bloß um sich darauf zu stützen. Erst einmal aber schrie sie: Raus. Alle. Augenblicklich.

Henning Meyer und Täve Festerling gehorchten. Sie kannten Fräulein von Birsteins Stimme und Stimmungen. Mützen in grauen Händen, verließen eilig sie das Gutshaus und stolperten über den Wirtschaftshof, jeder in eine andere Richtung. Die drei Fremden aber bewegten sich vorläufig nicht ein bisschen. Das Fräulein von Birstein musste erst noch mit drohend erhobenem Krückstock auf sie zuhumpeln, dass endlich auch sie rückwärts gingen und die Tür des mit schönen kirschholzfarbenen Biedermeier-Möbeln eingerichteten Esszimmers endlich wieder geschlossen werden konnte.

Die Herrin auf Behncke hätte von den Beschlüssen zur Bodenreform natürlich wissen können. Darüber war im Radio zu hören gewesen, es stand auch seit Längerem davon in den Zeitungen, beispielsweise in dem von A. W. Kirsanow geleiteten Blatt der sowjetischen Besatzungsmacht *Tägliche Rundschau.* Möglich, wenn auch nicht wahrscheinlich, dass Fräulein von

Birstein bei vorheriger Intervention sogar eine besondere Regelung hätte erreichen können, für sich und für Behncke, im Hinblick auf ihre antifaschistische Vergangenheit. Das Gutshaus auf Behncke besaß aber keinen Radioapparat, und es wurde auch keine Zeitung gehalten durch Fräulein von Birstein, schon seit dreizehn Jahren nicht mehr, und was die besondere Regelung und die Vergangenheit des Fräulein von Birstein anlangte, so sollte man sehen.

Ein Einspänner war umgehend befohlen worden vors Gutshaus. Das Fräulein von Birstein stieg auf den Bock, im dunkelgrauen Wollkostüm, der Rock reichte bis zu den Knöcheln. Sie würde selber kutschieren, wie meistens.

Es war ein sonniger Frühherbsttag, mittagswarm, mäßiger Wind. Der Einspänner fuhr unter leer gepflückten Birnbäumen die Landstraße hinab Richtung Grotenweddingen, vorbei an abgeernteten Kartoffeläckern, wo immer noch gebückte Leute mit Hacke, Korb und Leinensack zugange waren. Als sie die Rübenfelder passierte und deren schlechten Fruchtstand sah, murmelte Fräulein von Birstein abermals: En Vaderunser, drei Krütze ant Dor. Es war ihre Art, das Schicksal zu beschwören.

Sie fuhr bis zum Bahnhof von Grotenweddingen und weiter bis zur Kommandantura und kam nicht zurück. Man würde sie insgesamt zehn Tage in Gewahrsam behalten. Sie hatte sich den Anordnungen zur Bodenreform durch bewaffnete Provokation und tätlichen Widerstand entziehen wollen. Dagegen wog die Tatsache, dass sie von Sommer 1944 bis Frühling 1945 Häftling im Frauen-Konzentrationslager Ravensbrück gewesen war, so wenig wie der Umstand, dass einer der fünf Eindringlinge in ihr Esszimmer, Henning Meyer, zum 20. April 1944, wie alle wussten auf Behncke, noch als Mitglied in Adolf Hitlers NSDAP eingetreten war. Allenfalls brachte man Fräulein von Birsteins Vergangenheit mildernd in Anrechnung derart, dass man es dann bei den zehn Tagen Gewahrsam beließ.

Sie fuhr, kaum dass sie wieder freigekommen war und ohne nochmals in Behncke einzukehren, mit der Deutschen Reichsbahn bis Westerode und von dort über die Zonengrenze bis Wolfenbüttel, wo Verwandte von ihr wohnten. Bei denen kam sie vorerst unter. Sie würde immerhin noch neunzehn Jahre leben. Sie würde eine reichliche finanzielle Entschädigung erhalten, auch mehrfach ins Ausland reisen und schließlich sogar ihre Erinnerungen zu Papier bringen, für die sich aber niemand interessierte. Die Domäne Behncke, oder was daraus geworden war, würde sie niemals mehr wiedersehen wollen. Schließlich würde sie sterben, ein wenig verbittert und hochbetagt, als Insassin eines Altenheims nahe Eutin an den holsteinischen Seen.

In Behncke aber gab es noch im Verlauf des Monats September 1945 die Bodenreform. Junkerland in Bauernhand. Zwölf Landarbeiterfamilien, darunter die von Henning Meyer und Täve Festerling, sowie einundzwanzig Flüchtlingsfamilien aus dem Osten erhielten ihr eigenes Stück Acker. Die Übergabe der Urkunden erfolgte im Rahmen einer Feierlichkeit, an der so ziemlich alle teilnahmen, die auf Behncke wohnten.

Es wurde für diesen Anlass das Gutshaus der Birsteins vollständig ausgeräumt. Die Feierlichkeit beanspruchte ihren Platz. Die kirschhölzernen Biedermeiermöbel standen in der Sonne, später im Regen und wurden schließlich von den Hühnern vermistet. Ein paar Stücke sollten sich am Ende wiederfinden in Lager und Schaufenster des Antiquitätenhändlers Schmidting auf dem Suderweg in Grotenweddingen. Bis dahin war es aber noch viel Zeit.

31

Im Künstlerhaus am Karlsplatz besuchte Kersting eine Ausstellung über das Wiener Biedermeier. Sie bediente sich des in Mode gekommenen Verfahrens der inszenierten Räume. Kersting mochte diese Technik nicht, da sie, war er überzeugt, die Massen bloß anzog infolge ihrer kulinarischen Beliebigkeit. Sie opferte die Aufklärung dem Augentrug.

Das Biedermeier war jene Epoche, der das zeitgenössische Wiener Gemüt am beharrlichsten nachweinte, was sich erklären ließ mit jenem populärsten Zivilisationsexport, den die österreichische Hauptstadt je hervorgebracht hatte, dem Wiener Walzer. Er evozierte die Stimmung von feierlicher Gebärde und dampfender Lüsternheit. Dabei war im Biedermeier Walzertanzen das einzige nicht reglementierte Vergnügen gewesen inmitten einer gesamtgesellschaftlichen Finsternis.

Mattfarbene Krinolinen mit den zugehörigen Hüten standen neben einer langen Reihe von Sesseln und Stühlen aus dunklen Hölzern. Die Ausstellung trug den Titel *Bürgersinn und Aufbegehren.* Das Aufbegehren, das war also die Revolution, wurde mit einer Überfülle kleiner Exponate im Oberstock gezeigt. Während Kersting daran vorüberging, hörte er vom Erdgeschoss herauf die immergleichen Walzer von Josef Lanner: monoton, blechern und süß. Die Bürger, die im Wiener Biedermeier aufwuchsen, waren Krüppel oder wurden zu Krüppeln nach den Ereignissen von 1848. Der Enthusiasmus, mit dem die Bürgerlichkeit Wiens an den Vormärz zurückdachte, folgte einer geschichtlichen Lüge.

Peter Fendi war neben Waldmüller der wichtigste Maler Wiens im frühen 19. Jahrhundert. Er galt als ein Meister des Genrebilds nach niederländischem Vorbild, seine Arbeiten waren erbaulich und manchmal fromm. Ein dunkles geheimnisvolles Kabinett war aufgebaut und mit einem versteckten Eingang versehen. Im Inneren gab es nebeneinander mehrere Gucklöcher. Sie nötigten zu gebückter Haltung. Es war die Pose des Voyeurs, des Spanners, der sich heimlich vor Schlüssellöchern ergötzte. Hinter den Okularen lagen ausgebreitet in dämmerigem Licht biedermeierliche Obszönitäten. Lackdosen zeigten entblößte Frauenbrüste. Eine Zigarrenspitze besaß die Form eines erigierten männlichen Glieds. Acht aquarellierte Federzeichnungen boten Kopulationsszenen: Kleine lüsterne Biedermeiergestalten umarmten und besprangen sich, vor den Kulissen von Bad, Jagd und Zirkus. Ihrer aller Urheber war Peter Fendi. Eine Lehrerin scheuchte mit gestrengen Worten ihr Dutzend halbwüchsiger Schüler an dem Kabinett vorüber, während in dessen Inneren ein hünenhafter blonder Mensch gebückt vor dem Guckloch stand und dankbar vor sich hin kicherte. Kersting entdeckte, dass es zwischen Voyeurismus und Kunstbetrachtung Ähnlichkeiten gab, nicht bloß im Fall Peter Fendi.

32

Das Laub in den Bäumen am Nöschenbach hatte sich gelblich verfärbt und war zu Boden gefallen. An manchen Tagen ging der Dunst überhaupt nicht mehr fort vor den Bergen. Bei den Baracken, die früher Fremdarbeiter für Henselers Motorenwerk aufgenommen hatten und wo jetzt eine Manufaktur für Töpfe, Eimer, Schüsseln untergekommen war, von Robert ins Leben gerufen, von Robert auch mit dem sonderbaren Namen Assoziation Malatesta ausgestattet, hielt ein olivgrünes vierradgetriebenes Fahrzeug, durch die weißlichen Buchstaben CA auf den Türen und durch einen Fünfzackstern in gleicher Farbe gekennzeichnet als Besitztum der Sowjetischen Besatzungsmacht.

Von den drei Insassen blieb einer im Wagen. Er saß hinterm Steuer und rauchte eine Zigarette mit überlangem, zweimal geknicktem Mundstück. Die beiden anderen sprangen von ihren Sitzen und gingen in blanken Stiefelschäften auf jene Baracke zu, deren Türbalken mit schwarzer Lackfarbe der Name Büro aufgetragen war. Beide Männer hatten ihre Militärmützen ins Genick geschoben. Einer von ihnen hielt ein mit kyrillischen Schreibmaschinenbuchstaben beschriftetes Papier in der Hand.

Sie standen in der geöffneten Tür. Von irgendwoher war verschiedenes Geräusch von Hammer und Schleifstein. Hinter einem Schreibtisch, der früher im Vorzimmer des Motorenfabrikanten Walter Henseler gestanden hatte und zwischendurch im Regen, was man ihm ansah, saß eine Frau und schrieb Zahlen in ein Rechnungsbuch.

Die beiden Männer blickten sich an. Einer grinste. Vielleicht erfreuten ihn die rhythmischen Arbeitsgeräusche, ihm gut bekannt, da er außerhalb seines Soldatenlebens womöglich Facharbeiter war bei einer Metallfabrik in Bjelorussland oder Nowosibirsk. Vielleicht erfreute ihn bloß der unverhoffte Anblick der Frau, die eine weiße Leinenbluse mit großen schwarzen Punkten trug. Der andere Soldat hielt das mit kyrillischen Buchstaben beschriftete Papier schräg von sich und las mühselig einen Namen ab, der nach zweimaliger Wiederholung zu enträtseln war.

Die Frau stand auf, verließ den Büroraum und kam nach drei Minuten mit Robert zurück. Da er eben einen Elektromotor repariert hatte, musste er sich noch Öl von den Händen wischen an einem dreckigen Wolltuch. Der Soldat mit dem Papier in der Hand sprach Roberts Namen aus. Robert erwiderte mit Ja. Der andere Soldat sagte: Du mitkommen. Draußen hatte der vierradgetriebene Wagen gewendet. Im feuchten Boden waren jetzt vielfältige Reifenspuren, das rechte Vorderrad stand in einer Pfütze.

Es war nicht das erste Mal, dass eine Besatzungsmacht nach Robert verlangte, der deswegen auch völlig gelassen blieb. Ein Offizier der britischen Armee hatte ihn zum Bürgermeister von Grotenweddingen machen wollen, Robert überlegte jetzt, wie sich herausreden, wenn ihm die Russen mit einem ähnlichen Angebot kämen. Er wurde noch nicht misstrauisch, als der sowjetische Wagen nach Passieren eines bewaffneten Doppelpostens direkt neben jenem Gebäude hielt, in dem sich bis vor einem halben Jahr die örtliche Dienststelle der Gestapo befunden hatte. Die Kenntnis, wer in welchem der nunmehr requirierten Häuser von Grotenweddingen vorher Benutzer gewesen war, ließ sich der Roten Armee nicht gut abverlangen.

Robert wurde einem Offizier vorgeführt, der kenntlich war an besonders breiten Achselklappen. Er trat mit Robert in ausführliche Gespräche ein. Meistens lief das über eine Dolmetscherin. Sie war groß, dürr, hatte unreine Haut und vorstehende Zähne. Sie trug Uniform. Ihre Haltung wirkte ergeben, ihre Gebärden erfolgten wie willenlos. Manchmal redete der Offizier auch selber deutsch, akzentreich, doch gut verständlich. Er war ein kleinwüchsiger Mensch, mit gelblicher Haut und abstehenden Ohren. Er hatte eine dünne gebogene Nase, seine Haare waren schwarz und kraus. Er trug eine Brille mit dicken Gläsern. Einmal, als während eines dieser Gespräche das Telefon schrillte, nahm er den Hörer auf und nannte dabei seinen Namen. Trofimowitsch. Beim Lachen zeigte er zwei Goldkronen im rechten Oberkiefer. Er lachte nicht oft. Schon von Beginn an war erkennbar, dass kein Angebot unterbreitet werden würde für ein öffentliches Amt.

Der Offizier Trofimowitsch ging die Sache behutsam an. Ausführlich fragte er Robert nach dessen Lebensverlauf. Er hörte die Antworten in Deutsch und in russischer Übersetzung. Er wiegte dazu den Kopf oder schüttelte ihn, lächelte etwas, stellte manche Frage zwei- und dreimal hintereinander. Nach einer Weile wurde deutlich, dass Trofimowitsch besonders an der Beziehung interessiert war zwischen Robert und dem ehemaligen Wehrwirtschaftsführer Walter Henseler.

Wo sich der befand? Robert wusste es nicht. Wusste es Robert wirklich nicht? Warum war Robert zugange, das Eigentum von Walter Henseler zu halten und zu mehren? Robert sagte, es handle sich hier nicht um Henselers Eigentum, sondern um das der Assoziation. Früher, sagte Trofimowitsch, sei es jedenfalls Eigentum von Henseler gewesen. Einspruch? Kein Einspruch. Das gelte es also festzuhalten. Was spreche nun aber dagegen, es nicht immer noch und weiterhin als Henselers Eigentum zu nehmen?

Robert gab sich Mühe, dem Offizier Trofimowitsch zu erklären, welchen Grundsätzen die Assoziation gehorche und welchen Begriffen von Eigentum. Der Offizier wiegte den Kopf. Zweimal fragte er nach. Dann wollte er wissen, was Malatesta sei. Er hielt Malatesta für ein Code- und Erkennungswort, über das sich Robert mit Henseler verständigte. Robert erläuterte, erwähnte seinen eigenen Italienaufenthalt und ließ den Namen Max Hoelz einfließen.

Ah, sagte Trofimowitsch, Anarchist. Robert selbst hatte das Wort nicht verwendet, der Offizier wusste offenbar Bescheid.

Linker Radikalismus, sagte Trofimowitsch, und als Robert erstaunt aufblickte, wiederholte er: linker Radikalismus. Dankbar, dass er nunmehr mit seinem umfassenden Wissen würde prunken können, stand er auf und erläuterte das Folgende überwiegend im Hin-und-her-Gehen.

Nämlich, es handle sich um eine Erscheinung, die schon von W. I. Lenin, ruhmreichem Schöpfer der Sowjetunion, als politische Kinderkrankheit abgeurteilt worden war in berühmten theoretischen Schriften. Unter Berufung darauf hatte der weise J. W. Stalin, Lenins Nachfolger und großer Führer aller Werktätigen, die parteifeindliche Gruppierung um Sinowjew, Kamenew, Radek aus der KPdSU (B) ausschließen lassen in Vorbereitung auf deren XV. Parteitag und sich seinerseits theoretisch geäußert in seinem genialen Werk *Fragen des Leninismus.* Von alledem wusste Robert nichts.

Hier blieb Trofimowitsch stehen. Er zeigte Erstaunen. War Robert nicht ein politischer Mensch gewesen? Schon zu jener Zeit? 1927, 1928? Wie konnte man behaupten, gegen kapitalistische Ausbeutung zu handeln, ohne zugleich von dem Bericht *Über die Opposition*, vorgetragen durch G. K. Ordshonikidse auf dem XV. Parteitag der KPdSU (B), eingehend zu wissen? Robert zuckte die Achseln. Er hatte keine Antwort. Der Offizier hatte sie. Im Stehen, die Linke aufgestützt auf die Platte des Schreibtischs, streckte er die Rechte vor und ließ anklägerisch den Zeigefinger herausspringen.

Die nächstliegende Antwort, sagte Trofimowitsch auf Deutsch, also ohne Zutun der Übersetzerin, laute, dass man die Gegnerschaft zum Kapitalismus nicht klassenbewusst austrug, sondern opportunistisch bloß heuchelte, in der Art der Sinowjew, Kamenew, Radek. Die weiteren Erläuterungen erfolgten zunächst wieder auf Russisch. Hier erfuhr Robert, dass solche Opposition der Ausdruck heimlicher Unterstützung von verbrecherischen antisowjetischen und dem Imperialismus dienlichen Kräften sei.

Unterm strengen Blick des schnurrbärtigen Führers aller Werktätigen, J. W. Stalin, der als Fotografie im Halbprofil genau dort hing, wo bei Roberts früheren Aufenthalten in diesem Raum die farbige Reproduktion eines Adolf-Hitler-Porträts gewesen war, sollte Robert eingestehen, dass die von ihm ins Leben gerufene Assoziation nur deswegen arbeite, weil dem flüchtigen Kapitalisten und faschistischen Kriegsverbrecher W. Henseler die Produktionsmittel erhalten werden sollten. Der Aufbau einer anarchistischen Assoziation sollte dabei als Tarnung dienen. Die Tarnung habe sich von selbst entlarvt unter den unbestechlichen Blicken des NKWD und seines Offiziers Trofimowitsch, eben weil sie anarchistisch war. Anarchismus sei jedem gebildeten Kommunisten geläufig als die verbrecherische Doktrin von Bombenwerfern, Brandstiftern und Mördern wie Wera Sassulitsch und Sergej Netschajew. Robert hatte auch diese Namen niemals gehört. Umso schlimmer. Robert war möglicherweise bloß ein willenloses Werkzeug, doch auch Werkzeuge mussten vernichtet werden.

Zwei mühselige Tage lang versuchte Robert, über den wahren Zweck der in den ehemaligen Fremdarbeiterbaracken eingerichteten Werkstatt für Haushaltsgut überzeugende Mitteilung zu machen. Verschiedentlich lachte Trofimowitsch höhnisch und zeigte dazu seine beiden Goldzähne. Zweimal fing er unvermittelt zu brüllen an. Er nannte Robert Verräter, Lakai, Agent, Faschist. Er bedeutete, dass Sinowjew, Kamenew, Radek zuletzt vor ein Tribunal gestellt worden seien, verurteilt und hingerichtet, durch ein Erschießungskommando. Robert würgte an einem Gefühl ohnmächtiger Wut. Er versuchte nichts davon zu zeigen. Er wusste, dass ihm dies nur schaden könne. Außerdem hatte er so viel begriffen, dass er die Bezeichnung Assoziation hinfort besser mied und lieber vom Prinzip der Genossenschaft redete.

Er musste dann noch einen Tag warten. Er verbrachte ihn zur Gänze in genau jenem Kellerraum, den er schon als Gestapo-Häftling bewohnt hatte, vor nicht ganz zwei Jahren. Seine Ernährung in dieser Zeit bestand aus einer Metallschüssel voll warmer Kohlsuppe. Bei der Gestapo, erinnerte er sich, hatte man ihm einen Napf mit Graupen, Rindfleisch und gehäckselter Petersilie gebracht.

Am vierten Tag nach seiner Festnahme wurde Robert wieder auf freien Fuß gesetzt. Der Offizier Trofimowitsch trat diesmal selbst nicht in Erscheinung. Die notwendigen Formalitäten erledigte die dürre Dolmetscherin mit den vorstehenden Zähnen.

Robert erhielt durch sie die Anweisung, die von ihm gegründete Fabrikationswerkstatt für Haushaltsgut umgehend zu liquidieren. Ihr Betrieb widerspreche den von der Sowjetischen Militäradministration erlassenen Befehlen und Anordnungen.

Es war Vormittag. Robert wurde bis zum Tor des grün gestrichenen Zaunes geleitet durch zwei Soldaten im Mannschaftsdienstgrad. Des Weiteren durfte er zu Fuß gehen und ging langsam, vielleicht auf Umwegen, da er eine Stunde unterwegs war bei einer Strecke, die sich auch in zwanzig Minuten hätte bewältigen lassen.

In den Baracken langte er kurz nach zehn ein. Er war vier Tage unsichtbar gewesen, aber jeder dort hatte gerade mit dringenden Arbeiten zu tun, weswegen keinerlei Fragen erfolgten. Robert wirkte ausgesprochen heiter und lächelte viel.

In der Gießerei wurde flüssiges Leichtmetall geschöpft aus den ebenerdigen Öfen. Robert sah dem Vorgang zu, als erlebe er ihn zum ersten Mal. Eine Gabelpfanne stand bereit. Gabelpfannen mussten von zwei Arbeitern bedient werden. Die Arbeiter hatten Lederschürzen vorm Leib und trugen die Pfanne eilig herüber zu den wartenden Gussformen. Das Metall spritzte beim Ausgießen. Kleine silbrige Kleckse sprangen über den Boden. Die Arbeiter setzten schließlich die geleerte Pfanne ab. Einer wischte sich mit dem linken Ärmel über die Stirn. Er erkannte Robert, der ihm jetzt die Hand reichte und danach dem anderen Gießer, dann auch noch den Formern, den Schmelzern, und danach ging Robert in die Schleiferei, wo kreischende Maschinen Unebenheiten fortnahmen von gegossenen Gefäßwänden. Er reichte auch jedem der Schleifer die Hand. Er lächelte. Wegen des Maschinenlärms im Raum wären alle Reden und Antworten unverständlich geblieben und wurden deswegen gar nicht erst probiert.

In der folgenden Nacht brannten die Baracken der Assoziation Maletesta. Das Feuer wurde spät bemerkt, und als ein paar Männer mit Wassereimern zur Stelle waren, fielen die Dächer in sich zusammen. Die Baracken brannten herunter bis zu den Fundamenten. Jacob, der sich am nächsten Morgen den Schaden besah, fand bloß noch ein Areal aus stinkender warmer Asche, mit von Hitze gekrümmten Aluminiummasseln, mit verschiedenen ausgeglühten Maschinenteilen. Lediglich die Gusskästen waren allesamt unbeschädigt geblieben. Es ließ sich allein mit ihnen nicht viel anfangen.

33

Kersting besuchte die Botschaft der Deutschen Demokratischen Republik in Österreich. Sie befand sich in Hietzing, nahe dem durch Fischer von Erlach errichteten Sommerschloss Schönbrunn, in einer Villenstraße mit Gärten. Er ließ sich mit einem Taxi vorfahren. Es war früher Abend. Als er geläutet hatte, tönte aus dem schnarrenden Lautsprecher eine männliche Stimme. In barschem Sächsisch wollte sie wissen, wer er sei und was er beabsichtige. Kersting gab Auskunft. Danach war Stille. Kersting sah glänzende Schneeflocken wehen durch den Lichtkegel, der aus einer Lampe über den Eingang fiel.

Nach einer Weile öffnete sich die Tür. In einer Koje saß ein älterer Mann mit offenem Hemdkragen in ärmellosem Pullover. Er sah Kersting nicht an. Er blickte starr auf einen Schwarzweiß-Monitor, dessen Bildschirm den Zugang zum Botschaftsgebäude zeigte. Ein jüngerer Diplomat kam die Treppe herab, im dunklen Anzug und mit ausgestreckter Hand. An den Wänden hingen werbende Fotos von Erzeugnissen der DDR-Exportwirtschaft.

Überall roch es nach Chemikalien und Appreturen aus der DDR. Kersting hatte das Empfinden, mit bloß ein paar Schritten übergewechselt zu sein aus dem nassen barocken Wien in den trockenen sozialistischen Purismus des Landes, dessen Pass er besaß. Im ersten Stockwerk befand sich ein größerer Raum, mit einem langen Tisch, an dem vierzig Menschen saßen und Kersting anstarrten, Botschaftsangehörige, wie er dann erfuhr, dazu Mitglieder von Verhandlungsdelegationen, die an den in Wien stattfindenden internationalen Konferenzen teilnahmen. Es gab mehr Männer als Frauen. Es gab kaum jugendliche Gesichter. Der Botschafter, erfuhr Kersting, sei an diesem Abend durch eine anderweitige Verpflichtung verhindert und lasse sich entschuldigen.

Vor zwei Wochen hatte Kersting aus der Botschaft die Anfrage erreicht, ob er bei einer internen Zusammenkunft des Personals über seine Arbeit zu berichten bereit sei. Er hatte zugesagt. Jetzt saß er an der Schmalseite des Tisches, vor sich ein gefülltes Glas. Es sei österreichischer Wein, wurde ihm lächelnd bedeutet, und nicht verpanscht.

Er erzählte also, wie überall nach 1880 in den Ländern Europas eine neue Stilkunst entstanden sei und sich durchgesetzt habe, auch in Österreich, und dafür seien zwei Voraussetzungen nötig gewesen. Es habe eine neue Generation von bildenden Künstlern existiert, die das überkommene Kunsthandwerk, in seiner Existenz bedroht durch die fortschreitende Industrialisierung, habe bewahren und unterstützen wollen aus teilweise romantischer Überzeugung. Außerdem sei als potentieller Kunde eine Sozialschicht herangewachsen, bereit, sich solcher Produkte anzunehmen, da sie ihren eigenen Anspruch und ihre gesellschaftliche Besonderheit darin wiedererkannt habe. Endgültig sei damit auch die europäische Aristokratie als ästhetische Hegemonialschicht verabschiedet worden.

Seine Zuhörer blickten ihn an. Die Gesichter blieben verschlossen. Er konnte nicht erkennen, ob seine Sätze interessierten oder langweilten, ob für sie, hier zu sitzen und von Stilkunst zu hören, eine Lust war oder eine lästige Verpflichtung. Was im Ernst konnte ein DDR-Handelsattaché mit Josef Hoffmann anfangen wollen?

Der Anteil einzelner Länder, sagte Kersting, an diesem *art nouveau* oder Jugendstil sei unterschiedlich gewesen. Dass Frankreich als das klassische Land der bürgerlichen Revolutionen solch neuerer Kunst ein breites Forum eröffnete, sei nur folgerichtig gewesen, man denke an die Malerei Toulouse-Lautrecs und der Impressionisten. Freilich handle es sich hierbei um absolute Kunst, und der französische Beitrag zum damaligen Kunsthandwerk sei trotz des bedeutenden Hector Guimard erheblich geringer als beispielsweise jener Großbritanniens, das mit der Arts und Crafts Movement dies betreffend eine wichtigere Anregung gebracht habe als Paris.

Kersting entdeckte, wie eine ältere Frau, sie saß am anderen Ende des Tisches, sich unentwegt Notizen machte. Dieser Anblick beunruhigte ihn. Er sprach weiter:

Zu einer förmlichen Weltmacht des *art nouveau* sei in jener Zeit Österreich geworden. Das sei eigentlich sonderbar, da die ästhetischen Voraussetzungen im Land eher dürftig gewesen und die sozialen Entwicklungen auf bürgerliche Zustände hin gegenüber Frankreich, England und selbst dem wilhelminischen Deutschland erheblich zurückgeblieben seien. Die deutsche Bourgeoisie, wirtschaftlich viel mächtiger und emanzipierter als die österreichische, habe sich in ihrer Mehrheit auch ästhetisch dem Vorbild des heimischen Adels angeschlossen. Das habe zu einer weitgehenden Konservierung des Historismus geführt. Die Interessen-Organisation der Stilkunst im Land, der Deutsche Werkbund, sei deswegen von vergleichsweise geringerem Einfluss geblieben. In Wien hingegen durfte der Jugendstil-Architekt Otto Wagner so markante Bauwerke schaffen wie die Stadtbahnstationen und das Haus der Postsparkasse. Josef Hoffmann erhielt bereits als sehr junger Mann eine Professur. Das auffällige Gebäude der Secession wurde errichtet und dies alles in einer Stadt, deren konservatives Beharrungsvermögen sonst als geradezu sprichwörtlich galt.

Kersting hielt inne. Er sah unbewegte Gesichter. Die Frau

am anderen Tischende wollte ihre Notizen nicht unterbrechen. Er fuhr fort.

Die Erklärung für den ungewöhnlichen Avantgardismus in Wien um 1900 lautete, dass die ihn tragende Gesellschaftsschicht nicht irgendeine Bourgeoisie gewesen sei, sondern eine jüdische. Vielmehr, die Bourgeoisie in Wien sei vorwiegend jüdisch gewesen, eine andere habe es fast nicht gegeben. Ständig attackiert durch einen mit den Jahrzehnten immer nur anschwellenden Antisemitismus aus bäuerlichem, kleinbürgerlichem und klerikalem Herkommen sei ihr, anders als in Berlin, eine Assimilation kaum möglich geworden. Man habe darum eine eigene Autonomie entwickeln und kultivieren müssen, auch ästhetisch. Das hatte mit dem Selbstwertgefühl zu tun. Kersting gab einen zeitgenössischen Ausspruch wieder: Ich bin stolz, dass ich bin a Jud. Wär ich nicht stolz, wär ich auch a Jud. Bin ich lieber gleich stolz. Er nannte dann Namen wie Zuckerkandl, Pollack, Wittgenstein, Salzer, Beer, allesamt Josef-Hoffmann-Kunden. Bei der Klientel des Malers Gustav Klimt verhalte es sich nicht anders. Er sagte noch, in diesen Wochen müsse daran erinnert werden, dass Adolf Hitler sich 1911 bei Otto Wagner beworben habe und abgewiesen worden sei, wegen Talentlosigkeit. Später habe er die jüdische Kultur Österreichs ausgelöscht. Von der gesamten damaligen Kultur des Landes sei sie der erheblichere Teil gewesen.

Neuer Wein wurde eingeschenkt, und die Aussprache begann. Eine ältere Frau äußerte die Befürchtung, allzu radikale Stellungnahmen Kerstings zu österreichischen Verhältnissen könnten in Wien missverstanden werden als Einmischung von außen, was die guten politischen Beziehungen zwischen den beiden Ländern gefährde. Kersting sagte, sein Regulativ sei nicht die Diplomatie, sondern die Wahrheit. In einigen Gesichtern war daraufhin Betroffenheit. Er wurde, da er in seinem Vortrag den Namen Theodor Herzl erwähnt hatte, zu seiner Meinung über Israel gefragt. Er sagte, angesichts seiner Nationalität habe er sich angewöhnt, öffentliche Äußerungen betreffend Israel zu unterlassen, welche Haltung er auch anderen empfehle. Er entdeckte unter den Zuhörern ein jüngeres Gesicht mit dem deutlichen Ausdruck von Missbilligung. Die Frau am anderen Tischende fuhr in ihren schriftlichen Notizen fort.

Die Veranstaltung wurde aufgehoben. Kersting erhielt eine Flasche halbtrockenen Sekt der DDR-Marke Rotkäppchen. Hinterher kam noch jemand zu ihm, ein älterer Mann, er hatte dunkle melancholische Augen, und sein Akzent klang slawisch. Der Mann sagte, er habe sehr gern zugehört. Er müsse das wiederholen: Sehr gern. Kersting fragte nicht nach dem Namen. Der Mann, dachte er, sei vermutlich einer von denen, die während der Hitler-Jahre von einer Emigration in die andere geflüchtet waren, die viele Sprachen beherrschten, die sich nirgends gänzlich fremd, nirgends gänzlich daheim fühlten. Sie gehörten zu einer allmählich aussterbenden Generation.

34

Seit seiner Rückkehr vom NKWD-Büro in Grotenweddingen, nahe der Horstschanze, und dem lodernden Ende der Assoziation Malatesta verließ Robert seine Wohnung nicht mehr. Er suchte nach keiner Bekanntschaft und empfing keine. Er schlief viel. Als sei endlich die Gelegenheit gekommen, alle Schlafdefizite der letzten Jahre aufzuholen, nachdem das in den unmittelbar auf das Kriegsende folgenden Tagen noch nicht möglich gewesen war. Robert schlief, stand auf, zu irgendwelchen Tageszeiten, schlurfte durch die Wohnung und legte sich erneut. Das ging so über mehr als zwei Wochen.

Der Brand in den ehemaligen Fremdarbeiterbaracken der Motorenfabrik Walter Henseler wurde auf Funkenflug eines der illegal betriebenen Schmelzöfen zurückgeführt. Dass für eine längere Zeit das Gerücht nicht verstummen wollte, eigentlich habe es sich dabei um eine durch Robert verursachte Brandstiftung gehandelt, konnte Robert gleichgültig sein, da ihn das Gerücht nicht erreichte, so wenig wie irgendeine andere Nachricht.

Robert hatte seine Schlafverluste aufgeholt. Im Folgenden tat er wenig oder überhaupt nichts, außer durch die Wohnung zu schlurfen, mit kratzenden Sohlen und Stunde auf Stunde. So geschah es über insgesamt vier Tage. Draußen fielen Schneeflocken und tauten sofort. Robert saß auf einem Holzstuhl. Er saß nicht angelehnt, hatte den Oberkörper vielmehr nach vorn genommen, den Rücken etwas gekrümmt, wobei er ihn nicht abstützte, etwa durch auf die Knie gesetzte Ellenbogen, vielmehr die Arme lose vor sich legte und beide Hände symmetrisch auf die Oberschenkel tat. Er starrte ins Leere. Auf Anreden Jacobs antwortete er erst nach mehrmaliger Wiederholung und redete dann auch gar nicht mehr.

Er saß einen Tag und eine Nacht und noch den folgenden Tag, ohne Unterbrechung, ohne sich zu legen, ohne zu essen, ohne selbst eine Notdurft zu verrichten. Er wusch sich nicht. Er begann zu stinken. Das Haar hing ihm über die Ohren. Ein Bart wuchs ihm struppig und gelblichweiß aus dem Kinn, aus der Oberlippe, aus den Wangen, darunter wurde sein Gesicht ständig grauer, magerer, faltiger, dass man meinen konnte, er sei tot.

Jacob musste morgens einen Ofen anheizen, ehe er zur

Schule ging, damit Robert nicht fror. Jacob musste Lebensmittelkarten entgegennehmen und Waren kaufen. Robert aß nichts in Jacobs Gegenwart. Das Geld wurde weniger. Bloß für Heizstoffe war vorgesorgt, denn die Angehörigen der ehemaligen Assoziation Malatesta hatten die eigentlich für das Beschicken von Schmelzöfen gedachten Holzvorräte untereinander aufgeteilt und Jacob dabei nicht ausgelassen.

Weihnachten kam. Robert saß auf seinem Stuhl und bewegte sich nicht. Der Glanz des Weihnachtsfestes war ihm gleichgültig wie alles andere Geschehen im Friedenswinter 1945. Jacob war eingeladen zum Essen bei Ytsche Lehmanns Eltern, und als er zu Robert zurückging, gab ihm Marianne ein Stück Entenkeule, eingeschlagen in Pergamentpapier. Jacob legte das Geflügelteil seinem Vater vor, der unweihnachtlich auf seinem Stuhl saß und sich durch das Mitbringsel nicht beeindrucken ließ. Jacob ging schlafen. Am nächsten Morgen war die Entenkeule benagt worden, nicht durch Robert, der so sonderbare Zähne, wie sie sich abzeichneten in der krossen Geflügelhaut, nicht hatte. Die Nager waren Mäuse gewesen. In der Küche lag auch schwärzlicher Mäuseköttel herum, den Jacob fortnehmen musste.

In der Tischlerwerkstatt Witold & Söhne, des führenden Bestattungsunternehmens in Grotenweddingen, war eine Hobelmaschine ausgefallen. Der herbeigerufene Maschinenschlosser hatte den Schaden nicht beseitigen können. Die Sargvorräte waren infolgedessen zurückgegangen bis auf vier Stück aus geschnitzter Eiche, beiseite gestellt für besondere Gelegenheiten. Wegen der harten Fröste im ersten Friedenswinter gab es seit der Adventszeit ein ständig sich erhöhendes Aufkommen an Toten. Dabei war es jetzt kurz nach Weihnachten, und der Winter hatte eben erst angefangen.

Zeternd war Marianne Lehmann über den eisigen Wirtschaftshof gelaufen und hatte anstelle des Schicksals, das sich als Person nicht belangen ließ, lieber ihren Mann Dietrich Lehmann begeifert, wegen seines geschäftsschädigenden Unvermögens, die Tischlerwerkstatt in ordentlichem Zustand zu halten. Herr Lehmann hatte daraufhin einen seiner Herzanfälle bekommen, bei denen er blaurot anlief im Gesicht. Fräulein musste gleich durchs Haus rennen und ein Medikament holen.

Zwei Tage vor Sylvester klingelte Marianne Lehmann an Roberts Wohnungstür. Sie trug einen Pelzmantel aus Rotfuchs, der sie noch fleischiger wirken ließ, als sie ohnehin war. Sie ging, nachdem ihr Jacob geöffnet hatte, direkt in die Küche, wo Robert auf seinem Stuhl saß und die Augen nicht aufheben mochte. Sie betrachtete ihn kurz. In ihr Gesicht trat der Ausdruck von Verachtung und Ekel. Dabei fasste sie seine Hand. Robert war angestrengt mit seinen entkräfteten Beinen beschäftigt. Als sie ihn zog, gab es von seiner Seite wenig Widerstand. Er ging an ihrer Hand bis zum Badezimmer, mit sehr kleinen Schrittchen. Sie redete angestrengt auf ihn ein und drehte den Wasserhahn auf. Ungefähr eine Viertelstunde blieb sie im Badezimmer mit Robert allein. Jacob hörte sie nicht mehr reden. Ununterbrochen rauschte das Wasser.

Als Robert mit Marianne Lehmann zurückkehrte, war er gewaschen und rasiert. Der Ausdruck von Ekel war fortgegangen aus Marianne Lehmanns Gesicht. Der Anzug, den Robert sich anlegte, hing an ihm so schlabberig, dass man meinen konnte, er gehöre einem andern. In seinem schlabberigen Anzug und einem schlotterndem Mantel ging Robert neben Marianne Lehmann her. Er ging neben ihr bis in die Innenstadt von Grotenweddingen.

Seine Schritte wurden allmählich sicherer und griffen weiter aus. Die Frostluft tat ihm offenbar gut. Er betrat den Wirtschaftshof von Witold & Söhne und ging in die Werkstatt. Marianne Lehmann blickte zufrieden. Robert beugte sich über die defekte Maschine. Er zog den Mantel aus. Es war kalt in der Werkstatt, der Atem fuhr ihm als graues Wölkchen aus dem Mund. Mit blanken Fingern griff Robert in das kalte Metall der defekten Hobelmaschine und legte bald auch noch die schlabberige Jacke ab.

Marianne Lehmann, im Pelzmantel aus Rotfuchs, stand neben dem Werkstatteingang und hielt die Arme untergeschlagen. Sie blickte auf Roberts mageren Rücken. Robert nahm Teile der Hobelmaschine auseinander und legte sie behutsam auf ein ausgebreitetes Tuch. Frau Lehmann wechselte das Standbein. Sie musste dies noch öfter tun, denn Robert war fast zwei Stunden beschäftigt. Frau Lehmanns Blick zeigte den Ausdruck von Respekt und Bewunderung. Robert setzte die Maschine wieder zusammen, anschließend führte er elektrischen Strom zu. Die Maschine lief. Marianne Lehmann nickte. Roberts Rücken war zwar mager, aber biegsam, und kräftig war er jedenfalls auch.

Sie belohnte ihn mit einem Eintopf aus Kartoffeln, Birnen und Rauchfleisch. Robert nahm sich während der folgenden Tage noch der übrigen Maschinen an in der Tischlerwerkstatt von Witold & Söhne. Eine gründliche technische Durchsicht war bei ihnen überfällig gewesen. Das neue Jahr kam. Der Frost wurde immer härter. Die Schulen von Grotenweddingen setzten den Unterricht aus, und die Leute starben, dass Robert schließlich auch beim Einsargen half und beim Überführen auf einen der Friedhöfe von Grotenweddingen. Der Zylinder, den er dabei tragen musste, wurde ihm von Dietrich Lehmann geborgt.

35

Die britische Armee war, als sie Grotenweddingen verließ zugunsten Stalins Soldaten, keine sechzig Kilometer in westliche Richtung gegangen. Die Trennlinie zwischen sowjetischem und britischem Besatzungsgebiet, oder Ostzone und Westzonen, begann jetzt unmittelbar hinter Westerode und würde dort bleiben. In mehrfachen, durch Berghänge oder Hochmoor bedingten Bögen lief von Westerode aus die Grenze weiter in insgesamt nord-südlicher Richtung, wobei der höchste Berg beim Osten blieb, aber zwei Drittel des hügeligen Landes gehörten den Briten.

Die erste Ortschaft im Westen war Bad Sipten. Dort stand ein Kurhaus, über einem Brunnen, aus dem warmes schwefeliges Wasser floss. Man konnte es trinken, aus Bechern, oder auch von außen an den Körper tun. In den Straßen hingen viele blankgeputzte Metallschilder mit den Namen und den Ordinationszeiten der Badeärzte. Die reichen Leute kamen nach Bad Sipten zum Kuren bereits seit dem Kriegsanfang nicht mehr, da die Sanatorien gleich zu militärischen Lazaretteinrichtungen umgewandelt worden waren, so wie in Grotenweddingen auch.

Jacob war einmal in diesen Ort gefahren, 1943, auf einem Klassenausflug für den Heimatkundeunterricht. Er behielt in Erinnerung große bunte Holzhäuser, einen Fluss, einen Rosengarten, eine Talstraße und eine Zahnradbahn. Die hatte ihre oberste Station hoch über der Stadt bei einer Burgruine und langte in Sipten an nahe dem Kurhaus, nämlich unter einem pompösen Hallendach, wo, damals, Männer mit deutschen Uniformen, deutschen Kriegsorden und weißen Wundverbänden warteten. Ob die Zahnradbahn jetzt überhaupt noch betrieben wurde, war in Grotenweddingen nicht zu erfahren und mochte von kaum einem gewusst werden. Wer es trotzdem in Kenntnis bringen wollte, musste sich schon selber nach Bad Sipten auf den Weg begeben.

Dahin führte zum Beispiel eine Landstraße. Sie fing in Westerode an und umlief einen Berg. Irgendwann standen auf der Straße Sperren mit rotweißem Schlagbaum, einem beiseite gestellten Militärfahrzeug und russischen Soldaten, die niemanden passieren ließen, außer er besaß ein regelrechtes, für eben diesen Zweck ausgestelltes Papierdokument namens Propusk.

Die Grenze selber war ein Bach, der zischend vom Gebirge fort wollte. Der Weg über den Berg erwies sich als kürzer und freilich viel mühseliger. Bei der Eisenbahn musste umgestiegen werden aus der Linie von Grotenweddingen Richtung Braunschweig auf eine Nebenstrecke, die in Bad Sipten endete. Es war außerdem so, dass immer häufiger auf der Station Westerode Kontrolleure in die Waggons zustiegen, um Inspektionen vorzunehmen, woraufhin Leute mit Gepäck den Zug verlassen mussten.

Februar 1946 lag überall im Gebirge Schnee bei einer Höhe bis zu einem Meter. Verschiedentlich wurde gewarnt, etwa in den Schulen, zwischen den Bäumen liege noch scharfe Munition deutscher Herkunft von den allerletzten Kriegstagen her. Jacob hatte von Ytsche Lehmann zwei dunkelbraune Eschenholzski bekommen, die, behauptete Ytsche Lehmann, ehemalige deutsche Gebirgsjägerski waren. Ytsche Lehmann hatte die Bretter bloß wenig benutzt, da ihm diese Art Sport nicht besonders lag, und jetzt benutzte er sie schon überhaupt nicht mehr, da eines seiner Beine verkürzt war. Als Jacob auf Ytsche Lehmanns Gebirgsjägerski die Strecke nach Bad Sipten lief, benötigte er ungefähr eine Stunde. Reichliche Skispuren im

Schnee gaben den Weg vor. Es war ein Frosttag mit blauem Himmel, in den südöstlich Wolken hineingriffen.

Die Zahnradbahn in Bad Sipten fuhr noch. Jacob sah britische Militärangehörige in den schaukelnden Kabinen. Jacob ging bis zum Bahnhof, wo Leute zusammenstanden. Sie redeten und überreichten einander kleine Eimer oder in graues Zeitungspapier eingewickelte Päckchen oder dunkelgrüne Ein-Liter-Flaschen mit einer Flüssigkeit. Öfter wurden Zigarettenschachteln verkauft gegen deutsches Geld. Die in Zeitungspapier eingewickelten Päckchen stanken nach Salzheringen, trotz des Frostes.

Jacob trug einen Rucksack. Die Flüssigkeit in den Ein-Liter-Flaschen war Essig, den es in Grotenweddingen ausreichend zu kaufen gab. Die meisten Züge, die am Siptener Bahnhof einlangten, hatten Anschluss gehabt an Züge aus Hannover, Bremen und Hamburg. In Grotenweddingen waren Salzheringe seit dem Kriegsende nirgends erhältlich. Jacob tauschte seine mitgebrachten sechs Literflaschen Essig gegen fünf Kilo eingesalzenen Fisch in einem gelben Blecheimer mit aufgelötetem Deckel. Er schnürte es alles sorgfältig in seinen Rucksack ein.

Jacob sah die murmelnden und gestikulierenden Händler mitten in grauem Schneebrei, vor dem Hintergrund von Gebäuden, denen die Farbe aus den geschnitzten Balkongittern herausgefallen war. Manchmal gingen englische Militärangehörige vorüber und schauten steifnackig von dem Geschehen fort. In Jacobs Augen erhielt das alles eine fremdartige Anziehungskraft. Hier schien etwas zurückgeblieben von der unbändigen Freiheit des vergangenen Sommers. In Grotenweddingen regierten bloß noch Kälte und die ausgehängten Befehle der Sowjetischen Militäradministration.

Während der Wanderung zurück von Bad Sipten nach Westerode geriet er in ein plötzliches und sehr dichtes Schneetreiben. Alle Spuren waren sofort zugeschneit. Die Flocken fielen so reichlich, dass die Sichtweite jetzt bloß noch drei oder vier Schritte betrug. Er musste schließlich anhalten. Der Schnee hatte ihm die Augen verklebt. Die Luft war derart angefüllt mit Echolosigkeit und Stille, dass es auch sinnlos war, die Lippen zu öffnen und etwas zu sagen, und wer hätte ihn auch gehört? Er stand da, die Arme über die Skistöcke gehängt. Er wurde allmählich zugedeckt von Schnee. Die Welt wurde eng. Der Schnee zog eine Wand um ihn, unüberwindlicher als jeder Schlagbaum oder Bretterzaun, den die Russen kontrollierten.

Jacob fühlte, wie ihm Kälte in die Beine kroch. Er wusste nicht, was dagegen tun. Allmählich wurden selbst seine Gedanken immer kälter, stumpfer und gleichgültiger, sein Leib begann zuzuschneien, als sei er ein Stein oder ein Baumstumpf. Er konnte sich vorstellen, wie er für Tage und Wochen hier stehen würde, noch mehr Schnee würde sich auf ihm häufen, dass er unter der Last schließlich zusammenbrach, oder einer der Stürme würde ihn umreißen, dass er als ein flacher langer eisiger Klumpen hier liegen blieb und wartete, bis Tauwetter kam, hier oben viel später, nämlich mindestens zwei, drei Wochen, als etwa in Westerode oder Grotenweddingen.

Der Frost würde dann aus seinem Körper wieder herauskriechen. Er würde sich daraufhin verfärben und eine blauschwarze Zunge im Mund haben, wie Oberstudiendirektor Dr. Stutt bei seinem Selbstmord in einem Klassenraum des Fürst-Albrecht-Gymnasiums von Grotenweddingen. Er würde zu stinken anfangen, Insekten würden sich hermachen über ihn, Fliegen, Ameisen, Maden, und schließlich würde er gefunden werden, von Kräuterweiblein, Holzfällern oder von irgendwelchen Schmugglern, die mit Essig im Rucksack unterwegs waren von Westerode nach Bad Sipten und auf einmal innehalten mussten, wegen des infernalischen Gestanks. Derart würde dann wieder Dietrich Lehmann auf den Plan treten, seine Unterlippe schräg zwischen die Vorderzähne ziehen und überlegen, ob er einen der insgesamt noch vier zurückgehaltenen Eichensärge für diese besondere Gelegenheit zur Verfügung stellen wollte. Außerdem würde Robert zur Stelle sein, da er gegenwärtig Arbeit hatte bei Witold & Söhne, und Robert würde sein stinkendes Kind von Boden aufheben und einsargen müssen, und sein Gesicht würde dabei unbeweglich sein oder nicht.

Un hei ward all ehr Tranen ut ehr Ogen afwischen, sagte gleichmütig jemand und fuhr in unverändertem Tone fort: Un dei Dod ward nich mihr sin, un Leed un Larm un Nod ward nich mihr sin.

Jacob hätte eigentlich damit rechnen müssen. Es war die Stunde des Bergmönchs. Der trug diesmal wieder seine helle Kutte, die weiß war wie der fallende Schnee, wenn auch auf andere Art weiß, nämlich mit gelblicher Tönung, während das Schneeweiß eher zum Blaugrau neigte, wegen der herrschenden Dämmerung.

Der Bergmönch hatte sich seine Kapuze nicht übergezogen, trotz des Niederschlags. Sonderbarerweise blieb dabei überhaupt kein Schnee liegen auf seinem Kopf. Bloß in seinen Augenbrauen hing er reichlich, dass bald zwei frostige und struppige Leisten wuchsen und die Augäpfel mit kaltem Schatten bedeckten.

Un ick seg dei Doden, sagte der Bergmönch, dei groten un dei lütten, vör den Thron stahn.

Doden meinte die Toten. Doden meinte Leichen und Sterben und Nichtmehrsein. Warum der Bergmönch, nachdem er bei seinen bisherigen Auftritten schon Vulgata-Latein und das biblische Englisch einer Besatzungsmacht geredet hatte, nunmehr in das Plattdeutsch des Bibelübersetzers Ernst Voß gewechselt hatte, mochte er Jacob nicht mitteilen. Wie es sich Jacob auch nicht fragte. Jacob hätte den 1936 im Alter von fünfzig Jahren verstorbenen Voß sowieso nicht gekannt. Allenfalls nahm er wahr, dass, was der Bergmönch aus dem zwanzigsten und einundzwanzigsten Kapitel der Offenbarung oder Apenborung aufsagte, so gar nicht mehr nach dem vertrauten Ostfälisch klang.

Aber mehr noch als die sprachliche Färbung berührte ihn kalt und grausig das Wort von den Doden. Als sähe er sie neben sich: alle Toten, die er jemals erlebt hatte, und als riefen sie ihn. Un Bäuker würden upslagen. Un noch ’n anner Bauk würd upslagen. Der Bergmönch, wenn er hier schon nicht der Tod selber war, brachte den Tod, und Jacob sah also den Tod, schmeckte, roch, hörte, fühlte ihn, mit jeder kalt schmelzenden Flocke auf seinen Lippen, mit dem Frost, der an seiner Haut fraß, mit dem Empfinden einer grau und gnadenlos fortschreitenden Ermattung. Un de Dod un dei Unnerwelt würden in den Füersee smeten. Wo aber sollte denn hier ein Füersee oder feuriger Pfuhl sein inmitten großer Kälte?

Jacob wartete auf Erläuterung. Sie hätte vielleicht von einem anderen Tod oder tweit’ Dod handeln können und dann wieder vom Lewensbauk, doch plötzlich geschah, dass der Bergmönch mitsamt seiner Gestalt, die unversehens etwas geschrumpft erschien, auch seine Redeweise veränderte. In einen Akzent wechselnd, der zwar immer noch irgendwie nördlich klang, aber weder das Platt von Grotenweddingen war noch jenes des Bibelübersetzers Ernst Voß, sagte er:

Es wird keinen Tod für dich geben, noch nicht. Ich entlasse dich in das Leben. Es wird ein anderes Leben sein als bisher und außerdem ein Leben ohne mich. Tje. Ich verabschiede mich. Für immer. Lerne selbständig sein. Ich wünsche es dir. Es wird dir nicht sehr gut gelingen, tje, was ich bedaure. Tid is bald dor, sagte er noch, zurückfallend in Bibeldeutsch von Ernst Voß, wenn auch mit deutlich ostfälischem Sprachklang. Wecker sick smutzig maken deit, sagte er, dei soll sick ok wider smutzig maken. Un wecker rechtlich is, dei sall ok wider sin Rechtlichkeit utäuwen.

Zuletzt hatte der Bergmönch das Gesicht des Timo von Kisteritz gezeigt, aus dem Naumburger Dom. Freilich war ihm, ganz anders als Timo, dem Stifter, auf der Oberlippe ein Bart gewachsen, schwarz und an Stalin erinnernd. Bis ihm noch Kinn und Wangen verdeckt wurden mit Haaren, sehr üppig gewachsen und überwiegend weiß, genau wie der Bart von Karl Marx, obschon Jacob damals Marx noch nicht kannte, nicht kennen konnte, so wenig wie eines von dessen Büchern oder Bäuker, was alles erst viel später geschah. Der Bergmönch ließ jetzt noch etwas Kälbergeblök hören, ein allerletztes Mal, dann war er verschwunden. Als hätte es ihn nie gegeben, und vielleicht hatte es ihn nie gegeben.

Das Flockentreiben wurde weniger. Jacob schüttelte sich. Schnee rutschte reichlich von seinem Rücken und seinen Armen wie weißer Schlamm. Er ging weiter. Er war sicher, dass er auf dem richtigen Weg sei, und war es dann auch. In seinen Fingern und Zehen hatte er ein noch etwas taubes Gefühl, aber auch das ging irgendwann fort.

36

In Wien, spürbar selbst für Außenstehende, wuchs eine heimliche Unruhe. In ein paar Tagen würden es fünfzig Jahre gewesen sein, da der aus dem Ersten Weltkrieg hervorgegangene Kleinstaat Österreich unter der Bezeichnung Anschluss von Adolf Hitlers Großdeutschland annektiert worden war. Das runde Datum wollte die Stadt mit Gedenkfeierlichkeiten begehen.

Kersting las, in der Ost-Berliner Sophienkirche seien Besucher des Sonntagsgottesdienstes von uniformierten und zivilen Sicherheitskräften massiv behindert worden. Bisher habe bei Auseinandersetzungen mit der evangelischen Kirche der Staat DDR die Freiheit des Gottesdienstes nicht angetastet. Die Leitung der evangelischen Kirchen habe bei der ostdeutschen Regierung protestiert.

In einem Zeitschriftenartikel erfuhr er, Moritz Ginsberg habe seit 1981 einen Lehrauftrag für Kunst- und Architekturgeschichte an der Universität Graz. Durch mehrere Telefonate erfuhr er, Ginsberg lebe jetzt in der Nähe von Wien, man teilte ihm auch die genaue Adresse mit. Er schrieb an Ginsberg einen Brief, wo er, in höflichen Sätzen, sein Vorhaben schilderte und um mögliche Auskünfte bat, vielleicht bei einem persönlichen Gespräch. Ginsberg war in den zwanziger Jahren Hoffmanns Schüler gewesen.

Kersting telefonierte mit Sonja, seiner Frau. Er hatte sich unter Zögern dazu entschlossen. Er erreichte sie im Sommerhaus ihres Vaters. Ihre Stimme klang monoton, und sie sprach sehr langsam, wahrscheinlich stand sie unter dem Einfluss von Sedativa, oder sie hatte getrunken. Sie klagte ausführlich über Schlaflosigkeit. Nach Kerstings Befinden und nach Wien fragte sie mit keinem Wort. Sie sagte, David, ihr Sohn, mache Probleme. Als Kersting um Einzelheiten bat, wich sie aus. Sie sagte, sie sehe David bloß noch selten.

Draußen war ein erster Tag von vorfrühlingshafter Stimmung. Die Sonne schnitt scharfe Schatten in den Boden. Mit nackten Gesichtern hasteten Leute durch die Gassen und in die Hauseingänge. Die Luft war kalt geblieben, Wind trieb dürres Laub über die Steine.

Kersting ging vorüber an Josef Kerschbaumers Zimmertür. Er hörte Geräusch und nahm an, Kerschbaumer sei zurückgekehrt von einer vor vier Tagen angetretenen Reise nach Innsbruck. Er klopfte an. Sofort wurde geöffnet. Kersting gegenüber stand eine junge Frau. Er wollte sich hastig entschuldigen, hörte dann beschwichtigende Wörter und trat ein. Er erblickte den schräg auf seinem katholischen Bette liegenden Kerschbaumer in einem Zustand beträchtlicher Apathie.

Er war nicht betrunken. Als Kersting im Zimmer stand, begann er sich angestrengt zu erheben. Dann machte er Kersting mit Karin Mayer bekannt, seiner Schwester. Das Mädchen sagte, sie habe auf der Straße ihr Auto geparkt. Zu dritt verließen sie das Studentenhotel, bestiegen einen alten französischen Kleinwagen und fuhren, das Mädchen am Steuer, die Pfeilgasse hinab bis in die Innere Stadt.

Es war jetzt früher Abend. Wien entfaltete einiges an elektrifizierter Dämonie. Sie saßen in einem italienischen Restaurant nahe der Alten Universität, und während sie ihre Pasta aßen, Lambrusco tranken und in den Lautsprechern die heisere Stimme eines Sängers namens Paolo Conti war, taumelten wiederholt an ihrem Tische geisterhafte Wesen vorüber, ausgemergelt, wie wahnsinnig und in abenteuerlicher Verkleidung. An der Stelle menschlicher Haut schienen sie fettige Farbe zu tragen, wie auch durch ihre Adern offenbar bloß reines Amphetamin rann, und sollten sie jemals ins grelle Sonnenlicht treten, würden sie zerfließen zu parfümiertem Schleim. Dies vermieden sie deshalb, schon aus Selbsterhaltung, außerdem war ihr Lebensraum die Nacht und dort neben Erotik die unbedingte künstlerische Avantgarde.

Karin Mayers Ähnlichkeit mit ihrem Bruder bestand in einer Augenschwäche. Beide waren ständige Brillenträger, und als Kersting eben weitere Züge einer überzeugenden verwandtschaftlichen Gemeinsamkeit entdeckt zu haben meinte, nämlich in ihren Gesichtern und ihren Gebärden, erfuhr er, dass sie eigentlich bloß Halbgeschwister seien. Der Altersunterschied zwischen ihnen, hörte er, betrage fünf Jahre.

Karin Mayer war klein und dünngliedrig. Ihr schwarzes Haar trug sie offen. Ihre Zähne zeigten ein fast unnatürlich blankes Weiß und standen, wie zum Ausgleich, etwas unregelmäßig. Man hätte sie für eine Chefsekretärin halten können, aber sie war von Beruf Cutterin für den Film. In fünf Tagen sollte sie eine neue Arbeitsstelle antreten, beim Österreichischen Fernsehen, am Küniglberg, ihr Bruder hatte ihr eine Wiener Wohnung besorgen sollen, aber noch nichts Geeignetes gefunden. Dieser Träumer habe sich bloß zu wenig eingesetzt, sagte seine Schwester. Ach was, sagte Kerschbaumer, und überhaupt sei es ein Kreuz mit Wohnungsangelegenheiten in der Gemeinde Wien. Anschließend beschrieb er die Paradoxien des austromarxistischen Immobilienrechts.

Karin Mayer würde die kommende Nacht im Zimmer ihres Bruders schlafen. Kersting lud Josef Kerschbaumer in seine Wohnung ein, da dort genügend Platz sei. Josef Kerschbaumer sagte nicht ja und nicht nein. Er bestellte eine neue Karaffe Lambrusco. Kersting erfuhr, dass Karin Mayer zuletzt in Rom und München gearbeitet hatte, davor ein halbes Jahr in Paris gewesen war, und diese problemlose Freizügigkeit eines jungen Lebens erbitterte Kersting, wenn er an die mangelnde Freizügigkeit in der DDR dachte. Er ließ sich die Besonderheiten des EB genannten elektronischen Aufnahmeverfahrens erklären und begriff davon überhaupt nichts. Josef Kerschbaumer bestellte eine weitere Karaffe Lambrusco. Das Mädchen, sah Kersting, war hübsch.

37

Im Frühjahr erhielt das ehemalige Fürst-Albrecht-Gymnasium einen anderen Namen. Es hieß jetzt Georg-Friedrich-Händel-Oberschule, obwohl der Komponist zwar in Halle an der Saale und in London an der Themse, niemals aber in Grotenweddingen gelebt hatte und die Stadt zu seiner Musik so viel Beziehungen unterhielt wie zu der irgendeines anderen Komponisten. Händel besaß allerdings den unbestreitbaren Vorzug, seit zweihundert Jahren tot zu sein und keiner Parteiung angehört zu haben, über die sich negativ befinden ließ, und er war kein Feldherr, Politiker oder Aristokrat gewesen mit umstrittener Handlungsweise, sondern ein Künstler, dessen Leistungen niemand anfocht.

Die Georg-Friedrich-Händel-Oberschule umfasste auch das ehemalige Fürstin-Wilhelmina-Lyzeum, was sowohl das Gebäude wie deren Lehrkörper wie auch deren Schülerschaft betraf. Es gab fortan nur noch diese eine einzige höhere Schule in Grotenweddingen, und deren Klassen wurden nach und nach aus Jungen und Mädchen gemischt. Den Winter über bis zur Schneeschmelze waren täglich immer bloß höchstens zwei

Stunden Unterricht gewesen, wegen der Kälte und weil die Räume ungeheizt bleiben mussten, weswegen die Schüler wie auch das Lehrpersonal immer in Mänteln erschienen, Handschuhe trugen und überwiegend damit befasst waren, sich auf Hausarbeiten zu einigen. Die wurden später eingesammelt und von den Lehrern korrigiert, damit es so etwas wie eine Kontrolle über den pädagogischen Fortschritt gab.

Als Anfang April die Schneeschmelze gründlich eingesetzt hatte und die Berge allmählich dunkle Flecken vorzeigten in ihrem so lange unerschütterlichen Weiß, gab es eine Vollversammlung der Georg-Friedrich-Händel-Oberschule, in der früheren Gymnasialaula, aus insgesamt zwanzig Lehrkräften und über vierhundert Schülern beiderlei Geschlechts.

So waren sie schon einmal beieinander gewesen. Das war jetzt gerade bloß ein Jahr her, mancher mochte sich daran noch erinnern. Der Krieg war damals gerade übergegangen in seine letzte und schrecklichste Phase, und der damals amtierende Direktor hatte zum Durchhalten ermahnt. Gestank war dabei aufgekommen, wie von Fäulnis. Diesmal stand auf den knarrenden Podiumsdielen in abgetragenen schwarzen Stiefeletten, die niemals knarren würden, Dr. Frings, genannt Jupiter tonans, Direktor der Georg-Friedrich-Händel-Oberschule, und redete mit heller Greisenstimme von den Schwierigkeiten der Zeit und der Köstlichkeit des Friedens, von Humanismus und Humanität, von Zukunft, Gemeinsamkeit, Fleiß, deutschem Schicksal, Trümmern, Flucht, fehlenden Vätern und Tränen des Vaterlands. Allerlei Zitate waren in seine Rede eingeflochten, lateinische, von Vergil und Ovid, aber auch barockdeutsche, von Andreas Gryphius aus Breslau, das inzwischen keine deutsche Stadt mehr war. Zum Abschluss sang der hauptsächlich aus den Schülern unterer Klassen gebildete

Schulchor unter der Stabführung von Musiklehrer Ottchen Kröger *Freude, schöner Götterfunken*, Friedrich Schillers Ode in Ludwig van Beethovens Vertonung, aus dem Schlusssatz der 9. Sinfonie. In den hinteren Bankreihen, wo ausschließlich die oberen Klassen saßen, gab es Getuschel und Berührung. Schüler beiderlei Geschlechts machten sich mit den Vorzügen der Koedukation vertraut.

Alle Menschen werden Brüder. Da war es nun so, dass der Schulhof während der Unterrichtspausen sich zu einem förmlichen Markt verwandelte, einem der Eitelkeiten und vor allem einem der schwarz gehandelten Verbrauchsgüter. Es gab feste Adressen für den Verkauf von Lebensmittelmarken. Eine der häufig benutzten Tauschwährungen waren, außer Zigaretten, möglichst amerikanischer Herkunft, Tütchen mit Zündsteinen für Benzinfeuerzeuge. Die einzelnen Warengruppen verteilten sich über den gesamten Hof. Schuhe und Textilien wurden anderswo gehandelt als Brot oder Braunkohlenbriketts. Kuriere waren manchmal unterwegs von einer Adresse zur anderen, um Kompensationsgeschäfte zu verabreden. Bei vielen Abschlüssen konnten die eigentlichen Waren wegen ihres Umfangs nicht zugegen sein. Hier mussten Wort und Handschlag genügen, der förmliche Austausch begab sich erst später.

Jacob, aber bestimmt nicht er allein in seiner Klasse, wie auch bestimmt nicht seine Klasse allein, hegte schwärmerische Empfindung für Heidemarie Fleiner aus Klasse 7c. Sie war ein hochgewachsenes Mädchen, hatte lange glatte Haare von hellem Blond und eine angeraute Stimme. Wenn sie den Schulhof überquerte in einer der Pausen, brachen alle Schülergespräche ab und wanderten die meisten Schülerblicke hin zu Heidi Fleiners Fußknöcheln.

Meistens trug sie Sandalen mit Korksohlen. Ihre blonden

Haare wurden durch ihre Schultern zersträhnt, wobei sie auf der linken Seite einen Scheitel hatte und über der Schläfe rechts eine dunkelbraune Hornspange. Ytsche Lehmann leckte sich jedes Mal die Lippen mit seiner dicken nassen rotbraunen Zunge und sagte, Heidi Fleiner wäre wüst gebaut. Sie trug, wenn es kalt war oder regnete, gerne dunkelblaue Stoffhosen mit weitem Schlag. Heidi Fleiners Vater war Superintendent des evangelischen Kirchenkreises Grotenweddingen, und ihr Onkel leitete ein großes Saatzuchtgut bei Suderwieck. Obersekundaner, also Angehörige der siebenten Klassen, dichteten romantische Verse für Heidi Fleiner, in denen sie den Namen Heidemarie auf Wörter wie *sieh* oder *flieh* reimten.

Superintendent D. Gerald Zacharias Fleiner erhielt mancherlei Geschenksendung aus Amerika und war auch sonst gut versorgt durch seinen Schwager, der das Saatzuchtgut leitete nahe Suderwieck. Heidi Fleiner hatte die selbstverständliche Gelassenheit von Kindern aus verwöhntem bürgerlichem Elternhaus. Sie war schön und unnahbar. Dass sie Jacob überhaupt nur bemerkt hätte oder jemals bemerken würde, ließ sich nicht gut vorstellen, schon weil Jacob bloß die Klasse 5 b besuchte, während Heidi Fleiner der 7 c angehörte.

Das Suderbad lag nahe der Georg-Friedrich-Händel-Oberschule. Wie alle Frühsommer füllte es sich mit Halbwüchsigen und Kindern. Wenn es ein warmer Tag war, fielen ständig dürre Jungenleiber ins klatschende Chlorwasser. Mittels einer weißen Kette war das Becken zweigeteilt, in je eine Abteilung für Schwimmer und eine für Nichtschwimmer. Am Schmalrand standen zwei Sprungbretter, das erste einen, das andere drei Meter über dem Chlorwasser. Wer Ehrgeiz hatte, und den hatten von den Springern hier viele, bevorzugte Sprünge vom höheren Brett.

Die langen Beine dicht an den Körper gezogen, Knie mit den Armen umklammert, kauerte auf der filzig grauen Matte des Ein-Meter-Sprungbretts manchmal Heidi Fleiner. Sie trug einen einteiligen Badeanzug in Hellblau. Jacob ging immer sehr dicht neben dem Ein-Meter-Sprungbrett vorüber. Heidi Fleiner hatte, wenn sie dort saß, das Gesicht zur Sonne gedreht und hielt die Augen geschlossen. Jacob blickte mit angestrengter Gleichgültigkeit durch Heidi Fleiner hindurch, die ihrerseits davon überhaupt nichts wahrnahm.

Sie konnte stundenlang fast bewegungslos auf ihrer Matte sitzen. Ihr Rücken im tiefen Ausschnitt des Badeanzugs rötete sich wenig. Unter der Haut standen in sichtbar gekrümmter Reihe die Wirbel. Irgendwann zog sie sich mit trägen Bewegungen eine weiße Gummikappe über den Kopf, verstaute sorgfältig ihre langen blonden Haare darunter, stand auf und sprang mit einem flachen weiten Kopfsprung ins Wasser. Das Brett gab beim Nachschwingen klapperndes Geräusch.

Sie durchquerte schwimmend das Becken immer nur einmal. Dann stieg sie heraus, nahm sofort ihre Gummikappe ab und schüttelte mit schräggestelltem Kopf ihre Haare. Sie ging langsam hinüber zu den Umkleidekabinen für Frauen, die sich gleich rechts neben dem Eingang befanden. Heidi Fleiner, sie mochte es wahrhaben oder nicht, schlenderte vorüber an vielen starr und demütig ihre langen nackten Beine belauernden Jungenaugen. Eine Viertelstunde später verließ sie das Suderbad, hatte sich die Henkel ihrer bunt gemusterten Wachstuchtasche über die linke Schulter gehängt und bewegte mit ihren langen Beinen in dunkelblauem Hosenstoff ein Fahrrad.

Superintendent Fleiner, Heidis Vater, wohnte im Pfarrhaus der evangelischen Martinskirche, gleich hinter dem Schulhof der Oberschule, die nun nach Georg Friedrich Händel hieß.

Das Gebäude stammte aus der Renaissance und trug am Giebel verschiedene farbige Schnitzerein. Neben dem Eingang hing eine kleine blinde Metallplakette, die davon Mitteilung machte, Johann Wolfgang Goethe sei hier zu Besuch gewesen, im Jahre 1777, bei einem Manne, der sich mit botanischen Studien befasste und übrigens kein Theologe war, denn damals hatte das Haus noch nicht als Pfarrhaus gedient.

38

Im Gebäude der Hochschule für angewandte Kunst an der Ringstraße, einst Arbeitsplatz Josef Hoffmanns, lief eine Ausstellung unter dem Titel *Kunst und Revolution*. Gezeigt wurden siebenhundert Beispiele russisch-sowjetischer Malerei, Plastik, Grafik, Architektur, entstanden zwischen 1910 und 1930, zusammengestellt von sowjetischen Museumsleuten.

Kersting stand vor Kasimir Malewitschs Rotem Quadrat. Das Bild gehörte dem Russischen Museum in Leningrad. Er konnte sich nicht erinnern, es bei seinem Besuch dort gesehen zu haben, freilich lag dieser Besuch lange zurück. Er ging weiter zu Kasimir Malewitschs vier Quadraten. Er besah sie aufmerksam und lange. Zwei Quadrate in Weiß, zwei in Schwarz, die weißen an den Außenrändern etwas unscharf, mit bläulichen Schatten. Er kannte das Gemälde von Abbildungen. Hier stand er vor dem Original und erkannte die kaum wahrnehmbaren Reliefs der Pinselstriche. Auch Malewitschs Frauenbildnis von 1933 hing hier, mit seiner deutlichen Hinneigung zu Porträts der florentinischen Frührenaissance. Der Maler hatte sich dem Druck der stalinistischen Kulturpolitik beugen müssen. Sein Talent war darunter versteinert.

Kersting ging von Bild zu Bild. Er sah Arbeiten von Künstlern, die er bloß den Namen nach kannte, durchweg waren sie außerordentlich. Er sah Arbeiten von Künstlern, deren Namen er noch niemals gehört hatte. Die Bilder überwältigten ihn. Er hatte nach Wien reisen müssen, um sie zu erleben.

Er sah Stoffentwürfe der Popowa. Sie hätten von Josef Hoffmann stammen können, dabei hatte die junge Frau, die sie schuf, über die Wiener Werkstätte vermutlich kaum etwas gewusst. Russland hatte mit seiner politischen Umwälzung im Oktober 1917 eine bildkünstlerische Innovation von Weltrang ausgelöst, und die war von eben dieser Umwälzung ihrerseits ausgelöscht worden, mit den Folgen von Deformation, Denunziation und Mord. Was war die Innovation also wert gewesen?

Zwischen 1970 und 1987 habe sich in der sowjetischen Landwirtschaft der Verbrauch von Düngemitteln um 260 Prozent, im gleichen Zeitraum die Bruttoproduktion von agrarischen Erzeugnissen bloß um 25 Prozent erhöht, während jene von Kartoffeln noch um neun Prozent zurückgegangen sei. Von den geernteten Agrarprodukten würden infolge mangelhafter Lagerhaltung mehr als 45 Prozent durch Fäulnis vernichtet. Die Transsibirische Eisenbahn sei voll elektrifiziert, gleichwohl müsse bei der Fahrt immer wieder Kohle zugeladen werden, bestimmt, die Warmwasserheizung in den einzelnen Waggons zu betreiben. Hier seien Abteile nahe den Öfen völlig überhitzt, entferntere Abteile hingegen völlig unterkühlt, die Heizung werde ganzjährig unterhalten und könne während der Hochsommertage den Aufenthalt im Zug unerträglich machen.

Dies vernahm Kersting bei einer Veranstaltung im Café Sperl, Gumpendorfer Straße im sechsten Wiener Gemeindebezirk. Eingeladen hatte eine Vereinigung für linkskatholische Studenten und Intellektuelle, bei der Josef Kerschbaumer Mitglied war. Es referierte ein junger Wiener Osteuropawissenschaftler, Dr. Franz Sowinetz, ein Mensch mit schütterem Blondhaar. Sein Russisch klang ausgezeichnet. Das Thema hieß: Kann die Sowjetunion die Perestroika überleben?

Dr. Sowinetz war soeben zurückgekehrt von längeren Aufenthalten in Leningrad, Moskau, Irkutsk und Akademgorodok. Er hatte mit politischen Funktionären reden können, mit Wirtschaftsleuten, Wissenschaftlern und mit dem gemeinen Mann auf der Straße. Dr. Sowinetz sprach einen gleichbleibend freundlichen Singsang.

Die von ihm vorgetragene Mängelliste, sagte er, lasse sich beliebig verlängern. Durchweg handle es sich um Erscheinungen von *Sastoj*, die übliche Eindeutschung laute Stagnation. Vor allem sowjetische Künstler, darin folgend einer alte Tradition im Land, widmeten sich der Suche nach den Ursachen. Beispiel sei ein Spielfilm des Titels *Pokanje*, was Reue oder Buße bedeute, der Regisseur, Abuladse, sei Georgier, also ein Landsmann Stalins. Sein Film erzähle eine Diktatorengeschichte aus einem transkaukasischen Land, die Person des Gewaltherrschers sei eine Mischung aus Stalin und General Franco, womit behauptet werde, dass beide Diktatoren kompatibel seien und die von ihnen vertretenen Blutherrschaften sowieso.

Zur Zeit, sagte Dr. Sowinetz, gelte offiziell noch die Lesart, Stalins Verbrechen seien Auswüchse einer in ihren Voraussetzungen und Anfängen humanen Revolution. Selbst dies ziehe man nun in Zweifel. Michail Schatrow, Dramatiker, gelange in seinem letzten Text zu dem Resultat, der wahre Urheber der Verbrechen des Stalinismus sei nicht Stalin gewesen, sondern Lenin, der angelegt habe, was Stalin ausführte. Zu Ende gedacht, bedeute das: Die Oktoberrevolution wie auch die daran anschließende Herrschaft der Sowjets waren nicht Akte der Befreiung, sondern der Unterjochung. Die russische Geschichte der letzten siebzig Jahre war nichts als ein monströser bluttriefender Irrtum.

Die versammelten linkskatholischen Studenten, etwa fünfzig an der Zahl, vernahmen dies mit schläfriger Disziplin. Kersting sah, wie der neben ihm sitzende Josef Kerschbaumer mit der Müdigkeit kämpfte. Es wurde viel Wein getrunken. Die Kellner gingen geräuschlos zwischen den Tischen umher und setzten Gläser ab, während die Stimme von Dr. Sowinetz über eine schlecht gesteuerte Verstärkung und zwei an den Seiten aufgestellte Lautsprecher mitzuteilen wusste, die Massenstreiks sowjetischer Kohlebergarbeiter zu Beginn des Jahres 1988 seien erfolgt, da die Kumpel die von ihnen dringend benötigte Seife nicht mehr erhielten.

Zum wiederholten Male fielen Kersting Ähnlichkeiten auf zwischen der untergehenden Doppelmonarchie Österreich-Ungarn und der heutigen Sowjetunion. Die Monarchie hatte sich vor dem drohenden Zerfall in den Weltkrieg retten wollen. Sie hatte ihn nicht gewinnen können. Sie war eben dadurch auseinandergebrochen. Die Sowjetunion führte Krieg in Afghanistan, aus vergleichbaren Motiven. Wenn er sich bislang noch nicht zu einem Weltenbrand ausgeweitet hatte, dann gewiss wegen des allenthalben gehorteten Massenvernichtungspotentials. Die Armeen des Ersten Weltkriegs hatten noch keine Atombombe gehabt.

39

Während zweier Tage sollten die Klassen eins bis sieben der Georg-Friedrich-Händel-Oberschule ins Gebirge fahren, um Zuarbeit zu leisten für die mittelständische Grotenweddinger Arzneimittelfirma *GROTOMED*. Dreihundertfünfzig Schüler waren aufgerufen, nützliches Kraut zu pflücken von verschiedenen Tälern und Hängen. Gefragt waren zum Beispiel Minze und Brombeerblatt, beides als Ausgangsstoff für Gesundheitstee, den es in der Form von Aufgussbeuteln gab oder als löslichen Staub, einzurühren in dampfendes Wasser. Drei Schulklassen sollten vom Bahnhof Sudertor mit der Kleinbahn fahren bis zu einer Hochebene, wo in nennenswerten Mengen der Rote Fingerhut wuchs.

Dieser, *Digitalis purpurea*, gehört zur Familie der Skrofulariazeen. Die kalkscheue zweijährige Staude ließ aus ihrer im ersten Jahr herausgebildeten Grundrosette im zweiten einen mächtigen, bis zu zwei Metern hohen fünfkantigen Schaft wachsen. An ihm standen länglich zugespitzt und tiefgrubig geadert die Blätter abwechselnd. Die purpurfarbenen Blüten waren traubenartig geordnet und wurden bis zu vier Zentimeter lang, bei vorgezogener, behaarter und dunkelrot gefleckter Unterlippe.

Blätter, Blüten und Samen enthielten verschiedene Glykoside, wie Digitoxin, die teilweise wasserlöslich und allesamt in hohem Grade giftig waren. Ihre Wirksamkeit bestand in einer Reizung des Nervus vagus sowie der Herzmuskulatur, außerdem verursachten sie eine Verengung der Koronargefäße, verstärkte Harnabsonderung, Stimulation der Schleimhäute, Übelkeit, Erbrechen, Durchfall und Schwindelgefühle bis hin zur Ohnmacht. Eine überdosierte Digitalisaufnahme führte zur vollständigen Lähmung aller Herztätigkeit. Offizinell behandelt fanden Glykoside bei Herzklappenfehlern und Wassersucht heilende Verwendung.

Die Fahrt der Schüler mit der Schmalspurbahn unterstand der Aufsicht von Studienassessor Dr. Stefan Kalauke. Er war Fachlehrer für Biologie, an der Georg-Friedrich-Händel-Oberschule gab er Unterricht erst seit einem reichlichen Monat, denn vorher war er Kriegsgefangener in Niederbayern gewesen, und er kam auch nicht aus Grotenweddingen, sondern aus Allenstein in Ostpreußen, das jetzt zu Polen gehörte. Dr. Kalauke hielt sich sehr aufrecht, hatte faltige Lachgrübchen und braunes Haar. Meistens trug er einen blaugrauen Anzug mit Jacke, dem die Herkunft aus Textilbeständen der ehemals großdeutschen Luftwaffe anzusehen war. Dr. Kalauke hatte eine junge Frau, die ihr Haar in blonden Flechten über die Ohren steckte. Manchmal ging er mit ihr gemeinsam spazieren in den Straßen von Grotenweddingen, Frau Kalauke schob dann einen Kinderwagen mit rosa umhäkelten Zwillingen. Dr. Stefan Kalauke war streng, dabei umgänglich, und wenn er spaßen wollte, was gelegentlich vorkam, verfiel er gerne in ostpreußischen Dialekt. Is nuscht. Aj, Marjellchen, nu jib Frieden. Von den Schülern wurde er gemocht, was auch daran lag, dass er von allen Lehrern an der Georg-Friedrich-Händel-Oberschule der mit Abständen jüngste war.

Der Zug der Schmalspureisenbahn fuhr mit einer Verspätung von zwölf Minuten ab Bahnhof Sudertor. Drei Klassen der Georg-Friedrich-Händel-Oberschule hatten sich im vorletzten Waggon versammelt und zählten um die siebzig Personen. Beteiligt war die 5 b, mit Jacob und Ytsche Lehmann. Die jüngeren Schüler lärmten. Noch vor dem ersten Halt, Kapellenstraße in Lüttgenweddingen, wickelte Ytsche Lehmann das

Papier von seinen Frühstücksbroten, und ehe er zu kauen anfing, inspizierte er den Belag, der teils Leberwurst, teils Harzer Käse war.

Der Zug überquerte mehrfach die Hauptstraße von Lüttgenweddingen. Die Lokomotive läutete jedes Mal ihre Glocke, ließ pfeifend Dampf ab und zog hinter sich eine dunkelgraue Wolke aus fettem salzigem Braunkohlenqualm. Auch andere Schüler packten jetzt ihre belegten Brote aus. Hinterm Fenster erschienen erst das Gesellschaftshaus von Lüttgenweddingen, danach die Villa von Fabrikant Walter Henseler, deren großer Parkgarten enorm verwildert war. Wiederum ließ die Lokomotive lärmend Dampf ab. Links wie rechts standen jetzt bloß noch graue moosbesetzte Granitbrocken und massige Fichtenstämme, an denen in weißlichen Strähnen das ausgetretene Baumharz klebte. Die älteste der an diesem Ausflug beteiligten Klassen der Georg-Friedrich-Händel-Oberschule von Grotenweddingen war die 7 c, mit Heidi Fleiner.

Sie verließen den Waggon nach dreißigminütiger Fahrt und einem in zahlreichen Windungen vollzogenen Anstieg des Zuges bis auf fünfhundert Meter Höhe über Normalnull. Die Station hieß Sankt Anna vom Stein und war bloß eine ausladende, in stumpfem Rotbraun lackierte Baracke, mit einem dünnen uniformierten Männlein als Stationsvorstand. Dr. Stefan Kalauke ließ die Schüler antreten und sich ordnen in beinahe militärischem Stil. Anschließend führte er sie auf einem vorgezeichneten Wanderweg, schräg über die Schienen und hinein in den Hochwald.

Jacob sollte vorangehen, Dr. Kalauke bildete den Schluss, da er den Überblick behalten wollte. Unmittelbar vor ihm ging Heidi Fleiner, die zu ihrer dunkelblauen Hose eine weiße Bluse trug, ärmellos, mit einem halsfernen Kragen.

Es war ein schöner Tag. Sonnenstrahlen hingen schräg zwischen den Fichtenstämmen und ließen Farnwedel schimmern. Steinbrocken waren manchmal zu Türmchen gehäuft, hielten in ihren Ritzen Humus und boten Untergrund für Birkenwurzel und Flattergras, *Milium effusum*. Ein Rinnsal schnitt mehrfach den Erdweg. Meist war es mit glitschig bemoosten Rundhölzern überdeckt. Nu singt ajch doch, Kindärchen, rief Dr. Kalauke, worauf einige, beileibe nicht alle, ein deutsches Volkslied intonierten, *Im Frühtau zu Berge*. Vom Inhalt war das ziemlich passend. Dr. Stefan Kalauke sang mit markigem Bariton. Jacob kniff die Lippen zusammen und weigerte sich zu singen, da ihn das zu sehr an Jungvolk, Galgenberg, Geländespiel und Jungzugführer Rohwedder erinnerte, und das war doch jetzt vorbei. Hingebungsvoll sang hingegen Ytsche Lehmann, und fast als einziger Angehöriger ihrer Klasse sang Heidi Fleiner, Tochter eines lutherischen Superintendenten und von daher mit dem Singen in froher Gemeinschaft seit Kindertagen vertraut.

Man sang anschließend noch *Hoch auf dem gelben Wagen*. Der Weg beschrieb mehrere Serpentinen und verlief sich am Fuße eines breiten Hangs, wo in lockerem Hochwald genügend Roter Fingerhut stand, einjährige und zweijährige Stauden miteinander. Mehrere kniehohe Körbe waren bereitgestellt von der Firma *GROTOMED*, grobes Weidengeflecht, jeder mit zwei Henkeln. Durch emsige Schüler der Georg-Friedrich-Händel-Oberschule sollten sie angefüllt werden mit Blättern von *Digitalis purpurea*. Geerntet wurden die einjährigen Stauden. Dr. Kalauke führte vor, wie man sie mit einem Messer schnitt. Eindringlich warnte er davor, das Zeug zum Munde zu führen, und hielt einen knappen Vortrag über die schweren toxischen Effekte von Digitalien. Anschließend wurden Umhänge aus weißlichem Sacktuch und kurze Küchenmesser mit schwarzem Holzgriff verteilt. Die Schüler schwärmten aus.

Sie gingen in breit auseinandergezogener Reihe. Die einzelnen Klassen blieben beisammen. Jacob hielt sich anfangs bei Ytsche Lehmann auf. Die einjährigen Digitalis-Stauden wuchsen seltener, als beim allerersten Hinsehen zu vermuten. Der Hang stieg allmählich steiler an. Die Fichtenstämme wurden kräftiger, die Granitbrocken größer. Eifrige Sammler hatten ihre Umhänge erstmals angefüllt mit Blättern und kehrten zurück zu den Körben. Die Reihe der arbeitenden Schüler begann sich aufzulösen und unübersichtlich zu werden.

Jacob, den Rücken gekrümmt, war plötzlich allen Schülern von Klasse 5b weit voraus. Ytsche Lehmann richtete sich auf, schnaufte, spie Nasenschleim von sich und stemmte leidend beide Hände gegen die Nieren. Die Schüler von 7c bewegten sich in der Mitte zwischen vierter und fünfter Klasse. Dr. Stefan Kalauke war irgendwo.

Jacob kletterte eilig bis zu einem Felsen. Er wusste ziemlich genau, was er dahinter finden würde. Er umkreiste den Felsen und sah sich gegenüber von Heidi Fleiner. Sie war vielleicht zwanzig Schritte von ihm entfernt. Sie ging gebückt, die blonden Haarsträhnen fielen ihr senkrecht, ihr Gesicht blieb dahinter verborgen. Der Saum ihres Blusenausschnittes hing wegen ihrer gebückten Haltung lose herab. Unterm direkten Sonnenlicht hatte Heidi Fleiners Nacken, sah Jacob, einen dünnen goldenen Pelz.

Mit flüssig ausgeführten Schnittbewegungen machte sich Heidi Fleiner an einjährigen Digitalis-Stauden zu schaffen, um sie in ihren Umhang zu tun. Irgendwann müsse ihr Kopf an seinen Kopf stoßen, hoffte Jacob, natürlich nur flüchtig und ganz sanft. Eben noch rechtzeitig entdeckte Heidi Fleiner zwischen Sauerklee und Lebermoos zwei nackte Jungenfüße in dunkelbraunen Ledersandaletten. Sie hob das Gesicht, erblickte Jacob und lachte zerstreut. Auch Jacob hatte das Gesicht erhoben. Sein Blick hing an Heidi Fleiners Blusenausschnitt, dessen Saum sich wieder geschlossen hatte um Heidi Fleiners langen Hals.

Sie ging weiter und krümmte sich erneut. Jacob prüfte den Inhalt seines Umhangs, mehrfach ließ er seine rechte Hand wühlen im abgeernteten Digitalis-Laub. Heidi Fleiner war schon wieder sechs, sieben Schritte von ihm entfernt, und weil sie offenbar begabt war, besonders ergiebige Bestände an Rotem Fingerhut zu finden, andererseits unmöglich alles Gefundene allein abernten konnte, entschloss sich Jacob, immer bloß hinter ihr her zu sein.

Sie bemerkte das nicht, und wenn Jacob den Vorsatz gehabt hatte, im Gefolge Heidi Fleiners bei der Ernte von Fingerhutblättern erfolgreicher zu werden als bisher, hätte er unbedingt aus Heidi Fleiners Spur etwas heraustreten müssen und außerdem den Blick konsequent am Boden halten statt immer nur auf Heidi Fleiners von dunkelblauem Hosenstoff eng und seidig umspannten Hüften. Unbeschäftigt lag das Messer mit schwarzem Holzgriff in seiner Hand, während er auch noch eingehend den Fluss des dunkelblauen Stoffes musterte an Heidi Fleiners schmalen Knien und Unterschenkeln, wobei er nicht wahrzunehmen schien, wie sein Abstand zu ihr immer geringer wurde.

Viele Minuten gingen sie so und bewegten sich allmählich in Richtung auf die Anna-Klippe. Nach der hieß die Bahnstation Sankt Anna vom Stein, die seit zwei Jahren geschlossen hielt und an deren hölzernen Außenwänden beharrlich die Witterung fraß.

Sankt Anna, von hebräisch *channâh*, was Gnade bedeutet, war die Frau des heiligen Joachim und Mutter der Mutter von Jesus Christus. Ihre Anwesenheit in der durchweg protestantischen Landschaft um Grotenweddingen ging zurück auf vorprotestantische Zeiten, da Anna die Schutzheilige der Tischler und Bergleute gewesen war. Die Anna-Verehrung im mittelalterlichen Grotenweddingen hatte mit dem hiesigen Bergbau zu tun und ging darin womöglich zurück auf eine vorchristliche Mutterverehrung, denn wie Abstieg und Schacht ins Gebirge geheimnisvoll sind, dunkel und tief, eben so verhält es sich mit den leibinneren Finsternissen des weiblichen Organismus.

Wer wissen wollte, wie sehr und wie magisch das immer noch zu wirken vermochte, musste jetzt bloß hinsehen, wie der fünfzehnjährige Oberschüler Jacob Kersting aus Grotenweddingen dem von seidigem dunkelblauem Hosenstoff und weißer Bluse umhüllten Organismus Heidi Fleiners auf der Spur war und davon überhaupt nicht loskam. Als seien Heidemarie und Anna ein Name. Als seien Anna und Heidemarie zwei Namen für eine Sache. Als könne Heidi Fleiner Gnade sein und channâh spenden. Als sei Heidemarie Fleiner, Tochter des evangelischen Superintendenten von Grotenweddingen, eine katholische Heilige oder vorchristliche Muttergottes, was sie beides nicht war.

Mutterverehrung ist Fruchtbarkeitskultus und knechtische Unterwerfung des männlichen Prinzips unters weibliche. Sie ist Abhängigkeit von Urgrund und Abgrund und mütterlichen Säften. Ist Schnüffeln und Betteln und werbendes Nachlaufen, ist ständiges Gezogenwerden hinein und hinan und hinab zu etwas, das heiße nun Anna oder Heidemarie oder Gesine. Der unbeirrt auf weiblicher Spur streunende Jacob traf, als er, unmittelbar nach Heidi Fleiner, durch tief hängende Fichtenzweige tauchen wollte, um auf eine bloß von wenig Fichtensetzlingen und viel *Digitalis purpurea* bewachsene Lichtung zu gelangen, er traf statt auf Heidi Fleiner auf Geesche, die in amtlichen Papieren Gesine Zinke hieß.

Sie saß da und hatte alles gesehen. Sie fühlte Trauer und betäubte ihre Trauer, indem sie mit der linken Hand Blätter von *Digitalis purpurea* abriss und sich in den Mund stopfte, um darauf zu kauen. Irgendwann spie sie die zerkauten Fingerhutblätter als chlorophyllgrünen Schlamm neben sich, und ihr ohnehin schwärzlich verklebter Mund wurde dabei noch zusätzlich besudelt durch zähen grüngelben Sabber. Sie wischte ihn nicht fort, sondern riss frische Digitalisblätter vom Boden, um sie sich hastig in den soeben entleerten Mund zu stopfen. Ihre ausgestreckten Beine, herauswachsend aus einem fleckigen dunkelroten Baumwollrock, waren nackt, dürr und schmuddelig.

Geesche öffnete ihre Beine, bis sie in einem Winkel von ungefähr achtzig Grad zueinander standen. Derart versperrten sie Jacob den gewollten Weg und wollten ihm einen andern weisen. Jacob kannte Geesches Schoß aus Zeiten, da im Kinotheater *Corso* von Grotenweddingen der Spielfilm *Jud Süß* lief. Eine Wiedererkenntnis wollte er lieber vermeiden.

Geesche betrachtete ihre nackten und dreckigen Fußspitzen. Ihr Blick war trübe, denn die Glykoside begannen offenbar zu wirken. Ein zweimaliges Schluchzen durchlief Geesches dürren Leib vom Gedärm bis hinan zur Gurgel und endeten als grüngelber Schaum, der Geesche zwischen die klebrigen Lippen trat. Hilf mir, bettelte Geesches von Giften getrübter Blick, zu anderem als mir zu helfen bist du nicht bestimmt.

Jacob nun? Er erinnerte sich der von Studienassessor Dr. Stefan Kalauke gemachten Angaben über die möglicherweise tödliche Wirkung der in *Digitalis purpurea* enthaltenen Gifte. Geesches selbstverschuldeter Tod würde ihn aus den Verlockungen von Geesches Schoß entlassen, die für ihn keine waren. Selbst aber wenn Geesche lebendig bliebe, entgegen allen Wirkungen von Digitoxin, wollte er, jetzt und hier auf der Anna-Klippe, sämtlichen Anrufen Geesches zum Trotz sich nicht Geesche unterwerfen, sondern Heidi Fleiner.

Wortlos stieg er über Geesches nackte Beine hinweg. Mit beiden Armen nahm er die knisternden Fichtenzweige auseinander. Er betrat und überquerte die Lichtung, auf der Heidi Fleiner inzwischen schon nicht mehr zu sehen war.

Wieder würgte es in Geesches Leib. Sie öffnete den Mund und ließ zusammen mit zerkautem Blätterbrei auch sämtliche Glykoside heraus, die sie bereits im Magen hatte. Krämpfe durchpflügten ihren dürren Leib, hustend übergab sie sich mehrfach. Inzwischen war Ytsche Lehmann herangekrochen und konnte verfolgen, wie Geesche ihren fleckigen dunkelroten Rock aufhob und ihren nackten Unterleib musterte, als käme von dort eine Auskunft. Ytsche Lehmann sah es, wurde seinerseits von Geesche nicht bemerkt und leckte sich mit dicker nasser rotbrauner Zunge die Lippen.

Jacob hatte unterdessen die Spitze der Anna-Klippe erreicht. Von dort her fiel der Nöschenbach ins Tal und legte dabei einen Höhenunterschied von sechzig Metern zurück. Er stieß sich auf diesem Weg an verschiedenem Gestein, was ihm Schaum und Rauschen entlockte. Zur Hälfte der Fallstrecke erhob sich das derzeit geschlossene Ausflugsrestaurant Sankt Anna vom Stein, mit einer Veranda unmittelbar neben dem Ufer. Im Frühjahr, zur Zeit der Schneeschmelze, bot der beträchtlich angeschwollene Nöschenbach bei seinem Sturz von der Anna-Klippe ein überaus majestätisches Bild. Jetzt war es

Sommer. Seit drei Wochen hatte es nicht mehr geregnet, und der Nöschenbach war bloß ein friedfertig seinen Weg suchendes Wässerchen. Man konnte sein Bett gefahrlos betreten. Man konnte sich sogar setzen auf einen jener im Frühjahr so wild überstrudelten Granitbrocken. Genau dies hatte, als Jacob ihrer ansichtig wurde, Heidi Fleiner getan. Sie saß auf einem Felsstein, hatte die Hosenbeine hochgestreift, die Schuhe abgezogen und ließ ihre schmalen nackten Füße vom kalten Wasser des Nöschenbachs überspülen. Neben ihr saß Dr. Stefan Kalauke. Die beiden unterhielten sich, und vielleicht ging es nur um anstehenden Lehrstoff im Fache Biologie, um wirbellose Tiere, beispielsweise Spul- und Plattwürmer.

Jacob sah das und sagte nichts. Heidi Fleiner und Dr. Stefan Kalauke hätten Gesagtes auch kaum gehört, wegen der Geräusche des abstürzenden Nöschenbachs. Jacob blieb stehen, sagte nichts und sah hin. Seine Hand fand einen Akne-Pickel am Hals, den er zu knubbeln und zu kneten begann, bis ihn der Schmerz in die Schläfe stach und sein rechtes Auge tränte.

An einem Abend im Frühherbst besuchte er die Spätvorstellung im Filmtheater *Corso*. Er würde einen sowjetischen Film sehen, *Panzerkreuzer Potemkin*, der außerdem ein Stummfilm war, mit eingeblendeten Schrifttafeln, und damit es überhaupt Geräusch gab, lief dazu eine blecherne Begleitmusik. Jacob war versehentlich in die Vorstellung geraten. Er hatte gemeint, er werde einen Film mit Ferdinand Marian und Margot Hielscher erleben. Diesen Irrtum hatte er für sich allein, und wie immer, wenn Russenfilme liefen, blieb das Publikum fort, da Russenfilme als schlecht und langweilig galten. Jacob war einer von höchstens zehn oder zwölf verstreut im muffigen Dunkelrot des Zuschauerraums hockenden Besuchern.

Als er seinen Irrtum erkannte, war seine erste Regung, das

Kino zu verlassen. Er blieb aber sitzen. Die ungestümen Bilder auf der Leinwand begannen ihn zu interessieren. Erzählt wurde die Chronik eines Matrosenaufstandes in Südrussland, in der Zeit des Zarismus, noch lange vor dem Ersten Weltkrieg. Die Besatzung auf einem Kriegsschiff empörte sich über schlechte Behandlung und verdorbenes Essen, dass sie den Gehorsam aufkündigte. Herbeigerufene Elitetruppen schlugen die Revolte nieder, es gab viele Tote.

Jacob wurde immer mehr ergriffen von den Bildern, und zwei Szenen sollten ihm unverlierbar im Gedächtnis bleiben: eine Großaufnahme von totem Fleisch, durch das die fetten weißen Maden wimmelten, das dennoch verkocht und gegessen werden sollte, und die quälend lange Aufnahme einer Freitreppe am Hafen, auf der, Gewehre im Anschlag, eine Militäreinheit hinabschritt, um die Aufständischen vor sich her zu treiben, wobei auch ein hochrädriger Kinderwagen die Stufen hinabrollte, in schmerzlich langer Fahrt, niemand konnte ihn aufhalten, das darin befindliche Kleinkind würde am Ende umkommen.

Jacob sah den Film bis zum Ende. Er saß wie betäubt. Er dachte daran, dass, wo solche Filme gemacht wurden, unmöglich alles befremdlich oder schlecht sein konnte. Was hinter dem dunkelgrünen Zaun am Ortsrand von Grotenweddingen ablief, war vielleicht bloß ein Missverständnis. Vielleicht hatte der Film *Panzerkreuzer Potemkin* recht und nicht das in Grotenweddingen über die Russen herrschende Vorurteil.

Er verließ das Kino. Der Himmel war blauschwarz, die Luft war schwül. Er ging den Stadtgraben entlang bis zur Höhe des Pfarrhausgartens von St. Martin. In dem gab es Blumenbeete mit Kresse und Dahlien, es gab viele halb verwilderte Kirsch-, Birnen- und Pflaumenbäume und eine Holzlaube, angemorscht zwar, da ihr ein neuer Farbanstrich fehlte, doch derzeit waren Farben nicht erhältlich, gleichwohl bot sie Platz für heimliche Unterkunft, wenn jemand eine heimliche Unterkunft suchte. Der Pfarrgarten reichte bis zum Stadtgraben. Dort standen üppig Gesträuch und Unkraut, und die Sohle führte Feuchtigkeit vom Nöschenbach, denn der floss nahebei.

Jacob hörte, als er vorbeiging, ein hastiges Kratzen, Zweigeknacken, Blätterrauschen. Er sah dann, wie Studienassessor Dr. Stefan Kalauke aus der Tiefe des Stadtgrabens aufstieg. Er hatte sich die Jacke über den rechten Arm gelegt, denn die Luft war entschieden schwül. Angelangt auf der Straße, klopfte sich Dr. Kalauke erst einmal die Hosen sauber. Es mochten Löwenzahnsamen daran hängen und brüchiges Gezweig. Dann legte er sich seine Jacke über den linken Unterarm und biss schmatzend in eine reife Birne, Clapps Liebling und offenbar im Pfarrgarten der evangelischen Martinskirche gereift.

Jacob wechselte die Straßenseite. Er wollte Dr. Kalauke nicht grüßen und zur Antwort vielleicht launige ostpreußische Sätze hören. Unter Schmatzgeräuschen in seine Birne beißend, ging Dr. Kalauke Richtung Filmtheater *Corso* davon, da er mitsamt seiner Familie im Ortsteil Lüttgenweddingen wohnte.

40

An der Kreuzung Operngasse und Ringstraße, die Verkehrsampel war auf Rot geschaltet, stand Kersting neben einem Mann, der, obschon es ein kühler Tag war, an bloßen Füßen Sandalen trug und am Leib einen weißen nachthemdartigen Kittel. Auf den Kopf hatte er sich einen Kranz aus grünen Blättern gesetzt, in den Händen hielt er ein Schild mit unverständlicher Aufschrift. Merkwürdig, dass keiner der Umstehenden und, als die Ampel auf Grün schaltete und die Wartenden die Fahrbahn überqueren konnten, kein Entgegenkommender den Auftritt des Mannes zur Kenntnis nahm. Niemand drehte den Kopf nach ihm. Kein Tourist riss seinen Fotoapparat vors Gesicht, um ihn abzulichten. Selbstvergessen lächelnd schritt der Mann auf die Kärntner Straße zu, wo er sich in der Menge verlor.

Später entschlüsselte Josef Kerschbaumer die Aufschrift auf dem Schild als Abbreviaturen für Wörter wie Luft und Sonne. Er kenne den Mann. Fast jeder in Wien kenne ihn, der nicht so sehr ein verschrobener Öko-Narr sei wie ein listiger Selbstdarsteller, vom städtischen Fremdenverkehrsamt unterhalten als Ausweis für Toleranz und als Blickfang für Touristen. Wenn niemand sich mehr nach ihm umschaue, habe er sich wohl abgenutzt.

Hier wie sonst, in letzter Zeit häufiger, probierte Kersting die Vorstellung, er werde für immer in Wien bleiben. Die Vorstellung erschien ihm ebenso reizvoll wie bedrückend. Täglich eintreffende Nachrichten, Zeitungen entnommen, die er auf der nackten Marmorplatte eines Kaffeehaustisches ablegte oder auf der Sitzfläche des neben ihm stehenden Thonetstuhles, waren nicht geeignet, seine Entscheidung zu befördern:

Der vormalige Geschäftsführer der k.u.k.-Hofkonditorei Demel am Kohlmarkt, Udo Proksch, hatte den in seinem Besitz befindlichen Frachtdampfer *Lucona* versenken lassen, um die im Unglücksfall angesetzten Versicherungsgelder kassieren zu können. Von Österreichs Polizeibehörde gesucht, unterzog er sich derzeit in Manila der magnetischen Behandlung eines philippinischen Wunderheilers, Reverend George Mano, und ließ davon Videobänder anfertigen, die er zum Preis von 15000 Dollar per Stück vertrieb.

Die verstaatlichte Industrie Österreichs hatte, womit sie gegen gültiges Gesetz verstieß, Waffen in politische Krisengebiete des Nahen Ostens exportiert, über den Syrer Al-Kassar, einen international gesuchten Rauschgifthändler. Ein neunzehnjähriger Maturaschüler in Purkersdorf war während der Dunkelheit hinterrücks über eine aus Indien stammende Medizinstudentin hergefallen und hatte sie mit zahllosen Stichen seines Tapezierermessers umgebracht. Bei der polizeilichen Untersuchung sagte er aus, er habe den Wunsch verspürt, irgendetwas Böses zu tun, denn er fühle sich gehemmt und schiach, also hässlich, wegen seiner Brille.

Eine in Linz erscheinende katholische Kirchenzeitung druckte einen Brief ab von Josef Graf, einem steirischen Pfarrer, worin stand, aus der schrecklichen Selbstverfluchung des jüdischen Volkes erklärte sich manches vom Schicksal der Juden im Lauf der Geschichte, auch während der Nazizeit. Eine britische Journalistin interviewte im Wiener Stadtpark den Belgier Jan Verbelen, der, ehemals flämischer Faschist, in seinem Geburtsland wegen Kriegsverbrechen zum Tode verurteil worden war. Auf die Frage der Journalistin, warum er sich nicht beispielsweise in Lateinamerika oder in Südafrika aufhalte, gab er lächelnd zur Antwort, nirgends auf der Welt lebe es sich so angenehm wie in Österreich.

41

1729 lebte zu Grotenweddingen Julie Wulff, Witwe eines Seifensieders aus der Badgasse und zweiunddreißig Jahre alt. Die Werkstatt wurde ihr besorgt durch den Gesellen Niklas Thüngen, der jünger war als sie, und außer der Arbeit teilte er mit der Wulffin das nächtliche Bett. Einmal, zu Anfang August, begab er sich in der Gesellschaft von Freunden auf die Suderwiecker Kirchweih und endete nach viel Trinkens von Starkbier und Branntewein in einem Suderwiecker Hurenhaus, wo ihm aber die Männlichkeit so tot blieb, dass es den Dirnen zu Gelächter und Hohn, ihm selber zum Entsetzen geriet. Er sprach anderntags vor beim Pfarrer der evangelischen Martinskirche in Grotenweddingen und gab an, die Wulffin habe ihn ganz gewisslich verhext.

Der Pfarrer, ein feuriger Greis, trug gleich Sorge beim gräflichen Gericht, dass die Witib verhaftet und vor den Schöppenstuhl gebracht würde. Die Wulffin sagte, dass sie mit dem Thüngen letztlich viel Zwiste ausgefochten wegen der Geschäftsführung und wegen des Gesellen Stumpfsinn, und nicht Hexerei wäre ihm auf den Trieb geschlagen als vielmehr der Schnaps, denn so kenne sie ihn auch. Gleichwohl ward der Wulffin befohlen, dass sie sich entkleide, und weil ihr auf der linken Hüfte ein braunes Muttermal stand, wurde in dasselbe mit Nadeln gestochert. Die Wulffin zuckte dabei überhaupt nicht, denn sie fühlte keinen Schmerz. Da entschied der Schöppenhof, dass es sich um ein Hexenzeichen handle, der Wulffin aufgedrückt vom Teufel, wie er sie zu der seinen gemacht.

Da nun weiterhin die Wulffin alles immer nur abstritt, wurde sie der *Territio verbalis* unterworfen. Also verbrachte man sie in den Folterkeller des Grotenweddinger Schlosses, wo ihr der Scharfrichter einzeln die Instrumente und Werkzeuge vorwies, und weil ihr auch daraufhin der Mund noch verschlossen blieb und sie immer beim Kopfschütteln verharrte, war jetzt die *Territio realis* beschlossen. Abermals sah sich die Wulffin entkleidet, und man setzte ihr die Daumenschrauben an, ohne diese gleich zu schließen. Die Wulffin wusste auch jetzt noch nichts einzubekennen, so dass sie endgültig der *Tortura stricte sic dicta* verfiel.

Die Daumenschrauben, flache Eisenstücke, wurden angezogen, bis sie die Gelenke zerquetschten. Der Scharfrichter schlug zusätzlich mit dem Hammer obendrauf. Wie da aus dem Maule der Wulffin noch immer nichts kam außer Wimmern und Geschrei, war nunmehr der wehe Zug befohlen, was hieß, dass man der Wulffin die Hände auf dem Rücken fesselte und sie daran bis zu zehn Schuh hoch über den Boden zog, wobei ihr zugleich die Füße beschwert waren mit zwanzig Pfund Gewicht in Stein. Drei Stunden und eine halbe hing sie so, war ohnmächtig und musste mit Wassergüssen zurückgeholt werden, und weil sie selbst jetzt noch die Confessio verweigerte, ward ihr nunmehr wie vorgeschrieben die Schwefelfeder gesetzt. Das hieß, um die zwanzig Pflaster aus Pech und Schwefel klebten ihr an der nackten Haut, wurden nacheinander angezündet und brannten, und erst hier schrie und greinte die Wulffin, dass sie alles eingestehen wolle.

Sie habe, bekannte sie, unter wiederholtem Stocken, sich auf den Satan eingelassen, welcher ihr zu abendlicher Stunde während der elften Raunacht erschienen in Gestalt eines pandurischen Obristen, mit schwarzem Schnurrbart und mit Schnupftabakflecken auf dem Rock, mit Klumpfuß und mit knotiger Krücke. Von ihm habe sie das Receptur zu einer Liebes- und Zaubersalbe erhalten, habe danach gehandelt und endlich ihrem Niklas heimlich von dem fertigen Unguentum aufgetragen, dass er ihr willens sei, weil er bei andern Weibern versagen müsse.

Das Gericht beschloss, die wegen Hexerei Kondemnierte zu verbrennen. Es war das übliche Urteil. Ihre Güter sollten zur

Hälfte zugeschlagen werden den *Inquisitoribus ad extirpandos haereticos*, was auch der Martins-Pfarre und dem Thüngen zugute kam. Julie Wulff wurde öffentlich eingeäschert, auf dem Galgenberge vor Grotenweddingen, den 19ten Octobris A. D. MDCCXXIX, vor zahlreichem anwesendem Volk.

Nun war ein direkter Nachfahr der Seifensiederin aus der Badgasse in Grotenweddingen Gesine Zinke, genannt Geesche. Sie war es über ihre Mutter, der man solche Herkunft nicht ansah, wenn sie grau und grämlich hinter der Kasse des Filmtheaters *Corso* saß, um Billets zu verkaufen.

Gleichwohl war Frau Zinke unzweifelhaft eine gebürtige Wulff, und noch die Generation ihrer Eltern hatte der Familie den Namen Hexen-Wulff nachgerufen, damit man sie unterscheiden konnte von all den anderen Wulffs, Wolffs und Wolfs in Grotenweddingen. Geesche hatte hexisches Blut. Geesche wollte in die Nachfolge ihrer Urahnin aus der Badgasse. Geesche hatte, als Jacob, ohne ein Wort zu sagen, über ihre nackten Beine hinweggestiegen war auf der Anna-Klippe, ihren Rock hochgehoben, um sich grübelnd in den Anblick ihres dunkelbraunen Muttermales zu versenken, das sie auf der linken Hüfte trug, genau wie vor mehr als zweihundert Jahren ihre Urahnin Julie Wulff. Ytsche Lehmann hatte sie dabei beobachtet und mochte sich dabei sonst was gedacht haben.

Hexensalben bestehen aus mehrerlei Ingredienzien. Die üblichen sind Fett, Nachtschatten, Tollkirsche, Mandragora, Opium und Schierling. Das Fett sollte am besten von einem ungetauften Säuglinge stammen, und wie nun gar in jenen vergleichsweise nördlichen Breiten, wo Grotenweddingen lag, etwa an Mandragora gelangen, dessen biologische Heimat die mittelmeerische Küste war?

Die Zauberwirkung von *Mandragora officinalis* war beschlossen in deren Wurzel, welche die Gestalt von Heckmännchen oder Alraune hatte. Das aber konnte, wo Mandragora nicht wuchs, notfalls ersetzt werden durch *Allium victorialis*, dies war Siegwurz, auch Allermannsharnisch oder Bergalraun, ein Lauchgewächs mit gelblicher Blüte, das in nördlichen Gebirgen gedieh. Geesche fuhr mit der Schmalspurbahn über Sankt Anna vom Stein weit hinaus, bis zur Station Moorhaus, suchte sich dort ihren Allermannsharnisch, pflückte ihn, schnüffelte sein Knoblauchöl und nahm davon so viel, dass es während der Rückfahrt im gesamten Waggon deutlich zu stinken begann.

Tollkirsche oder Belladonna fand sie schon oberhalb von Lüttgenweddingen. Bei Nachtschatten entschied sie sich für grünes Tomatenkraut aus der Gartenanlage *Frohe Zukunft*, jenseits der Bahnschranke, am Nöschenbach. Fleckenschierling hieß auch Tollkerbel, Pferdekümmel, Wüterich, Ziegendill, Katzenpeterlein und wuchs am Galgenberg. Für Opium gab es unreife Mohnkapseln auf Feldern der ehemaligen Domäne Behncke.

Blieb das Säuglingsfett. Wie darangelangen? Hatten Säuglinge denn Fett, gar in magerer Zeit, wie der Nachkriegssommer 1946 eine war? Andererseits, dachte Geesche, musste der Umstand, dass sie Lange Gasse neun wohnte, also im Hause unmittelbar neben einem Bestattungsunternehmen, ihr den Zugang zu Säuglingsfett eröffnen, sofern es den überhaupt gab.

Heimlich kroch sie in das Transportfahrzeug, das Herrn Lehmanns Särge zu Leichen transportierte und anschließend, mit Leichen als Inhalt, zu einem der Friedhöfe von Grotenweddingen. Der Sarg, der hereingeschoben wurde, war eindeutig ein Erwachsenensarg. Da konnte Geesche den Wagen schon nicht mehr verlassen, weil sich die Tür sofort wieder schloss.

Durch die Zwischenwand zur Fahrerkabine waren Stimmen zu hören, Herr Lehmann unterhielt sich mit Jacobs Vater. Is jrode nich umwirfend, sagte Herr Lehmann. Is sich ajentlich sunderbor, ba sone Wirme. Da hatte er den Motor längst angelassen. Geesche spürte, wie der Wagen rückwärts vom Hof rollte und über die Kopfsteine der Langen Gasse. Der Wagen fuhr dann vorwärts, und Herr Lehmann verbreitete sich über den Umstand, dass der Leichenwagen womöglich mit einem Holzgas-Generator ausgerüstet werden müsse. Es kämen nämlich immer mehr Schwierigkeiten bei der Belieferung mit Benzin. Ohne Fahrzeug mit Verbrennungsmotor ließen sich Särge aber nun mal nicht befördern. Da helfe kein verlorener Krieg nicht und kein Russe und keine Benzinverknappung.

Der Wagen hielt. Nach Geesches Eindruck hielt er in der Schlossstraße. Geesche hatte gehofft, dass sie hier unauffällig abspringen könne, aber es wurde, kaum dass der Sarg entnommen war, die Tür zum Transportraum sofort wieder verschlossen. Geesche erhielt Gelegenheit, das Innere des Transportraumes zu mustern, der ziemlich staubig war. Auf der Straße, vernahm sie, ging ein Pferdefuhrwerk vorbei.

Dann kehrte der Sarg zurück und enthielt nun also einen Toten. Geesche hörte, wie draußen eine weinende Frau redete und Robert etwas abwehrte. Nu nimm dich man, sagte Herr Lehmann, womit die Sache offenbar entschieden war. Nochmals wurde kurz die Tür zum Transportraum geöffnet und eine Tasche hereingestellt, unmittelbar neben den Sarg mit dem Toten. Der Wagen fuhr an, das Weinen der Frau blieb zurück.

Geesche konnte dem Gespräch zwischen Robert und Herrn Lehmann entnehmen, der Tote im Sarg sei Kunstmaler Kupffer. Geesche kannte ihn nicht. Kupffer hatte, erfuhr sie, seit achtunddreißig Jahren Grotenweddingen, die Stadt und das Schloss sowie die Berge der Umgebung immer wieder auf handliche Malpappen gebracht, nun war er an Herzversagen gestorben. Seine Witwe hatte Roberts beteiligten Blick auf den Maluntensilien ihres Mannes bemerkt. In schmerzlichem Überschwang hatte sie Robert die Sachen geschenkt. Herr Lehmann sagte, solche Art Gaben seien nichts Unübliches und nicht das Schlechteste in diesem Geschäft. Im Laderaum roch es inzwischen durchdringend. Geesche hoffte, der Geruch käme von den Maluntensilien. Trotzdem wurde ihr übel, sie musste sich mit beiden Händen den Mund verschließen. Aus der Tasche von Kunstmaler Kupffer war eine dunkelbraune Flasche gerollt und verursachte auf dem Boden des Laderaums einen fettigen Fleck.

Der Wagen hielt am Martinsfriedhof. Diesmal blieben, nachdem der Sarg entnommen war, die Türen zum Laderaum weit geöffnet. Geesche sprang heraus. Sie verdrückte sich zwischen Rhododendron und Immergrün. Noch einmal würde sie das gewiss nicht wiederholen wollen.

In seinem mit einer päpstlichen Bulle eingeleiteten Schrift *Malleus maleficarum* oder *Hexenhammer* beschrieb der Theologe Heinrich Institoris Hexen als Personen, welche, ihres eigenen Heils uneingedenk und vom wahren Glauben abgefallen, sich mit dämonischen Inkuben und Sukkuben fleischlich vermischten. Ihr Einfluss sei derart, dass sie durch zauberische Mittel mit Hilfe des Teufels die Geburten der Weiber, die Jungen der Tiere, die Früchte der Erde, die Trauben der Weinberge, das Obst der Bäume, ja Menschen, Haus- und andere Tiere, Weinberge, Baumgärten, Wiesen, Weiden, Körner, Getreide und andere Erzeugnisse willentlich beeinflussten, zumal auch wenn Männer am Zeugen und Weiber am Gebären seien.

Von Gebären mochte Geesche nichts wissen. Für Wiesen und Weiden, Obst, Körner und Trauben hatte sie geringes Interesse. An fleischlicher Vermengung war ihr gelegen mit Jacob, nicht mit Incubi, und einen Succubus hätte sie empfangen bloß mit Jacobs Gesicht. Um Jacobs willen mischte in einem Patent-Rillen-Einmachglas Geesche ihre zauberische Salbe, sie zerdrückte und zerstieß, zerkleinerte, zerquetschte und vermischte ganz richtig Fleckenschierling, Tollkirsche, Opiumkapsel, Tomatengrün, Allermannsharnisch und Katzenpeterlein. Als Salbengrundlage nahm sie statt des fehlenden Schmer eines ungetauften Säuglings, aber schließlich hatte sie auch schon Mandragora ersetzen müssen durch Siegwurz, und also nahm sie jetzt, was sie gefunden hatte im Leichenwagen der Firma Witold & Söhne, nämlich das Fläschchen aus der Tasche des Kunstmalers Kupffer. Es enthielt nichts anderes als Terpentinöl, ein Malmittel und Fett, gemacht aus Koniferenharz und ungefähr so christenfern wie der Schmer eines ungetauften Säuglings.

Sie stellte das Einmachglas auf das Fensterbrett des Zimmers, in dem sie schlief. Sie zog sich einen Hocker heran und setzte sich so, dass eine Kante zwischen ihre geöffneten Beine stach und ihrem Rock rechteckige Kontur gab. Das Zimmer befand sich im ersten Stock des Hauses Lange Gasse neun und ging auf den Hof. Das Fenster war geöffnet. Entfernt schrien die Spatzen.

Geesche hatte das Einmachglas vor Augen und besah sich seinen Inhalt, der honiggelb aussah, durchweg trübe war und in dem vereinzelte grünbraune Schlieren schwammen. Beim Geruch herrschte Terpentin vor. Das Einmachglas war zu einem Drittel gefüllt, was ausreichen mochte, Jacob auf Jahre und Jahrzehnte zu balsamieren. Freilich setzte es voraus, dass sich

Jacobs nackter Rücken erreichen ließ, und das ging wie? Geesches Vorfahrin Julie Wulff hatte ihren Niklas Thüngen bei der Umarmung im Bett gesalbt. Dass sich Jacob zu ihr legen würde wie Thüngen zu der Wulffin, war etwas, das Geesche gerade erreichen wollte mit ihrem honiggelben Gebräu im Rillenglas.

Der Geruch von Terpentin trat etwas zurück, zugunsten von Knoblauchöl und Katzenpeterlein. Hinter dem Glas sah Geesche den Himmel. Einzelne Wolken standen darin, watteweiß und mit hellen rotbraunen Rändern. Die Uhr der Martinskirche schlug neun. Die Spatzen hörten mit ihren Rufen auf.

In drei Stunden war Mitternacht, Satansstunde und Zauberkraft. Inbrünstig wünschte sich Geesche einen kurzen Teufelsbesuch, dass er das Gebräu absegne auf seine Art, denn obschon sie, ausweislich ihres Muttermals auf der Hüfte, schon hexisch geweiht war und demnach genügend Kraft besaß, Hexensalbe zu machen aus eigener Vollkommenheit, tat sie so was doch zum ersten Mal, dass eine zusätzlich Bekräftigung vom Meister ihr allemal zum Vorteil geraten würde. Die Uhr der Martinskirche schlug einen Schlag zur halben Stunde. Die Spatzen waren verstummt.

Geesche gähnte ausführlich. Sie gähnte zweimal. Dann beugte sie sich vor, legte ihre nackten Arme auf das Fensterbrett, setzte auf die verschränkten Handknöchel ihr Kinn und starrte ins Honiggelb der Salbe. Unten waren bloß noch vereinzelt schläfrige Geräusche des Geflügels aus Lehmanns Hühnerstall. Geesche bewegte ihren schmuddeligen Mund, zur stimmlosen Artikulation eines Namens, der konnte Satan bedeuten oder Jacob oder beides, galt also womöglich einem geschwänzten Jacob mit Klumpfuß und Ziegengehörn. Geesche sah ihn durch die Luft schweben und sich krähenartig niederlassen auf die Kante des Fensterbretts. Seine Nase war gekräuselt. Aus den Löchern lief Rotz. Statt ihn fortzuwischen, mit Handrücken oder Zunge, nahm er vielmehr gierig das Rillenglas in die teuflischen Hände, hob es sich an den Satansmund und trank es leer, mit gierig langen glucksenden Schlucken.

Als die Uhr der Martinskirche zehn schlug, war der Himmel tiefbraun. Die Helligkeit ließ immer mehr nach. Geesche hielt die Augen geschlossen. Ihr Kopf lag seitlich auf ihrem nackten rechten Unterarm, der schmuddelige Mund war geöffnet, dass Spucke herauslaufen konnte, auf der Haut glitzern und versickern zwischen den Härchen überm Ellenbogen. Geesche schlief.

Kurz vor Mitternacht sprang auf das Fensterbrett ein Kater, und zweifellos war dies Satan, denn nächst jener des Ziegenbocks wurde keine tierische Gestalt von ihm so bevorzugt wie die der männlichen Katze.

Geesche nun? Sie nahm das Ereignis nicht wahr. Sie hätte dem Höllenfürsten ihren freudigen Gruß zukommen lassen müssen. Obwohl von Geburt her ausgezeichnet mit dem Hexenmal, war sie so unehrerbietig, die Ankunft des luziferischen Bräutigams zu verschlafen. Damit benahm sie sich nicht so sehr wie ein Abkömmling der Hexen-Wulffs als vielmehr wie irgendeine Einwohnerin von Grotenweddingen, wo Tiere, wenn sie keinen unmittelbaren Nutzen hatten, missachtet oder verjagt wurden, weswegen es in der Stadt bloß wenig Hunde und Katzen gab.

Der Kater stand neben Geesches bewegungslosem Kopf. Er schnupperte. Satan war erstaunlich friedfertig und mochte seiner faulen Untertanin Geesche keinen erkennbaren Vorwurf machen. Da auch sonst niemand zugegen war, befähigt, den Teufel wahrzunehmen, würde er sich, da sowieso in Katzengestalt, bloß noch wie irgendein Kater betragen.

Also stellte er erst einmal den Schwanz in die Höhe und zeigte seinen hellen Darmausgang her. Dann streckte er, vorsichtig schnuppernd, weiter den Kopf nach vorn. Offenbar war er jetzt interessiert an dem Katzenpeterlein in Geesches Hexensalbe. Dessen Geruch drängte sich entschieden vor unter den anderen ebenso scharfen Gerüchen von Knoblauch und Terpentin. Der Kater krümmte sich. Immer noch erhobenen Schwanzes, dessen Spitze in verschiedentliches Zittern auslief, senkte er seitlich den Kopf, da er ihn am Rande des Rillenglases zu reiben gedachte, was ihm freilich, höchst sonderbar bei einem Tier, das Satan war, nur ungenügend gelang. Das Glas rutschte unter der Berührung fort bis zur Kante des Fensterbretts. Hier atmete Geesche geräuschvoll. Sie wachte dabei nicht auf. Der Kater nieste verächtlich und hatte sich inzwischen umgedreht. Er näherte sich Geesche und ihrer honiggelben Salbe nochmals, von einer anderen Seite, und unter neuerlicher Berührung des Katzenkopfes rutschte das Glas über die Fensterbrettkante. Es stürzte hinab in den Werkhof von Witold & Söhne.

Der Kater, Kopf über der Kante, blickte dem stürzenden Gegenstand hinterdrein. Von unten kam helles Geräusch. Hastig sprang das Tier fort, auf einen schräg gegenüberliegenden Mauersims, man hätte meinen können, das Geräusch habe ihn erschreckt, wäre nicht sicher gewesen dass es sich bei ihm um Satan handelte, also jemanden, zu dessen teuflischer Natur ein persönliches Erschrecken nicht passte. Unten war das Glas in viele Splitter zerschellt. Von seinem klebrigen Inhalt hingen Spritzer honiggelb an der Mauer. Geesche erwachte auch jetzt nicht, sondern wechselte bloß mit ihrem Kopf vom rechten Unterarm auf den linken.

Sie erwachte erst kurz nach Sonnenaufgang, als die Tiere in

Lehmanns Hühnerstall zu lärmen begannen. Mit schmerzenden Nackenmuskeln stand sie auf von ihrem Hocker, und das fehlende Rillenglas bemerkte sie nicht, da sie überhaupt nicht richtig bei Bewusstsein war, sondern bloß zu ihrem Bett taumeln konnte. Ohne sich aus ihren Kleidern zu pellen, legte sie sich, um nochmals zwei Stunden zu schlafen.

Dann freilich, beim nächsten Erwachen, wurde sie ihres Verlustes inne. Sie erblickte das leere Fensterbrett. Sie biss sich schmerzhaft auf Zunge und Unterlippe, um nicht wütend zu schreien, stand dann auf, ging zum offenen Fenster und blickte hinab.

Unten lagen Scherben. Strahlenartig strebten sie in verschiedener Größe fort von einem Mittelpunkt, der eine Pfütze aus honiggelbem Schleim war. Geesche konnte sehen, wie eben Marianne Lehmann aus dem Haus trat, an Schleim und Scherben achtlos vorüberging, um den Hof zu überqueren und die Hühner aus ihrem Stall zu entlassen. Daraufhin wollte Marianne Lehmann zurückkehren ins Haus. Sie blieb stehen, da sie die Scherben bemerkt hatte. Sie bemerkte auch den Schleim. Sie sah die Spritzer an der Mauer. Vorsichtig streckte sie die Hand aus, griff sich etwas von dem honiggelben Zeug und befühlte dessen Eigenart. In ihrem Gesicht waren Ekel und Argwohn.

Sie bemerkte noch, und auch Geesche in ihrem geöffneten Fenster konnte das sehen, wie die Hühner pickend zwischen die Scherben des Rillenglases gerieten und dabei reichlich von dem honiggelben Schleim nahmen, dass er von ihren Schnäbeln herabhing in klebrigen Fäden. Die Tiere schluckten und schlangen. Von einem Augenblick auf den anderen änderten sie ihr Verhalten.

Gackernd knickten die Hennen ein, gingen mit den Köpfen

in Bodennähe und streckten dabei geil ihre Bürzel in die Höhe, während die Hähne, es gab davon zwei, krähend über die Hennen herfielen und sie besprangen, wie unter Zwang, eine nach der anderen und immer wieder, auch sich selber besprangen sie zwischendurch, und zuletzt fielen sie von den Hennen herunter, lagen seitlich auf dem Boden, mit halb geöffneten Schnäbeln, mit zerzaustem Gefieder und stumpfen Augen, vor lauter Erschöpfung verreckt, während die Hennen bloß immer weiter ihr geiles Gegacker ausstießen und die Bürzel hochhoben. Marianne Lehmann, Spuren des honiggelben Zeugs an den Handflächen, sah ihnen dabei zu und konnte von dem Anblick nicht genug kriegen. Ihre Hände fingen zu zittern an, nicht aus Furcht, vielmehr aus freudiger Erregung, sah Geesche, in ihrem Gesicht hatte Marianne Lehmann jetzt einen Ausdruck, als müsse sie demnächst ohnmächtig werden vor Seligkeit.

42

Eines Abends, als er in die Pfeilgasse zurückkehrte, bemerkte Kersting, wie sich, in einiger Entfernung, Juhász langsam vom Eingang des Studentenhotels entfernte. Er war nicht allein. Er hatte den Arm um die Schultern eines jungen Mannes gelegt. In der Straße herrschte Dämmerung, Juhász erkannte Kersting nicht.

Eine Woche später wiederholte sich dieser Vorgang. Hier war es, dass Juhász seinen Mitbewohner offenbar bemerkt hatte, obschon er es zunächst nicht zu erkennen gab. Erst später am Abend stand er in Kerstings Zimmer, weißzähnig lächelnd und in der Hand eine Flasche mit *barack pálinka*. Er wolle sich erklären. Man kenne sich lange und gut genug. Er sei also, nun ja, er sei *meleg* oder *buzi*. Manchmal verkehre er in entsprechenden Bars am Naschmarkt oder gehe, wenn er es sich leisten könne, in die Weihburggasse, wo ein hinreißender Saunabetrieb existiere, in einem historischen Gebäude, dem ältesten öffentlichen Badehaus Wiens, was Kersting eigentlich interessieren müsste, vielleicht wolle Kersting einmal mitkommen dorthin? Das Etablissement heiße Kaiserbründl. Vor hundert Jahren errichtet, durch einen persischen Botschafter und im maurisch-klassizistischen Stil, direkt über einer Zisterne, die ihrerseits schon seit dem Mittelalter in fortwährender Benutzung sei. Pro Tag flössen zweihunderttausend Liter frisches Wasser aus dreißig Meter Tiefe. Sie machten das Baden zu einem ganz tollen Genuss.

Außerdem gebe es Filmprojektionen, Getränke, Massagen und Aufgüsse. Inzwischen sei er schon dreimal dort gewesen, sagte Juhász, und habe zum Beispiel einen Angehörigen seiner Botschaft getroffen, auch einen ihm bekannten ungarischen Ordinarius für Altphilologie und einen prominenten Gewichtheber aus Pécz. Freilich, der Besuch sei alles andere als billig und dies zumal für einen armen Stipendiaten wie ihn. Früher, sagte er noch, habe im Kaiserbründl ein Mitglied des Erzhauses verkehrt. Daher offenbar der Name. Prinz Ludwig Victor, genannt Luziwuzi und jüngster Bruder vom Kaiser Franz Joseph. Der habe sich in dem Etablissement amüsiert mit seinen schwulen Jungs vom Offiziercorps und sie hinterher manchmal mit goldenen Uhren beschenkt. Einmal sei er in eine Prügelei geraten, was ihm ein blaues Auge eingetragen habe und eine anschließende Verbannung auf das Schloss Klessheim bei Salzburg. Dort sei er am Ende verrückt geworden. Später habe im Kaiserbründl auch noch der Prince of Wales verkehrt.

43

Robert hatte wieder zu malen begonnen. Bei Witold & Söhne, wo er arbeitete, nahm er von den dort in den Materiallagern reichlich auffindbaren Pappen, um sie sich in handliche Stücke zu schneiden, die er dann auf einer Seite sorgfältig mit Baumwolleinen beklebte. Die so entstandenen Malpappen grundierte er mit weißer Farbe, von der es gleichfalls bei Witold & Söhne hinreichend Vorräte gab, denn sie diente als Kolorierung für Kindersärge.

Farben, Pinsel und Kohlestifte waren ihm von der Witwe des kürzlich verstorbenen Bildkünstlers Kupffer aus Grotenweddingen vermacht worden. Grundkenntnisse in der Ölmalerei hatte er sich vor fast zwanzig Jahren erworben als Teilnehmer eines Erwachsenenkurses in Dresden mit Namen *Anderer Weg*.

Robert fing bescheiden an. Er malte den Blick aus seinem Küchenfenster. Jenseits des unbefestigten Weges wuchsen als braune Balken die Obstbäume. Das Ufer des Nöschenbachs wurde kenntlich mit grobem waagerechtem Pinselstrich. Dunkelgrünes Gewölk bezeichnete die Holundersträuche, und zwischen den Baumstämmen stützte sich ein Schäfer auf seinen Stock. Im Gegensatz zu den tatsächlich in der Gegend zwischen den am Stadtrand von Grotenweddingen tätigen Hirten trug er keinen Umhang in den fürstlich-grotenweddingischen Farben, sondern einen Anzug in Olivgrün, nämlich eine Uniform, wie sie Soldaten der sowjetischen Besatzungsmacht trugen.

Die von dem Schäfer auf Roberts Bild gehüteten Tiere blieben unbestimmt hellgraue Farbflecken. Hingegen war der Hirtenhund deutlich auszumachen als einer mit weißgelbem Leib, wobei das Gesicht kein Hundegesicht war, sondern das eines düster dreinblickenden Menschen mit abstehenden Ohren.

Der Kopf des Hirten geriet Robert unnatürlich groß und zeigte über einer niedrigen Stirne dichtes, dunkles, nach hinten gekämmtes Haupthaar. Die Augen waren klein und tückisch. Die Oberlippe wurde von einem Bart bedeckt, dessen etwas gezwirbelte Spitzen neben den Mundwinkeln lagen. Der Kopf des Hirten zeigte Josef Wissarionowitsch Stalin, wie er als Bild im Vernehmungszimmer der NKWD-Dienststelle von Grotenweddingen hing, hinter dem Schreibtisch von Oberst Trofimowitsch.

Der schnurrbärtige Generalissimus kam auf Roberts späteren Bildern ständig vor. Seine angesengten Bartspitzen spiegelten sich in einer Pfütze, während hinter ihm zwei flache Gebäude in hellen Flammen standen. Sein Kopf tauchte aus dem rostigen Brunnen des Großen Marktes in Grotenweddingen. Breitbeinig stand J. W. Stalin auf abgeernteten Getreidefeldern der ehemaligen Domäne Behncke und auf den Gleisen der Schmalspurbahn, die ins Gebirge fuhr. Der Generalissimus war allgegenwärtig. Robert vertiefte sich derart in seine Maltätigkeit, dass er seine Arbeit bei Witold & Söhne zu vernachlässigen begann.

Am 9. September fanden in Grotenweddingen wie in allen Gemeinden des Landes Sachsen-Anhalt freie und geheime Wahlen zu den jeweiligen Kommunalparlamenten statt. Jacob interessierte sich nicht dafür. Er konnte nicht wählen, weil er zu jung war, und was Wahlen bedeuteten, wusste er auch nicht. Von Ytsche Lehmann erfuhr Jacob, dass Herr Lehmann für eine Partei namens CDU kandidierte. Sie war christlich, und wenn man das Gewerbe bedachte, dem die Firma Witold & Söhne nachging, war Dietrich Lehmanns Entschluss folgerichtig. Eine Partei, die sich unter die drei Buchstaben SED stellte, machte auf Handzetteln bekannt, sie wolle eine dezentralisierte Verwaltung in den Ländern und eine Selbstverwaltung in den Gemeinden. Robert bekam einen solchen Zettel in die Hand und lachte verächtlich durch die Nase, während er ihn las. Er zerknüllte das Papier, warf es fort und mischte sich auf Kunstmaler Kupffers Palette düstere Farben. Zum Abstimmungslokal am Schlachthof ging er während des 9. September nicht. Als am Nachmittag zwei Wahlhelfer vor seiner Wohnung erschienen, ihn zu mahnen und zu holen, war er nicht daheim, sondern saß mit seiner Staffelei auf halber Höhe am Küppersberg.

Die Gemeindewahlen in Grotenweddingen am 9. September 1946 wurden von der LPD gewonnen. Ihr Vorsitzender war Oberstudiendirektor Dr. Frings, von den Schülern der Georg-Friedrich-Händel-Oberschule Jupiter tonans genannt, ein schwäbischer Liberaler und erweislicher Antifaschist, seine Partei hätte sich einen besseren Anführer als ihn nicht wünschen können. Die SED schnitt längst nicht so gut ab und belegte bloß Rang zwei. Dietrich Lehmann verfehlte die für einen Einzug ins Stadtparlament nötige Stimmenzahl.

Am Großen Markt, direkt neben dem Hotel *Zu den Forellen*, befand sich das Tabakwarengeschäft J. Frantz. Hier löste Jacob Roberts Zuteilungsmarken ein in Zigaretten der Marke Pferdchen. Er tauschte sie auf dem Schwarzmarkt des Schulhofs in Lebensmittelmarken, denn Robert rauchte nicht. J. Frantz führte außer Tabakwaren periodische Druckerzeugnisse, nämlich Tageszeitungen, aber auch Zeitschriften für die Künste.

Jacob kaufte das und las das wahllos. Er stieß auf Namen wie Anouilh, Steinbeck, Léger, die ihm allesamt nichts bedeuteten, denn in Unterrichtsstunden an der Georg-Friedrich-Händel-Oberschule kamen sie nicht vor. Pablo Picasso malte Menschen, deren Anatomie völlig zerstückelt und dann neu zusammengefügt worden war. Wenn er genügend lange auf solche Abbildungen blickte, spürte Jacob, wurden sie ihm vertraut. Kunst schien eine Sache der Gewöhnung zu sein, unter anderem, aber war das schon alles? Was überhaupt bedeutete Kunst? Wann war jemand ein Künstler, und was zeichnete ihn aus? Jacob dachte an seinen Vater. Robert malte Bilder, eines ums andere, er tat seit Wochen nichts als das. War er deswegen ein Künstler? Was geschah mit seinen Gemälden, wenn sie schließlich fertig waren?

Auf die zweite Frage gab es immerhin eine eindeutige Antwort. Er hatte nämlich ein Publikum, was beim bildenden Künstler immer bedeutete: Er hatte Käufer. Dies war hier eine einzige Person. Somit musste von einem Sammler oder Mäzen geredet werden, von einem Kenner jedenfalls. Zwischen zwei und vier Wochen saß Robert an jedem seiner Bilder. Der Käufer hielt sich in Bereitschaft. Der Mäzen überzeugte sich vom Fortschritt des entstehenden Gemäldes durch regelmäßigen Besuch. Der Kenner bezeugte seine Anteilnahme mit vertiefter Betrachtungsweise, seinen Beifall tat er durch wortferne Evokationen kund. Die Zuwendung erfolgte durchweg in den zeitüblichen Währungen von Essen und Trinken.

Robert bedankte sich dafür in der Art jener Maler, die ihre Förderer als Figuration in ihr Werk nahmen. J. W. Stalin sollte sich genug getummelt haben in Roberts Wiedergabe der Landschaften um Grotenweddingen und Behncke und aller geologischen Eigentümlichkeiten, die sie ausmachten. Roberts neuestes Bild war durchgängig grundiert in einem blassen und verwaschenen Ockerton. Davon hoben sich ab die verschiedenen Werkzeuge und Maschinen einer Tischlerwerkstatt, wie sie genau so bei Witold & Söhne existierte. Auch Särge waren zu erkennen, in verschiedenen Stadien ihrer Herstellung, und in einem fertigen Sargunterteil lag auf bräunlichem Sägemehl eine Frau. Sie war nackt, lachte, ihre Haut war von strahlendem Weiß, sie hielt die Beine etwas gespreizt und trug auf einladenden Händen ihre großen Brüste. Ungeachtet des Sargunterteiles, das sie bewohnte, handelte es sich bei ihr keinesfalls um eine Tote, schon da sie die Mäzenin, Käuferin, Sammlerin war. Die nackte Frau zeigte, gut erkennbar trotz des verhältnismäßig kleinen Formates, die eindeutigen Gesichtszüge von Marianne Lehmann.

44

Die Galerie Donath befand sich an der Weihburggasse nahe dem Franziskanerplatz in der Inneren Stadt. Weißgoldene Kursivbuchstaben auf schwarzem Glas liefen bandähnlich oberhalb der Schaufenster, fünf an der Zahl, und behaupteten ein namentliches Eigentum, das es in dieser Gestalt nicht mehr gab.

Die Galerie Donath war in Wien das älteste privat betriebene Verkaufsgeschäft für die bildende Kunst der Moderne. Anfangs der zwanziger Jahre übernahm Dr. Simon Pollak den Ladenraum von Herrn Florian Donath und fügte der bisherigen Handlung für Souvenirs und Bildpostkarten eine solche für grafische Produkte der Fauves hinzu. Dr. Simon Pollak kam aus begütertem Hause, Lederwaren en gros, und hatte sich während seines Parisaufenthaltes im Sommer 1913 in die malerische Avantgarde verliebt.

Ehe er sie zu seiner Profession machen konnte, mussten er und der Kontinent noch einen Weltkrieg hinter sich bringen. Als er dann erstmalig in der Weihburggasse eine Verkaufsausstellung mit Farblithos von Pablo Picasso eröffnete (im Subvertrieb des bekannten Daniel-Henry Kahnweiler), waren viele Vermögen von Kaufinteressenten durch die dem Kriegsende auffolgende Inflation freilich aufgezehrt.

Simon Pollak betrieb unerschütterlich seine Galerie. Die gleichbleibenden En-gros-Umsätze des elterlichen Geschäftes versorgten ihn mit dem Nötigsten, außerdem lief immer noch nebenher der traditionelle Souvenirhandel von vormals Florian Donath. Mit den Jahren wuchs allmählich wieder ein kaufkräftiges Publikum für die zeitgenössischen Künste heran.

Um 1930 war eine Vernissage der Galerie Donath in Wien bereits zu einem bedeutenden gesellschaftlichen Termin geworden, und die schön gedruckten Kataloge wurden ihrerseits zu begehrten Objekten. Dr. Simon Pollak betreute anspruchsvolle Sammler zwischen Döbling und Salzburg, während das Ladengeschäft in der Weihburggasse, obgleich der Souvenirhandel jetzt geschlossen hielt, sich immerfort eines lebhaften Publikumsverkehrs erfreute.

Der wurde, wenn Simon Pollak in die Ateliers zwischen Montparnasse, St-Juan-les-Pins und Barcelona aufbrach, ausschließlich von einer mit Procura ausgestatteten Geschäftsführerin überwacht, Frau Antonie. Sie trat den Besuchern der Galerie entgegen mit kühlem Lächeln und hochgeschlossener Seidenbluse. Was moderne Kunst war, hatte sie mühselig erlernen müssen, doch ließ sie sich das kaum mehr anmerken, so wenig wie ihre Herkunft aus einem bettelarmen südsteirischen Kleinbauernhaushalt mit insgesamt vierzehn Kindern.

Frau Antonie blieb nach dem März 1938 in Wien und stand weiterhin der Galerie Donath vor. Dem Dr. Pollak hatte sie geholfen, seine Koffer zu packen, um anschließend von den

Galeriewänden in der Weihburggasse rasch die dort aushängenden Leinwände Joan Mirós und Piet Mondriaans abzunehmen. Die verstaute sie sorgfältig in einem Gumpendorfer Textilspeicher, wo sie infolge eines Artilleriebombardements im Frühjahr 1945 leider verbrannten.

Sie hatte zunächst in Graz auf der Handelsschule die doppelte Buchführung erlernt. In die Weihburggasse war sie über die Stellenannonce eines steirischen Tagblatts gelangt. Damals führte die Galerie Donath noch Bildpostkarten und Souvenirs. Das andere, also den Umgang mit Arbeiten von Matisse, Balthus, Gris, Erté und Vlaminck, verdankte sie der pädagogischen Geduld von Dr. Simon Pollak, der an der straffen Kleinbauerntochter ein möglicherweise nicht bloß berufliches Interesse fand. Genauere Auskunft darüber ließ sich nicht mehr einholen. Von den Personen, die sie hätten geben können, waren die meisten kaum mehr zu befragen, und die darüber in Umlauf befindlichen Gerüchte wirkten aufgrund ihres zunehmenden Alters bloß fad.

Jener Abschnitt der Simmeringer Hauptstraße, in dem sich Frau Antonies Wohnung befand, wurde beherrscht von Tankstellen und billigen Supermärkten. Die dortigen Sozialbauten nahmen sich unschön aus. Dass Kersting bei Frau Antonie Zutritt erhalten hatte, verdankte er der Schwester von Josef Kerschbaumer, der Kontakt war über Leute von der Television erfolgt. Die pensionierte Geschäftsführerin der Galerie Donath galt als verschlossen und spröd.

Davon konnte Kersting nichts erkennen. Nachdem sie ihn examiniert hatte über den genauen Zweck seines Besuches, wobei sie ihm außerdem das Versprechen abnahm, ihren Namen keinesfalls zu verwenden, schien sie von einem hemmungslosen Mitteilungsdrang befallen. Kersting erfuhr etwas über das mühselige Leben in einem Dorf der steirischen Weinstraße, wo der berühmte Schilcher wuchs, ein Weißwein, sowie über den alles penetrierenden Katholizismus in den dortigen Familien. Wenn zwei ihrer Brüder ins Kloster gegangen seien, sagte Frau Antonie, war das für die bäuerlichen Verhältnisse eher unterrepräsentativ.

Frau Antonie, mit Nachnamen Morawetz, geborene Leitenberger, war eine magere weißhaarige Frau. Ihre Zahnprothese haftete beim Sprechen nicht gut. Sie hatte starken Kaffee gebrüht und einen Teller mit süßem Gebäck aufgestellt. Das Geschirr war grobes Steingut, unschön bemalt, überhaupt zeugte in dieser Wohnung nur wenig von einem Halbjahrhundert Umgang mit der bildkünstlerischen Avantgarde.

Auf einer Anrichte stand immerhin eine kleine Figur von Giacometti. Die hätten ihr, sagte sie stolz, zu ihrem Abschied die Mitarbeiter der Galerie geschenkt. An der Wand hingen eine Druckgraphik von Dalí und gleich daneben das süßliche Bild einer betenden Madonna. Als habe Frau Antonie aus der heidnischen Welt der Galerie Donath zurückkehren wollen in den südsteirischen Katholizismus, aus dem sie einst aufgebrochen.

Kersting interessierte die ausführlich unterbreitete Vergangenheit der Kunstgalerie nicht viel, und die Biografie der Frau Antonie berührte ihn bloß, da Josef Hoffmann darin vorkam. Er hatte Mühe, Einzelheiten herauszufragen, denn immer wieder wollte Frau Antonie ausweichen in ihr eigenes Leben. Dass sie Witwe sei, schon seit fünfzehn Jahren, dass ihr verstorbener Mann als Ingenieur beim Wasserwerk gearbeitet habe.

Nach ihren Worten war Josef Hoffmann ein höflicher und stets vornehmer Mensch gewesen. Zweimal den Monat habe er die Galerie aufgesucht, um sich nach dem Umsatz seiner Blätter zu erkundigen. Ein engerer persönlicher Kontakt habe sich nicht ergeben, wegen Frau Antonies freundschaftlicher Beziehung zu der ersten Frau Hoffmann. Die sei leidend, nämlich gemütskrank gewesen, was dem Herrn Professor als Scheidungsgrund gedient habe, dabei sei die erste Frau Hoffmann ein psychiatrischer Fall erst geworden wegen dieser Lösung ihrer Ehe. Manchmal habe sie das Sanatorium noch verlassen dürfen. Immer sei sie bald wieder zurückgekehrt, um zuletzt bloß still und vornehm in ihrem Appartement zu verdämmern, eine welke Person mit überreichlich viel Schmuck und Geld. Der Herr Professor habe sie niemals besucht.

Erst Tage später würde Kersting erfahren, Frau Antonie habe gleich im März 1938 viel Begeisterung für den Führer Adolf Hitler geäußert, ebenso wie ihr Mann, der ein besonders hochrangiger Nazi gewesen war. Die Erben von Dr. Pollak hatten das wohl nicht gewusst.

45

Zweimal die Woche gab es bei Superintendent Fleiner Konfirmandenunterricht. Ytsche Lehmann nahm daran teil, im Unterschied zu Jacob, der nicht getauft war, dessen Vater von Kirchen nichts hielt und an den christlichen Gott nicht glaubte. Der Konfirmandenunterricht fand statt in dem Pfarrhaus, wo Heidi Fleiner wohnte, und Superintendent Fleiner war Heidis Vater. Manchmal, wenn Ytsche Lehmann zum Unterricht ging, war wie zufällig Jacob zugegen. Aus fünf Schritt Entfernung sah er zu, wie sich Ytsche Lehmann mitsamt den anderen Konfirmanden vor dem Pfarrhauseingang drängte.

Das geschah immer früh am Morgen, eine Stunde vor dem

schulischen Unterrichtsbeginn. Heidi Fleiner, stellte Jacob sich vor, lag da noch schlafend in ihrem Zimmer, die linke Gesichtsseite ins knitterige Kissen vergraben, das Haar strähnig, die Haut glänzend, beim Ausatmen stülpte sie leicht die Lippen. Ihr Vater, Superintendent Fleiner, stand unterdessen neben der Pfarrhaustür und schlug mit flacher Hand beschwörend die Luft, um den Lärm der Eintretenden zu dämpfen.

Während der Konfirmandenunterricht ablief, bewegten sich hinter den Fensterscheiben im Oberstock, wo Superintendent Fleiners Wohnung lag, gelegentliche Schatten. Durch eine geöffnete Tür fiel in Streifen Lampenlicht und brach wieder fort. Im Konfirmandenunterrichtsraum war Superintendent Fleiners Stimme: Ich, der Herr, dein Gott, bin ein eifriger Gott, der da heimsucht der Väter Missetat bis in das dritte und vierte Glied, die mich hassen. Superintendent Fleiner vergaß nicht hinzuzufügen, dass, was in Luthers Übersetzung eifrig hieß, entsprechend dem hebräischen Original als eifersüchtig zu begreifen sei.

Nach einer Weile verließ Heidi Fleiner das Pfarrhaus. Sie ging auf Korksohlenschuhen und in dunkelblauen Hosen, deren Stoff in seidige Falten fiel. Umweht von süßem Seifengeruch, bewegte sie sich eiligen Schrittes Richtung Schule. Den wartenden Jacob bemerkte sie nicht.

Er wollte ihr folgen und tat es nicht. Er blickte ihr nach und sah, wie sie ihr Blondhaar schüttelte. Dann wurde sie unsichtbar hinter der sandgrauen Apsis der Martinskirche.

Zur gleichen Zeit lauschte Ytsche Lehmann gelangweilt Superintendent Fleiners Unterweisungen. Er hatte Mühe, die Augen offen zu halten, während es Abschnitt für Abschnitt durch Martin Luthers Kleinen Katechismus ging. Das Evangelische Kirchengesangbuch lag schwarz mit Goldbuchstaben vor ihm, und neben dem Gesangbuch, größer und dicker, lag die Bibel in Martin Luthers Eindeutschung. Der neben ihm sitzende Konfirmand stieß ihn mit dem Ellenbogen an. Mit dem linken Zeigefinger wies er auf eine Passage im Alten Testament. Ytsche Lehmann las, hinterher reichte er seine Lesefrucht kichernd weiter an Jacob, der kaum wusste, wie eine Bibel beschaffen war, und mit dem Alten Testament wenig Vorstellung verband.

Siehe, meine Freundin, du bist schön! Siehe, schön bist du! Deine Augen sind wie Taubenaugen hinter deinem Schleier. Deine beiden Brüste sind wie junge Zwillinge von Gazellen, die unter den Lilien weiden.

Hinter den verschwimmenden Buchstaben des Hohen Liedes Salomonis sah Jacob Heidi Fleiner auf dem Ein-Meter-Sprungbrett des Grotenweddinger Freibads sitzen, im Badeanzug. Ytsche Lehmann hatte im gleichen Augenblick eher Geesche vor Augen, die zwischen einjährigen Digitalispflanzen hockte und ihren Rock hochhob. *Du bist gewachsen wie ein Lustgarten von Granatäpfeln mit edlen Früchten, Zyperblumen und Narden.* In Rahmen solcher Art von Aufzählung kamen außerdem vor: Safran, Kalmus, Zimt, Myrrhe, Aloe. Das Hohelied kannte auch das lustvolle Lob des Geliebten: *Wie ein Apfelbaum unter den wilden Bäumen, so ist mein Freund unter den Jünglingen. Unter seinem Schatten zu sitzen begehre ich, und seine Frucht ist meinem Gaumen süß.*

Jetzt war keine Zeit für Blumen und Früchte. Im Garten zwischen Pfarrhaus und Stadtgraben hatte der Frost die Stauden geknickt, alles Obstlaub verfärbt und sämtliche Früchte zu Fall gebracht. Der Wind trieb fette graue Wolken vor sich her. Sonne war selten, im kahlen Geäst hing die Nässe. Von Safran und Narde ließ sich in hiesigen Breiten auch die übrige Jahreszeit bloß reden, und wer damit praktisch umgehen wollte, musste sie sich ersetzen, wie Geesche in ihrer Zaubersalbe Mandragora ersetzt hatte durch Katzenpeterlein.

Des Nachts auf meinem Lager suchte ich, den meine Seele liebt, hieß es im Hohelied. *Ich suchte, aber ich fand ihn nicht.* Jacob hielt sich nicht allein auf in Nähe des Pfarrhauses frühmorgens. Zehn, zwölf Schritte von Jacob entfernt stand Geesche, hinter einem blattlosen Ligusterstrauch und nahe dem Turmsockel der Martinskirche. Jacob hörte zu, wie im Unterrichtsraum, zu Akkorden eines verstimmten Klaviers, das vermutlich Superintendent Fleiner spielte, fromme Strophen gesungen wurden, von zwanzig Knabenstimmen in verschiedenen Stadien des Stimmbruchs. *Ein feste Burg ist unser Gott. Aus tiefer Not schrei ich zu dir.* Gesungene Choräle gab es immer zum Ende des Unterrichts.

Geesche stand und kaute an ihren dreckigen Fingernägeln. Geesche wartete. Worauf wartete sie? Irgendwann trat Ytsche Lehmann aus der Tür, zusammen mit neunzehn anderen Konfirmanden. Ytsche Lehmann entdeckte Geesche, öffnete etwas den Mund und leckte mit dicker Zunge seine Lippen. Jacob sah Geesche nicht. Er hatte jemand anderen sehen wollen, dessen süßem Seifengeruch zu folgen er verabsäumt hatte.

Safran, Narde und Kalmus. Geesche hatte sich einmal eine Zaubersalbe gemischt, um Jacob damit einzureiben. Das Glas mit der Salbe war herabgefallen von ihrem Fenster. Es war zerschellt am Boden des Wirtschaftshofes von Witold & Söhne. Geesche war hinabgegangen, die Überbleibsel zu besehen. Glassplitter, Sägespäne und Hühnermist, beträufelt von gelbem Seim, der schwach nach Harz und Knoblauch roch. Es war nichts mehr davon zu verwenden gewesen. Was in Spritzern an der Hausmauer hing, hatte kurz zuvor Marianne Lehmann überwiegend schon abgewischt mit ihren bloßen Händen. Mochte sie sehen, wie sie damit lebte.

Zwei Tage später stand Geesche abermals neben der Martinskirche und wartete. Auch Jacob wartete. Geesche sah, dass eine halbwüchsige Blondine aus dem Pfarrhaus trat, die schwere dunkelbraune Pfarrhaustür hinter sich schloss und gegen das Morgenlicht blinzelte. Sie schüttelte ihre glatten Haare und überquerte langbeinig den Martinskirchhof. Geesche sah, wie Jacob ihr am liebsten gefolgt wäre, schon dazu ansetzte, dann allerdings stehen blieb.

Stattdessen folgte Geesche. Der Weg führte Richtung Schule, wich jedoch ab. Das von Thomas Hagenow Vater und Sohn erbaute ehemalige Speelhus, inzwischen berühmt wegen seines kunstvollen Fachwerks, ließ an den Flanken Platz für kleine mittelalterliche Gässchen. Aus einer Pflasterspalte spross ein Holunderstrauch. Er hatte seine Blätter abgeworfen. Vom Dachrand des Rathauses beugte sich ein Wasserspeier und zeigte grinsend seinen Teufelskopf.

Wie zufällig traf die Blondine einen Mann in der umgearbeiteten Uniform eines Angehörigen der Reichsluftwaffe. Das Gespräch schien auf mehr als flüchtige Auskunft angelegt, es geriet vielmehr innig und mochte auch nicht enden, als beide Teilhaber sich zum Gehen entschlossen. Also schlenderten sie nebeneinander, an der pompösen Freitreppe des Rathauses vorüber, anschließend hinein in ein anderes Gässchen. Im Schatten der eng beieinander stehenden Fachwerkhäuser griff die Hand der Blondine nach der des Mannes. Vor dem Hof der Georg-Friedrich-Händel-Oberschule ließen die Hände wieder voneinander. Die beiden, sah Geesche, gingen durch den Hintereingang des Schulgebäudes im Abstand und zu verschiedener Zeit. Neben dem Treppchen stand Geesche und kaute an ihren Fingernägeln. Um den Gedenkstein mit dem fürstlich-grotenweddingischen Wappen trieb kratzend der Wind trockenes Lindenlaub.

46

Bis zum Jahrestag des österreichischen Anschlusses waren es noch wenige Tage. Verschüttete Erinnerungen wurden bloßgelegt und erbrachten sonderbare Befunde, etwa die Sätze aus einem großen Wiener Tagblatt vom 10. April 1938: *Der Spuk ist vorbei. Großdeutschland entsteht.* Verfasser war der ehemalige DDP-Abgeordnete zum Deutschen Reichstag Theodor Heuss. Er sei im Namen des Reiches gekommen, der vollen Gewalt, der trotzig ehernen Stärke, dichtete zur gleichen Zeit auf ihren Führer Adolf Hitler die Katholikin Gertrud Fussenegger, deren große literarische Karriere dann in die Zeit der zweiten Republik Österreich fiel. Der später hochberühmte Mozart-Dirigent Karl Böhm war eigens herübergekommen aus Dresden, wo er ein Engagement hatte, und wollte zum Anlass ein festliches Konzert mit den Wiener Symphonikern leiten. Vor dessen Beginn und vom Dirigentenpult herunter entbot er demonstrativ mit vorgestrecktem rechtem Arm den Hitler-Gruß.

Der Bergsteiger Luis Trenker sagte, von Adolf Hitler gehe die Wiedererweckung seines Lebens und Kämpfens aus. Der Tiroler Volksdramatiker Karl Schönherr nannte Adolf Hitler einen Hammerschmied des Deutschen Reichs. Der Wiener Volksschauspieler Paul Hörbiger sagte, dass er einen fast unglaublichen Wiederaufstieg miterleben dürfe. Der katholische Lyriker Max Mell nannte Adolf Hitler einen gewaltigen Mann. In

Salzburg gab es eine Bücherverbrennung, wie 1933 in Berlin, im Gegensatz zu jener wurde die Erinnerung daran fast völlig verdrängt.

Bei seiner derzeitigen Lektüre von in Wien erhältlichen Zeitungen musste sich Kersting beibringen, was er, seines Herkommens wegen, aus der Geschichte dieses Landes nicht wusste. Dass die Moskauer Erklärung von 1943 Österreich nachdrücklich zum Opfer einer nationalsozialistischen Aggression erklärt hatte. Dabei war es schon seit dem Jahre 1934 ein klerikal-faschistischer Staat gewesen, den vorbildhaften Verbündeten gab das Italien Benito Mussolinis ab.

Zusammen mit Josef Kerschbaumer ging Kersting zu einer Veranstaltung, die auf dem Platz vor dem Wiener Rathause stattfand. Die Rathausfassade war hell erleuchtet. Die dort hängende Fahne trug einen Trauerflor. Die Menschenmenge war groß, insgesamt dreißigtausend, so jedenfalls stand es anderntags in den Zeitungen. Die Versammelten hatten Spruchbänder mitgebracht, zugegen war auch das als Verhöhnung des Bundespräsidenten gedachte hölzerne Pferd, gefertigt aus waagerecht zusammengefügten Brettern, oben auf dem Kopf trug es eine SA-Mütze. Man hatte es auf einen offenen Lastwagen gehoben, der neben dem Burgtheater stand.

Vorn auf der Rednertribüne stand Viktor Frankl, ein Arzt, ein Jude, und sagte: Ich hoffe auf Ihr Verständnis, wenn ich Sie jetzt bitten muss, zu dieser Stunde des Gedenkens gemeinsam mit mir zu gedenken: meines Vaters, der im Lager Theresienstadt zugrunde gegangen ist. Meines Bruders, der im Lager Auschwitz umgekommen ist. Meiner Mutter, die im selben Lager in der Gaskammer ums Leben gekommen ist, und meiner ersten Frau, die im Lager Bergen-Belsen ihr junges Leben hat lassen müssen. Er sagte noch: Die anständigen Menschen waren immer eine Minorität und werden, glaube ich, immer eine bleiben.

Kersting las viel in Zeitungen während dieser Spätwintertage. Er hatte sich angewöhnt, morgens im Kaffeehaus zu sitzen, er hockte vor einem kleinen Tisch mit Marmorplatte, darauf ein Tablett mit Mokkatasse und Wasserglas, neben sich auf dem leeren Thonetstuhl einen Stapel Tagblätter, jedes eingeklemmt in eine Halterung aus Weidenrohr.

Er las über den damaligen Jungdiplomaten Dr. Max Löwenthal Chlumecky. Der ärgerte sich vor allem über das ausgesprochene Kaiserwetter, das herrschte, als Hitler den 15. April 1938 nach Wien kam. Löwenthal war damals Sekretär des österreichischen Außenministers Guido Schmidt. Als der, übrigens von österreichischer SS, in den Hausarrest verbracht werden sollte, saß Dr. Löwenthal mit im Auto, und Guido Schmidt sagte: Das ist das Ende von allem, was das Leben lebenswert macht. Die Nazi-Jahre überstand Dr. Max Löwenthal als Angestellter der Donaudampfschifffahrtsgesellschaft. Der ehemalige Außenminister Guido Schmidt hatte sich seinerseits mit dem Leben wieder arrangiert und war Direktor bei den österreichischen Hermann-Göring-Werken geworden. Dr. Löwenthal wurde nach dem Krieg Botschafter in Washington, Ottawa und Rom. Guido Schmidt stand 1947 als Kriegsverbrecher vor einem österreichischen Gericht und wurde freigesprochen. Dr. Max Löwenthal Chlumecky war jetzt achtzig Jahre alt und sagte, man wolle nicht vergessen, dass Österreich, und zwar nicht nur für die Schlechtesten in diesem Land, bereits 1918 gestorben sei.

Er las über Arno Getreider, 1927 geboren, im zweiten Wiener Gemeindebezirk, wo damals mehr Juden gelebt hatten als irgendwo sonst in der Stadt. Arnos Vater Samuel Getreider, zugewandert 1918 aus Galizien, hatte eine Lederwarenfirma besessen, erfolgreich, zuletzt mit einer Belegschaft von sechzig Leuten. Wie Hitler an die Macht kam in Deutschland, flohen seine Verwandten herüber aus Magdeburg und erzählten Schreckliches. Samuel Getreider war damals ein führendes Mitglied der israelitischen Kultusgemeinde. Zu mehreren sprachen sie vor beim Kanzler Schuschnigg. Beruhigen Sie Ihre Glaubensbrüder, sagte der Kanzler, hier passiert nichts. Am 11. März hörten sie im Radio, wie Schuschnigg bekanntgab, er weiche der Gewalt. Diesen Tag war Schabbes. Samuel Getreider zitterte am Körper derart, dass er den Becher mit dem Wein nicht anfassen konnte. Die Hatz ging augenblicklich los. Die Juden von Wien wurden verprügelt und gezwungen, das Trottoir zu säubern, mit einer Zahnbürste, unter allgemeinem Gejohle. Damals liefen viele Juden umher, die fortwährend ins Taschentuch schneuzten: dass man sie nicht an ihrer Nase erkenne. Das Geschäft von Samuel Getreider wurde umgehend arisiert, durch einen Herrn Sedlacek.

Später wurde Samuel Getreider verhaftet und mitsamt hundert anderen Juden in eine Schule verbracht. Dort erhielten sie Prügel, von der SA, sie mussten außerdem turnen, an Reck und Barren, selbst die Siebzigjährigen. Die Getreiders flohen schließlich, über Köln nach Antwerpen, dann weiter über Paris, Bordeaux, Marseille, Nizza, Lyon, Drancy, bis sie alle Häftlinge waren im Konzentrationslager Auschwitz. Arno kam als Einziger lebend davon. Er war achtzehn bei Kriegsende, da hat er achtundzwanzig Kilo gewogen. Er ging gleich nach Wien, um seine gottselige Mutter zu suchen, von deren Tod er nichts wusste. Nach zehn Jahren Schriftverkehr sprach ihm die Behörde pro Monat Konzentrationslager eine Entschädigung von 400 Schilling zu. Um die Firma von seinem Vater musste er kämpfen und den Ariseur Sedlacek auszahlen.

47

Wie würde dieser Tag des Gedenkens in Österreich ablaufen? Wie geschah das überhaupt: ein allgemein betroffenes Gedenken herstellen? Nur wegen der Willkürlichkeit des Kalenders? Außerdem nach einem Halbjahrhundert und dies mit Leuten, die für den Anlass oft bloß Widerwillen oder Ignoranz aufbrachten?

Der Morgen begann damit, dass um halb neun Uhr auf dem Heldenplatz Kränze niedergelegt wurden, vom Präsidenten und vom Kanzler, in getrennten Handlungen, doch unmittelbar hintereinander und jedes Mal mit exakt dem gleichen militärischen Zeremoniell. Das Bild, wie sich Dr. Waldheim vor den gesenkten Fahnen verneigte, würde anderntags in den Zeitungen stehen.

Um elf Uhr zehn sollten im gesamten Österreich für eine Minute des Gedenkens der Verkehr und die Arbeit ruhen. Genau fünfzig Jahre zuvor hat Adolf Hitler um diese Zeit in Berlin das Dokument unterzeichnet, mit dem die militärische Besetzung der Alpenrepublik, die schon keine Republik mehr war, schriftlich beschlossen wurde. In der Säulenhalle des Parlamentsgebäudes an der Ringstraße versammelten sich um elf Uhr viele festlich gekleidete Leute. Manche, die älteren, saßen auf zierlichen goldenen Sesseln. Im Fernsehen lief eine Übertragung. Von Jacobus Gallus war die Cantate Domino zu hören, danach wurden Reden gehalten. Auf dieser Veranstaltung war auch Dr. Kurt Waldheim zugegen. Der Nationalratspräsident enthüllte eine Marmortafel mit den Namen von zwölf Abgeordneten, die durch die Nazi umgebracht worden waren. Eine alte Frau sagt: Der siebente ist mein Mann. Sie weinte dabei bitterlich.

Die Wiener befolgten das Gebot zur Schweigeminute sehr unterschiedlich. Kersting stand nahe dem Karlsplatz. Die Straßenbahn hatte ihre Fahrt unterbrochen, nur der Autoverkehr rollte fast ohne Einschränkung. Jemand, der seinen Wagen anhalten wollte, wurde mit wütenden Hupsignalen bedacht. Der Mann stieg dennoch aus. Er verschränkte seine Hände auf dem Rücken und senkte für eine Minute den Kopf.

Am Stephansplatz hatten sechs ausländische Fernseh-Kamerateams aufgebaut, um die allgemeine Reaktion zu verfolgen. Vom Dom läutete die größte der dort aufgehängten Glocken, die bekannte Pummerin. Vor der Hofburg waren ungefähr vierhundert Demonstranten versammelt. Es fielen Schneeflocken vom Himmel.

Über den offiziellen Gebäuden standen die Fahnen auf Halbmast. Im Zeremoniensaal der Hofburg gab es einen Staatsakt, mit einer Festmusik. Der Zeremoniensaal war mit Buchsbaum geschmückt. Das Fernsehen hatte mehrere Kameras aufgestellt. Der Wiener Erzbischof Hans Hermann Groër brachte seinen Kardinalspurpur ein in das überwiegende Schwarz der anderen Anzüge. In der ersten Reihe der Honoratioren saß Bundespräsident Dr. Kurt Waldheim, der aber kein Wort sagte. Die offiziellen Redner waren vielmehr der Bundeskanzler und sein Vize. Zwischendurch wurde Musik aus Mozarts *Zauberflöte* gespielt.

Wiener Spielzeugläden, sah Kersting, verkauften in diesen Tagen ein hakenkreuzgeschmücktes Modellauto, *la macchina privata di Hitler.* Es kostete 295 Schilling und war schnell vergriffen.

In einer Wiener Zeitung war zu lesen, verordnete Trauer sei nicht jedermanns Sache. Bisweilen sei der Informationsnotstand auch größer, als man annehmen wolle.

Die während des Gedenktages in der Stadt reichlich eingesetzte Polizei wusste insgesamt kaum besondere Vorkommnisse zu vermelden. Ein Verantwortlicher sagte: In Wirklichkeit san die Leut ja eh alle recht vernünftig.

48

Der Dezember des Jahres 1946 brachte scharfen Frost. Überhaupt würde es einen kalten Winter geben, viel Schnee, eisige Nächte und Tage, die Leute würden bald eng zusammenrücken müssen, auch in Grotenweddingen, auch in Suderwieck, Westerode und Behncke, die Kälte fraß viel zu viel Holz und Kohle fort, der Nachschub ging aus für die Öfen, dass man mit geringeren Wärmeausstößen auskommen musste und zusätzlich angewiesen war auf die Hitze, die ein Leib dem anderen gab.

Der Heiligabend kam mit Schneetreiben und Temperaturen um minus drei Grad Celsius unter Mittag. Leute aus Grotenweddingen zogen Schlitten durch die Straßen, darauf Fichtengrün aus den nahen Forsten, vereinzelt zogen sie ein verwachsenes Bäumchen. Studienassessor Kalaukes Ehefrau zog statt Fichtengrün, das sie schon besaß, ihre zwei Zwillingskinder. Sie trug ein dunkelbraunes Kopftuch, mit Knoten unter dem Kinn. Als sie am Sudertor vorbei Richtung Lüttgenweddingen strebte, wo sie wohnte, bemerkte sie neben sich ein halbwüchsiges Mädchen, mager und schmuddelig. Das Mädchen blieb mit ihr auf gleicher Höhe. Man musterte einander. Ein gegenseitiges Fragen und Antworten fing an, erst zögernd, dann hastig. Frau Kalauke blieb stehen. Die Zwillinge in ihrem Schlittensitz zappelten. Ihre Mutter beachtete sie nicht. Ein wenig Schnee fiel, und der Himmel war grau.

Pünktlich um fünf begannen sämtliche Glocken von Grotenweddingen zu läuten, die von St. Martin so gut wie die von Liebfrauen, Nicolai und von Petri in Lüttgenweddingen. Die Martinskirche war überfüllt. Die Gemeinde sang *Vom Himmel hoch da komm ich her,* Superintendent Fleiner verlas vom Evangelisten Lukas 2, 1–20 die Weihnachtsgeschichte. Düsteren Blicks musterte er die unter seiner Kanzel versammelten Köpfe und fing zu predigen an. Das sei nun schon die zweite Friedensweihnacht, kalt wie die vorige und ebenso hart, und immer noch wachse allenthalben das Elend, Kinder müssten auf ihre Väter warten und Frauen auf ihren Mann, gleichwohl sei Frieden. Zum Schluss des Gottesdienstes sang der Kirchenchor, Heidi Fleiner war darin Mitglied, bei den Sopranen.

Tags darauf fanden sich in der Langen Gasse bei Lehmanns Jacob und sein Vater ein. Robert überreichte ein selbstgemaltes Bild, Marianne Lehmann schenkte Robert eine kunstseidene Krawatte, hellrot mit schwarzen Punkten. Das Zimmer war außer von Kerzenduft erfüllt von dem Geruch einer Bratgans, die nebenan in der Küche garte. Keine Bratgans, dafür ein achtpfündiger Truthahn wurde erwartet auf dem Weihnachtsmittagstisch von Superintendent Fleiner. Beide Vögel waren einmal fett geworden auf dem flachen Land hinter Suderwieck und Behncke, wo Dietrich Lehmann seine Heimat und Superintendent Fleiner einen Verwandten hatte, der ein erfolgreicher Saatzüchter und ein mildtätiger Mensch war.

Im Pfarrhaus tönte die Türglocke. Superintendent Fleiner, Stückchen Putenbrust im Mund, beauftragte seinen Sohn, Heidis jüngeren Bruder, die Haustür zu öffnen. Dort wartete eine junge Frau. Sie zeigte rotgeweinte Augen und war sichtbar hilfsbedürftig. Der Junge führte sie ins Esszimmer, wo sie sich vorstellte sich als Frau Elfie Kalauke, Mutter von zwei greinenden Zwillingen und Gemahlin eines Pädagogen, der sie betrog, und zwar mit dieser da. Der zitternde Zeigefinger ihrer rechten Hand deutete auf Heidi Fleiner.

Zur genau gleichen Zeit befanden sich in der Langen Gasse Dietrich Lehmann und seine Frau Marianne in heftiger Auseinandersetzung. Herr Lehmann hatte zu viel Rübenbrand getrunken, schon am Vormittag, er konnte nicht mehr klar reden, worauf ihn seine Frau einen Versager nannte, geschäftlich und überhaupt. Herr Lehmann erlitt einen Herzanfall. Zwei gebratene Weihnachtsvögel blieben überwiegend ungegessen diesen Mittag, denn auch im Pfarrhaus verspürte jetzt keiner mehr Hunger. Superintendent Fleiner war dabei, die erregte Frau Kalauke die Stufen hinab und an die Haustür zu geleiten. Er versicherte ihr, alles sei nicht so schlimm und werde sich schon finden. Da lag Dietrich Lehmann schon auf der Ledercouch im Büro von Witold & Söhne und musste mit seinem Herzanfall fertig werden. Ein gefülltes Wasserglas und ein Glasröhrchen mit roten Tabletten standen neben ihm.

Zwei Stunden später fühlte er sich so weit erholt, dass er aufstehen konnte und zurückkehrte ins Esszimmer. Der Tisch dort war abgeräumt. Der Raum war menschenleer. Im anschließenden Wohnzimmer saßen Jacob und Ytsche, der einen Acht-Millimeter-Schmalfilm durch den Projektor laufen ließ, beides sein Weihnachtsgeschenk. Dietrich Lehmann murmelte was und ging weiter. In der Küche zeigte sich Fräulein mit Geschirrwaschen befasst. Sie sagte nichts. Dietrich Lehmann verließ die Küche und überquerte den Hof. In der Tischlerwerkstatt war es frostig kalt. Hinter ihrer Stalltür gurrten schläfrig die Hühner. Im großen Lagerraum für die fertigen Särge hörte Dietrich Lehmann Geräusch. Er trat näher. In einem geöffneten Sarg lag auf dem Rücken ein Mann, auf dem mit gerafftem

Rock und gespreizten Beinen eine Frau hockte, die sich hopsend bewegte. Den Kopf hielt sie im Nacken. Die Augen waren geschlossen. Beide Arme hielt sie in die Luft gestreckt und die Finger gespreizt. Die Hände des Mannes waren in ihrer Bluse, wozu sie schrille Laute von sich gab, wortähnliche, sie klangen wie Jajaja. Die beiden Liebesleute in dem Sargunterteil waren Marianne Lehmann und Robert Kersting.

Alsbald musste sich Dietrich Lehmann mit der linken Hand an die Rippen greifen. Er gab gurgelnde Laute von sich und erlitt an diesem ersten Weihnachtsfeiertag seinen zweiten Herzanfall. Robert musste eilig aufstehen aus seinem Sargunterteil, rasch seine Garderobe ordnen und Dietrich Lehmann aufheben. Ein weiteres Mal lag der Inhaber von Witold & Söhne auf der Ledercouch seines Büros, und als er sich schließlich wieder besser fühlte und es dann schon Abend war, rief er mit brüchiger Stimme nach seiner Frau Marianne. Er erhielt keine Antwort. Er rief wieder nach ihr, und wieder war es vergebens. Er stand auf und suchte sie abermals im gesamten Haus, auch im Sarglager, bei den Hühnern, in der Garage, und schließlich fand er sie, in der weiterhin frostig kalten Tischlerwerkstatt von Witold & Söhne. Sie hatte sich dort erhängt.

49

Josef Kerschbaumers Schwester Karin konnte eine eigene Wohnung beziehen, in der Schwindgasse, das war vierter Wiener Gemeindebezirk, Wieden, nahe dem Schwarzenbergplatz und nahe dem Unteren Belvedere. Die Häuser dort waren allesamt pompös, schwärzlich und alt.

Das Gebäude, erfuhr Kersting, hatte der Botschaft des Königreichs Serbien gehört bis zum August 1914, da Österreich den Ersten Weltkrieg begann. Durch die Räume waren einst verschlüsselte Depeschen des serbischen Geheimdienstes getragen worden, mit Informationen über die Terrororganisation Schwarze Hand und über das Attentat von Sarajevo. Serbien muss sterbien, riefen die Österreicher. Der Mensch lebt nicht vom Brot allein, schrieb der Schriftsteller Karl Kraus, sondern er muss auch Krieg führen, um es nicht zu haben.

Aus der Botschaft wurde später eine Zinskaserne für die besseren Stände. Sie kam herunter, gemeinsam mit ihren Bewohnern, in einer Jahrzehnte währenden Agonie, aus der sie erst kürzlich wieder erwacht war. Als Kersting das schwere Eingangsportal öffnete, hing scharfer Geruch von frischen Lackfarben in der Luft. Das Entrée war so riesig wie für die Einfahrt von Equipagen benötigt. Dem Portal gegenüber befand sich ein kleiner Hof mit einem weißen Brunnen und einigen Grünpflanzen. Kersting argwöhnte, die übergroße Geschichtshaltigkeit der Stadt Wien könne auch eine Plage sein, da sie die Bewohner zwang, möglichst rasch zu vergreisen.

Karin Mayer bewohnte ein riesiges Zimmer mit Kamin und Fenstern, die nicht ins Freie führten, sondern in einen Wintergarten mit einer wuchernden Topographie aus Grünpflanzen. Das einfließende Licht wurde dort gefiltert, bis es die Tönung vollkommener Künstlichkeit annahm. Die Welt vor dem Ersten Krieg war sonnenscheu gewesen, Leben wurde erst belangvoll, wenn es nicht mehr natürlich war. Karin Mayers an den Wänden des Zimmers befestigte Poster wirkten wie optische Schmähungen. Zu Räumen wie diesem hätten Möbel von Josef Hoffmann gehört, mit eingeriebenen Weißpigmenten, die inmitten des schwarzen Farbauftrags die Strukturen der Holzmaserung freilegten, derlei war nicht Natur, sondern deren Zitat.

Josef Kerschbaumers Schwester trug ein knöchellanges Kleid aus schwarzem Stoff, dazu asymmetrische Ohrgehänge aus Silber. Vor dem Wintergarten war Dämmerung. In der Wohnung wurden Lampen eingeschaltet und Kerzen entzündet, dazu chinesische Räucherstäbchen. Unentwegt ertönte die Türglocke. Leute traten auf und überreichten phantastische Blumensträuße oder andere Mitbringsel, danach umarmten sie Karin Mayer mit theatralischen Gebärden. Kersting nahm teil an einem *house warming*, und seine Schwierigkeit würde nicht so sehr in seiner Staatsangehörigkeit bestehen, sondern in dem Umstand, dass er der mit Abständen älteste Teilnehmer war.

Zigarettenrauch fiel in Schwaden. Unentwegt pulsierte eine aus elektronischen Klängen und englischen Vokabeln hergestellte Musik. Josef Kerschbaumer stand in einer Ecke und versuchte angestrengt, sich zu betrinken. Die anderen jungen Leute schüttelten ihre langen Haare oder waren kurzgeschoren wie russische Rekruten. In ihren Ohrläppchen oder Nasenflügeln blitzten kleine Brillanten. Sie tranken, kauten, redeten, hielten Gläser in der Hand und beschäftigten sich nicht mit ihrem Bundespräsidenten Waldheim, sondern plauderten über den Direktor des Burgtheaters, der ein Piefke war, womit sie einen Deutschen meinten. I bin mir der Multidimensionalität vom Leben ganz bewusst, sagte eine magere Blondine, daraus kriag i a ganz unheimliche Power. Das Gespräch war inzwischen bei New Age angelangt, worunter sich Kersting nichts vorstellen konnte.

Josef Kerschbaumer erklärte es. Der Abteilungsleiter in einem österreichischen Staatsbetrieb hatte eines Tags gefunden: Was brauch ich 30000 Schilling brutto im Monat? Ich kann auch mit 3000 Schilling und einem Sack Reis leben. Also warf er seinen alten Job hin und fing an, mit seiner Frau Gesundheitsmatratzen zu produzieren. Dabei verspürte er eine tolle Kraft und meinte, die könne er an die Matratzen weitergegeben, dass sie davon eine Art Eigenleben bekämen. Er sah sich als Kulturträger eines neuen Zeitalters. Mit seinen Möbeln wollte er dem die seelische Grundlage geben. Vergeistigung statt materialistischer Trends. Letztes Jahr hatte er 30 Millionen Schilling Umsatz erzielt.

Elitärer gehts nimmer, sagte jemand. Es ging jetzt um den Hauptpropheten des New Age, Frank Capra. Der war ein ordentlicher Naturwissenschaftler und lebte in der *high-tech*-Landschaft Kalifornien, aber vor allem war er ein gebürtiger Österreicher, und sein weltweiter Ruhm erfüllte seine Landsleute mit dem blinden Stolz der Chauvinisten. Capra, erfuhr Kersting, hatte Kernphysik in die Esoterik integriert und Sir Isaac Newton mit dem altösterreichischen Anthroposophen Rudolf Steiner vermählt, zum höheren Zweck eines ganzheitlichen Denkens, aus dem ökologische Visionen wuchsen. Das Endziel war die sanfte Verschwörung, *the Aquarian conspiracy*, mit der man sich gegen die totale Katastrophe wappnen konnte. Kersting sah, wie mit Mayonnaise verzierte Sandwichs in jugendliche Münder fielen, um dafür die Wörter Channeling-Medium, Bewusstseinsseminar, Bachblütenbehandlung und Transformation des Ich-Modells zu entlassen. Aus dem Lautsprecher des Plattenspielers ertönte ein von mehreren Männerstimmen gesungenes Lied, *If you can't be with the one you love, love the one you're with.*

Rudolf Steiner war ein Zeitgenosse von Josef Hoffmann gewesen. Jugendstil und Anthroposophie entstanden fast gleichzeitig. Dass sich die Stilkunst der Postmoderne ihrerseits eine esoterische Erlösungslehre zulegen wollte, geschah nur folgerichtig. Eigentlich wollte Kersting solche Erkenntnisse laut äußern, aber wer hätte ihm zugehört? Seine kulturgeschichtlichen Erfahrungen schienen ihm bloß als andere Darstellungsform seines biologischen Alters, und das war hier nicht gefragt.

Aber vielleicht hätte man ihm doch zugehört, denn auf einmal wurde religiös argumentiert. *Think nice about your enemy*, das sei die Bergpredigt Jesu Christi in New-Age-Englisch. Der das so hinsagte, war ein dunkelhaariger Mensch, zehn Jahre jünger als Kersting, ausgestattet mit Klumpfuß und Spitzbart. Die anderen Reden im Raum verstummten sofort, auch die Musik brach ab. Man hört dem Manne ergeben zu. Karin Mayers Blicke, sah Kersting mit heimlicher Erbitterung, hingen dankbar an des Spitzbärtigen Lippen.

Der teilte mit, vieles an der neuen Bewegung sei die buddhistische Überzuckerung katholischer Glaubensgrundsätze, und gar Capra übernehme bloß von Teilhard de Chardin. New Age bleibe ein Modewort für den Heiligen Geist, sagte der Mensch und schloss ein meckerndes Lachen an, worauf seine Zuhörer ihrerseits mit Gelächter antworteten, und derart war dieses Thema abgeschlossen. Der Lärm brodelte wieder hoch, die Stimmen gingen durcheinander, eine neue Schallplatte wurde aufgelegt. Der Spitzbärtige wandte sich Karin Mayer zu in einer Art, die eine unverhüllte erotische Aufforderung war.

Wieso saß Kersting eigentlich hier? Der spitzbärtige Mensch, konnte er hören, war ein bekannter katholischer Kulturpublizist, verheiratet, Vater mehrerer Kinder und berühmt für den Umfang seiner außerehelichen Affären. Beim österreichischen Fernsehen versah er ein Direktorenamt. Im Lautsprecher des Plattenspielers sang jemand *Take it as it comes.* Josef Kerschbaumer schaffte ständig neue Zwei-Liter-Flaschen mit Weißwein heran. Kersting sah, wie der Spitzbärtige mit dem Rücken des rechten Zeigefingers immer wieder über Hals und Wange von Karin Mayer strich.

Drei Stunden später hatten sämtliche Gäste die Wohnung verlassen, und wenn Kersting hier noch saß, so war dies offensichtlich seinem stupiden Piefke-Trotz zu danken. Jedenfalls war geschehen, dass der spitzbärtige ORF-Direktor am Ende in Gesellschaft jener mageren Blondine hatte fortziehen müssen, die aus einem multidimensionalen Leben ihre unheimliche Power bezog. Sie sei eine ehrgeizige Journalistin, erzählte Josef Kerschbaumer, die ihre Karriere bevorzugt durch fleißiges Pudern betreibe. Kersting wusste, dass Pudern eine Wiener Dialektbezeichnung für den Beischlaf war.

Ermattet sah er zu, wie sein jugendlicher Nachbar aus dem Studentenhotel das angenutzte Geschirr forträumte. Er musste an diesem Abend mehrere Liter Wein in sich geschüttet haben. Gleichwohl war er in seinen Bewegungen sicher, er ging aufrecht, sein Gesicht wirkte straff, manchmal lachte er. Dieses Lachen kam völlig unvermittelt und klang beinahe geisteskrank.

Die beiden Geschwister redeten miteinander und verfielen dabei in Dialekt, Kersting konnte sie nicht mehr verstehen. Wahrscheinlich hatten sie ihn vergessen. Irgendwann streifte sich Karin Mayer ihre Schuhe von den Füßen, das war eine wie nebensächliche Handlung, auf Kersting machte sie den Eindruck einer gleichsam unschuldigen Obszönität. Das Mädchen ging jetzt barfüßig. Ihre Schuhe lagen als silberne Kleckse auf dem Teppich. Statt der Pop-Musik, die niemand mehr hören mochte, kam jetzt vom Plattenspieler eine alte Aufnahme mit Schubert-Liedern, *Wir saßen so traulich beisammen*, aus der *Schönen Müllerin*, konnte Kersting dem Cover entnehmen.

Ein kleiner wehmütiger Walzer. Holde Heimwehlieder hatte das jemand genannt, Kersting konnte sich nicht erinnern, wer es war. Er sah, wie Karin Mayers blanke Füße den weiten Saum ihres stumpfschwarzen Kleides bewegten. *Da gehen die Augen mir über*, hörte er singen und fühlte seinerseits, wie sein Inneres in eine senile Traurigkeit auslief.

50

Die Meteorologen registrierten 1947 den kältesten Januar seit 1893. In den Nächten sanken die Temperaturen manchmal unter minus zwanzig Grad. Als auf dem Martinsfriedhof von Grotenweddingen die Beerdigung von Marianne Lehmann geborene Witold stattfand, hatten die Totengräber mit der Spitzhacke zu Werk gehen müssen, um ein Grab auszuheben. Die Trauergäste trugen dicke Wollhandschuhe an den Fingern. Die Trauerpredigt hielt Superintendent Fleiner.

Den nächsten Tag bestieg er zusammen mit seiner Tochter Heidemarie die Eisenbahn, um das Mädchen zu einer nahen Verwandten in Bremen zu begleiten. Er war der Meinung, mit dem Regiment der gottlosen Russen stünden der evangelischen Kirche von Grotenweddingen riskante Zeiten ins Land. Studienassessor Dr. Stefan Kalauke kehrte zum neuen Jahr nicht in sein Lehramt an der Georg-Friedrich-Händel-Oberschule zurück, stattdessen unterrichtete er Biologie und Erdkunde an einer gewöhnlichen Volksschule in Suderwieck. Jacob begegnete ihm manchmal, in der Bahnhofstraße. Dr. Stefan Kalauke stapfte eiligen Schrittes durch den Schnee, hatte keinerlei Blick für irgendeinen Passanten und wirkte sonderbar gebeugt, wahrscheinlich wegen der Kälte.

Der Januar schritt weiter fort. Auf dem Schwarzen Markt stieg der Preis für ein Kilo Bohnenkaffee auf eintausendfünfhundert Reichsmark. Ytsche Lehmann erkrankte an Meningitis, lag lange mit hohem Fieber und wurde schließlich geheilt durch ein neues Medikament namens Aureomycin. Es stammte aus dem britischen Armeekrankenhaus in Bad Sipten und wurde auf dem Schwarzen Markt gekauft mit Geld von Dietrich Lehmann. Den Transport nach Grotenweddingen hatte Jacob besorgt.

In der letzten Februarwoche rief der Direktor der Georg-Friedrich-Händel-Oberschule in Grotenweddingen, genannt Jupiter tonans, sämtliche Angehörige der Schule in der ungeheizten Aula zusammen. In Mänteln und mit Handschuhen saßen sie da. Der sonst bei solchen Anlässen übliche Vortrag eines Klaviertrios unterblieb. Mit heller fisteliger Greisenstimme, weißlichen Atemdampf vor den Lippen, hielt Jupiter tonans eine nicht zu lange, dabei sehr gefühlvolle Rede. Die allgemeine Not und verbreitete Gleichgültigkeit wurden darin hervorgehoben und vor diesem Hintergrund die selbstlosen Motive in der Handlungsweise des Schülers Jacob Kersting gerühmt. Er habe sich um seine Kameraden verdient gemacht. Er wurde dann direkt aufgerufen, musste aufs Katheder steigen und sich von Jupiter tonans die Hand drücken lassen. Die versammelten Schüler klatschten Beifall. Überwiegend bleich im Gesicht stand Jacob da. Nur an seiner linken Schläfe glühte dunkelrot ein gewaltiger Akne-Pickel.

51

Der kleine Ort Purkersdorf wurde nach dem Jahr 1900 berühmt durch das Sanatorium *Westend*, das sich als mechanotherapeutische Heilstätte empfahl, obschon es nichts anderes war als ein Aufenthaltsort für Geisteskranke aus den gehobenen Ständen.

Westend wurde 1905 errichtet. Der Bauherr hieß Viktor Zuckerkandl. Er war Generaldirektor der mährischen Kohle- und Eisenwerke und außerdem Schwager der Bertha Zuckerkandl, Tochter von Moritz Szeps, dem das wichtige liberale Tagblatt in Wien gehörte, die Neue Freie Presse. In Purkersdorf besaßen die Zuckerkandls schon seit Längerem viel Park und Wald samt dreizehn großzügigen Villen, worin Mitglieder der weitläufigen Familie residierten. Bertha Zuckerkandl brachte dort ihren reichen Schwager Viktor mit den Künstlern der soeben gegründeten Wiener Werkstätte zusammen.

Für sie wurde der Bau von *Westend* zu einem ihrer ersten großen Aufträge. Die Architektur stammte von Josef Hoffmann, an den Interieurs beteiligte sich Kolo Moser. Benötigt wurden Räume für die medizinischen Installationen, Gelegenheiten zum geselligen Aufenthalt und Gästezimmer. Das Hauptgebäude hatte Keller, Erdgeschoss und zwei obere Stockwerke. Hin zu den bereits vorhandenen Villen führte ein überdeckter und verglaster Wandelgang.

Der langgestreckte Baukörper des Sanatoriums stand auf einem konsequent rechteckigen Grundriss, mit einem Mittelrisaliten. Er hatte nach Osten hin noch einen einstöckigen Vorbau, der den Eingang mit seinen Freitreppen umschloss und den Gesamteindruck einer unerbittlichen Symmetrie etwas aufbrach. Alle ästhetischen Wirkungen beschränkten sich auf

Linie, Fläche und Kubus. Die Farbe der Außenhaut war weiß, unterbrochen von schachbrettartig gegliederten blau-weißen Fliesenbändern, die an den Baukanten verliefen. Das Gebäude hatte ursprünglich ein hölzernes Flachdach. Die Bauweise war Stahlbeton, ausgeführt nach dem Patent Hennebigue, einer zu jener Zeit höchst revolutionären Technologie.

Hoffmann und Moser nahmen sich jeder Kleinigkeit an. Sie entwarfen Möbel und Lampen, Bestecke und Stoffe, Keramiken, Waschbecken. Ein zeitgenössischer Betrachter sagte, hier sei die Muse der Geometrie vorübergegangen. Ein anderer Besucher sagte, voller Bedauern, dass man, um hier sein zu dürfen, leider ein wenig verrückt sein müsse. Während Kersting mit der Eisenbahn nach Purkersdorf fuhr, dachte er darüber nach, ob der Wiener Jugendstil vielleicht bloß ein Synonym sei für Wahnsinn.

Er verließ den Zug und stand auf einem weitläufigen, etwas angeschmutzten Bahngelände unter freiem Himmel. Er sah kleine Wohnhäuser, die einen Hang hinanwuchsen. Das erste Gesamtkunstwerk des Wiener Jugendstils, stellte er sich vor, müsse triumphal auf einem Berg gelegen sein, vergleichbar den Domkirchen in Stadtrepubliken der Toskana. Er konnte keinen Park und kein Sanatorium erkennen. Die Straße verlor sich zwischen kleinbürgerlichen Gärten und abgestellten Automobilen. Er drehte um, ging durch eine Unterführung und zwischen verwildertem Gebüsch. Auf einem schlammigen Erdweg gelangte er zu einer Tankstelle. Eine Fernverkehrsstraße führte lärmend von Wien fort nach St. Pölten. Er fragte einen Tankwart nach dem Sanatorium. Der Mensch deutete wortlos auf die gegenüberliegende Straßenseite.

Kersting stand dann auf einem ausgedehnten und völlig verwahrlosten Gelände. Der Wind ging eisig. Seine Hände wurden klamm. Er entdeckte ein Schild, das den Weg zur Inneren Mission der Evangelischen Kirche in Österreich beschrieb. Er näherte sich einem Villengebäude aus schlechtem grellbuntem *art noveau*. Mit Josef Hoffmann hatte das alles nichts zu schaffen. Er stieg die Eingangstreppe hinan und wollte schon klingeln, um Auskunft einzuholen, als er noch einmal zurückblickte. Da erkannte er, zwischen struppigen Bäumen versteckt, die hellen Umrisse des Sanatoriums.

Der Architekt Leopold Bauer war ein Studienkollege und Freund von Josef Hoffmann gewesen. Irgendwann zerstritten sich die beiden. Bauer verbündete sich mit Adolf Loos und Karl Kraus und wurde zu Hoffmanns erbittertem Feind. Ausgerechnet Leopold Bauer erhielt 1926 den Auftrag, das Sanatoriumsgebäude von *Westend* zu erweitern. Er brachte ein zusätzliches Geschoss auf, mit gewalmtem Dach und breiten, weithin sichtbaren Schornsteinen. Der ursprünglich gewollte streng kubische Eindruck ging verloren.

1938 mussten die Zuckerkandls fliehen, oder sie wurden ins KZ getan und kamen dort um. Manche waren denunziert worden, weil die Denunzianten es abgesehen hatten auf die kostbaren Kolo-Moser-Möbel. Die alte Bertha Zuckerkandl war jetzt 76 Jahre alt. Mit ihrem Enkel Emil ging sie erst nach Paris, später nach Algier. Das Sanatorium Purkersdorf wurde arisiert. Josef Hoffmann schien sich nicht darüber geäußert zu haben. Er war da schon ein älterer Mann, wahrscheinlich hätten seine Proteste auch nichts genutzt. Während des Zweiten Weltkriegs befand sich in Purkersdorf ein Militärlazarett, später saßen dort Angehörige der Roten Armee, denn Niederösterreich war Sowjetisches Besatzungsgebiet. Eine Weile stand das Sanatorium leer, bis es die Innere Mission erwarb und darin erst ein Krankenhaus unterhielt und danach ein Altersheim.

Der übergroße Teil des Areals verwaiste. Der Sanatoriumsbau Josef Hoffmanns wurde zur Ruine. Alle Scheiben waren ausgeschlagen. Die Dachbalken und Holzrahmen verfaulten, in den weißen Außenputz fraß sich schwärzlich das Schmutzwasser. Längst waren alle beweglichen Gegenstände geplündert worden, um auf internationalen Auktionen wieder zu erscheinen, wo sie fürstliche Preise erzielten.

Dies alles hörte Kersting von einem jungen vollbärtigen Mann, den er auf dem Gelände traf. Sie gingen aufeinander zu und kamen alsbald ins Gespräch, da es keinen anderen Grund gab, sich hier zu bewegen, als das zwingende Interesse für den toten Architekten Josef Hoffmann und seinen Sanatoriumsbau.

Der Mann redet hastig. Seine Sätze wollten das Gefühl der Erbitterung vermitteln, in Kerstings Ohren klangen sie weinerlich. Der Mann war Mitarbeiter an einem kunsthistorischen Institut in Wien, er hatte über die Wiener Werkstätte eine wissenschaftliche Arbeit verfasst, mit seinen sehr bescheidenen Mitteln versuchte er jetzt, etwas für den Erhalt des Sanatoriums zu leisten. Er fahre, sagte er, jeden Monat einmal heraus. Er wollte den weiteren Verfall beobachten und beseufzen. Er hatte dem Hausmeister der Inneren Mission einen kleinen Geldbetrag ausgesetzt, damit die schlimmsten Schäden am Dach ausgebessert würden und Wasserschäden sich in Grenzen hielten. Gemeinsam mit Freunden hatte er ein paar Meter von der demolierten blau-weißen Fliesenstrecke wieder hergestellt.

Immerzu würden neue Ideen zur Restauration des Sanatoriums geäußert, sagte er in seinem larmoyanten Tonfall, sie würden diskutiert und verworfen, alles sei ein Trauerspiel und eine Schande. Er stand zwischen den winterlich verdorrten Unkräutern, die ihm der Wind um die Schenkel schlug. Von der Fernverkehrsstraße wehte es den Lärm der Lastwagen herüber, und durch den grauen Himmel flogen die Krähen.

Nach seiner Rückkehr erhielt Kersting am Empfang des Studentenhotels einen Zettel, darauf notiert eine Telefonnummer, mit der Bitte um einen Rückruf. Er wählte den Anschluss. Eine heisere Männerstimme meldete sich und sagte den Namen Ginsberg. Kersting sagte, er freue sich über dieses Telefonat. Ginsberg erklärte, er sei bereit zu einem persönlichen Treffen. Sie einigten sich auf einen Termin.

52

Die Hexe hieß vor tausend Jahren Hagazussa. Hag meint Zaun. Dem Namen zugrunde liegt die Überzeugung, die Hexe sei eine Zunrita oder Zaunreiterin, wiewohl die zweite Hälfte des alten Namens eigentlich mit Dus und Tusjo zu tun hat, was den Teufel bezeichnet. Der blickte grinsend herab vom Rand des Grotenweddinger Rathausdachs. Die Martinskirche stand dem durch Thomas Hagenow Vater und Sohn erbauten Speelhus nahebei.

Geesche aus der Familie der Hexen-Wulffs war ihres Hexenseins überdrüssig geworden. Allmählich wuchs ihr jetzt Schmer auf die Knochen. Sie sah es mit Befremden. Sie blickte an sich herab und sah, dass ihr Hexenmal kleiner geworden war. Sie blickte in den Spiegel. Ihr Mund war verschmiert mit Dreck und klebrigem Zuckerschleim, wie immer. Sie wusch sich den Mund. Sie wusch sich auch sonst. Geesche roch, als sie sich gewaschen hatte, fast schon wie Heidi Fleiner vom Pfarrhaus St. Martin. Trotz dieses Geruchs, der ihm vertraut sein musste, beachtete Jacob, wenn er in die Lange Gasse kam, um Ytsche Lehmann zu treffen, Geesche bloß wenig oder nicht.

Es war nicht der Seifengeruch oder der nicht allein, weswegen Jacob vor dem Pfarrhaus von St. Martin gewartet hatte. Heidi Fleiner, Tochter eines Superintendenten und Sopran im Kirchenchor, war außerdem Christin. Geesche wollte Jacobs Aufmerksamkeit erregen und besuchte fortan die Christenlehre. Sie lernte Choralverse und sagte sie auf. Sie las im Neuen Testament und im Alten. Sie las im Hohelied Salomonis. *Da ist die Stimme meines Freundes, der anklopft: »Tu mir auf, liebe Freundin, meine Schwester, meine Taube, meine Reine! denn mein Haupt ist voll Tau und meine Locken voll Nachttropfen.«* Während sie noch, statt mager und spillerig zu sein, immer fleischiger wurde und sich weiterhin fleißig wusch, trocknete an der Innenseite ihres Schenkels das Hexenmal ein, bis es bloß noch einen grauen Schorf gab, der abfiel.

Das Tauwetter 1947 kam pünktlich zu Frühlingsanfang, und für viele bedeutete es eine Erleichterung nach den mehreren Kältewellen samt Brennstoffmängeln und Versorgungsnöten im soeben abgelaufenen Winter. Zusätzlich mit der Schneeschmelze kam viel Regen. Fast alle Flüsse führten Hochwasser, Bahnlinien wurden unterspült und Straßen überflutet. Das Schneeweiß in den Bergen über Grotenweddingen färbte sich braungrau.

Robert ließ gleichmütig geschehen, dass die Bilder, die er gemalt hatte, eines nach dem anderen von den Wänden in Dietrich Lehmanns Wohnung verschwanden. Die Bildinhalte waren von einer Art, dass sie Fräulein, der häuslichen Hilfskraft, teils kindisch, teils unverschämt erschienen. Fräulein hatte die unumschränkte Herrschaft in Dietrich Lehmanns Privaträumen übernommen.

Dietrich Lehmann war immer mehr dem Verzehr von weißlichem Rübenbrand verfallen. Er wechselte zwischen den Zuständen dumpfer Betäubung und einer schmerzlich ächzenden Nüchternheit, es war erstaunlich, dass sein empfindliches Herz solche Heimsuchungen überstand. Um den Betrieb der Firma Witold & Söhne, der weiterging, der weitergehen musste, da in Grotenweddingen weiter gestorben wurde, kümmerte sich jetzt Robert, was die Organisation in der Tischlerwerkstatt und die Überführung der Leichen vom Totenbett zu den Friedhöfen betraf. Die Büroarbeit, früher Marianne Lehmanns Betätigungsfeld, geschah jetzt durch Fräulein.

In der Georg-Friedrich-Händel-Oberschule wechselten die Lehrer. Klassen wurden zusammengestellt und wieder aufgelöst. Schulbücher waren auf grauem Papier gedruckt und hatten Einbände aus dünner bläulicher Pappe, die rasch ihre Farbe verlor. Der Schulhof während der großen Pausen wurde wieder zum Schwarzen Markt, wo Lebensmittelmarken, Feuerzeug-Zündsteine und Zigaretten im Angebot waren. Der aufsichtführende Lehrer sah angestrengt über dieses Treiben hinweg und kaute an seinem dürftigen Frühstücksbrot.

Bald nach Ostern kehrte Geesches Vater zurück. Über zwei Jahre hatte er sich in amerikanischer Kriegsgefangenschaft befunden und übernahm nun wieder die Leitung des Filmtheaters *Corso*. Nebenher betrieb er einen lebhaften Schwarzmarkthandel. Schon bald bewegte er sich auf dicken Sohlen aus weißlichem Gummi, womit er auffiel, denn die üblichen Schuhe, wie auch Jacob sie trug, hatten bloß Holzsohlen. Daneben gab es noch Sandalen aus einem Kunststoff namens Igelit, der rasch zerbrach, besonders bei Kälte.

Unter den vielen jüngst Zugereisten in Grotenweddingen gab es einen Mann namens Wilhelm Reichow. Er war groß gewachsen und dürr. Wenn er mit unregelmäßigen Schritten und gekrümmtem Rücken durch die Straßen von Lüttgenweddingen ging, erinnerte er an einen Betrunkenen. Er hatte dünne weiße Haare, große Ohren und war nachlässig in seiner Kleidung. Er litt an Asthma, was seine Stimme heiser machte, ihn aber immerhin davor bewahrt hatte, Soldat in Adolf Hitlers Deutscher Wehrmacht zu sein. In der niederdeutschen Dialektregion Grotenweddingen wirkte sein obersächsischer Dialekt lächerlich. Dies alles zusammen war nicht dazu angetan, ihm Respekt zu verschaffen.

An der Georg-Friedrich-Händel-Oberschule sollte Wilhelm Reichow Unterricht erteilen im Fach Kunsterziehung. Zwar hatte er als Pädagoge keinerlei akademische Ausbildung erfahren, doch trug man ihm die Stellung an, da in der personalpolitischen Not des unmittelbaren Nachkriegs gelegentlich auch auf Berufsfremde zurückgegriffen werden konnte, immer vorausgesetzt, sie waren dem soeben untergegangenen Staatssystem nicht nachdrücklich verpflichtet gewesen.

Dies alles traf auf Wilhelm Reichow so zu. Er stammte aus Dresden. Bei den schweren Bombenangriffen auf diese Stadt waren seine Wohnung und sein Atelier verbrannt. Daraufhin war er nach Grotenweddingen gezogen, wo entfernte Verwandte von ihm lebten.

Er trat in der Georg-Friedrich-Händel-Oberschule auf mit verdreckten Schuhen und mit Eigelb-Resten am Jackenaufschlag. Seine sanfte Stimme redete an gegen eine ständig wachsende Unruhe in den Klassen. Er ließ Blumensträuße aufs Papier zeichnen. Er ging zwischen den Tischen im Zeichensaal umher, beugte sich über die entstehenden Arbeiten und gab Ratschläge, die von keinem befolgt wurden. Manchmal sagte er in seinem Dialekt Mohln is scheen, woraufhin sich unterdrücktes Kichern erhob. Die Schüler nannten ihn Raupenkopf.

Früher einmal, das erfuhr Jacob aber erst später, hatte Reichow in Kunstkreisen als ein aufstrebendes Talent gegolten. Er hatte in seiner Heimatstadt Dresden studiert, bei Oskar Kokoschka, seine ersten Bilder zeigten den Einfluss von Expressionismus und *Brücke*-Malerei. Später versuchte er sich in Gegenstandslosigkeit und Abstraktion. Er experimentierte mit Fotografie und Collage. Seine Holzschnitte wurden von den Zeitschriften *Querschnitt*, *Sturm* und *Aktion* gedruckt. Sein Galerist hieß Paul Cassirer. Er selber war eng befreundet mit dem Konstruktivisten Jewgrafowitsch Wladimir Tatlin aus Moskau.

1936 erhielt er Malverbot. Drei seiner Bilder hingen in der Ausstellung *Entartete Kunst.* Sein Freund Tatlin lud ihn ein, nach Sowjetrussland zu emigrieren, wo an der Kunstakademie in Leningrad ein Lehrauftrag auf ihn warte. Reichow schlug das Angebot aus. Er hatte Angst vor der fremden Umgebung, vor einer Sprache, die er nicht verstand, und einer politischen Ordnung, die ihm unheimlich war. Er brachte sich als Gebrauchsgraphiker durch. Er entwarf Plakate für Kinofilme und Anzeigen für die Automobilindustrie. Er illustrierte Fortsetzungsromane in Zeitschriften. Heimlich malte er weiter an seinen Bildern, und ein paar Sammler unterstützten ihn, auch indem sie ihm Lagerraum überließen, wo er seine Arbeiten aufbewahren konnte, denn in seiner Wohnung war ständig mit dem Besuch von Leuten zu rechnen, die das Einhalten des Malverbots überprüften.

Kurz nach dem Abschluss seiner eigenen akademischen Ausbildung hatte er, auf Anregung seines Lehrers Oskar Kokoschka, seine eigene kleine Kunstschule betrieben, *Anderer Weg*. Er unterrichtete interessierte Laien. Einer seiner Schüler hatte Robert Kersting geheißen. Reichow merkte sich diesen Namen, der ihn an Georg Friedrich Kersting erinnerte, den Dresdner Genremaler und Freund Caspar David Friedrichs. Jetzt fiel ihm Jacob wegen dieses Nachnamens auf. In einer Unterrichtspause fragte er den Jungen, und Jacob gab Auskunft über seinen Vater. Reichow lächelte aus schadhaften Zähnen und sagte: Mohln is scheen.

Fünf Monate nach seinem Antritt musste der Kunstmaler Wilhelm Reichow, genannt Raupenkopf, wegen unüberwindbarer Konflikte mit Schülern und Lehrkräften seine Tätigkeit als Zeichenlehrer an der Georg-Friedrich-Händel-Oberschule von Grotenweddingen aufgeben.

Jacob erzählte seinem Vater von Reichow. Der nickte zerstreut und zeigte keinerlei Neigung, seinem einstigen Kunstlehrer wieder zu begegnen. Er war jetzt auch nicht mehr mit Bildern befasst, er kümmerte sich, vorläufig noch, um die Geschäfte des Tischlerei-, Sarghandlungs- und Bestattungsunternehmens Witold & Söhne, die ihn freilich zusehends langweilten. Im nahen Suderwieck stand eine Maschinenfabrik, von der Besatzungsmacht enteignet und unter öffentliche Verwaltung gestellt, hier gingen Angehörige der einst bei einem Großfeuer untergegangenen Assoziation Malatesta ihrer Arbeit nach, und es war ihr Einfall gewesen, Robert dort eine Anstellung zu verschaffen, wie es auch ihr Zureden war, dass Robert das Angebot schließlich annahm.

Der Betrieb hieß jetzt nach der aus Zamość in Polen stammenden Linksrevolutionärin Rosa Luxemburg. Mit diesem Namen konnte Robert sich immerhin anfreunden. Er verließ werktäglich früh am Morgen seine Wohnung in Grotenweddingen und kehrte erst spät am Abend zurück. Manchmal blieb er auch über die Nacht in Suderwieck.

Jacob besuchte weiterhin den Unterricht der Georg-Friedrich-Händel-Oberschule. Eine neue Jugendorganisation war gegründet worden, die auch in Grotenweddingen nach Mitgliedern suchte. Sie ließ eine Zeitschrift erscheinen, auf graues Papier gedruckt und mit grobkörnigen Bildern. Jacob nahm sie zur Hand, blätterte darin und fand sie öd. Ein ehemaliges Logenhaus in der Stadtmitte wurde zum Jugendzentrum. Darin fand Chorsingen statt, ein Zeichenzirkel traf sich, Tanzgruppen hüpften und wirbelten zu Schallplattenmusik. Jacob ging ein paar Male dorthin. Der Zeichenzirkel bot so viel an wie ein sehr schlechter Schulunterricht. Versehentlich hatte er seine Unterschrift auf einen Vordruck gesetzt und erfuhr später, er sei bei der Freien Deutschen Jugend Mitglied geworden.

Diese Organisation teilte an ihre Angehörigen blaue Uniformhemden aus. Die einst dem Jungvolk-Fähnlein von Jürgen Rohwedder zugehörigen Landsknechtstrommeln hatten das Kriegsende im Schuppen eines Altstoffhändlers aus Lüttgenweddingen überstanden. Jetzt wurden sie hervorgeholt und neu bemalt, statt schwarzweißer Rauten zeigten sie nunmehr eine gelbe Sonne auf blauem Grund. Ytsche Lehmann, als er davon hörte, meldete augenblicklich sein Interesse an.

Bei Umzügen humpelte er fortan trommelnd hinter den Fanfarenbläsern. Deren Instrumente waren früher gleichfalls Eigentum von Adolf Hitlers Jungvolk gewesen, freilich spielten sie jetzt nicht mehr *Die Fahne hoch*, sondern *Brüder zu Sonne, zur Freiheit*. Üblicherweise formierte sich der Zug in der Höhe der Lüttgenweddinger Brauerei. Er marschierte danach die Leninstraße hinab, die früher Adolf-Hitler-Straße geheißen hatte. Um die dreißig Jungen waren unterwegs, alle in blauen Uniformhemden. Einer trug eine blaue Fahne, gelbe Sonne mit Strahlen in der Tuchmitte. Acht Fanfarenbläser hoben ihr Instrument an die Lippen und bliesen. Ihre grellen Töne wurden zurückgeworfen von den Häuserwänden der Leninstraße. Hinter den Fanfarenbläsern marschierten die Trommler, Ytsche Lehmann rechts außen. Er ließ, wie er es gelernt hatte, die Trommelstöcke in erhobenen Händen tanzen, ehe er sie auf das stramme Kalbfell fallen ließ, wo sie dumpfes Geräusch machten. Ytsche Lehmann schwitzte heftig dabei, Tropfen liefen aus seinem Haaransatz über die Stirn, er war hochrot im fetten Gesicht. Am Straßenrand standen manchmal ein paar Zuschauer, unter ihnen Jacob. Er sah dem Vorbeimarsch zu. Die schrillen Fanfarentöne schmerzten ihn in den Ohren. Er sah den humpelnden und verzückt trommelnden Ytsche Lehmann. Mit dem Geist des Films *Panzerkreuzer Potemkin* hatte das alles nichts zu schaffen, allenfalls mit Geländespiel und Galgenberg. Jacob beschloss, sich zu der neuen Jugendorganisation nicht anders zu verhalten als zu der alten.

Die meisten Nachmittage saß er in einer trostlos leeren Wohnung. Die wichtigste Erinnerung an Robert waren ein paar halbfertige Ölbilder, eine ungenutzte Staffelei, dazu Palette und Pinsel, beide mit eingetrockneten Farben, außerdem ein rasch vergehender Terpentingeruch. Er betrachtete Roberts Bilder. Seine Fantasie füllte die noch ungenutzten Flächen mit Pigment und Kontur, mit Pflanzen, Landschaften, Figuren. Er mochte Roberts Bilder. Er mochte sie wegen Robert, der sein Vater war, und vielleicht war es, dass er seinen Vater mochte wegen dieser Bilder.

An manchen Nachmittagen besuchte er, um der Langeweile zu entgehen, in Lüttgenweddingen Wilhelm Reichow, den Raupenkopf. Der entlassene Zeichenlehrer wohnte am Berghang. Hinter einem kleinen Garten mit Stachelbeersträuchern begann eine Wiese, auf der im Sommer dunkelbraune Kühe grasten, mit klingelnden Bronzeschellen vor dem Hals. Reichows Verwandtschaft waren zwei krumme, faltige Schwestern, beide ehelos und beide ständig umhüllt von Kampfergeruch. Reichow hauste in drei kleinen, schlecht beheizbaren Räumen direkt unter dem Satteldach.

Der Mann mit den schmutzigen Schuhen und dem Eigelb am Jackenaufschlag besaß, was seine Maltätigkeit betraf, einen hoch entwickelten Ordnungssinn. Gesäubert und akkurat nach abnehmender Größe ausgerichtet lagen nebeneinander auf einer Tischplatte seine Marderhaarpinsel. Anders als bei Robert hing an der Staffelei kein von Farbresten hässlich verklebter Lappen. Einmal trug Jacob ein von Robert gemaltes Bild bei sich. Reichow nahm es zur Hand, blickte lange darauf, schüttelte etwas den Kopf und zog asthmatisch keuchend Luft durch die schadhaften Zähne. Das Bild schien ihm zu missfallen, aber er sagte nichts.

Dafür griff er nach seinen mit der Vorderseite gegen die Zimmerwände gelehnten Arbeiten und hielt sie ins Licht. Jacob sah Hügel, Wälder und Felsen, zu ornamentalen Umrissen geronnen, andere Bilder zeigten bloß beziehungslose Figuren, gerundete und kantige, ohne eine irgend erkennbare Entsprechung in der gegenständlichen Welt. Ein paar Mal waren dunkle Farbrinnsale über kolorierte Flächen gelaufen, was ein bizarres Muster ergab. Demnächst werde er eine Ausstellung haben, sagte Reichow, lächelnd und unter asthmatischem Keuchen, seine erste seit vierzehn Jahren, in Leipzig. Er bereite sie gerade vor. Wahrscheinlich verdanke er sie Ernst Creyenveldt, seinem guten Freund.

Die beiden kannten einander schon lange. Ernst Creyenveldt war der Sohn eines bankrott gegangenen Textilfabrikanten aus dem Erzgebirge. Er hatte das Gymnasium abgebrochen und das Handwerk eines Bautischlers erlernt, in Dresden, wo er nebenher Wilhelm Reichows Kunstschule besuchte, *Anderer Weg*, nicht lange nach Robert. Außerdem begann er eine politische Karriere. Er wurde eingeschriebener Kommunist, redete auf Versammlungen und Kongressen und schrieb Artikel für linke Zeitungen. Mehrmals reiste er nach Sowjetrussland und zeigte sich von seinen Eindrücken begeistert. Schließlich arbeitete er für die Berliner KPD-Zentrale im Karl-Liebknecht-Haus und war führendes Mitglied der ASSO, einer Linksorganisation für die Bildende Kunst.

1933 floh er nach Moskau. Er studierte Kunstwissenschaften an der dortigen Staatsuniversität und kehrte 1938 nach Deutschland zurück, heimlich und im Parteiauftrag. Er sollte für den politischen Untergrund arbeiten. Er ließ Flugblätter herstellen und sorgte dafür, dass sie in Gebäuden auslagen und an Häuserwänden klebten. Nach einem halben Jahr verhaftet ihn Adolf Hitlers Geheime Staatspolizei. Der Volksgerichtshof verurteilt ihn zu einer vieljährigen Freiheitsstrafe. Er saß ein im Zuchthaus Waldheim und arbeitete dort in seinem ursprünglich erlernten Beruf, zuletzt im Außendienst, wo er auch bei der Beseitigung von Bombenschäden helfen musste. Während eines dieser Einsätze gelang ihm die Flucht. Er schlug sich auf allerlei Umwegen, denn er wusste, dass nach ihm gesucht werden würde, über Riesa, Leipzig, Grimma und Freiberg bis nach Dresden durch. Eines späten Abends stand er vor der Haustür seines einstigen Kunstlehrers Wilhelm Reichow.

Der nahm ihn auf. Der fragte nicht viel. Damals lebte er schon allein, da seine Frau zwei Jahre zuvor gestorben war, an Knochenkrebs, und Kinder hatte er keine. Vielleicht war er froh, dass er nicht länger für sich bleiben musste. Er versteckte, er versorgte den politischen Flüchtling Ernst Creyenveldt, er tat es ohne Zögern, ohne Bedenken, ohne auch allzu viel wissen zu wollen über seines heimlichen Gastes Woher und Wohin. Dabei war er von seiner Veranlagung her ein eher ängstlicher Charakter und wusste zudem, dass die Polizei ihn selbst wie auch sein Atelier regelmäßig überwachte.

Freilich hatten die Polizisten in Dresden, politische oder nicht, bald anderes zu tun als über das Malverbot eines etwas wunderlichen und jedenfalls ziemlich verlodderten Illustrators und Fotografen zu wachen. Es gab die schweren Luftangriffe vom 13. und 14. Februar 1945, mit ihren gründlichen Zerstörungen, mit ihren 35000 Todesopfern, unter denen sich auch Polizisten befanden, es brannten Häuser mit Diensträumen, es brannten die darin befindlichen Akten mit Anweisungen und Unterlagen. Die zweimaligen Angriffswellen, befehligt vom britischen Bombergeneral Harris, der durch über tausend abgeworfene Spreng- und Phosphorbomben einen sogenannten Feuersturm entfachen ließ, machten es, dass der im Atelier von Wilhelm Reichow untergekrochene Flüchtling sich retten konnte. Dass seine und Wilhelm Reichows Verhaftung unmittelbar bevorgestanden hatte, würden sie erst nach dem Ende des Kriegs erfahren.

Damals krochen sie beide aus dem Keller des eingestürzten Hauses, in dem Wilhelm Reichow bis dahin gelebt hatte. Zwischen brennenden Gebäuden, zwischen Rauch, Gestank und verkohlten Leichen liefen sie beide bis zum Großen Garten. Dort verbrachten sie eine kalte Nacht unter freiem Himmel, gemeinsam mit ein paar tausend Überlebenden. Hernach trennten sie sich. Creyenveldt konnte sich Behörden gegenüber als Bombenflüchtling ausgeben, der er tatsächlich war, irgendwie, er nahm einen anderen Namen an und fuhr zu politischen Freunden nach Schwerin in Mecklenburg, wo er die folgenden

Monate mit auf den falschen Namen ausgestellten neuen Papieren unterkam. Der Einberufung zu Adolf Hitlers Volkssturm konnte er ausweichen, indem er sich in einem Bootshaus am Schweriner See verkroch. Reichow reiste unterdessen zu seinen Verwandten nach Grotenweddingen.

Seine Leipziger Ausstellung fand statt im Frühjahr 1949 und erregte viel Aufmerksamkeit. Zeitungen schrieben darüber, und die Wochenschau im Kino, sie hieß *Der Augenzeuge*, berichtete davon, mit Großaufnahmen von zwei abstrakten Gemälden, vor deren einem ein aus schadhaften Zähnen verlegen grinsender Wilhelm Reichow stand. Museen in Halle, Weimar und Berlin kauften Bilder von ihm, und er erhielt eine Professur an der Dresdner Kunsthochschule, also jenem Institut, an dem er selber einmal studiert hatte. Er wohnte jetzt in einer kleinen Wohnung, die sich in einer Gründerzeitvilla des vornehmen und vergleichsweise unzerstört gebliebenen Dresdner Stadtteils Blasewitz befand.

In dieser Zeit des Nachkriegs schien es sein Schicksal, dass er immer bloß eine kurze Zeit als Lehrkraft wirken durfte. Jetzt in Dresden waren es auch bloß achtzehn Monate, und anders als an der Georg-Friedrich-Händel-Oberschule in Grotenweddingen waren der Grund nicht etwa Probleme mit der schulischen Disziplin.

Im Januar des Jahres 1951 druckte die Zeitung *Tägliche Rundschau*, herausgegeben von der Sowjetischen Besatzungsmacht, einen ausführlichen Artikel mit dem Titel *Wo stehen die Feinde der deutschen Kunst?* Verfasser war ein offenbar sowjetischer Autor, N. S. Serow. Es habe sich gezeigt, schrieb er, dass eine Reihe von theoretischen und praktischen Fragen existierten, die im Bewusstsein von Künstlern und Kritikern höchst ungenügend verarbeitet seien. Es gehe um Wesen und Rolle des Formalismus. Es gehe um die notwendige Beziehung zu dem nationalen Erbe der deutschen Kultur. Die Formalisten meinten, es existiere die Möglichkeit einer Kunst ohne gegenständlichen Inhalt. Das wäre, als wollten Physiker erklären, es gebe astronomische Bewegungsgesetze ohne die Existenz der Bewegung von Gestirnen. Der Formalismus sei die Verneinung alles fortschrittlichen Inhalts, er sei kosmopolitisch, imperialistisch, volksfeindlich und reaktionär. Die Zerstörung des gegenständlichen Inhalts bereite der Kunst das Grab. Insgesamt füllte dieser Text fast die gesamte Seite des Kulturteils im Tageblatt *Tägliche Rundschau*, ergänzt durch einen Artikel, der von Formalismus in der modernen Architektur handelte. Genannt wurden verschiedentlich auch Namen, von Ausländern zum Beispiel der des Franzosen André Breton und von Deutschen der des Malers Wilhelm Reichow.

Die Museen in Halle, Berlin und Weimar hängten Reichows Bilder ab. Die Dresdner Kunsthochschule beurlaubte Wilhelm Reichow von seiner Lehrtätigkeit und kündigte ihm zum Sommersemester 1951. Freunde und Sammler, die ihn in Zeiten der Hitlerherrschaft unterstützt hatten, bedrängten ihn, er solle nach Westdeutschland ziehen, wo er Galeristen und Förderer fände und vielleicht eine neue Lehrtätigkeit außerdem. Er lehnte das ab. Er war bloß noch enttäuscht und müde. Seine Asthmaanfälle verstärkten sich. Hustend saß er in seiner kleinen Dresdner Wohnung, die bloß aus anderthalb Räumen im Souterrain bestand, während über ihm, in der Beletage, ein Hautarzt seine Ordination betrieb. Er saß hinter seiner Staffelei und malte seine gegenstandslosen Bilder. Mohln is scheen. Er aß nicht viel. Er erkältete sich. Der über ihm ordinierende Arzt, obwohl Dermatologe, erkannte sofort auf Lungenentzündung und ließ ihn in ein Krankenhaus einliefern, wo er fünf Tage in einem Vier-Bett-Zimmer lag und dann starb. An seiner Beisetzung auf dem Dresdner Trinitatisfriedhof, wo sich auch Gräber von berühmten Malern wie Louis Ferdinand von Rayski und Carl Gustav Carus befanden, nahmen gerade drei Personen teil.

Zwei Jahrzehnte später, als der Begriff Formalismus in öffentlichen Reden der DDR nicht mehr vorkam, wurde er wiederentdeckt. Nachdrücklich setzte sich für ihn der Kunstwissenschaftler Ernst Creyenveldt ein, der, so ließ er wissen, früher einmal Reichows Schüler und bis zuletzt dessen guter Freund gewesen war. Die Museen in Berlin, Halle und Weimar holten ihre abgehängten Wilhelm-Reichow-Bilder aus den Depots, es gab auch Reichow-Sonderausstellungen, in Leipzig und in Dresden, ein Berliner Kunstverlag druckte eine reich bebilderte Reichow-Monografie, und bei Auktionen erzielten seine Arbeiten gute Preise, dies vor allem in der Bundesrepublik Deutschland.

53

Moritz Ginsberg hatte mehrere architekturhistorische Bücher verfasst, Monografien über die Baumeister der Wiener Secession. Auch das Standardwerk über das Palais Stoclet in Brüssel stammte von ihm, das, in den frühen siebziger Jahren, maßgeblich beigetragen hatte zur Wiederentdeckung des europäischen Jugendstils.

Er war in Wien geboren und hatte in Wien studiert. 1938 war er ins Exil gegangen, zunächst nach England, dann in die Vereinigten Staaten, wo er für Zeitschriften gearbeitet hatte, ehe er einen Lehrauftrag erhielt, an der University of Chicago. 1978 war er nach Österreich zurückgekehrt. Er hatte weiterhin Vorlesungen gehalten, an den Universitäten Graz und Salzburg, er war mehrfach ausgezeichnet worden, unter anderem mit dem Titel Hofrat, den er anachronistisch fand und deswegen nicht führte, den er aber angenommen hatte aus einer, wie er sagte, nur schwer verzeihlichen Sentimentalität.

Bereits am Telefon hatte er geäußert, er könne nicht mehr sehr gut sehen. Für jemanden, der vorwiegend mit sichtbaren Dingen befasst war, musste dies eine erhebliche Einschränkung bedeuten. Gedrucktes ließ er sich vorlesen, unter anderem durch seine Lisl gerufene Haushälterin, eine blonde Person von unbestimmbarem Alter und äußerster Liebenswürdigkeit.

Sie wartete am Bahnhof, als Kersting eintraf. Es war verabredet, dass sie ihn abholen würde. Das vereinbarte Kennzeichen erwies sich als überflüssig, da Kersting als Einziger auf der Station die ankommende Bahn verließ.

Ginsbergs Haus stand in Niederösterreich, südlich der Wiener Stadtgrenze, in einem kleinen Dorf mit krummen Straßen. Es gab Hügel voller Weinstöcke und Obstbäume, es gab alte Winzerhöfe und neureiche Landhäuser. Moritz Ginsberg war ein kleiner, etwas rundlicher Mann mit glatten weißen Haaren. Er stützte sich auf einen Krückstock. Seine Gesichtshaut war wächsern.

Den verschnörkelten und mit dunkelrotem Plüsch bezogenen Sessel, in den er sich bevorzugt setzte, hatte, so sagte er wie zur Entschuldigung, die Zugehfrau seiner Eltern aufbewahrt im achtunddreißiger Jahr, als ein letztes noch unbeschädigtes Stück aus der von Nazis völlig verwüsteten Großbürgerwohnung der Ginsbergs. Die Frau hatte ihm, dem letzten Überlebenden der Familie, diesen Sessel zurückgegeben, schon bei seinem ersten Wienbesuch nach dem Krieg, Ginsberg hatte ihn zunächst in einen Speicher getan. Sein Vater war ein wohlhabender Porzellanhändler gewesen, schwer herzkrank und bald nach seiner Inhaftierung 1938 verstorben. Seine Mutter war 1941 festgenommen und abtransportiert worden, ins Frauenlager Auschwitz-Birkenau, wo sie umkam.

Von solchen Dingen redete er erst bei Kerstings zweitem und drittem Besuch. Während der Unterhaltungen rauchte er Pfeife, die er, was seltsam aussah, bloß mit den vorderen Schneidezähnen hielt. Er war äußerst eloquent und sehr witzig. Manchmal fühlte sich Kersting an Creyenveldt erinnert, den Vater seiner Frau. Als junger Mann war Ginsberg zwei Jahre lang Assistent bei Josef Hoffmann gewesen. Sein Lehrer, sagte Ginsberg, habe eine Art von konzilianter Unnahbarkeit gepflegt, die es völlig unmöglich machte, ihm irgend vertraut zu werden. Dabei habe er sich auch liebenswürdig äußern können, doch das sei die in Wien übliche Form des zwischenmenschlichen Umgangs, eine Formalie, der Charme liege hier sozusagen auf der Straße, wie fortgeworfene Zigarettenreste oder wie Pferdeäpfel. Darüber hinaus sei ziemlich alles an Hoffmann Indolenz und Kälte gewesen, es war so, als trage er eine Cellophanhaut. Stets habe er sich sorgfältig und geradezu elegant gekleidet. Er sei auch ein begeisterter Tänzer gewesen, er habe gern in Kaffeehäusern gesessen und beim Heurigen, und er sei zu Faschingsfesten gegangen, doch dies immer nur allein. Sein Privatleben habe er völlig abgeschirmt. Seine Junggesellenwohnung habe er behalten. Er habe dort Bekannte, Geschäftspartner und Freunde zu empfangen, dieweil in einer anderen Wohnung seine Frau und sein Sohn lebten.

Das Bild, das sich Kersting von Josef Hoffmann gemacht hatte, das ein Herzstück seiner Arbeit hatte werden und die mögliche Identität von Geist und Charakter hatte behaupten sollen, zerrann immer mehr. Vielleicht sollte er sich doch besser Adolf Loos zuwenden?

Ach du lieber Gott, sagte Ginsberg. Er hatte Adolf Loos gut gekannt, er war auf Spuren von Loos in Amerika gestoßen, Loos habe reichliche drei Jahre in den USA zugebracht, vor dem Ersten Weltkrieg. Ob Kersting das wisse? Loos sei innig befreundet gewesen mit dem Schriftsteller Karl Kraus, Österreichs berühmtestem Kriegsgegner, doch als die Vereinigten Staaten in den Ersten Weltkrieg eintraten, habe sich Kraus-Freund Adolf Loos freiwillig für den Militärdienst gegen die USA gemeldet und sich dann auch ablichten lassen, in Offiziersuniform und in äußerst selbstgefälliger Haltung. Nämlich, moralische Konsequenz gehöre nicht zu den österreichischen Nationaltugenden, lieber halte man auf den Masochismus, auf den Tod und das Irresein.

Dann redeten sie noch über das Palais Stoclet, jenes genialischste Gesamtkunstwerk des österreichischen Jugendstils, leider, sagte Ginsberg, sei es immer noch nicht zugänglich für öffentliche Besucher, eine Tochter der Stoclets lebe heute darin, eine alte Dame, sehr zurückhaltend und sehr eigensinnig. Er selber habe es gerade bloß auf zwei Aufenthalte gebracht. Wenigstens seien damals seine Augen noch besser gewesen.

54

Jacob hockte am Ufer des Nöschenbachs, von Insekten umsummt. Er hielt die nackten Beine angezogen. In der Ferne war das Blöken weidender Schafe, die Spätherbstsonne stand schräg. Er starrte in strudelndes Wasser, das sich blassgelb verfärbte und nach den galligen Abwässern der nahe gelegenen Gerberei stank. Für Sekunden trat der Gestank zurück und gab Raum für süßlichen Parfumgeruch. Er hob den Kopf und erblickte eine weibliche Person, die, unmittelbar hinter ihm, vorbeiging in Richtung Stadtinneres. Die weibliche Person trug eine Sonnenbrille und beachtete ihn nicht. Er hörte, in das Rauschen des Nöschenbachs hinein, ein leichtes sinnliches Klatschen von Sandalensohlen gegen nackte Fersen, das sich rasch entfernte.

Am nächsten Tag gab es abermals eine solche Begegnung, fast zur gleichen Zeit und fast an der gleichen Stelle. Eine schmale Gestalt mit anmutigem Gang bewegte sich zwischen den schwarzen Stämmen der Kirschbäume. Sie kam langsam näher, bis sie sich mit Jacob auf gleicher Höhe befand. Das leise Klatschen von Sandalensohlen gegen nackte Fersen fand diesmal nicht statt, denn die weibliche Person trug geschlossene Schuhe.

Am nächsten Morgen, in der Schule, war Jacob etwas zerstreut. Auf Lehrerfragen reagierte er fahrlässig, stattdessen sah er seinen unruhigen Händen zu. In der Pause erging sich Ytsche Lehmann, wie oft, in obszönen Bemerkungen, die mit den Beinen und dem Gesäß Gesine Zinkes zu tun hatten, wozu Ytsche Lehmann sich mit dicker rotbrauner Zunge die Lippen leckte.

Nach dem Unterricht, auf dem Rückweg, erwartete Jacob ein neuerliches Zusammentreffen mit der weiblichen Person. Es blieb aus. Er war darüber so enttäuscht, dass er hinter den Schläfen eine leichte Betäubung zu spüren meinte. Er kehrte heim, warf seine Schulmappe von sich und schaltete das Radio ein. Im Hamburger Sender sang ein flüsternder Bariton *You belong to my heart.*

Er traf sie wieder am nächsten Tag. Diesmal trug sie erneut die Sandalen, deren Sohlen leise klatschend gegen ihre nackten Fersen schlugen.

Es kam Regelmäßigkeit in den Vorgang. Die Begegnungen konnten sich geringfügig verschieben im Ort und in der Zeit. Das Ritual war jedes Mal das gleiche: In der Ferne, zwischen den Kirschbaumstämmen, erkannte er ihren Umriss. Kam sie näher, entschloss er sich, wieso eigentlich, gleichgültig neben sich zu blicken, bis sie vorbeigegangen war. An manchen Tagen trug sie eine Sonnenbrille. Sie hatte kastanienbraunes Haar und jene empfindliche Haut, die an den Schläfen und den Innenseiten der Arme bläuliche Adern sichtbar werden ließ. Auf ihrer Nase lag ein kleiner Sattel Sommersprossen. Sie ging sehr aufrecht. Ihr Gesichtsausdruck, schien ihm, war das vollkommene Desinteresse.

Eines Tages trat sie ihm in den Weg, dass er nicht weitergehen konnte. Sie sagte, nun begegneten sie einander schon zwei Wochen lang fast täglich, und es sei an der Zeit, sich zu begrüßen und zu sagen, wer man sei. Das klang einigermaßen vernünftig. Jacob war in diesem Augenblick zur Vernunft ganz unfähig.

Bei jedem der folgenden Treffen redeten sie dann. Er erfuhr, dass sie Bettine hieß und sieben Jahre älter war als er. Sie wohnten beide in dem gleichen Wohnquartier, jenen einst von Wehrwirtschaftsführer Walter Henseler an den Rand von Grotenweddingen gesetzten Wohnblöcken. Bettine arbeitete in einer Apotheke hinter dem Sudertor, Ortseingang von Lüttgenweddingen. Sie war hübsch, nur ihr Gebiss war nicht sehr gesund und zeigte Spuren einer überstandenen Rachitis, in Gestalt kleiner gelblicher Zacken an den Schneiden der oberen Vorderzähne.

Sie wollte, sagte sie, ihrer unvollkommenen Schulbildung

etwas nachhelfen und ihre Englischkenntnisse aufbessern. Irgendwann, sagte sie, werde sie vielleicht auswandern, nach Australien oder nach Kanada, weshalb sie Jacob fragte, ob er die Möglichkeit sehe und auch die Lust habe, etwas englische Konversation mit ihr zu üben.

Manchmal klingelte sie dann abends an Roberts Wohnungstür. Wie üblich war Robert nicht daheim, sondern in Suderwieck, wo er seiner Arbeit nachging. Jacob hatte aus Bad Sipten ein paar Drucksachen geholt, ein zerfleddertes Exemplar der amerikanischen Zeitschrift *Look*, zwei Hefte von *Reader's Digest* und ein Taschenbuch mit Kurzgeschichten, verfasst von einem amerikanischen Schriftsteller namens Ernest Hemingway. Jacob ging immer noch über die Grenze, wenn auch längst nicht mehr so oft wie früher. Die Wege dorthin wurden jetzt strenger bewacht.

Einmal hatte Bettine eine Flasche mit Kräuterlikör bei sich, hergestellt von der Apotheke, in der sie arbeitete. Ein dunkelbraunes klebrig-süßes Zeug. Er trank davon gehorsam ein Glas. Er fand den Geschmack widerlich. Nach einer Weile fühlte er sich auf eine wohlige Art benommen. In der Zeitschrift *Look* gab es das farbige Ganzseitenfoto einer auffordernd lächelnden Schauspielerin namens Rita Hayworth, die einen goldenen Badeanzug und dunkle Netzstrümpfe trug. In dem Taschenbuch las er mit Bettine die Geschichte *The Snows of Kilimanjaro*, die von Harry handelte, einem Schriftsteller, der sich in Afrika das Knie verletzt hatte, woraus rasch eine ziemlich bösartige Wunde entstand. Da lag er mit Fieber und einem brandigen Bein im Niemandsland, starrte in den Himmel und wartete darauf, dass ein Flugzeug käme, ihn in ein Spital zu bringen. Seine reiche Freundin kümmerte sich um ihn und ging zwischendurch auf die Jagd.

Jacob stellte sich die reiche Freundin vor wie Rita Hayworth, obschon von einem goldenen Badeanzug und dunklen Netzstrümpfen bei Ernest Hemingway nicht die Rede war. Harry und seine reiche Freundin tranken unentwegt Whisky mit Soda. Jacob meinte, das müsse ähnlich schmecken wie der dunkelbraune Kräuterlikör aus Bettines Apotheke. Manchmal erinnerte sich Harry an sein früheres Leben, zum Beispiel an seine Aufenthalte in den Alpen, in Konstantinopel und in Paris. Am Schluss der Geschichte war immer noch kein Flugzeug gelandet, dafür erschienen Geier und eine Hyäne, denn Harry war tot.

Gemeinsam beugten sich Jacob und Bettine über den Text. Die kastanienfarbenen Locken Bettines kitzelten an Jacobs Ohr. In Hemingways Geschichte gab es viele Gespräche und viele kurze Sätze. Sie mussten öfter im Wörterbuch nachschlagen, einem Band mit zerfleddertem gelbem Umschlag, hergestellt von der Firma Langenscheidt in Berlin. Einmal hatte Bettina feuchte Augen, und das war vielleicht, weil Harrys Geschichte so traurig auslief, oder auch bloß, weil sie zu viel von dem dunkelbraunen Kräuterlikör zu sich genommen hatte.

Manchmal vergaß sie die abendliche Verabredung. Hinterher entschuldigte und erklärte sie gar nichts. Sie lächelte und zeigte die kleinen rachitischen Zacken auf ihren vorderen Zahnschneiden, und Jacob brachte es nicht fertig, sie zu fragen. Sie setzten sich, als wäre nichts, an den Text von *The Snows of Kilimanjaro* und lasen, wie Harry seine Freundin eine gute reiche Hure nannte.

Die oberen Klassen der Georg-Friedrich-Händel-Oberschule von Grotenweddingen veranstalteten einen Faschingsball. Ort sollte der Keller des von Thomas Hagenow Vater und Sohn erbauten gotischen Rathauses sein, der als öffentliche Gaststätte betrieben wurde. Schüler beiderlei Geschlechtes erschienen mit bunten Papiermützen, langen Pappnasen und angemalten Schurrbärten, wobei die Farbe in den Gesichtern schnell auslief und die Pappnasen bald so lästig wurden, dass die meisten Schüler sie bald wieder abnahmen. Für die Musik sorgten drei Angehörige der Abiturklasse, die sonst, bei Feierstunden, auf dem Podium der Schulaula saßen und Kompositionen für Klaviertrio von Franz Schubert oder Ludwig van Beethoven vortrugen. Jetzt zupfte der Cellist am Kontrabass, und der Geiger saß am Schlagzeug, denn sie spielten Jazz und amerikanische Schlager, *Sentimental journey* und *You belong to my heart*.

Die Schulleitung missbilligte solche Art von Musik, aus politischen Motiven. Die drei Spieler kümmerte das wenig. Schulleiter war längst nicht mehr Dr. Frings, den sie Jupiter tonans genannt hatten und der jetzt endgültig pensioniert war, auch da er das erforderliche Alter bei weitem überschritten hatte. An seiner Stelle amtierte Dr. Schneidewein, der ein magerer Geschichtslehrer war, sich auf dem Faschingsball im Keller des Rathauses freilich nicht zeigen mochte.

Andere Erwachsene waren durchaus vorhanden. Jacob sah Bettine, die, einen glanzpapierenen Türkenfez im Haar, mit einem Angehörigen der Abiturklasse tanzte. Wie war sie eigentlich hierher gekommen? Wieso wusste sie von dem Faschingsball? Jacob hatte sie nicht eingeladen, und erzählt hatte er auch nichts. Anwesend war außerdem Edi Zinke, Geesches Vater, der auf seinen Specksohlenschuhen raubtierhaft den Ratskeller durchquerte. Er hatte der Faschingsfeier mehrere Flaschen Kräuterlikör gestiftet, da er sich der Schule, die seine Tochter besuchte, offensichtlich verpflichtet fühlte, obschon Geesche gar nicht gekommen war.

Jacob trank von dem Likör. Er war sofort benommen. Der Schlagzeuger sang *Darling, you are my song and you'll always belong to my heart.* Jacob lehnte an der Innenwand des Ratskellers, die *al fresco* bemalt war mit Szenen aus der heimischen Sagenwelt, mit Hexen, Zwergen und Riesen, es gab auch eine Figur, die offenbar den Bergmönch darstellen sollte, wiewohl die Kutte, die er trug, weder das Weiß der Zisterzienser hatte noch das Tiefschwarz der Dominikaner, sondern ein diffuses Hellbraun, auch das Gesicht war nichts als ein ausdrucksloses Dutzendgesicht, das weder an Timo von Kisteritz aus dem Naumburger Dom erinnerte noch an J. W. Stalin oder an Dietrich Lehmann.

Jacob beachtete das Abbild des Bergmönches nicht. Er war mit anderem befasst. Stieren Blickes sah er zu, wie Bettine nacheinander mit mehreren Abiturienten tanzte. Sie trug ein enges dunkelgrünes Wollkleid mit einem metallenen Gürtel. Auch Ytsche Lehmann beobachtete sie eingehend und ließ sich über ihre Hüften aus, wozu er sich mit seiner dicken rotbrauner Zunge die Lippen leckte.

Jacob ging gemeinsam mit Bettine heim. Sie gingen langsam, da sie beide etwas angetrunken waren, Bettine mehr noch als Jacob. Der Weg dehnte sich, dass sie über eine Dreiviertelstunde benötigten für eine Strecke, die sich sonst in knappen dreißig Minuten zurücklegen ließ. Die Nacht war frostig.

Bettine lachte anfangs viel und sagte, es sei ein ganz toller Abend gewesen. Sie hängt sich in Jacobs Arm. Plötzlich redeten sie bloß noch wenig. Vor der Tür des Hauses, in dem sie wohnte, verabschiedete sie sich von Jacob, indem sie wortlos seinen Kopf zwischen ihre beiden Hände nahm und ihn küsste. Sie öffnete ihm dabei die Lippen mit den ihren und schob ihre Zunge in seinen Mund. Sie brachte ihn dazu, dass seine Zunge in ihren Mund glitt und beider Zungen einander begegneten. Er spürte die kleinen Zacken auf ihren Zahnschneiden. Er spürte, wie ihm Speichel in den Mundwinkel trat, der ihre oder der seine, er wusste es nicht. Sie nahm ihre Hände wieder fort, wandte sich rasch und ging durch die Haustür, ohne noch etwas zu sagen.

Zu der nächsten verabredeten Englischübung erschien sie nicht. Sie erschien überhaupt nicht mehr, und Jacob traf sie nicht mehr auf dem Weg am Nöschenbachufer. Nach drei Tagen klingelte er an der Tür ihrer Wohnung, doch niemand öffnete. Dann ging er zu der Apotheke am Sudertor, Ortseingang von Lüttgenweddingen, wo Bettine ihre Arbeitsstelle hatte. Er betrat das Geschäft. Die Ladentür klingelte, ähnlich wie bei Herrn Görners Lebensmittelgeschäft in Chemnitz, das war unendlich lange her. Er sah hinter dem Tresen zwei ältere Frauen in weißen Kitteln, die Rezepte entgegennahmen, Medikamente aushändigten und Geld kassierten. Bettine sah er nicht.

Erst nach fast zwei Woche erfuhr er, Bettine habe die Stadt verlassen, schon am Tag nach dem von den höheren Klassen der Georg-Friedrich-Händel-Oberschule veranstalteten Faschingsball. Sie sei gemeinsam mit Edi Zinke unterwegs, Geesches Vater, die beiden hätten miteinander ein Verhältnis und dies schon lange. Sie mochten zusammen auf dem Wege nach Australien oder Kanada sein, vielleicht auch nach Afrika, wo Hemingways Schriftsteller Harry krepiert war. Jacob wusste es nicht. Er wusste bloß, Englisch sprach man da wie dort.

55

Die Metternichgasse ging vom Rennweg ab, gegenüber der großen grauen Mauer des Parks von Belvedere. Es war eine Gegend der vielgeschossigen Verwaltungsgebäude und der ausländischen Missionen. Eine Trambahn fuhr polternd den Rennweg hinan. Es schien keine Sonne. Unmittelbar am Beginn der Metternichgasse stand die Botschaft der Bundesrepublik Deutschland.

Kersting hatte sich vor zwei Tagen telefonisch hier angemeldet. Er hatte seine Fragen vorgetragen und die erwünschten Auskünfte bekommen. Er hatte einen Vorschlag erhalten für den Zeitpunkt seines Besuchs. Er kam außerhalb offizieller Besucherzeiten. Jetzt stand er vor der Eingangstür neben einem schwarzen Adlerwappen auf gelbem Grund.

Er musste warten, ehe ihm geöffnet wurde. Er trat ein. Ihn umgab eine Atmosphäre, die nicht mehr Österreich war und nicht das Deutschland, das er kannte. Er nannte seinen Namen. Der Pförtner, ein kleingewachsener grauhaariger Mensch, war sehr höflich. Er bat Kersting zu warten. Alles lief hier viel verbindlicher ab als bei der Wiener Botschaft der Deutschen Demokratischen Republik.

Kersting saß in einem Sessel neben einem niedrigen Tisch, auf dem ein paar Informationsbroschüren lagen. Kersting blätterte darin. Farbige Bilder des Rheins bei Koblenz, der bayerischen Alpen mit schneeigen Gipfeln, die Nordseeküste. Kersting starrte auf eine Aufnahme mit gischtigen Meereswellen, über denen zwei Lachmöwen hingen.

Er musste nicht lange warten. Eine hochgewachsene, nicht mehr junge Frau trat auf und musterte ihn kurz, in der Art, wie Verkäufer von Textilgeschäften die Körpergröße eines Kunden abschätzen. Sie reichte Kersting die Hand. Sie nannte ihren Namen, der französisch klang und vielleicht hugenottischen Ursprungs war.

Sie fragte nach den Passbildern. Kersting hatte sie vor zwei Tagen anfertigen lassen, in einem Geschäft an der Mariahilferstraße. Die Frau nahm die Fotos und besah sie flüchtig. Alles verlief völlig unspektakulär. Gleichwohl fühlte Kersting, seit er sich im Inneren der Botschaft aufhielt, eine beträchtliche Unruhe. Sein Atem ging hastig, und seine Handinnenflächen, spürte er, waren feucht.

Die Frau nannte die Zeitdauer der Bearbeitung. Sie war erkennbar bemüht, ihrem Gegenüber Gefühle der Unterlegenheit zu ersparen. Sie nannte einen neuen Termin und sagte noch, zu diesem Anlass habe Kersting seinen DDR-Reisepass bei sich zu führen, der dann ausgetauscht würde gegen einen entsprechenden Ausweis der Bundesrepublik Deutschland. Kersting wusste, sein Vorgehen bedeutete einen Verstoß gegen Gesetze des Staates, in dem er wohnte. Der Verstoß galt als schwer und war strafbewehrt.

56

Wieder begann es mit Bildern. Jacob saß im Filmtheater *Corso*, das Edi Zinke gehört hatte, Geesches Vater und Bettines Freund, der zusammen mit Bettine jetzt vielleicht in Kanada weilte oder in Australien. Jacob saß zwischen insgesamt acht Besuchern, von denen sieben bereits vor Ende der Vorstellung ihre Plätze verließen, da der gezeigte Film sie erkennbar langweilte. Jacob begriff sie nicht.

Der Film ähnelte jenem über den Panzerkreuzer Potemkin.

Wieder gab es keine hörbare Sprache, bloß eingeblendete Schriften, zu schmetternder Musik, und ebenso glichen sich Art und Rhythmus, wie Szenen aneinandergefügt waren. Dabei spielte der Film in einer äußerst exotischen Umgebung, nämlich in der Mongolei. Es ging um einen alten Mann, der im Sterben lag und ein kostbares Tierfell vererben wollte, und außerdem ging es um ein Amulett, das einem Priester verloren ging. Der Sohn des alten Mannes nahm beides an sich. Er zerstritt sich mit einem englischen Aufkäufer, worauf er beinahe erschossen worden wäre, doch konnte er fliehen und führte schließlich einen gewaltigen Aufstand an. Der Film trug den Titel *Sturm über Asien*.

In der Klasse der Georg-Friedrich-Händel-Oberschule, die Jacob besuchte, unterrichtete im Fach Geschichte jetzt Dr. Schneidewein, der neue Direktor. Ein ausgemergelter Mann mit flackernden Augen und röchelnder Stimme. An der rechten Stirnseite trug er eine rötliche Narbe, die, wie er gelegentlich erwähnte, im letzten Krieg, den er den faschistischen nannte, davongetragen hatte, durch einen Granatsplitter. Er war, auch das erwähnte er, verwundet in sowjetische Kriegsgefangenschaft geraten und hatte sich dort ausheilen können, um anschließend an einer Maßnahme namens Antifa-Schulung teilzunehmen.

Dr. Schneidewein betrieb eine Art von Unterricht, wie ihn die höhere Lehranstalt in Grotenweddingen bis dahin nicht erlebt hatte. Dr. Schneidewein benutzte Wörter wie Klassenkampf, Ausbeutung, antifaschistische Ordnung, Revolution und politische Ökonomie. Am rechten Jackenaufschlag trug er in besonders großer Ausführung das Abzeichen der Sozialistischen Einheitspartei. Eigentlich musste er wissen, dass er dadurch Argwohn und Misstrauen auf sich zog, von seinen Schülern zunächst, dann aber auch von anderen Vertretern des Lehrkörpers, was ihn alles nicht zu stören schien, wenn er es nicht gar so wollte und entsprechend genoss.

Sein Vorhaben war es, sagte er, junge Sozialisten zu erziehen. Er war ein erbitterter Gegner, sagte er mit röchelnder Stimme, alles Bürgerlichen, das in Grotenweddingen und zumal an der Georg-Friedrich-Händel-Oberschule reichlich vorhanden war. Ihm gehe es, sagte er flackernden Blicks, um die politische Kultur des Proletariats. Während der Schulpausen und auf ihren Heimwegen spöttelten Schüler über Dr. Schneideweins Äußeres, auch über seine Redeweise und seine Haltung vor allem, sie äfften ihn nach und redeten von Popelrevolution, was Jacob kindisch fand. Besonders tat sich hier Ytsche Lehmann hervor, der längst nicht mehr im blauen Uniformhemd die Landsknechtstrommel schlug, da sein Vater ihm das verboten hatte. Derlei sei geschäftsschädigend, hatte Dietrich Lehmann behauptet, obschon es kaum Zusammenhänge gab zwischen Sterben und Tod auf der einen Seite und dem Jugendverband FDJ auf der anderen, Witold & Söhne auch das einzige Bestattungsunternehmen in Grotenweddingen war nach wie vor.

Dr. Schneidewein zeigte sich an Jacob interessiert. Wahrscheinlich wusste er von Jacobs Herkunft aus einem nichtbürgerlichen Elternhaus. In seinem Unterricht rief er Jacob häufiger auf als andere Schüler. Er ließ Jacob ausführliche Antworten geben und belohnte Jacob mit besonderem Lob. Es war das erste Mal, dass Jacob solche Behandlung erfuhr, und im Unterschied zu seinen Klassenkameraden konnte er sich unter proletarischer Kultur sogar etwas vorstellen, nämlich Filme wie *Panzerkreuzer Potemkin* und *Sturm über Asien*. Die nannte er dann als Beispiele und erhielt dafür von Dr. Schneidewein ausführliches und röchelnd vorgetragenes Lob.

Hinterher wurde er zu Dr. Schneidewein bestellt. Er stand dem hageren Menschen mit der rötlichen Stirnnarbe und dem flackernden Blick gegenüber. Dr. Schneidewein tätschelte ihm die Schulter und redete mit röchelnder Stimme, wobei sein Atem nach ranzigem Tabak roch. Dr. Schneidewein sagte, die neue Ordnung verlange den neuen Menschen, und Jacob sei jemand, aus dem der neue Mensch werden könne. Dies erfordere freilich ständiges Arbeiten an sich selber, zu welchem Zwecke er Jacob ein Heftchen mit dem Titel *Manifest der Kommunistischen Partei* überreichte.

Jacob trug es heim. Er begann zu lesen. Er verstand nicht viel. Er verstand gerade, dass es um die Ablehnung dessen ging, was in Dr. Schneideweins Mund bürgerlich war. Das *Manifest der Kommunistischen Partei* bediente sich einer Sprache, die pompös und ziemlich altmodisch klang. *Freier und Sklave, Patrizier und Plebejer, Baron und Leibeigener, Zunftbürger und Gesell, kurz, Unterdrücker und Unterdrückte standen in stetem Gegensatz zueinander, führten einen ununterbrochenen, bald versteckten, bald offenen Kampf, einen Kampf, der jedesmal mit einer revolutionären Umgestaltung der ganzen Gesellschaft endete oder mit dem gemeinsamen Untergang der kämpfenden Klassen.* Wenn dies alles so zutraf, müsste er, Jacob, zu den Unterdrückten zählen, während andere in Grotenweddingen, beispielsweise Dietrich Lehmann von Witold & Söhne, die Unterdrücker waren. Von einem offenen Kampf konnte Jacob nichts erkennen. Immerhin konnte die Sache, wurde hier behauptet, auch gut in verdeckter Form ablaufen.

Als Robert das Heftchen entdeckte, in dem Jacob las, wollte er die Herkunft wissen. Jacob gab Antwort. Da wollte Robert erfahren, welchen Eindruck Jacob von seiner Lektüre habe, doch ehe Jacob sich äußern konnte, begann Robert zu schimpfen: auf den Kommunismus, der nichts als eine blutige Irrlehre sei, da er statt früherer Ungerechtigkeit immer bloß eine neue schaffe, schlimmer als die frühere, und Jacob müsse sich davor hüten. Roberts Gesicht verfärbte sich, während er redete. Alle Wut über das Ende der Assoziation Malatesta war in seinen Sätzen, von denen Jacob freilich nicht sehr viel verstand, nämlich fast so wenig wie von den altmodisch klingenden Sätzen im *Manifest der Kommunistischen Partei*.

Er hörte zu. Er sagte nichts. Dabei wuchs allmählich in ihm, indem er zuhörte, ein weitläufiges Gefühl von Trotz. Wie, fragte er sich insgeheim, wenn Robert hier unrecht hätte und das *Manifest der Kommunistischen Partei* hätte recht? Robert war sein Vater. Es gab niemanden, der ihm näherstand als Robert. Bisher hatte er alles, was Robert tat und was Robert dachte, hingenommen wie selbstverständlich. Jetzt beschlich ihn der Gedanke, Robert könne vielleicht irren, wie Robert auch früher geirrt hatte, Jacob wusste das gut genug, schließlich hatte er es miterlebt.

Ein paar Tage danach bat er Dr. Schneidewein um ein Gespräch. Es ging ihm um den Inhalt des Heftchens mit dem *Manifest der Kommunistischen Partei*. Dr. Schneidewein zeigte sich hoch erfreut über Jacobs Bitte. Sie schien ihm zu beweisen, dass Jacob auf dem richtigen Weg war, ein neuer Mensch zu werden. Mit flackernden Blicken redete Dr. Schneidewein von Marx und Engels, von Weltrevolution, Befreiung, Sozialismus und Klassenkampf und von dem Vaterland aller Werktätigen, das war die Sowjetunion. Jacob hörte zu. Er stellte Fragen. Er lauschte Dr. Schneideweins röchelnd vorgetragenen Antworten. Etwas davon rührte ihn an. Er dachte an *Panzerkreuzer Potemkin* und *Sturm über Asien*. Sonst freilich war es eher schwierig, Dr. Schneideweins Enthusiasmus in Übereinstimmung zu bringen mit dem, was von der neuen gerechteren Ordnung in Grotenweddingen bisher existierte. Natürlich, rief röchelnd Dr. Schneidewein, da gebe es Anfangsschwierigkeiten, auch Fehler, die gebe es überall, wo Neues entstehe, die würden sich überwinden lassen, und dafür brauche es neue Menschen wie Jacob.

Der dachte nach. Wenn er Dr. Schneideweins Aufforderung nachkäme, würde er sich, wusste er, von Robert, seinem Vater, entfernen. Dies wäre freilich bloß folgerichtig insofern, als Robert sich gleichermaßen von ihm entfernte, seit Längerem schon, allein durch seine Arbeit und seine Aufenthalte in Suderwieck, was ihn, Jacob, lange Nachmittage und Abende alleine ließ. Dabei fühlte Jacob sich nicht, wie das *Manifest der Kommunistischen Partei* altmodisch behauptete, als ein Ausgebeuteter. Er war höchstens anders als andere Leute in Grotenweddingen. Leute, die im Frühjahr bunte Fachwerkfronten erneuern ließen mit Lehm und frischen Farben, womit sich ihr Schönheitssinn völlig erschöpfte. Die niemals ein Bild Wilhelm Reichows ansehen würden, der für sie immer bloß ein lächerlicher Kerl mit Eigelb am Rockaufschlag war. Die keinerlei Interesse zeigten für Filme wie *Panzerkreuzer Potemkin* und *Sturm über Asien*, sondern vorzeitig das Filmtheater *Corso* verließen. Jacob redete sich ein, solche Art der Zufriedenheit Grotenweddingens mit sich selber kränke ihn, der nicht aus Grotenweddingen stammte und nie zu Grotenweddingen gehören konnte. Vielleicht war, was Dr. Schneidewein ihm nahelegte, ein Mittel, sich gegen diese Art Kränkung zu wehren.

Darüber dachte er nach und dachte er nicht nach. Er ließ es geschehen. Er unternahm, wie in früheren Jahren auch schon, lange sommerliche Wanderungen und unternahm sie wie früher allein. Mit hechelndem Atem stieg er schräge Gebirgshänge hinan. Dürre Grashalme streiften kitzelnd seine nackten Waden, hinter ihm her schwirrten Insekten. Auf den Wiesen lag in grau zerfaserten Fladen vertrockneter Kuhdung. Umgestürzte Fichten hielten ihr plumpes Wurzelgeflecht in die Luft. Unten waren winzig die roten Ziegeldächer des Stadtteils Lüttgenweddingen. Hier oben gab es keinen Bergmönch mehr, der mit ihm reden und der ihm raten konnte. Jacob vermisste ihn nicht. Jacob erinnerte sich nicht an ihn. Überhaupt war Vergangenheit nicht mehr wichtig.

Als Robert Jacobs blaues Uniformhemd mit dem Symbol der aufgehenden Sonne am Ärmel fand, rief er im Befehlston, der Fetzen sei augenblicklich zu entfernen. Jacob blickte ihn an. Er sagte nichts. Er schüttelte bloß den Kopf. Es war das erste Mal, dass er sich seinem Vater auf diese Art widersetzte. Robert zeigte sich sprachlos, für eine Sekunde. Dann begann er zu brüllen. Es kam zu einem Streit, der nur kurz währte, da Jacob keine passenden Antworten einfielen, doch Robert hätte sowieso nicht auf Antworten geachtet, er brüllte, seine Stimme überschlug sich, bis er, auf dem Höhepunkt seiner Wut, nach einem umherliegenden Küchenmesser griff und damit nach Jacob warf.

Das Messer traf Jacob am Kinn. Die Wunde begann umgehend zu bluten. Jacob sah, wie dicke rote Tropfen auf sein Hemd fielen. Der Anblick nahm auch von Roberts Zorn etwas fort. Robert wandte sich ab, verließ das Zimmer und verließ die Wohnung. Wohin er ging, wusste Jacob nicht. Er besah sich sein Kinn im Spiegel. Er sah die blutende Wunde und entfernte das Blut, mit etwas Wasser, mit einem Handtuch, er nahm ein Heftpflaster und verklebte die Wunde. Später würde er davon eine kleine, kaum sichtbare Narbe behalten.

57

Kersting durfte den für Staatsangehörige der Europäischen Gemeinschaft geöffneten Abfertigungsschalter des Brüsseler Flughafens Zaventem ohne längeren Aufenthalt passieren. Ein schnurrbärtiger Beamter betrachtete aus müden Augen zunächst Kerstings Gesicht, dann Kerstings Pass. Er gab den Ausweis zurück. Kersting durfte weitergehen. Es war für ihn eine völlig ungewohnte Erfahrung.

Er stand in der Flughafenhalle, die ihm düster und slawisch erschien, als sei er, in der Folge eines unbegreiflichen Irrtums, statt nach Westeuropa in eine östliche Volksdemokratie gelangt, oder Belgien gehöre zum Balkan. In seinen Fingern hielt er den in hartes Grün eingebundenen Reisepass, der ihn beschrieb als jemand, der er war und der er nicht war. Der Pass, entgegengenommen in der bundesdeutschen Botschaft zu Wien, Metternichgasse 3, bestätigte ihm eine ausgeborgte unechte verbotene Identität.

In einem Omnibus fuhr er auf die Hauptstadt zu. Er nahm die sonderbare Zufälligkeit und Unordnung wahr von Dörfern, Straßen und Quartieren. Er kenne, dachte er sich, nicht viele Großstädte, wo so bedenkenlos und brutal gebaut worden war, aber wie viele Großstädte kannte er denn? Hoch oben auf einem Baukran hockten wie Vögel mehrere Arbeiter, kauten an ihren Weißbrotstangen und blickten grinsend auf den Omnibus herab.

Dann dachte er daran, dass Henry van de Velde Belgier war. Dass van de Velde in Brüssel gelebt hatte, denn elf Jahre lang war er hier Leiter des *Institut supérieur des Arts décoratifs* gewesen. Kersting erinnerte sich, wie er sich vergeblich darum bemüht hatte, ein DDR-Visum für eine Reise nach Belgien zu erhalten, als er noch über seinem van-de-Velde-Manuskript saß. Nun, da van de Velde ihn nicht mehr interessierte, befand er sich tatsächlich in Brüssel.

Hinter dem Schaufenster einer Buchhandlung nahe der Grand' Place entdeckte er die farbige Reproduktion eines Gemäldes von René Magritte, *Le Sorcier*. Es zeigte das Porträt eines Mannes mit vier Armen. Der Mann saß aufrecht an einem Esstisch, vor sich einen Teller mit Steak und Salat, zwei der Hände zerlegten mittels Messer und Gabel das Fleisch, die dritte führte ein Stück Brot zum Mund, während die vierte aus einer Flasche Rotwein in ein Glas goss. Der Mann sah ihm überhaupt nicht ähnlich, dennoch hatte Kersting den Eindruck, er betrachte sein Spiegelbild.

Er ging durch die Fleischergasse der Altstadt, eine krumme schmuddelige Zeile mit vielen Restaurants. Unter den Türen warteten wie Zuhälter die Kellner, vor den Fenstern waren Stände mit Auslagen, Meeresfrüchten, blutigen Steaks, Hummern, totenbleichen Fenchelknollen, dazwischen schmolzen Eisbrocken, Wasser tropfte aufs Pflaster und rann in schwarzen Windungen die Gasse hinab. Die St.-Hubertus-Galerien fassten und transportierten Publikum, eilige Angestellte, gaffende Touristen, viele Schwarzafrikaner, Streugut eines untergegangen Kolonialreichs. Die Dämmerung der Passagen überzog alles wie mit Nebelschwaden. Brüssel schien schwelgerisch, verwirrt, selbstverliebt und todessüchtig wie Wien.

Er stand auf der Avenue Louise, vor dem Hôtel Solvay des belgischen Jugendstilarchitekten Victor Horta. Die Außenhaut war grauer Stein. Das Schmiedeeisen an Fenstern und Loggien war holzbraun koloriert. Hinter dem geöffneten Portal gab es grauen Marmor, verdunkeltes Holz und Zwielicht. Hortas Duktus, fand er, war sehr viel eleganter als der von Henry van de Velde, und er war deutlich verspielter als der von Josef Hoffmann. Eine alte Dame, im Arm ein kunstvolles Blumengesteck, stürzte mit drohend vorgestrecktem Türschlüssel auf Kersting zu, da sie ihn offenbar für den Besitzer des unmittelbar vor dem Haus widerrechtlich geparkten Wagens hielt. Kersting trat erschrocken beiseite. Die alte Dame kehrte erbittert zurück in das Haus, seufzend schloss sich das Portal, um sie mitsamt ihrem alten Reichtum zu verschlingen.

Kersting ging bis zur Avenue de Tervuren, um jenes Gebäude zu sehen, dessentwegen er für einen Tag nach Brüssel gefahren war: das von Josef Hoffmann entworfene, von der Wiener Werkstätte erbaute und eingerichtete Palais Stoclet. Kersting kannte die Inneneinrichtung. Er kannte sie durch die große Monografie von Moritz Ginsberg. Den Speisesaal schmückten Wandmosaiken von Gustav Klimt, stilisierte Bäume, angebracht zwischen Verkleidungen aus hellem Paonazzo-Marmor, über Kredenzen aus Makassarholz. Im Theatersaal waren die Wände dunkler Portovenere-Marmor, mit vergoldeten Kupferleisten. Der Fußboden bestand aus Teak- und Korallenholz. Die Möbel waren geschnitzt und vergoldet, die Sesselbezüge leuchtendes Rot. Der Hausherr war stets darauf bedacht, dass seine Krawatte die Farben der im Speisezimmer aufgestellten Tischblumen wiederholte. Er verfügte testamentarisch, dass er nach seinem Ableben mit einem von Josef Hoffmann entworfenen Brusttüchlein beigesetzt würde.

Das Palais Stoclet war Privathaus geblieben. Moritz Ginsberg hatte von Österreich aus mit der Stoclet-Tochter telefoniert, wegen Kerstings Besuch, aber keine eindeutige Antwort erhalten. Kersting führte ein Schreiben Ginsbergs an die Stoclet-Tochter bei sich. Jetzt stand er vor dem Gartentor. Er fröstelte. Er war beeindruckt von den riesigen Abmessungen des

Gebäudes, die sich aus den ihm bekannten fotografischen Aufnahmen so nicht erschlossen. Die pompösen vier Muskelmänner an der Spitze des Stiegenturmes trugen leuchtenden Grünspan und starrten abweisend ins Nichts. Die Buchsbäume auf eckigen Kübeln, in den von Hoffmann bevorzugten Kontrastfarben schwarz und weiß, waren zu Pyramidenstümpfen geschnitten. Das Palais wirkte schön, fremd und hochmütig. Es schien ausschließlich mit sich selbst befasst.

Als Kersting durch den Zaun spähte, entdeckte er einen einzelnen Gärtner, der mit seinen Gerätschaften hantierte, einen älteren Menschen. Schlurfenden Schrittes kam er auf Kersting zu und fragte etwas, das Kersting nicht verstand. Kersting wollte antworten, er zückte das Empfehlungsschreiben von Ginsberg, er nannte Ginsbergs Namen. Der Gärtner blieb unbeeindruckt, hob abwehrend die erdigen Hände und sagte mit heiserer Stimme: Rien, Monsieur. Tout impossible, alors. Darauf wandte er sich und ging auf knirschendem Kies vom Zaune fort, bis er unter der Brücke zum Garagenhof verschwand. Eine weitere Reaktion aus dem Haus würde nicht erfolgen. Kersting stand und starrte auf das Haus. Es entstammte einer Welt, der er, Kersting, nicht zugehörte und die ihm unzugänglich blieb. Er hatte die Risiken und Anstrengungen der Fahrt hierher unternommen, um genau das zu erfahren.

58

Grotenweddingen blieb äußerlich, wie es war, und war doch das alte Grotenweddingen nicht mehr. Bewohner verließen die Stadt und zogen beispielsweise nach Bad Sipten. Sie zogen für immer dorthin, da sie in Bad Sipten Verwandte hatten und ihnen die Zustände, die in Grotenweddingen herrschten, nicht gefielen. Dabei konnten sie, wenn sie nach Bad Sipten zogen, kaum mehr die Zonengrenze im Gebirge überqueren, da diese Grenze geschlossen war und von Uniformierten bewacht, russischen wie deutschen. Die Leute aus Grotenweddingen, die fortgehen wollten, mussten den langen Umweg über Berlin nehmen, wo sie ungehindert aus dem sowjetisch besetzten Stadtteil in einen der drei Westsektoren gelangten. Anschließend konnten sie dort ein Flugzeug besteigen, das sie nach Hannover oder Hamburg brachte, von wo aus sich problemlos nach Bad Sipten weiterreisen ließ, sofern die Leute es nicht vorzogen, in Hannover oder Hamburg oder anderswo zu bleiben.

Dabei war, wer in Grotenweddingen ausharrte, mit den dort bestehenden Zuständen nicht durchweg einverstanden. Die meisten Leute hatten Einwände, die sie freilich nicht aussprachen, da sie für sich Nachteile davon befürchteten. Eine ähnliche Haltung gab es bei den Zöglingen der Georg-Friedrich-Händel-Oberschule. Gehorsam und überwiegend gelangweilt nahmen sie zur Kenntnis, was jetzt nicht bloß Dr. Schneidewein sie unterrichtete und was sie auf Befragen gehorsam wiederholen mussten. Jacob blieb eine Ausnahme insofern, als, was da aufzusagen war, seiner Überzeugung entsprach.

Entsprach es seiner Überzeugung? Das Ungestüme, das Wörtern wie Gerechtigkeit, Gleichheit, Arbeit, Aufbau anhing, rührte ihn an. Obwohl, was Aufbau und Arbeit betraf, es in Grotenweddingen nichts Besonderes zu tun gab, denn das Leben lief hier ab wie zuvor, und wie Gerechtigkeit oder Gleichheit beschaffen sein sollten, hätte er kaum zu sagen gewusst. *Man spricht von Ideen, welche eine ganze Gesellschaft revolutio-*

nieren; man spricht damit nur die Tatsache aus, dass sich innerhalb der alten Gesellschaft die Elemente einer neuen gebildet haben, dass mit der Auflösung der alten Lebensverhältnisse die Auflösung der alten Ideen gleichen Schritt hält. So stand tröstend im *Manifest der Kommunistischen Partei*. Das konnte man glauben oder nicht. Abgesehen davon, dass Jacob auch diese Behauptungen nicht völlig begriff.

Stattdessen befielen ihn Zweifel. Manchmal, wenn er den hölzernen und nicht enden wollenden Wortlaut politischer Verlautbarungen hörte, fragte er sich, ob Robert, sein Vater, womöglich recht habe und nicht der flackernd blickende und röchelnd redende Dr. Schneidewein. Die Unterschiede zwischen dem, was erreicht werden sollte, und dem, was erreicht wurde, peinigten ihn, denn sie waren groß.

Mit seinem Vater redete er darüber nicht. Was Robert antworten würde, konnte er sich denken. Manchmal geschah es, dass Robert, wenn er sich länger in Grotenweddingen aufhielt, und das war stets am Wochenende, ihm höhnische Fragen stellte, auf die er nur ausweichende Antworten wusste oder gar keine Antwort. Sie redeten immer weniger miteinander. Sie sahen sich immer seltener. Robert hatte seine Arbeit, er überließ Jacob Geld für Einkäufe, wahrscheinlich hing er weiterhin seiner anarchosyndikalistischen Überzeugung an.

Jacob galt als ein sehr guter Schüler. Das verdankte er seinen Leistungen ebenso wie seiner politischen Haltung. Er hatte Bewunderer, und er hatte Feinde. Unter den Bewunderern war Geesche, und unter den Feinden war Ytsche Lehmann, der um Geesches willen sein Feind war. Geesche, Tochter des nach Kanada oder Australien geflüchteten Kinobesitzer Edi Zinke, besuchte zwei Klassenstufen unter Jacob die seit Kriegsende auch für Mädchen zugängliche Georg-Friedrich-Händel-Oberschule von Grotenweddingen. Manchmal musste Jacob, auf Anweisung von Dr. Schneidewein und als Beigabe zu einem Vortrag von Dr. Schneidewein, in der Aula der Georg-Friedrich-Händel-Oberschule Verse vortragen, aus dem Poem *Gut und schön* des russischen Dichters Wladimir Wladimirowitsch Majakowski, der nebenher ein Kunstmaler gewesen war, oder aus dem Sonettwerk des deutschen Dichters Johannes R. Becher, der einige Zeit in der Sowjetunion zugebracht hatte, so wie Dr. Schneidewein. Anlass war zum Beispiel der Jahrestag des Sturms auf das Winterpalais 1917 im russischen Petrograd. Dr. Schneidewein nannte ihn einen Wendepunkt in der Menschheitsgeschichte. Jacob deklamierte mit brüchigem Knabenbass, und in der ersten Reihe, direkt vor ihm, saß Geesche und starrte gierig seine Lippen an.

Noch immer besuchte Geesche regelmäßig die evangelische Christenlehre in der evangelischen Kirche von St. Martin. Inzwischen begann sie zu überlegen, ob nicht mehr noch als der Gottessohn Jesus von Nazareth und der Reformator D. Martin Luther die sowjetischen Staatsmänner W. I. Lenin und J. W. Stalin für sie bedeutsam sein könnten. Weiterhin gebot sie über die gleiche hexische Beharrlichkeit wie früher, als sie, schmutzig und zuckerverschmiert, Tollkerbel, Wüterich, Ziegendill und Katzenpeterlein gemischt hatte, um Jacobs Liebe zu erzwingen. Es war alles vergeblich gewesen. Längst aß sie keine Süßigkeiten mehr. Längst wusch sie sich regelmäßig und mehrmals am Tag. Längst war sie ein hingebungsvolles Mitglied der Jungen Gemeinde an der evangelischen Kirche von St. Martin, hatte sich konfirmieren lassen, hatte Oblate und sauren Wein geschluckt beim Abendmahl, wobei Verzückungen über sie gekommen waren wie einst, da sie die satanischen Sukkubi ihrer Ahnin Julie Wulff beschwor.

Die Konfirmation hatte sie nicht durch Superintendent Fleiner erfahren, sondern durch dessen Vikar Herbert Jinnerjahn, ehemals U-Bootfahrer in Adolf Hitlers Kriegsmarine und anschließend Student der protestantischen Theologie an der Universität Jena. Vikar Jinnerjahn war ein hagerer Mensch mit schütterem Blondhaar. Neben den Mundwinkeln zeigte er Grübchen.

Gesine Zinke, die sich Geesche rufen ließ, begann für Vikar Herbert Jinnerjahn ähnliche Gefühle zu entwickeln wie zuvor für Jacob. Zauberische Salben mochte und durfte sie jetzt nicht mischen. Aller Hexerei hatte sie abgeschworen. Stattdessen sang sie Choräle von Valentin Triller und las inständig in D. Martin Luthers Eindeutschung des Alten Testaments, 2. Buch Samuel 11, 2–27. David machte den Hethiter Uriah betrunken, um ihn anschließend auf eine gefährliche Militärmission zu schicken, was keinen anderen Zweck verfolgte, als dass Uriah umkommen sollte, wie auch geschah. Derart hatte David Gelegenheit, weiterhin die schöne Bathseba, des Uriah Weib, zu bespringen und zu schwängern. *Und da sie zu ihm hineinkam, wohnte er ihr bei.* Geesche sah sich als Bathseba und Vikar Herbert Jinnerjahn als David, König von Israel.

Wie einst lauerte sie vor der Tür des Pfarrhauses von St. Martin. Sie lauerte auf Vikar Jinnerjahn, der ihr David sein sollte, obschon im 2. Buch Samuel es David gewesen war, der gelauert hatte, nämlich auf Bathseba. Geesche stand vor dem Pfarrhaus von Superintendent Fleiner, wo Vikar Jinnerjahn inzwischen jenes Zimmer bewohnte, in dem zuvor Heidemarie Fleiner geschlafen hatte, aber die schlief nunmehr in der Stadt Bremen.

Geesche drängte sich an die Seite von Vikar Herbert Jinnerjahn, wenn er aus der Tür des Pfarrhauses von St. Martin trat, um Krankenbesuche anzutreten, die Kirche für den sonntäglichen Gottesdienst zu öffnen oder eine Beerdigung vorzunehmen auf dem Friedhof von St. Martin. Geesche stellte Fragen, auf die Vikar Jinnerjan geduldige Auskunft gab. Geesche beschrieb ihren trüben Familienalltag. Ihre Mutter musste nachmittags und abends Kasse nebst Vorführapparat des Filmtheaters *Corso* bedienen, wo Filme wie *Sturm über Asien* und *Kind der Donau* liefen. Wenn Frau Zinke heimkam, war sie müde, wortlos und an den seelischen Zuständen ihrer Tochter Geesche nicht interessiert.

Geesche erheischte für sich Mitleid wegen ihres Vaters, der sich weit entfernt von Grotenweddingen aufhielt, in Kanada oder Australien, vermutlich mit Weibern, und nicht einmal ein Paket mit Schokolade, Puddingpulver und Kaugummi mochte er schicken an Geesche, sein in Grotenweddingen hilflos zurückgelassenes Kind. Vikar Jinnerjahn lauschte und lächelte leer, wozu er vertiefte Grübchen zeigte. Er wusste Tröstung mit Worten, obschon Geesche lieber Berührungen erfahren hätte wo an ihrem Leib auch immer.

Eines Vormittags hielt ein schwarzes Automobil der Deutschen Volkspolizei auf dem Pfarrhof von St. Martin. Vikar Herbert Jinnerjahn, ehemals U-Bootfahrer und jetzt praktizierender evangelischer Gottesmann, wurde abgeführt von zwei Polizisten in Zivil. Er hatte sich mehrfach an drei ihm zur Christenlehre anvertrauten Knaben vergangen, was ihm einen Strafprozess, eine Freiheitsstrafe und den Entlassungsbescheid seiner evangelischen Landeskirche einbringen würde. Gesine Zinke, die weiterhin Geesche hieß, musste erkennen, dass sie im Zeichen des Gekreuzigten nicht finden würde, was sie so beharrlich suchte, was sie allenfalls bei Ytsche Lehmann hätte finden können, der ihr weiterhin hinterdrein war, was sie bei

Ytsche Lehmann aber nicht finden wollte. Sie verabscheute ihn nach wie vor. Er war ihr zu fett. Ihr stand der Sinn nach einem mageren Jungenleib.

59

Die Sekretärin war eine dürre Person mit riesiger Brille. Sie wirkte gehetzt. Sie sagte, der Chef sei noch anderweitig beschäftigt, er werde umgehend erscheinen. Ob sie ein Getränk bringen solle? Kersting schüttelte den Kopf. Die Sekretärin ließ ihn allein.

Er befand sich in einem großen, ziemlich dunklen Raum mit Kamin, Sesseln und Wandregalen voller Bücher, alles Erzeugnissen dieses alten Münchner Verlagshauses, Bildbänden, Ausstellungskatalogen, Künstlermonografien. Kersting suchte nach den Bänden, in denen er als Autor vertreten war. Für eine Gesamtdarstellung des europäischen Jugendstils hatte er den Text über van de Velde verfasst. Für den Sammelband über europäische Künstlerkolonien um 1900 hatte er über Schwaan, Ahrenshoop, Hiddensee und Nidden geschrieben. Er fand die Bände. Sie standen in einem der Regale sehr weit oben und waren noch eingeschweißt in Kunststofffolie. Sie waren vorhanden, doch niemand hatte je in ihnen geblättert.

Auf einem Tisch lag die letzte Ausgabe des Kunstmagazins *Phantasus*. In einer früheren Ausgabe hatte Kersting über Gwendolyn geschrieben, seine damalige Freundin, die gegenständliche Bilder malte im Stil der Naiven. Der Artikel hatte dafür gesorgt, dass ein Stuttgarter Galerist sich für Gwendolyns Arbeiten interessierte und, nach ausdrücklicher Genehmigung der entsprechenden DDR-Behörden, eine Verkaufsausstellung mit ihren Arbeiten vornahm. Ob er viel umgesetzt hatte, wusste Kersting nicht.

Er stand am Fenster. Er konnte in das Hofgelände des Nachbargrundstückes blicken. Er konnte sehen, wie ein livrierter Chauffeur um eine langgestreckte schwarze Limousine tänzelte und die hintere Tür des Wagens aufriss. Er strauchelte. Er stürzte. Der Fahrgast, ein junger Mann mit goldblonden Haaren und rosigem Gesicht, stieg aus. Er trug einen Zobelpelz. Der Anblick des gestürzten Chauffeurs schien ihn zu erheitern. Mehrmals stieß er mit der Spitze seines schwarzen Lackschuhs gegen die Hüfte des Gestürzten, nicht sehr heftig, eher spielerisch, was alles seine Heiterkeit noch verstärkte. Der Gestürzte krümmte sich ein wenig. Er stand erst wieder auf, als der junge Mensch im Zobelpelz sich abwandte, um das Haus zu betreten.

Das Nachbargrundstück gehöre einem Club im britischen Stil, mit britischem Namen, eingerichtet für bayerische Millionäre, hörte Kersting. Der Verleger war inzwischen eingetreten. Kersting kannte ihn seit fünf Jahren. Sie waren einander bei der Leipziger Buchmesse begegnet, mehrere Male. Der Verleger mochte so alt sein wie Kersting, er war klein und rundlich, er hatte kurzgeschorenes weißes Haar und einen weißen Vollbart. Jetzt trug er ein hellblaues Oberhemd mit bunter Krawatte und breiten karmesinroten Hosenträgern.

Er wirkte unruhig. Er sagte, er habe ein ausführliches Telefonat mit Boston hinter sich, eines gemeinsamen Projektes wegen, die Kosten für Kunstbände wüchsen ins Astronomische, ohne internationale Koproduktionen ließe sich kaum mehr etwas realisieren. Der Verleger redete rasch. Es schien ihm ein Bedürfnis, seine Probleme auszubreiten, als sei sein Zuhörer in der Lage, sich dessen anzunehmen, um es zu bewältigen. Die Rede war von Umsätzen, Überproduktion, von der Presse, vom Kunstmarkt, von der Korrumpierbarkeit der Kritik und von den ungesicherten Eigentumsverhältnissen des Verlags, der eine lange und ehrwürdige Geschichte hatte, dessen heutige Besitzer jedoch, eine Erbengemeinschaft, untereinander völlig zerstritten waren.

Kersting hörte zu. Er war von Brüssel mit der Bahn nach München gefahren. Er hatte sich, noch von Brüssel aus, in München angemeldet. Er war zum vereinbarten Termin in den Verlag gekommen und hatte sich zuvor in der Innenstadt aufgehalten. Er war vorübergegangen an barocken Kirchen und modernen Kaufhäusern, an Galerien, Plätzen, Regierungsgebäuden und Bierhallen. Er war über den Odeonsplatz gegangen und die Ludwigstraße hinab bis zum Siegestor. München erschien ihm bunt, hektisch und reich. Es war anders als Brüssel, und es war anders als Wien. Er probierte die Vorstellung, er würde in München leben. Aber musste er nach München gehen, wenn er die DDR verließ? Er konnte auch in eine kleine Stadt ziehen, wo das Leben mit einiger Sicherheit sehr viel billiger war. Er konnte in Wien bleiben oder in Niederösterreich, Moritz Ginsberg würde ihm dort vielleicht behilflich sein.

Ginsberg, sagte der Verleger. Ob Kersting ihn getroffen hatte? Ginsberg galt als die unanfechtbare Autorität in Sachen österreichischer Jugendstil. Ausgezeichneter Mann, sagte der Verleger, obschon, Ginsberg sei alt, die große Jugendstilkonjunktur sei auch längst vorbei, die große Koloman-Moser-Monografie des Hauses, ein prächtiger Band, liege in den Läden wie Blei. Der Markt reagiere immer hektischer, sagte der Verleger, der Kunstmarkt zumal. Man müsse Schritt halten mit dem Markt.

Kersting wollte wissen, ob der Verlag weiterhin Interesse habe an der von Kersting verfassten Josef-Hoffmann-Monografie. Natürlich, sagte der Verleger, wenn man mit den Leipzigern ins Geschäft komme. Kersting fragte: Wenn aber nicht? Der Verleger war irritiert. Der Devisenhunger, sagte er, werde doch immer größer dort drüben. Man lese davon täglich in den Zeitungen. Man erlebe es auch selber. Gar keine Frage, sagte der Verleger, dass man sich einigen werde, zu allseits akzeptablen Bedingungen.

Kersting sagte, er trage sich mit dem Gedanken, für immer im Westen zu bleiben. Er wollte wissen, ob ihm sein Gegenüber da behilflich sein könne, ein wenig.

Der Redefluss des Verlegers war unterbrochen. Der Verleger stand auf und ging zum Fenster, wo nebenan, vor dem britischen Club für deutsche Millionäre, der Wagen des Zobelpelzträgers noch warten mochte oder nicht. Was soll ich antworten, sagte der Verleger. Statt einer Entgegnung zog er eine blaue Packung mit filterlosen Zigaretten, riss sie auf und hielt dann inne. Wieso wollen Sie überhaupt, fragte er.

Er halte es nicht mehr aus, sagte Kersting.

Schön, sagte der Verleger. Irgendwie verständlich. Irgendwie auch nicht. Kersting gehe es doch gut dort drüben. Oder? Kersting habe einen Namen, er habe zu tun, er könne sogar reisen. Die Umstände dort drüben seien ein bisschen muffig, keine Frage, andererseits, das Leben dort laufe entschieden ruhiger ab, kein Vergleich mit dem Stress hierzulande, und vermutlich wisse Kersting gar nicht, worauf er sich einlasse. Darf ich ehrlich sein, fragte der Verleger.

Bitte, sagte Kersting.

Wir leben hier, sagte der Verleger, in einer elenden Welt. Alles Kommerz. Wer sich verweigert, geht unter.

Er atmete geräuschvoll. Natürlich, sagte er noch, werde ein Überläufer aus der DDR im deutschen Westen begrüßt. Das halte immer bloß für kurze Zeit. Danach werde der Neuankömmling auf den immer enger werdenden Märkten als die Konkurrenz begriffen, die er sei. Dabei habe er gegenüber Alteingesessenen viel weniger Erfahrung und überhaupt keine Routine. Trotzdem. Wer schon immer im Westen zu Hause gewesen sei und auf solche Art PR verzichten müsse, neide sie dem Neuankömmling. Auch wenn sie kaum mehr sei als ein Strohfeuer. Sicherer sei bloß, wenn jemand mit einem politischen Skandal käme. So was lasse sich besser ausnutzen. Auf Grundlage entsprechender Schlagzeilen könne Umsatz generiert werden. Wolle aber Kersting seine gute gesicherte Ost-Existenz wirklich aufs Spiel setzen? Aus einer Laune? Er habe doch diesen Creyenveldt in der Verwandtschaft.

Moment, sagte der Verleger.

Er zog eine Zigarette aus dem blauen Päckchen, mit zitternden Fingern. Er zündete sie an, er atmete den Rauch tief und geräuschvoll ein.

Natürlich, rief er. Creyenveldts Schwiegersohn und im Westen. Ein paar knallige TV-Auftritte. Paar Interviews in großen Gazetten. Dazu das Hoffmann-Buch. Darüber ließe sich nachdenken.

Der Verleger kehrte zu seinen Sessel zurück. Er setzte sich und rauchte hastig weiter, der Raum füllte sich mit einem Geruch wie von trockenem Holz. Der Verleger wiegte den Kopf. Allerdings, sagte er, trage sogar das nicht mehr besonders weit. Auch diese Taktik sei inzwischen abgenutzt. Viel besser, Kersting riskiere den politischen Skandal, wenn er in der DDR lebe und vorgebe, trotz allem dort bleiben zu wollen. Dies sei wirkungsvoll. Dafür gebe es Beispiele. Natürlich, sagte der Verleger, sei es einfach, an einem Schreibtisch in München-Schwabing solche Ratschläge zu geben. Immerhin. Ob Kersting über alles nachdenken wolle?

Ja, sagte Kersting, das wolle er tun.

Zum Abschied schenkte ihm der Verleger einen soeben erschienenen Bildband über Egon Schiele, großformatig und teuer gedruckt, hergestellt in Hongkong. Kersting las das Impressum, als er bereits in einem Schnellzug von München nach Wien saß. Ein paar Tage später würde er aus dem Feuilleton einer westdeutschen Tageszeitung erfahren, der Münchner Verlag sei verkauft worden, an eine französische Unternehmensgruppe. Der bisherige Verlagsleiter habe gekündigt.

60

Jacob bestand die Abiturprüfung als Schulbester in seinem Jahrgang. Ytsche Lehmann bestand nicht, woraufhin er zusammen mit seinem Vater Grotenweddingen verließ und nach Westdeutschland ging. Die Bestattungsfirma Witold & Söhne wurde ein volkseigenes Unternehmen und trug fortan den Namen *Pietät*.

Auch das Motorenwerk, das einst Wehrwirtschaftsführer Henseler gehört hatte und wo, für kurze Zeit, die Assoziation Malatesta sich befunden hatte, stand jetzt unter staatlicher Verwaltung. Zwei Hallen waren den Sprengungen durch die sowjetische Besatzungsmacht entgangen. Eine andere war nur teilweise zerstört und war provisorisch wiederaufgebaut worden. In ihr, in einem Kellergeschoss, würde Jacob fast ein Dreivierteljahr lang seiner Arbeit nachgehen.

Nämlich, trotz seiner sehr guten Leistungen bei der Abiturprüfung war es ihm nicht gestattet worden, dass er alsbald mit dem Universitätsstudium begänne. Eine Prüfungskommission für Studienzulassungen, bei der er sich vorstellen musste, gelangte nach einem fast einstündigen Gespräch mit ihm zu der Überzeugung, Jacob sei noch so sehr ein kleinbürgerlicher Individualist, dass er das Leben im Kollektiv erst erlernen müsse, wozu er für zwölf Monate an der materiellen Produktion teilhaben und einen engen Kontakt mit der Arbeiterklasse unterhalten müsse.

Selbst Dr. Schneidewein, sein Förderer an der Georg-Friedrich-Händel-Oberschule, schien dieser Meinung, und sofern er anderer Meinung war, hatte er, sie geltend zu machen, keine Gelegenheit. Er wurde als Schuldirektor abberufen. Auch Geschichte unterrichtete er hinfort nicht mehr. Bis 1942, bis zu seiner Einberufung als Leutnant der Panzergrenadiere in Adolf Hitlers großdeutscher Wehrmacht, war er als höherer Beamter beschäftigt gewesen im NS-Propagandaministerium des Dr. Joseph Goebbels, wo er unter anderem mitverantwortlich gewesen war für die Herstellung des Spielfilmes *Jud Süß*. Dies alles hatte er, heimgekehrt aus sowjetischer Kriegsgefangenschaft, in den von ihm auszufüllenden Fragebögen schamhaft verschwiegen.

Über sein ferneres Schicksal erfuhr Jacob nichts. Ein Vierteljahr hindurch arbeitete Jacob als Hilfskraft in der Gießerei des Motorenwerks, das nunmehr nach Julian Marchlewski hieß, einem 1925 verstorbenen Sozialistenführer, der aus Leslau oder Włocławek im nunmehr westlichen Polen stammte. Jacob musste, zusammen mit einem schwitzenden Former, Gießpfannen voll flüssigen Metalls schleppen, eben erstarrte Gussteile aus ihren Formkästen befreien und in den Trichter einer Aufbereitungsmaschine heißen Formsand schaufeln. Die Arbeit war stumpfsinnig und schwer. Die anderen Gießereiarbeiter waren grobschlächtige Männer mit muskulösen Armen, einige von ihnen trugen Tätowierungen. Dass sie nichts hier zu verlieren hätten als ihre Ketten, um stattdessen eine Welt zu gewinnen, wie das Manifest der Kommunisten behauptete, schien schwer vorstellbar, und das Leben im Kollektiv erlernte Jacob bei ihnen auch nicht.

Er arbeitete in zwei Schichten. Er zog sich eine Erkältung zu, die ihn fiebern ließ und die nicht fortgehen wollte, weswegen er auf Empfehlung des Betriebsarztes von den Arbeiten in der Gießerei freigestellt wurde. Er sah sich einer Abteilung zugeteilt, die Werbetafeln und Spruchbänder produzierte, nicht bloß für das Motorenwerk, sondern gleichermaßen für andere Interessenten aus Grotenweddingen und Umgebung, zum Beispiel die Kreisleitung der Sozialistischen Einheitspartei und die des Gewerkschaftsbundes FDGB. Beide benötigten besonders viele Spruchbänder.

Acht Stunden am Tag trug Jacob einen weißen Kittel, der rasch die Spuren der verwendeten Farben annahm. Er erlernte es, weiße Buchstaben auf rotes Fahnentuch zu pinseln, seltener schwarze Buchstaben auf hellen Grund, die bevorzugten Schriften hießen Salto, Maxim und Akzidenz Grotesk. Entfernt erinnerte ihn, was er tat, an Tätigkeiten von Wilhelm Reichow und von Robert, seinem Vater. Die von ihm aufgetragenen Buchstaben fügten sich zu Parolen und Sprüchen wie *Es lebe der 1. Mai, Alles für den Frieden!, Marchlewski-Motoren laufen reibungslos* oder *Von der Sowjetunion lernen heißt siegen lernen.* Er arbeitete zusammen mit einem älteren Mann und der Leiterin der kleinen Abteilung, einer schwarzhaarigen Frau mit hohen Backenknochen und kleinen dunklen Augen. Dem Mann fehlte der linke Arm. Er war Vegetarier, Ernster Bibelforscher und trug den Namen Cajetan Radulescu.

Die Frau hieß Roswitha Sommer. Früher hatte sie in einer selbständigen Dekorations- und Werbefirma gearbeitet, die

Motorenwerke Julian Marchlewski bezahlten sie besser. Kürzlich war sie von ihrem Mann verlassen worden und zeigte sich an Jacob mütterlich interessiert. Manchmal nahm sie ihn mit in ihre kleine Wohnung, die sich in einem Haus mit Erkern und vielem Fachwerk befand, am Eingang von Lüttgenweddingen, schräg gegenüber der Apotheke, in der einst Bettine gearbeitet hatte, die nun in Kanada leben mochte oder in Australien. Roswitha Sommer kochte kräftige Mahlzeiten wie Birnen und Speck, heiße Grützwurst mit Sauerkohl, schwarze Bohnen an Rauchfleisch. Jacob war entschieden mager und konnte gehaltvolles Essen vertragen. Roswitha Sommer redete, aß, lachte und rauchte Zigaretten. Ihre Stimme war rau. Sie hatte ein kleines Kind, zwei Jahre alt, einen Jungen, der sich meistens im Nachbarhaus aufhielt, bei Roswitha Sommers Eltern.

Einmal, nach einem ausführlichen Abendessen mit Kartoffelsuppe und angeräucherter Bockwurst, küsste sie Jacob. Sie drückte ihn heftig an ihre Brust. Ihr Mund war wie lauwarme Milch und schmeckte auch so. Danach zog sie Jacob in ihr Bett, zwischen mehrere dicke Daunenkissen und auf eine sehr hohe, sehr weiche Matratze. Dass dabei etwa weiter das Licht brannte, worum Jacob bat, wollte sie keinesfalls dulden.

61

Das Wiener Fernsehzentrum der österreichischen Radiogesellschaft ORF befand sich in Hietzing, nahe der sommerlichen Schlossanlage der Habsburger, an einem Küniglberg geheißenen Hang. Beim Näherkommen zeigte es sich als Zusammenstellung verschiedener funktionaler Betonklötze mit knochenbleicher Außenhaut. Kersting und Karin Mayer betraten das Vestibül. Menschen hasteten umher, in ihren Gesichtern den Ausdruck von Ekel und Beflissenheit. Karin Mayers Arbeitsstelle war ein fensterloser Raum, die Wände ausgestattet mit Kabeln, Installationen, Leuchtanzeigen und Bildschirmen von unterschiedlicher Größe.

Kersting saß in einem Sessel schräg hinter dem Mädchen. Sie hatte ihre Haare im Nacken zusammengesteckt. Der Produzent des Films war ein schöner grauhaariger Mensch mit wohltönendem Bariton. Er hatte unmittelbar neben ihr Platz genommen, roch stark nach Moschus und reckte ständig das Kinn in die Höhe, als sei ihm der Hemdkragen zu eng. Manchmal drehte er sich auf seinem beweglichen Sessel etwas zu Kersting hin, um Einzelheiten des in Entstehung befindlichen Films zu erklären. Manchmal legte er seine linke Hand, an der er einen peinlich großen Brillantring trug, auf Karin Mayers rechten Unterarm, was in Kersting Gefühle des Neides erregte.

Also, sagte der Mensch, geh mers an.

Karin Mayer nahm eine Videokassette zur Hand und schob sie in einen briefklappenähnlichen Schacht, der beim Schließen ein seufzendes Geräusch hatte. Auf den Bildschirmen erschien die Schriftzeile *Wenn ich mich getötet haben werde.* Nämlich, sagte der Produzent, es gehe um den Selbstmord als ein Phänomen der modernen österreichischen Kulturgeschichte.

Karin Mayer hatte Kersting das Drehbuch zu der TV-Serie über österreichische Selbstmörder gegeben, an der sie hier arbeitete. Kersting blätterte darin. Zu den Namen, die er las, gehörten Raimund, Lenau, Stifter, Kronprinz Rudolf, Weininger, Trakl, Friedell, Roth, Zweig, Blei, Weinheber, Fritsch, Koestler, Celan, Bayer. Die Serie begänne mit dem Schicksal der Hertha

Kräftner, sagte der Regisseur. Kersting kannte den Namen nicht. Die Worte *Wenn ich mich getötet haben werde* seien ein wörtliches Hertha-Kräftner-Zitat, erfuhr er dann, Titel eines Prosatextes.

Das Bild der Autorin wurde sichtbar. Eine junge Frau, zurückgenommenes Haar von schwärzlicher Färbung, die Ohren lagen frei, sie trug eine helle Bluse. Die Augen unter den kräftigen Brauen waren dunkel. Im Oberkiefer lag beim Lachen ein Streifen Zahnfleisch bloß.

In den Lautsprechern war eine weibliche Stimme: jung, melancholisch, mit oberdeutschen Akzenten. Schauspielerin, sagte der Produzent, während die Stimme sagte:

Wer glaubt noch,
dass uns drüben Korallenbäume erwarten
und Vögel, die das Geheimnis singen
und ab und zu die beinernen Schnäbel
ins rosa gefärbte Wasser tauchen,
und dass man uns abholen wird
zu Gerüchen
nach aufgebrochenen Mandelkernen
und den weißen Wurzeln seltener Pflanzen?

Die Schriftstellerin Hertha Kräftner, erfuhr Kersting, habe sich mit einer Überdosis Schlaftabletten umgebracht. Auf den Bildschirmen erschienen Aufnahmen von einem Friedhof. Die Kamera fuhr zwischen Gräbern entlang, dünner Schnee lag, Amseln hüpften durchs tote Laub, ein gebeugter Arbeiter räumte von einem Grab die morsch gewordenen Kränze fort. Mattersburg, sagte der Produzent und reckte sein Kinn. Die Kräftner sei dort aufgewachsen.

Es folgten Filmaufnahmen von Wien. Im Jahr 1928, sagte der Produzent, sei Hertha Kräftner hier geboren worden, als Tochter von einem Kaufmann, der in jungen Jahren bei den magyarischen Kommunisten mitlief. Das Burgenland und die zu ihm gehörige Ortschaft Mattersburg hatten pastellene Herbstfarben. Dort seien, sagte der Produzent, die Kräftners ab dem Jahr 1936 daheim gewesen. Straßen, Gärten, ein einzelnes Haus. Danach Kinder- und Familienfotos mit steifen Personen. Die unterlegte Musik spielte ein Streichquartett, *Der Tod und das Mädchen*. Die anschließenden Aufnahmen vom Hauptgebäude der Wiener Universität stammten aus der Gegenwart. Hier habe die Kräftner studiert, ab dem sechsundvierziger Jahr, Germanistik und Englisch, später noch Religion.

Der Produzent drehte sich auf seinem Sessel völlig zu Kersting hin. Er reckte das Kinn und redete über das Liebesleben der Dichterin, das er für die eigentliche Ursache ihrer Selbstzerstörungen hielt. 1947 sei sie einem Mann sexuell verfallen. Sie habe ihn Anatol geheißen, nach der bekannten Theaterfigur von Arthur Schnitzler. Der Produzent nahm seine Notizen auf und deklamierte: *Im Strandbad legte ihr Geliebter die nackten Füße in den Sand. Auf seinen Zehen wuchsen blonde Haare.* Er ließ das Papier sinken und kicherte. Haare auf den Zehen, sagte er, ein Bibliothekar sei er gewesen und lebe immer noch, natürlich weigere er sich, vor die Kamera zu treten, weil das seine Anonymität aufheben würde, wo doch jedem, der sich mit der Kräftner beschäftige, sein wirklicher Namen bekannt sei.

Aus Karin Mayers Haarknoten war eine Strähne gefallen und hing von der rechten Schläfe bis zum Kinn. An ihrem Ohrläppchen entdeckte Kersting eine winzige Narbe, Rückbleibsel jener Perforierungen, die bei Kindern vorgenommen werden, für das Anbringen von Schmuck. Der Produzent erläutert die Abhängigkeit der Kräftner von ihrem Anatol und bezeichnete als ihr wahres Problem ihre sexuelle Unersättlichkeit. Sie hätten, Anatol und die Kräftner, fast ebenso oft im Streit gelebt wie miteinander geschlafen.

Auf den Monitoren erschien ein weißhaariger Mann, der laut eingeblendeter Schrift Dr. Erwin Ringel war, ein Wiener Psychiater. Er hatte eine kratzige Stimme. Das österreichische Verhältnis zum Sterben, äußerte er, sei ein klassisch neurotisches Verhältnis. Man habe sich angewöhnt, immer vom Tod zu sprechen, um damit sagen zu können: No, wir verdrängen den Tod doch nicht. Aber der Tod, von dem da geredet werde, sei eigentlich ein harmloser, ein gemütlicher Tod. Es ist eine Methode, sagte Dr. Ringel, den Tod dadurch zu verdrängen, dass man ununterbrochen von ihm redet. Dabei war zu erkennen, dass Dr. Ringel gelähmt in einem Rollstuhl saß.

So, sagte der Produzent.

Er atmete geräuschvoll und legte Karin Mayer die Hand auf den Unterarm. Der Film war bis zu dieser Stelle fertiggestellt, nun sollte die Arbeit weitergehen. Karin Mayer schob eine andere Kassette in den Schacht.

Kersting saß hier, da ihm Karin Mayer erzählt hatte, in der Serie werde auch das Schicksal von Heinz Lang behandelt, suizider Liebhaber der Ehefrau von Adolf Loos. Hoffmanns Intimfeind beschäftigte Kersting immer noch. Oder Kersting redete sich ein, dass ihn Loos beschäftigte, damit es einen Grund gab, Karin Mayer bei ihrer Arbeit zu beobachten. Allerdings ging es jetzt nicht um das Filmmaterial zu Heinz Lang. Der Ablauf sei etwas verändert, sagte auf Kerstings entsprechende Frage der Produzent und reckte das Kinn. Auf den Bildschirmen erschien ein älterer Mann.

Jean Améry, sagte der Produzent. Kersting konnte sich an den Namen erinnern, auch an den ausgemergelten Kopf und die Stimme mit dem Wiener Tonfall, an die sonntägliche Runde des westdeutschen Fernsehens, Jean Améry aus Belgien, dort äußerte er sich über Probleme der europäischen Einigung, über den Kommunismus, über die nordatlantische Verteidigung. Hier trat er in einer anderen Eigenschaft auf. Jean Améry war auch ein Theoretiker der absichtsvoll betriebenen Selbsttötung gewesen.

Todesneigung, sagte er jetzt, auf den Monitoren. Nehmen wir das Wort zunächst als Hieroglyphe, sagte er, Neigung ist Hinneigung, Hinab-Neigung, Abneigung dem Leben und dem Sein gegenüber. Es ist eine Haltung oder wichtiger: ein Aufgeben der Haltung und in diesem Sinne etwas Passives. Die Todesneigung wird nicht so sehr ausgeformt als vielmehr erlitten, auch wenn das Erleiden Flucht ist vor dem Leid des Lebens.

Kersting starrte auf die Monitore. Davor hing das Halbprofil Karin Mayers, etwas geneigt, ihr Haarknoten befand sich in Auflösung. Die Kamera fuhr durch Straßen, vorüber an Brücken, an Ständen von Trödelhändlern, eine steile Steintreppe hinan, über der das zuckerweiße Bauwerk einer Kuppelkirche stand. Karin Mayers Nacken war jetzt völlig von Haaren bedeckt. Er wirkte schamlos.

62

Gesine Zinke stand vor ihrer Abiturprüfung. Sie würde mit Auszeichnung bestehen, was ihr eine auf den Namen des Dichters Gotthold Ephraim Lessing lautende Urkunde eintragen sollte. Zumal ihre Russischkenntnisse fanden bei der Prüfungskommission hohe Anerkennung, obschon der Unterricht in der Sprache Aleksander Puschkins und J. W. Stalins, den sie erfahren hatte, bloß mangelhaft gewesen war. Der Georg-Friedrich-Händel-Oberschule in Grotenweddingen fehlte es an geeigneten Lehrkräften.

In der Schulklasse, die Geesche besuchte, saß ein aus Riga stammendes Mädchen, für die das Russische die zweite Muttersprache war. Bei der Abiturprüfung hätte sie Gesine Zinkes Leistungen problemlos überbieten können, doch erschien sie zu dieser Abiturprüfung nicht. Sie war davon ausgeschlossen worden, denn ihr Vater, so hieß es, war Angehöriger einer lettischen Einheit bei der Waffen-SS gewesen. Dies entsprach zwar nicht den Tatsachen, wurde aber erst offenbar, als die Abiturprüfungen längst vorüber waren und das im lettischen Riga geborene Mädchen samt ihren Eltern schon im hessischen Offenbach lebte.

Sie blieb nicht die einzige Angehörige der Georg-Friedrich-Händel-Oberschule in Grotenweddingen, der ein Zugang zu den Abiturprüfungen dieses Jahrgangs verwehrt worden war. Das gleiche Schicksal ereilte den Sohn des evangelischen Gemeindepfarrers von St. Johannis und den Sohn des Apothekers am Sudertor. Solche Ausschlüsse, begründet mit fehlender politischer Reife und eindeutig bürgerlicher Herkunft, hatte die Direktion der Georg-Friedrich-Händel-Oberschule verfügt, mit Billigung der übergeordneten Volksbildungsbehörden in Magdeburg, die Anregung dazu aber war ausgegangen von der Schülerin und angehenden Abiturientin Gesine Zinke.

Gesine, damals noch Geesche gerufen von denen, die ihre Nähe suchten, und das waren nicht viele, saß seit einem Jahr der FDJ-Grundorganisation in der Friedrich-Georg-Händel-Oberschule vor. Sie war zur glühenden Kommunistin geworden. Sie ließ wissen, sie gedenke umgehend der Sozialistischen Einheitspartei Deutschlands beizutreten, wenn sie das für die Mitgliedschaft erforderliche Mindestalter von achtzehn Jahren erreicht habe. Ihr Wort besaß auch schon vorher Gewicht, bei Mitschülern wie bei Lehrern. Sie verbreitete Furcht. Unerbittlich war sie jedem hinterdrein, den sie für einen Klassenfeind hielt. Ständig erstattete sie einschlägige Meldung im Gebäude der SED-Kreisleitung. Der Klassenfeind lauerte überall: in der evangelischen Kirche St. Johannis, in der Apotheke am Sudertor und bei baltendeutschen Familien.

Dabei konnten manche, nicht bloß der von der Abiturprüfung ausgeschlossene Sohn des evangelischen Gemeindepfarrers von St. Johannis, sich gut daran erinnern, wie Gesine Zinke einst inbrünstig einen Choral von Valentin Triller gesungen hatte, in der Jungen Gemeinde der evangelischen Kirche von St. Martin. Das war Vergangenheit. Die Menschen müssen sich ändern, sagte Gesine Zinke und schloss ihre Feststellung mit einem wie fragend klingenden Ja, das sie, in dieser Intonation, dem Generalsekretär der SED Walter Ulbricht abgelauscht hatte.

Als Begründung für ihren Gesinnungswandel, die freilich keiner von ihr erfahren wollte, hätte sie ihre tiefe Verehrung für J. W. Stalin, den weisen Führer aller Werktätigen, und ihren brennenden Hass auf den Klassenfeind benannt. Beides war nicht gänzlich falsch, aber es war unvollständig. Erster und eigentlicher Anlass für Gesine Zinkes Gesinnungswandel war ein aus Grotenweddingen stammender dürrer Junge namens Jacob Kersting.

Sie begehrte ihn. Sie hatte ihn immer begehrt. Schon als sie noch ein kleines spilleriges Mädchen gewesen war, begierig auf Süßkram, der ihr die Lippen verklebte. Sie hatte ihn begehrt, als er der Tochter des evangelischen Gemeindepfarrers von St. Martin erkennbar verfallen war. Sie hatte seinetwegen die Christenlehre besucht, sie hatte vorübergehend Vikar Jinnerjahn begehrt, um Jacob zu vergessen, doch Vikar Jinnerjahn interessierte sich bloß für halbwüchsige Knaben, und Jacob ließ sich nicht vergessen. *Jakobs Stern ist aufgegangen, stillt das sehnliche Verlangen*, hieß es im Choral von Valentin Triller, und so hatte sie mehrfach gesungen, denn so war es die Wahrheit.

Gesches sehnliches Verlangen kehrte also zurück. Es kehrte zurück zu Jacob. Inbrünstig hörte sie zu, wenn er mit brüchigem Knabenbass Verse von Wladimir Wladimirowitsch Majakowski und Johannes R. Becher deklamierte. Das brachte sie auf den Einfall, noch mehr von Wladimir Wladimirowitsch Majakowski und Johannes R. Becher zu lesen, damit sie von den Absichten erführe, die beide mit ihren Versen verfolgten, und sie solcherart Jacob nahekäme. Sie las Wladimir Wladimirowitsch Majakowski. Sie las auch Johannes R. Becher. Ohne Jacobs Stimme bedeuteten die Verse ihr nichts. So las sie dann lieber in *Geschichte der Kommunistischen Partei der Sowjetunion (Bolschewiki). Kurzer Lehrgang.*

Jacob traf und sah sie, nachdem er seine Abiturprüfung bestanden hatte, nirgends mehr. Wo hielt er sich auf? Ytsche Lehmann konnte sie nicht fragen, denn Ytsche Lehmann war übergelaufen zum Klassenfeind, wohin er gehörte. Bei der Sozialistischen Einheitspartei Deutschlands kannte niemand Jacob, da er dort kein Mitglied war. Wenigstens wusste sie, wo Jacob wohnte, und ging also dorthin.

Sie stand vor der Tür mit dem Namensschild Kersting. Sie klingelte, doch niemand öffnete. So wartete sie, stand auf der Straße, lehnte an einer Hauswand und betrachtete, was sich zwischen den Häusern bewegte, Sperlinge, Menschen und Katzen. Sie wartete bis zum Abend. Niemand kam, die Wohnungstür aufzuschließen, weder Jacobs Vater noch Jacob selbst. Sie wartete bis Mitternacht. Dann trottete sie davon.

Sie wiederholte diesen Gang an insgesamt drei Tagen und hatte das immer gleiche Ergebnis. Womöglich studierte Jacob? An einer Fachschule oder Universität, in Leipzig, Halle, Jena oder Berlin? Wie sollte sie das herausfinden? Bei Jacobs Förderer Dr. Schneidewein konnte sie sich nicht erkundigen, denn Dr. Schneidewein hatte sich entlarvt als Faschist. Auskunft vermittels Salben oder Getränken von Tollkerbel, Wüterich, Ziegendill und Katzenpeterlein mochte sie nicht suchen, da sie nicht mehr Nachfahrin der verbrannten Hexe Julie Wulff sein wollte, sondern angehendes Mitglied der Sozialistischen Einheitspartei, und ebenso wenig ließ sich Jesus von Nazareth um Hilfe anflehen, da dem dialektischen Materialismus Religion Opium des Volkes war.

Sie besuchte im Filmtheater *Corso*, wo ihre Mutter, Frau Zinke, an der Kasse saß und den Projektionsapparat bediente, die sowjetischen Filme *Ritter des Goldenen Sterns* und *Das Lied von Sibirien*. Beide Male saß sie im Zuschauerraum ganz allein und wusste nicht, dass Jacob, den sie begehrte, bei *Sturm über Asien* Ähnliches erlebt hatte. Jacob freilich war von *Sturm über Asien* ergriffen gewesen, während Geesche bei *Ritter des Goldenen Sterns* und *Das Lied von Sibirien* nach einer Viertelstunde einschlief. Dabei spielte in *Das Lied von Sibirien* als Hauptdarsteller Wladimir Druschnikow, den die Mädchen aus ihrer Schulklasse schwärmerisch verehrten, weil er so schön war, doch Geesche wollte nicht Druschnikow, sondern Jacob.

So vertiefte sie sich neuerlich in die *Geschichte der Kommunistischen Partei der Sowjetunion (Bolschewiki). Kurzer Lehrgang*. Sie las über Meuterei der Sozialrevolutionäre und deren

Niederschlagung. Sie las über die Liquidierung des Kulakentums. Die Wörter Niederschlagung und Liquidierung behagten ihr. Sehr gefielen ihr die Abschnitte über den Kampf gegen Trotzki, Sinowjew und Bucharin. *Die Sowjetmacht straft mit fester Hand diesen Abschaum der Menschheit und rechnet schonungslos mit ihm ab, als mit Feinden des Volkes und Verrätern an der Heimat.* Die Wörter Abschaum und schonungslos und abrechnen behagten ihr sehr.

Eines Spätnachmittags im März entdeckte sie auf der Leninstraße in Lüttgenweddingen Jacob. Es war der reine Zufall. Die Sonne schien grell und von den Dächern tropfte Wasser aus tauendem Schnee. Jacob hatte keinen Blick für Geesche, da er völlig vertieft war in das Gespräch mit der dunkelhaarigen Frau, neben der er ging. Geesche blieb stehen. Sie überquerte die Fahrbahn. Sie folgte den beiden in etwas Abstand. Die beiden betraten ein großes Hauses mit Erkern und viel verschnörkeltem Fachwerk. Geesche wartete. Jacob kam nicht zurück. Geesche stand und wartete, bis es dunkelte.

Hinter den Erkerfenstern des Hauses brannte Licht. Es wurde kühler. Geesche setzte sich auf die kalte steinerne Sockelkante des Gartenzauns. Im Nachthimmel schwamm zwischen dünnen Wolken der Sichelmond. Geesche begann zu frieren. Sie dachte daran, dass es ihr Schicksal sei, vor alten Häusern zu warten, um zu sehen, was Jacob tat und für wen er sich interessierte. Sie wärmte ihre Finger, indem sie ihre Hände unter die Achseln schob. Sie stand auf und trat von einem Bein auf das andere. Sie ging auch hin und her, immer wieder. In dem Haus mit den Erkern und dem verschnörkelten Fachwerk waren alle Lichter erloschen. Etwas Wind kam auf. Kein Tauwasser tropfte mehr.

Dann endlich, da war es schon gegen Morgen und Geesche

war völlig verfroren, traten Jacob und die schwarzhaarige Frau wieder auf die Straße. Jacob hielt den Kopf gesenkt und gähnte. Er ging mit der schwarzhaarigen Frau Richtung Galgenberg. Geesche folgte ihnen. Sie folgte ihnen bis zum Eingang des Motorenwerkes, das einst Wehrwirtschaftsführer Henseler gehört hatte und nun nach Julian Marchlewski hieß.

Weiteres in Erfahrung zu bringen war nicht besonders schwierig. Geesche fand, nachdem sie eine fiebrige Erkältung und zehn Tage Bettruhe hinter sich hatte, den Namen der Frau an einem Briefkasten des Hauses mit den Erkern und dem verschnörkelten Fachwerk. Die Tätigkeit der Frau erfuhr sie, als sie den Pförtner des Motorenwerks Julian Marchlewski fragte. Der Mann, ein Zigaretten rauchender Invalide, langweilte sich und war froh über die Abwechslung. Anschließend begab Geesche sich zur Kreisleitung der Sozialistischen Einheitspartei.

Fünf Tage später wurde Roswitha Sommer in die Personalabteilung des Motorenwerkes bestellt. Sie erfuhr, dass sie Unzucht mit einem Abhängigen treibe, was ein schweres und strafbares Delikt sei. Mit Rücksicht auf ihre sonst tadelsfreie Arbeit, die der sozialistischen Agitation und Propaganda zugute kam, wie auch mit Rücksicht darauf, dass sie ein Kleinkind zu versorgen hatte, werde man, bedeutete man ihr, von einer polizeilichen Anzeige absehen, sofern sie umgehend die nötigen Konsequenzen ziehe.

Aus Furcht vor einer Freiheitsstrafe und aus Liebe zu ihrem kleinen Sohn trennte Roswitha Sommer sich augenblicklich von Jacob. Im Folgenden wurde sie dann Ernste Bibelforscherin und kochte statt Birnen mit Speck und Grützwurst mit Sauerkohl nur mehr vegetarisch. Andernfalls hätte sie ihren einarmigen Arbeitskollegen Cajetan Radulescu schwerlich für sich gewinnen können.

63

Im Lesesaal der Österreichischen Nationalbibliothek, in dem er sich inzwischen heimisch fühlte wie an keiner anderen Stelle in Wien, vertiefte sich Kersting, statt weiter Bücher und Zeitschriftenartikel über Stilkunst im Wien um 1900 zu lesen, in die Biografie des Schriftstellers Jean Améry.

Der hatte eigentlich Hans Maier oder Hanns Mayer geheißen. Das Kind einer jüdischer Familie, 1912 in Wien geboren, wurde katholisch erzogen und wuchs in Salzburg auf. Es folgten eine Buchhandelslehre, ein Universitätsstudium der Literaturwissenschaften und der Philosophie, die Herausgabe einer kurzlebigen Zeitschrift und schließlich, 1938, die Emigration. Der junge Mann ging nach Antwerpen, wo er, zwei Jahre später, vom Kriegsausbruch überrascht und als feindlicher Ausländer interniert wurde. Er floh. Er gehörte zum belgischen Widerstand. 1943 verhaftet ihn die Gestapo. Er wurde Häftling in mehreren Konzentrationslagern, darunter Auschwitz, seine Häftlingsnummer lautete 172364.

Nach 1945 lebte er weiterhin in Belgien, in Brüssel, der Stadt des Jugendstils von Victor Horta, von Henry van de Velde und des Palais Stoclet von Josef Hoffmann. Kersting verspürte, als er das las, ein merkwürdiges Gefühl von Bestätigung. Améry verfasste Texte für Zeitungen, Radiostationen, Buchverlage. Seinen Nachnamen hatte er anagrammatisch verändert und seinen Vornamen französisiert, er nannte das sein Veronym. Die eintätowierte Häftlingsnummer am Unterarm ließ er sich nicht entfernen.

Mit seinem Geburtsnamen Hans Maier signierte er erst wieder seinen Abschiedsbrief, 1978, bevor er die tödliche Überdosis Schlaftabletten einnahm. Dies geschah in Salzburg, dem

Ort seiner Kindheit und nach seinem Urteil eine der schönsten Städte der Welt. Wer gefoltert wurde, bleibe gefoltert, hatte er einmal notiert. *Ich baumele noch immer, zweiundzwanzig Jahre danach, an ausgerenkten Armen über dem Boden.* An anderer Stelle notierte er, gegen das kulturelle Altern sei so wenig ein Kraut gewachsen wie gegen den physischen Verfall. Diese ganz und gar schlechte Botschaft sei die Verkündigung des Endes. Der Freitod sei ein Privileg des Humanen. Jean Améry wurde beigesetzt auf dem Wiener Zentralfriedhof, in einem Ehrengrab, wie Josef Hofmann und wie Adolf Loos.

64

Seine Zulassung zum Studium der Kunstgeschichte an der Humboldt-Universität Berlin erhielt Jacob für das Herbstsemester 1951. Zuvor würde er, als Verantwortlicher, eine Gruppe von jungen Leuten begleiten, die zu den Weltfestspielen der Jugend und Studenten fuhr. Die Gruppe bestand aus zwölf Lehrlingen des Motorenwerkes Julian Marchlewski und sieben Schülern der Georg-Friedrich-Händel-Oberschule. Darunter war Geesche, Tochter des früheren Kinobesitzers Edi Zinke, der, wie sich inzwischen herausgestellt hatte, nicht in Kanada oder Australien lebte, sondern in Gelsenkirchen.

Jacob sah sie erstmals wieder nach einem Jahr. Das einst magere Wesen mit den zuckerverschmierten Lippen war sauber und dicklich geworden. Sie wartete, inmitten anderer Festivalteilnehmer, auf einem Bahnsteig des Grotenweddinger Hauptbahnhofs. Sie wartete auf Jacob, der verspätet eintraf. Gierig lächelnd blickte sie ihn an und reichte ihm zum Gruß ihre feuchte Hand.

Sie bestiegen allesamt einen von mehreren Sonderwagen der Deutschen Reichsbahn und fuhren davon. Sie trugen die Blauhemden der Jugendorganisation FDJ, dessen Stoff über Geesches Busen Querfalten zog, da ihr Uniformhemd zu knapp geschnitten war. Jeder der Teilnehmer besaß einen Festival-Ausweis, der zu diesem und jenem berechtigte, zu Benutzung von öffentlichen Verkehrsmitteln und Eintritt zu etwelchen Veranstaltungen. Die Weltjugendfestspiele waren seit Wochen propagandistisch vorbereitet worden, auch mit von Roswitha Sommer, Cajetan Radulescu und Jacob verfertigten Spruchbändern. Zu den Vorbereitungen zählten außerdem gereimte Verse nebst Komposition, auf Zetteln gedruckt. Es gehörte sich, die Verse auswendig zu wissen. Jacob und seine Gruppe benutzten zum Erlernen die Bahnfahrt.

Der Eisenbahnwagen, in dem sie saßen, wurde abgekoppelt, an neue Züge angehängt, hin und her geschoben und manchmal dem Stillstand überlassen. Viele Stunden ging das so. Inzwischen kannten alle die gereimten Verse auswendig und sangen sie. Geesche, im Singen von Valentin-Triller-Chorälen geübt, sang besonders laut. Es war warm im Abteil. Unter den Achseln von Geesches Uniformhemd wuchsen schwarze Flecke, und Geesches Geruch durchwehte das Abteil, als Mischung aus Kernseifenduft und bitterem Mädchenschweiß.

Sein niemals zuvor präzise mitgeteiltes Ziel erreichte der Zug kurz vor Einbrechen der Dunkelheit. Das Ziel erwies sich als ein östlich von Berlin gelegenes Haufendorf. Die jungen Leute aus Grotenweddingen wurden in die riesige Scheune eines Bauern eingewiesen und warfen sich dort in das Stroh. Sie aßen von der Wurst und dem Brot, das sie jeder vor dem Reiseantritt erhalten hatten, in einem papierenen Versorgungsbeutel. Sie legten sich in das Stroh und schliefen.

Anderntags zogen sie gemeinsam zum Bahnhof. Jacob ermahnte die Angehörigen seiner Gruppe zu Vernunft und Achtsamkeit, auch politischer. Dann entließ er sie. Jeder sollte tun, wonach ihm zumut war. So besagte es die Anweisung. Die Lehrlinge und Oberschüler verschwanden in der Menge bis auf Geesche, die sich nahe bei Jacob hielt. Inzwischen war die Bahn heran.

Die Lokomotive zeigte sich mit allerlei politischen Symbolen behängt. Der Zug fuhr bis zu einem Berliner Vorort. Beim Umsteigen in die S-Bahn gelang es Jacob, sich von Geesche zu entfernen. Aus den Bahnhofslautsprechern quoll blecherne Marschmusik.

Jacob stieg aus am Alexanderplatz. Berlin erwies sich als Stadt vieler Zerstörungen, herrührend aus dem letzten Krieg, manche der Ruinen waren zugedeckt worden mit riesigen, auf Tafeln aufgebrachten Propagandabildern. Die Straßen waren voll von jungen Leuten. Es gab Ausstellungen, Diskussionen, Konzerte, Theatervorstellungen, es gab viel Sport. Der Sport interessierte Jacob nicht. Die Theater und Konzerte waren überfüllt. Jacob besuchte eine Ausstellung, in der Bilder und Skulpturen zu sehen waren, die von Arbeit und Frieden erzählten. Jacob fand sie fad. Er dachte an seinen alten Lehrer Wilhelm Reichow, der, das wusste er, seiner Malweise wegen als ein Formalist galt. Die Arbeiten in der Ausstellung gehorchten einem Stil, der den Namen Sozialistischer Realismus trug.

Unter den Festivalteilnehmern wurden Halstücher verteilt, die einem Entwurf von Pablo Picasso folgten. Picassos Malweise war, wie die von Reichow, der nackte Formalismus. Gleichwohl wurde das von ihm entworfene Halstuch reichlich ausgegeben und getragen, auch von Besuchern der Ausstellung, die Bilder und Skulpturen im Stil des Sozialistischen Realismus zeigte. Das Halstuch war so begehrt, dass Jacob, trotz aller Bemühung, für sich kein Exemplar erlangen konnte.

Als er das Ausstellungsgebäude verließ, entdeckte er Geesche. Sie mochte auf ihn gewartet haben oder nicht. Er rannte in den nächsten U-Bahnschacht. Er lief die Stufen hinab und sprang in eine zur Abfahren bereite Bahn. Die anderen Fahrgäste, manche Zeitungen in Händen, musterten teils missbilligend, teils grinsend sein blaues Hemd. Die Bahn hielt an, und Jacob befand sich in Westberlin.

Dorthin, das wusste er, und genau so hatte er es seinen Lehrlingen und Oberschülern mitgeteilt, sollten Teilnehmer des Festivals sich besser nicht begeben. Westberlin war Herrschaftsgebiet des Klassenfeinds. Es verlockte Blauhemdenträger mit kostenloser Coca-Cola, derart ihren politischen Willen zu brechen. Jacob hatte nicht nach Westberlin fahren wollen, bloß seine Flucht vor Geesche hatte ihn hierher gebracht, versehentlich, doch nun, da die Dinge so standen, wollte er das Herrschaftsgelände des Klassenfeindes immerhin in Augenschein nehmen.

Er ging die Stufen hinan. Er trat auf die Straße. Anbieter von kostenloser Coca-Cola entdeckte er nicht. Auch sonst deutete wenig darauf hin, dass dies ein Herrschaftsgebiet des Klassenfeinds war. Es fuhren Automobile vorüber, deren Fabrikat er nicht kannte, und er sah Plakate, die nicht für Frieden, Marchlewski-Motoren und Lernen von der siegreichen Sowjetunion warben, sondern für Zigaretten, Pfefferminzpastillen und Waschpulver. Unmittelbar neben dem U-Bahneingang entdeckte er ein Kino, das mit grellbunten Prospekten einlud zu einem Film mit dem Titel *Rashomon*. Die ausgehängten Schwarz-Weiß-Fotos erinnerten ihn an *Sturm über Asien*. Für Augenblicke überlegte er, ob er das Kino betreten solle, schon da er wusste, dass der Besuch für einen wie ihn kostenlos war, auch dadurch sollte der politische Wille von Festivalteilnehmern gebrochen werden. Dann erblickte er auf der anderen Straßenseite zwei Lehrlinge des Motorenwerks Julian Marchlewski, in Händen eine vermutlich kostenfrei erstandene Eiswaffel, an der sie genüsslich leckten. Jacob kehrte zurück in den U-Bahnschacht.

Die beiden Lehrlinge erschienen nicht zur zweiten Übernachtung in der Scheune das brandenburgischen Dorfs. Sie würden nicht zurückkehren nach Grotenweddingen, sondern für immer in Westberlin bleiben wollen oder im Flugzeug nach Hamburg oder Hannover reisen und von dort vielleicht weiter nach Bad Sipten. Die kostenlosen Eiswaffeln des Klassenfeinds hatten ihren politischen Willen gebrochen.

Gegen Mitternacht erwachte Jacob, weil etwas Warm-Feuchtes sich an ihn schmiegte. Offenbar suchte ein Tier seinen angestammten Platz im brandenburgischen Stroh. Dann roch er, immer noch im Halbschlaf, den Duft von Kernseife, vermischt mit bitterem Mädchenschweiß. Augenblicklich wurde er hellwach. Im Dämmerlicht der Scheune erkannte er Gesches Umriss. Ein paar von den Lehrlingen und Oberschülern stießen spitze Schnarchgeräusche aus. Geesches feuchte Hand kroch vorsichtig über Jacobs Brustkorb und glitt weiter in Richtung auf Jacobs Schenkel. Jacob erinnerte sich an den Preis, den er hatte zahlen müssen, um den Film *Jud Süß* sehen zu können, mitverantwortet von seinem Geschichtslehrer Dr. Schneidewein. Er hörte Geesche etwas flüstern, was er nicht verstand. Er zog seine Knie an. Geesches feuchte Hand war in seinem Schoß angelangt. Ihm fiel nichts anderes ein als zu zischen: Verschwinde. Du stinkst.

Geesches Hand hielt jetzt inne. Geesches Körper wurde ganz

starr. Jacob wandte sich fort und ließ die feuchte Hand abgleiten. Er stand auf, Stroh knisterte, Lehrlinge und Oberschüler stießen weiter spitze Schnarchgeräusche aus. Jacob vernahm noch Geesches Seufzen, dann suchte er sich einen neuen Schlafplatz, zwischen zwei Lehrlingen, wo es keinen Platz mehr gab für Geesche und für etwelche Stalltiere auch nicht.

Am letzten Abend stand Jacob eingezwängt auf der Straße Unter den Linden. Eine öffentliche Auszeichnung sollte erfolgen. Zu Ehren Josef Wissarionowitsch Stalins, gerühmt als weiser Führer aller Werktätigen, hatte es einen Wettbewerb gegeben, dessen Sieger nunmehr ihren Preis erhielten, der eine riesige rote Fahne war mit dem eingewebten Profil-Bildnis des schnurrbärtigen Sowjetmenschen. Scheinwerfer stachen in die Dunkelheit und illuminierten die flatternden Fahnen. Scharfer Wind wehte und suchte Mikrofone nebst Lautsprechern heim. Jemand redete an gegen den Wind, mit schriller Stimme: Und überreiche ich ein Banner mit dem Bildnis des großen Stalin!, schrie die Stimme, dann nahm der Wind weitere Worte fort. Die Stimme gehört dem Vorsitzenden der FDJ Erich Honecker.

Ein paar Schritte von Jacob entfernt stand Geesche. Sie beachtete ihn nicht. Seit diesem Morgen mied sie seine Nähe. Nunmehr schien sie völlig überwältigt von Erich Honeckers Stimme wie auch vom Anblick der wehenden Fahnen mit dem Profilbildnis des Josef Wissarionowitsch Stalin.

65

In einer Zeitung las Kersting, wie man in der DDR einen alten Tisch kaufen könne. Jeder private Handel mit Antiquitäten sei untersagt. Solche Dinge gehörten dem Staat, der peinlich darauf achte, dass solcher Besitzstand nicht geschmälert werde. Die vom staatlichen Kunsthandel betriebenen Antiquitätenläden ließen sich die Ware gut bezahlen, meist in Devisen. Der größte Antiquitäten-Laden existiere vor den Toren Berlins. In riesigen Wellblechhallen würden alte Möbel, altes Porzellan und anderes Wertvolles angeboten, aus der gesamten DDR zusammengeholt, aus Nachlässen von Verstorbenen oder von jenen, die für die DDR gestorben, weil ausgereist seien. Ihr Hab und Gut reise ihnen solcherart hinterher.

Weil ihm Sándor Juhász davon erzählt hatte, fuhr Kersting zum Mexikoplatz. Er war ein rechteckiges Gelände in der Nähe des Praters und der Reichsbrücke, unmittelbar an der Donau gelegen, zum Ufer hin durch ein hohes Metallgitter begrenzt. Hier pflegten, wusste er von Juhász, die Binnenschiffer, die aus Ostblockländern kamen, ihre Einkäufe zu tätigen. Kersting sah eine lange Reihe von etwas schmuddeligen und sehr gleichförmigen Geschäften, wie sie anderswo in der Stadt nicht existierten. Die Auslagen zeigten Armbanduhren, Transistorradios, Jeans, T-Shirts und Genussmittel. Alles wirkte sehr grell und sehr billig. Die Beschriftungen waren, außer in etwas fehlerhaftem Englisch, in auf dem Balkan gebräuchlichen Sprachen abgefasst, manche mit kyrillischen Lettern. Kersting sah Männer, die, in der Hand Transporttaschen aus bunt gestreiftem Kunststoff, die Läden verließen. Sie hatten Dinge gekauft, die in den Ländern, aus denen sie kamen und in die sie zurückkehren wollten, als der Ausweis der gehobenen Lebensart galten. Der Staat, in dem Kersting lebte, zählte zu solchen Ländern. Der Mexikoplatz mit seinem billigen Trödel war der Ort illusionsloser Ost-West-Politik. Der gesamte Ostblock war nichts als ein heruntergekommener Flohmarkt. Jeder andere Ort in der Welt schien redlicher und besser.

Der Himmel riss jetzt auf und verstreute etwas weißes Sonnenlicht. Kalter Wind wehte über den Mexikoplatz in Böen.

66

Cézanne sei noch mit der Natur direkt beschäftigt gewesen. Er habe versucht, sie als Ganzes aufs Bild zu bannen. Er habe allgemein-verbindliche Stillleben gemalt und Porträts im umfassenden Sinne des Alten. Er habe noch verwirklichen gewollt. Heute aber? Die Natur werde immer mehr aus dem Bild verbannt. Das Porträt sei verloren gegangen. Das Stillleben sei nicht mehr eines von Gegenständen, sondern eines von Flächen, Linien und Farben.

Das waren so Abschweifungen. Ob der Vortragende mit der Veränderung der Stilllebenmalerei einverstanden war oder nicht, ließ er listig offen. Ohnehin sollte sein Kolleg eigentlich von Giotto und der italienischen Frührenaissance handeln, doch immer wieder erfolgten derartige Streifzüge quer durch die Kunstgeschichte bis unmittelbar an die Schwelle der Gegenwart. Überschritten wurde die Schwelle niemals. Zu heiklen Namen wie Pablo Picasso oder Wassily Kandinsky fiel kein Wort. Man durfte annehmen, dass die Kunst der Avantgarde dem Redner etwas bedeutete, dazu festlegen mochte er sich nicht. Es genügte, dass er ein paar Vieldeutigkeiten vortrug, immer mal wieder, und das Verdikt des Formalismus, das die offizielle Kunstpolitik verlangte, lieber anderen überließ. Zur Kunstgeschichte der westlichen Dekadenz durften sich zwei jüngere Dozenten des Instituts ausführlich und in hölzernen Wendungen mitteilen.

Die gesellschaftlichen Ursachen der Verdinglichung, sagte er noch, müssten beseitigt werden. Nach marxistischer Auffassung seien sie im Kapitalismus gesetzmäßig verankert. Würden sie beseitigt, sei auch die Herrschaft der Dingwelt in den Künsten gebrochen.

Er sagte dies mit einem zarten Pathos, dem Ironie beigemengt war. Er bekannte sich zum Marxismus, ganz unverkennbar glaubte er allen Verheißungen dieser Lehre, doch ließ er deutlich spüren, wie beklagenswert wenig er davon erst verwirklicht sah und wie überaus kümmerlich es sich ausnahm. Sein eigener Marxismus war intelligent und witzig, anders als jener dröge Lehrstoff, der in Vorlesungen über Dialektischen und Historischen Materialismus ausgebreitet wurde und den zur Kenntnis zu nehmen die Pflichtübung jedes Studierenden war.

Zu ihnen gehörte Jacob Kersting, ein dürrer Kerl mit langen Haaren, aus der behäbigen Kleinstadt Grotenweddingen gekommen in das immer noch stark zerstörte Berlin, um Kunstgeschichte zu studieren. Er hatte, wie von einer Einrichtung namens Studienzulassungskommission empfohlen, zwölf Monate im Milieu der materiellen Produktion zugebracht. Er sollte dort seinen kleinbürgerlichen Individualismus abstreifen. Er hatte eine Liebesbeziehung begonnen mit einer Dekorationsmalerin, die es später vorzog, ihren anderen Mitarbeiter, den einarmigen Cajetan Radulescu, zu verführen, der zwar Ernster Bibelforscher und Vegetarier war, doch benötige sie, sagte sie Jacob zur Erklärung, einen Ersatzvater für ihr zweijähriges Kind.

Die Vorlesungen des Institutsleiters Creyenveldt bedeuteten Jacob viel. Sie bestärkten ihn in Überzeugungen, zu denen er in Grotenweddingen gelangt war, weil er von Robert, seinem Vater, hatte freikommen wollen. Die Zweifel und Einwände, die ihn damals geplagt hatten und immer noch plagten, waren offenbar die seinen nicht nur. Man konnte sie haben und auf seinen Überzeugungen gleichwohl beharren.

Er bewohnte zur Untermiete ein enges und halbdunkles Zimmer im Berliner Stadtviertel Adlershof. Täglich fuhr er mit der S-Bahn bis zur Friedrichstraße, um, vorüber an geschwärzten Ruinen, aus deren Spitzen und Kanten manchmal Birkenschösslinge wuchsen, in das Gebäude der Universität Unter den Linden zu gelangen, die nunmehr nach ihren eigentlichen Gründern hieß, den Brüdern Humboldt.

Er besuchte die angebotenen Vorlesungen über antike Kunst und mittelalterliche Architektur. Er hielt ein Seminarreferat über die unterschiedlichen Figurationen von Synagoge und Ekklesia an gotischen Kathedralen. Verdrossen hockte er in Versammlungen des Jugendverbands, wo papierene Diskussionen abliefen über westliche Wiederbewaffnung, sowjetische Friedenspolitik und den Aufbau des Sozialismus in einem einzelnen Land. Die Pflichtkollegs im Fach Marxismus-Leninismus hielt Oberassistent Jürgen Rohwedder, den Jacob noch als hochgemuten Fähnleinführer bei Adolf Hitlers Jungvolk erlebt hatte. Sein Diensteifer war Jürgen Rohwedder geblieben, doch bezog er ihn jetzt auf Josef Wissarionowitsch Stalin und Walter Ulbricht. Sein Blondhaar trug er wie früher militärisch kurz. Das blaue Jugendverbandshemd zog er über, so oft sich dazu der Anlass ergab.

Berlin war sehr aufregend. Am Ende der Straße Unter den Linden, hinter dem Brandenburger Tor, begann eine andere Welt. Jacob hatte sie, während der Weltfestspiele der Jugend und Studenten, einmal betreten und eher versehentlich. Jetzt wollte er sie gründlicher erfahren. Er besuchte ein Kino, um den Film *Rashomon* zu sehen. Der spielte im alten Japan und enthielt die beunruhigende Mitteilung, dass es nicht nur eine Wahrheit gebe, sondern deren mehrere. Westberlin ließ sich zu Fuß erreichen oder mit der Fahrt in einem öffentlichen Verkehrsmittel. Das Leben in Westberlin war kostspielig, da das im Osten gehandelte Geld hier nur mehr ein Viertel seines Wertes besaß, man konnte die beiden Währungen tauschen, in Wechselstuben, die in Ostberlin nachdrücklich verpönt waren. Wer einen im Osten ausgestellten Personalausweis vorlegte, konnte das Eintrittsgeld für Theater, Lichtspielhäuser und Museen im Kurse eins zu eins begleichen. Für Jacob waren das vorrangig das Museum im südwestlichen Ortsteil Dahlem, wo die großen Rembrandts hingen, und es waren die wechselnden Verkaufsausstellungen in den Galerien Nierendorf und Haus am Waldsee. Oder das Schlossparktheater im Stadtviertel Steglitz, wo Stücke von Eugene O'Neill und Jean Anouilh liefen.

Oft konnte er sich solche Besuche nicht erlauben. Das Stipendium, das ihm zustand, war knapp. In Versammlungen des Jugendverbandes wurde nachdrücklich gewarnt vor Besuchen beim Klassenfeind. Es sei denn, man war verpflichtet zum Flugblattverteilen für die Sozialistische Einheitspartei in Stadtvierteln wie Wedding oder Neukölln. Solche Einsätze wurden ungern angetreten. Bevorzugt lagen die Stapel bedruckten Papiers hernach auf Westberliner Parkbänken, wo die weitere Distribution der Wind übernahm.

In den Reden Jürgen Rohwedders blieben Berlins Westsektoren ein Morast, wo Menschenhandel, Menschenverachtung, Verderbnis, Diversion und Spionage gediehen. Mit einem Gefühl höhnischer Erleichterung entdeckte eines Tags Jacob unter den Besuchern, die nach beendeter Vorstellung ein Kino im Westabschnitt der Friedrichstraße verließen, den Dozenten für Marxismus-Leninismus an der Ostberliner Humboldt-Universität Jürgen Rohwedder. Trotz des fortgeschrittenen Abends trug Jürgen Rohwedder eine Sonnenbrille. Auf dem Programm des Kinos stand ein Wildwestfilm mit Marlene Dietrich, sein Titel lautete *Der große Bluff*.

Es gab heimliche Verbindungen zwischen Heuchelei und Langeweile. Es gab den Marxismus von Jürgen Rohwedder und den in Creyenveldts Vorlesungen über Giotto und die italienische Frührenaissance, die einen zwingenden Kontext herstellen konnten zwischen dem Aufkommen der lombardischen Geldwirtschaft und der Erfindung der Perspektive. Nicht bloß die dargebotenen Inhalte waren da eindrucksvoll, ebenso war es ihr Vortrag. Im Unterschied zu anderen Lehrkräften, die stockend von Papieren ablasen, gab es hier ausschließlich freie Rede. Beim Eindunkeln des Raums, das die Projektionen des Bildwerfers erkennbar machte, leuchtete hinter dem Vorlesungspult das dafür vorgesehene Lämpchen nicht.

Der Redner benötigte keine Notizen. Er sprach melodiös und in kunstvollen Sätzen. Er spürte die wachsende Aufmerksamkeit seiner Zuhörerschaft und erwiderte sie mit einem sich steigernden Enthusiasmus. Er zog Parallelen aus. Er benannte Gegensätze und Übereinstimmungen. Er wechselte zwischen Ländern und Epochen und kehrte auf manchmal bizarren Umwegen doch immer wieder zurück zu seinem Ausgang. Seine Zuhörer lauschten ihm andächtig. Der kleine nervöse Mann mit dem kahlen Schädel und dem bebrillten Eulengesicht genoss es. In seinen Einführungsvorlesungen saßen reichlich auch Studenten aus anderen Disziplinen. Der große Hörsaal war stets überfüllt. Zuhörer hockten noch auf Fensterbänken und Stufen.

Dabei hatte er, was jedermann wusste, da er selber gelegentlich davon redete, keine normalübliche akademische Ausbildung durchlaufen. Die übrigen Lehrstuhlinhaber, Überbleibsel der vormaligen Friedrich-Wilhelm-Universität und jetzt bloß im Amt, weil sie vor 1945 sich politisch nicht erkennbar kompromittiert hatten, verachteten ihn insgeheim und erwiesen ihm öffentlich ihren devoten Respekt. Der galt vornehmlich seiner Biografie, die aus Emigration, antifaschistischer Untergrundarbeit und Zuchthaus bestand.

Das Referat über die Ikonographie von Synagoge und Ekklesia, das Jacob im dritten Semester hielt, wurde von Creyenveldt sehr gelobt. Im fünften Semester seines Studiums schrieb Jacob eine Seminararbeit über die Architekturen Palladios in Vicenza. Der Text erschien Creyenveldt so bemerkenswert, dass er Jacob zu seinem Hilfsassistenten bestellte. Dass beide in Wilhelm Reichow einen gemeinsamen Bekannten hatten, wussten sie damals nicht.

Im Inneren des Berliner Bahnhofs Friedrichstraße, einer aus Verfall, Dreck und Dämmerung gemachten Höhle, traf Jacob eines Spätnachmittags im Februar auf Gesine Zinke, die er als Geesche kannte. Sofort wollte sie, als er sie beim Namen nannte, nicht mehr Geesche heißen, sondern Gruschenka, was eindeutig russisch war, denn sie studierte an der Humboldt-Universität im ersten Semester Slawistik.

Sie hatte sich verändert. Sie war noch dicklicher geworden und trug jetzt eine Brille. Ihr strähniges Haar hatte sie sich kurz schneiden lassen, zu einer Art Igel-Frisur. Ihre großporige Gesichtshaut glänzte fettig. Gekleidet war sie in eine graue Wetterjacke mit dem Sonnensymbol des Jugendverbandes am rechten Ärmel. An ihrem linken Jackenaufschlag hing das Abzeichen der Sozialistischen Einheitspartei. Die beiden redeten miteinander nicht viel, denn Jacob hatte es eilig.

Er sah sie gelegentlich wieder, auf der Straße Unter den Linden, im Hof der Humboldt-Universität, in düsteren Gängen des Hauptgebäudes, in der von Fett- und Kohlgerüchen gesättigten Luft der Mensa. Anfangs fürchtete er, dass sie ihm wieder nachstellen würde, wie einst in Grotenweddingen und wie später in der Bauernscheune eines brandenburgischen Haufendorfs, das wäre ihm sehr lästig gewesen, doch seine Furcht erwies sich als grundlos. Durch entsprechende Aushänge erfuhr er, dass Geesche, die nunmehr Gruschenka hieß, ein führendes Mitglied war in der Fakultätsleitung des Jugendverbands. Ständig trug die das blaue Uniformhemd der FDJ, ein anderes Kleindungsstück schien sie nicht zu besitzen.

67

Der Rasen ging schräg hügelan, Ginster und Birken waren kahl, bloß die Osterglocken begannen zu blühen. Kersting fühlte sich an den Garten des Hauses in Lüttgenweddingen erinnert, in dem zeitweilig Wilhelm Reichow gelebt hatte. Offenbar musste es diese Art von Kulisse sein, vor der sich für ihn bedeutsame Begegnungen ergaben. Allerdings war das Licht hier anders, wärmer und östlicher, und natürlich war die Zeit anders.

Kersting erzählte von seinem Aufenthalt in Brüssel und von seiner vergeblichen Bemühung, in das Innere des Palais Stoclet zu gelangen. Seine Weiterfahrt nach München erwähnte er nicht. Ginsberg sagte, er könne versuchen, mit der alten Dame, die das Palais bewohnte, ein weiteres Mal und noch eindrücklicher zu verhandeln für den Fall, dass Kersting die Reise wiederholen würde. Kersting wollte die Probleme, die es um seinen Reisepass gegeben hatte und die sich dann wiederholen würden, nicht erwähnen. Eine Weile redeten sie über die Unterschiede zwischen dem Jugendstil in Belgien und dem in Österreich. Sie redeten über Kolonialismus, über dessen Reichtümer, über dessen Grausamkeiten, über dessen Ende. Ginsberg wollte plötzlich wissen, ob Kersting jemals daran gedacht habe, für immer aus Ostdeutschland fortzugehen. Kersting erschrak. Er hoffte, Ginsberg sah ihm den Schrecken nicht an. Ginsberg sückelte an seiner Tabakpfeife, die er zwischen den vorderen Schneidezähnen hielt, und blickte an Kersting vorbei.

Sie haben Angst? fragte Ginsberg.

Wovor sollte ich Angst haben?

Vor der ungewissen Zukunft. Ich könnte das verstehen. Als ich in die USA gegangen bin, kannte ich keinen Menschen dort.

Sie hatten keine andere Wahl.

Vermutlich fürchten Sie sich vor der Trennung, sagte Ginsberg. Sie haben Angst, dass Sie fortan mit einem Makel leben. Sie fürchten sich vor dem Verrat. Es ist das Teuflische an diesen Religionen, dass sie ihre Apostaten gnadenlos abstrafen, mit einem lebenslangen Schuldgefühl.

Sie waren doch kein Kommunist, sagte Kersting.

Doch, sagte Ginsberg, ich war es bis 1938. Die Partei war in Wien so etwas wie eine intellektuelle Mode, während der Ersten Republik. Bei jüdischen Großbürgerkindern besonders, und von denen war ich eines. Die Sozialisten kamen uns zu schlaff vor. Die Kommunisten waren viel unbedingter. Lenin hatte diese wunderbare Revolution gemacht, und die hatte diese wunderbare Kunst gemacht. Wir waren sehr beeindruckt. Wir wollten dabei sein. Ich habe fürs rote Arbeiterkabarett Verse geschrieben, die haben nicht viel getaugt, aber sie waren voller Enthusiasmus. Ich bin auch nach Moskau gepilgert, zwei Mal.

Wieso, sagte Kersting, haben Sie sich dann von der Sache getrennt?

Wegen Stalin, sagte Ginsberg. Wegen der Prozesse. Es ließ sich nicht übersehen, dass sie Verbrechen waren. Hitler hat meine Eltern umgebracht, und zur gleichen Zeit hat Stalin meine Freunde umgebracht. Oder sie sind seinetwegen zu seelischen Krüppeln geworden. Ich wollte das nicht länger mit ansehen. Ich bin aus London fortgegangen. Ich wollte nicht fortwährend auf Emigranten treffen, die mir sagen: Moritz, Genosse, du hast mit deinen Einwänden sicher recht, aber du kannst die Partei nicht im Stich lassen, nicht jetzt, nicht in dieser schweren Stunde. Ich habe mein bisschen Geld genommen und habe mir davon ein Schiffsticket gekauft. Ich bin nach New York gefahren. Eine Weile bin ich mir tatsächlich vorgekommen wie ein Deserteur. Es hat sich dann gegeben, mit der Zeit. Wir müssen alle mit einem Verrat leben. Ich habe damals die Revolution verraten, und die Revolution verrät immerfort sich selbst.

Wenigstens gibt es keine Schauprozesse mehr, sagte Kersting. Es gibt keinen Stalin mehr.

Alle Diktaturen werden irgendwann nachlässig und verschlampen. Sie müssen nur lange genug existieren. Macht sie das besser?

Kersting antworte nichts. Etwas Wind kam auf und war schwül. Aus dem wasserhellen Himmel fielen wie fette schwarze Flocken die Stare.

Als er abends zurückkam in das Studentenhotel, wurde ihm am Empfang ein Zettel überreicht. Seine Frau erbitte seinen Anruf. Es sei äußerst dringend.

68

Geesche bewohnte, zusammen mit einer Kommilitonin, das Zimmer eines Studentenwohnheims im Ostberliner Stadtbezirk Karlshorst. Nahebei befand sich das zentrale Oberkommando der Roten Armee in Deutschland. Zahlreiche Straßen waren abgesperrt und zu betreten bloß nach Passieren eines Wachhäuschens und dem Öffnen eines Schlagbaums, denn dahinter lebten sowjetische Offiziere, manche zusammen mit ihren Familien. Sie verfügten über ein Casino, *Dom offizjerow*, dessen Name, in kyrillischen Lettern, zusammen mit einem nachts illuminierten Fünfzackstern, das ockerfarbene Bauwerk schmückte und gut sichtbar war von vorüberfahrenden S-Bahnzügen aus wie auch von Bahnsteigen der Station Karlshorst.

Solche Nähe hätte produktiv werden können für Studenten der Slawistik. So hätten sie ihre Fähigkeiten in der Sprache Aleksander Puschkins und J. W. Stalins üben können. Die Gelegenheit dazu stellte sich freilich nicht her, denn die sowjetischen Offiziere suchten keinerlei Begegnung mit deutschen Studenten, auch nicht solchen der Slawistik, die ihrerseits keinerlei Zutritt erhielten zu den von Wachhäuschen und Schlagbäume behüteten Straßen.

Geesche, die sich nunmehr Gruschenka nannte, vermisste das nicht. Ihr Sprachkenntnisse waren nicht gut. Eine Weile dachte sie darüber nach, ob sie weiterhin Slawistik studieren solle oder doch lieber Marxismus-Leninismus. Der freilich setzte gute Russischkenntnisse voraus, wie umgekehrt Kurse in Marxismus-Leninismus belegt werden mussten nicht nur beim Studium der Slawistik, sondern ebenso bei anderen Studienfächern, beispielsweise der Kunstgeschichte.

Eine Kunstgeschichtsstudentin war Swantje Martensen, mit der Geesche im Studentenwohnheim ein Zimmer teilte. Swantje Martensen verhielt sich still und war in ihren Bewegungen langsam. Ihre Sprache hatte niederdeutsche Einfärbung. Zu Geesches Ärger war sie hübsch.

Sie kam aus der Griesen Gegend in Mecklenburg, und ihr Interesse für die Bildende Kunst hatte sie für sich in heimatlichen Dorfkirchen entdeckt. Gefördert durch ihre Lehrer wurde sie, Kind eines werktätigen Einzelbauern, zum Studium geschickt, obschon sie die Dorfkirchen zunächst nicht wegen irgendwelcher darin befindlicher Schnitzaltäre aufgesucht hatte, sondern weil sie, wie alle Angehörigen ihrer vielköpfigen Familie, eine ordentliche evangelische Christin war. Die entsprechenden Kommissionen der Griesen Gegend hatten dies entweder nicht gewusst, oder es war ihr nicht wichtig gewesen, was sie von ähnlichen Einrichtungen im sachsen-anhaltinischen Grotenweddingen deutlich unterschied.

In Berlin besuchte Swantje Martensen weiterhin allsonntäglich den Gottesdienst, in der Kirche am Loeperplatz. Außerdem war sie ein Mitglied der evangelischen Studentengemeinde. Dies erregte die entschiedene Missbilligung ihre Zimmergenossin. Geesche beschimpfte und verhöhnte Swantje Martensens Christentum, sagte Sätze von Karl Marx und W. I. Lenin und nannte als leuchtendes Beispiel den großen Stalin, der zunächst ein Priesterseminar besucht hatte, ehe er ein überzeugter Leninist geworden war. Swantje Martensen hörte wortlos zu. Wortlos drehte sie einen ihrer dicken aschblonden Zöpfe um ihren linken Zeigefinger. Anschließend vertiefte sie sich in ein Buch über den florentinischen Renaissancekünstler Luca della Robbia.

Gesine hätte verlangen können, dass man Swantje Martensen aus ihrer Nähe entfernte, damit Platz würde für eine andere glühende Kommunistin. Sie hätte das problemlos durchsetzen können, denn weiterhin hatte ihr Wort Gewicht. Geesche bestand aber nicht darauf, dass Swantje Martensen ein anders Zimmer bezog. Plötzlich unterließ sie auch alles Gezeter betreffend Swantje Martensens Gottesdienstbesuche in der Kirche am Roeperplatz. Dafür begann sie sich für das kunstgeschichtliche Institut der Humboldt-Universität zu interessieren.

Swantje Martensen hatte, bei einem schwärmerischen Bericht über die Vorlesungen Ernst Creyenveldts, den Geesche nicht kannte, den Namen des Hilfsassistenten Jacob Kersting erwähnt, den Geesche sehr wohl kannte. Swantje Martensen sprach auch später oft von Jacob. Wie es schien, mochte sie Jacob und vielleicht mehr als das. Sie konnte nicht wissen, dass Geesche Jacob Kersting begehrt hatte, fast sieben Jahre lang, wie der biblische Jakob seine Rahel begehrt hatte sieben Jahre lang. *Jakobs Stern ist aufgegangen, stillt das sehnliche Verlangen.* So hieß es im Choral von Valentin Triller. Der Stern war untergegangen. Das sehnliche Verlangen war Hass geworden. Jacob hatte Geesches Zuneigung nicht bloß abgewiesen, er hatte zudem behauptet, sie stinke. Das ertrug sie nicht. Jetzt arbeitete sie daran, Jacob zu vernichten.

Eine Vollversammlung fand statt, bei der zu erscheinen für alle an der philosophischen Fakultät Studierenden unabdingbare Pflicht war. An der Stirnseite eines großen Hörsaales standen ein Podium und ein Rednerpult. Der Podiumstisch war mit roten Stoff umhüllt. Vor dem Rednerpult hing die mit dicken Strahlen aufgehende Sonne auf blauem Hintergrund, Wappen der FDJ. Gesine Zinke, auch Geesche genannt oder Gruschenka, saß auf dem Podium an zentraler Stelle. Zwei

Plätze entfernt von ihr nahm Oberassistent Jürgen Rohwedder Platz. Grotenweddingen war unübersehbar vertreten im studentischen Leben der nach den Gebrüdern Humboldt benannten Berliner Universität.

Geesche eröffnete die Veranstaltung und erteilte Jürgen Rohwedder das Wort. Der ging federnden Schrittes zum Rednerpult und begann zu sprechen. Er redete von verschärftem Klassenkampf, von westdeutscher Wiederaufrüstung, von Zersetzungsversuchen des Imperialismus, die zum Scheitern verurteilt seien, und von der Weisheit des großen Genossen Stalin. Seine Rede war lang. Der abschließende Beifall der Zuhörer fiel höflich aus.

Nach Jürgen Rohwedder sprach Geesche. Sie sprach, wie sie dereinst gesungen hatte im Chor der Jungen Gemeinde von Grotenweddingen, nämlich voll Inbrunst. Auch sie rühmte die Weisheit des großen Genossen Stalin. Ihre weiteren Äußerungen erhielten Gewicht durch die Wörter Liquidierung, Abschaum und schonungslos. Viele Sätze beendete sie mit einem fragend intonierten Ja, das sie Walter Ulbricht abgelauscht hatte, dem Generalsekretär der Sozialistischen Einheitspartei.

Bereits Jürgen Rohwedder hatte angedeutet, der Klassenfeind habe, in all seiner Niedertracht, sich nunmehr einer Gliederung der evangelischen Kirchen bemächtigt. Geesche ging darauf näher ein. Die erwähnte Gliederung, sagte sie, trage den Namen Junge Gemeinde. Die existiere vielfach im Land und also auch an der Berliner Humboldt-Universität. Anders als von der Kirche behauptet sei sie kein harmloses Jugendforum, sondern eine gegen die FDJ und den Aufbau des Sozialismus gerichtete feindliche Organisation. Weiteres zum Thema lasse sich nachlesen in der Tageszeitung *Junge Welt*, deren Studium nachdrücklich empfohlen werde.

Damit hätte es Geesche belassen können. Die Tageszeitung *Junge Welt* war eine für jedermann zugängliche Quelle, das geschriebene Wort wog auch mehr als das gesprochene. Geesche verharrte dennoch bei der Jungen Gemeinde. Ihr Urteil, sagte sie, beruhe nicht bloß auf der Lektüre von Texten der Tageszeitung *Junge Welt*, sondern außerdem auf persönlichem Erleben und eigener Anschauung.

Hier erstarben manche der im Saal bis dahin vernehmlichen Geräusche. Geesche war sichtlich damit zufrieden. Ja, sagte sie. Früher sei sie dort Mitglied gewesen. Altäre habe sie geschmückt. Den Kleinen und Großen Katechismus habe sie studiert. Fromme Choräle habe sie gesungen. An christlichen Freizeiten habe sie teilgenommen. Eine Verbrecherorganisation sei das Ganze. Sie habe erlebt, wie die Deutsche Volkspolizei dort habe eingreifen und verhaften müssen. Das habe ihr, Gesine Zinke, die Augen geöffnet. Da habe sie der Jungen Gemeinde den Rücken gekehrt. Da sei sie der FDJ beigetreten und bald auch Genossin geworden.

Die Geräusche im Saal nahmen wieder zu. Geesche bemerkte es und schrie: Nun aber! Das Schweigen kehrte zurück. Nun aber, rief Geesche, zur Jungen Gemeinde an der hiesigen Hochschule! Die allermeisten Mitglieder hätten nach eingehender, kameradschaftlich geführter Aussprache mit der FDJ-Leitung der Fakultät ihren Irrweg eingesehen. Sie hätten die Junge Gemeinde verlassen. Jetzt wurden mehrere Namen von Studierenden genannt, belohnt mit mattem Klatschen der Zuhörer. Bei zwei Studenten freilich, rief Geesche, sei alles Einreden vergeblich gewesen. Diese Vollversammlung biete ihnen die letzte Möglichkeit zur Umkehr. Im Fall der Weigerung würden sie der kollektiven Missbilligung verfallen, womit sie zugleich ihre studentische Zukunft riskierten. Nämlich, die sozialistische Gesellschaft müsse ihre Feinde schonungslos bekämpfen.

Der erste der von Geesche namentlich Genannten war ein bebrillter Germanist aus dem zweiten Semester. Er stand auf, hochroten Kopfes, und tat mit brüchiger Stimme kund, er habe sich die Sache überlegt. Er werde die Junge Gemeinde verlassen. Er danke der FDJ für ihre hilfreiche Unterstützung. Seine Worte waren nicht überall im Hörsaal zu verstehen und erhielten gleichwohl dankbaren Beifall. Das Publikum sah sich der lästigen Pflicht enthoben, über eine kollektive Verdammnis zu befinden.

Lange vor dem Beginn der Versammlung hatte Geesche im Publikum Jacob entdeckt. Ihr Auftreten in diesem Hörsaal, ihre Rede samt Rückblick auf ihre eigene christliche Zeit in Grotenweddingen, ihr Eifer, ihre Verwendung der Begriffe Liquidierung, Abschaum und schonungslos, dies alles richtete sich vornehmlich gegen Jacob.

Der wusste das noch nicht. Er saß in der dritten Reihe des Hörsaals. Er saß schräg hinter seiner Kommilitonin Swantje Martensen, die er gut kannte, da sie im gleichen Fach studierte wie er. Bereits bei der ersten gemeinsam besuchten Vorlesung war sie ihm aufgefallen und nicht nur ihm. Zwar trug sie seltsame Kleidungsstücke, wie Bauernröcke und Rüschenblusen, und ihr Haar flocht sie zu dicken Zöpfen, aber sie war hübsch, mit schwarzen Augenbrauen über tiefblauen Augen. Manche lobten ihren auch prachtvollen Busen. Das geschah freilich bloß halblaut und bloß hinter ihrem Rücken, da man wusste, dass sie eine eifrige Christin war und daher, war anzunehmen, der Keuschheit oblag.

Jacob redete gerne mit ihr. Manchmal verabredete er sich mit ihr. Gemeinsam besuchten sie Ausstellungen, auf der Museumsinsel oder im städtischen Westen. Swantje erzählte, dass sie in einem Studentenheim wohne, zusammen mit einer Slawistin, die ihr ständig in den Ohren liege, von der Religion zu lassen und Leninistin zu werden, nach dem Muster des großen Stalin. Als sie den Namen der Slawistin nannte, sagte Jacob, er kenne Gesine Zinke seit langem und ziemlich gut. Er warnte Swantje Martensen vor Geesche, die jetzt lieber Gruschenka hieß, als einer ziemlich üblen Person. Swantje Martensen wollte das nicht hinnehmen. Als gute Protestantin zeigte sie mit ihrer Zimmergenossin Gesine Zinke christliches Erbarmen.

Jetzt saß Swantje Martensen schräg vor Jacob in der zweiten Reihe des Hörsaals, wo die FDJ-Vollversammlung der Philosophischen Fakultät ablief. Sie trug eine ihrer Rüschenblusen. Jacob betrachtete ihren Nacken. Ihr aschblondes Haar war zu bloß einem Zopf geflochten und am Hinterkopf aufgesteckt. Einige Strähnen, für die Frisur zu kurz, hingen gekräuselt über den Kragen der Rüschenbluse. Der Anblick stimmte Jacob sanft und zärtlich. Dies wandelte sich augenblicklich in kaltes Entsetzen, als Geesche den Namen der anderen Person aussprach, die sich bisher geweigert hatte, die Junge Gemeinde zu verlassen, nämlich Swantje Martensen.

Viele Blicke waren der Genannten zugewandt. Würde sie jetzt aufstehen und wie der bebrillte Germanist mitteilen, sie sei anderen Sinnes geworden? Swantje Martensen tat nichts dergleichen. Sie blieb einfach sitzen und zeigte sich unbewegt. Bloß ein Tropfen Feuchtigkeit, sah Jacob, quoll aus ihrem Nackenhaar und rann ihr in den Kragen.

So, sagte Geesche. Da sei also jetzt eine Entscheidung zu treffen. Die falle ihr persönlich gar nicht leicht. Weil, sagte Geesche, sie kenne Swantje Martensen sehr gut. Sie kenne sie, da sie mit ihr ein Zimmer teile. Aber eben da sie Swantje Martensen gut kenne, wisse sie von Swantje Martensens Umtrieben. Fahrten nach Westberlin. Illegaler Umtausch von Währungen. Vielleicht Kontakte mit imperialistischen Geheimdienstagenturen. Das alles unternehme Swantje Martensen nicht allein, sondern zusammen mit jemandem, der auch hier im Hörsaal sitze und der demnächst auch zur Rechenschaft zu ziehen sei, Geesche schrie: Die ganze Sache stinkt!

Eisige Stille. Swantje Martensen bewegte sich auch jetzt noch nicht. Bloß aus ihrem Nackenhaar rann ein weiterer Tropfen Feuchtigkeit in ihren Rüschenkragen. Mit plötzlich zurückgenommener Stimme und im Tone sachlich stellte Geesche namens der FDJ-Fakultätsleitung den Antrag, die feindliche Haltung Swantje Martensens zu verurteilen und dem Prorektorat entsprechende Mitteilung zu machen, mündend in den Vorschlag, Swantje Martensen von dem weiteren Studium an einer Hochschule der Deutschen Demokratischen Republik auszuschließen. Die Versammelten wurden aufgefordert, ihre Zustimmung durch Handzeichen zu geben.

Sie selbst hob, noch während sie redete, ihren Arm. Jürgen Rohwedder hob seinen Arm gemeinsam mit den anderen Mitgliedern des Präsidiums. Bei den Versammelten wurden erste Arme sofort gereckt, blieben eine Sekunde in der Minderheit und wurden dann immer mehr. Geesche, weiterhin den Arm in der Luft, rief schneidend: Nun? Dabei nahm sie, mit höhnischem Grinsen, erst Swantje Martensen in den Blick und dann sehr ausführlich Jacob. Als einer der Letzten im Hörsaal hob Jacob seinen rechten Arm.

69

Vor allem anderen war auffällig der Geruch. Eine Mischung aus abgestandenem Zigarettenrauch, ranzigem Bohneröl und dem Abgas von Zweitaktmotoren. Kersting verließ das Shuttle des Flughafens Berlin-Schönefeld. Fünf weinselige österreichische Herren, zwischen denen er in der Maschine gesessen hatte, verstummten angesichts des Abfertigungsschalters, eines von zwei Gittern umfassten metallenen Käfigs mit fensterähnlicher Öffnung. Eine stählerne Tür, mehr als mannshoch, ließ sich automatisch aufschwenken und schließen.

Kersting schob seinen dunkelblauen Pass durch die Schalteröffnung. Der dahinter hockende DDR-Grenzpolizist verglich die Ausweisfotografie mit Kerstings Gesicht. Er legte den geöffneten Pass neben sich. Er wartete. Er senkte den Kopf. Er trommelte mit den Fingerkuppen, unterbrach sich und trommelte erneut. Sein Gesicht war jung und grämlich, sein grauer Teint von entzündeten Pickeln entstellt.

Kersting musste länger warten als vor ihm die Österreicher. Er dachte nach über die Gründe. Er spürte, die Haut seiner Handflächen wurde glitschig, voller Argwohn durchwühlte er die Erinnerungen an seinen Wien-Aufenthalt. Er dachte an die westdeutsche Botschaft in der Metternichgasse. Er hatte die Passbestimmungen der Deutschen Demokratischen Republik verletzt. In der Metternichgasse saßen Spitzel des DDR-Geheimdiensts. Der Gesetzesverstoß des Bürgers Kersting war längst mit der Diplomatenpost nach Berlin/DDR gemeldet worden. Seine überreizte Fantasie zeigt ihm, wie er, an der Seite eines Uniformierten, irgendwelche Gänge durchquerte, die Handgelenke mit einer metallenen Schelle gefesselt.

Der Grenzpolizist griff nach einem Stempel, drückte ihn

zweimal und schob den Pass durch die Schalteröffnung zurück. Seine Gebärde wirkt verächtlich. Seine Fingernägel waren schmutzig. Die stählerne Tür öffnete sich, Kersting durfte die Passkontrolle verlassen.

Mit anderen Passagieren des Flugzeugs stand er vor dem Rondell aus beweglichen Metallsegmenten, das sein Gepäck herbeischaffen würde. Die weinseligen Österreicher hatten etwas von ihrer Lebhaftigkeit zurückgewonnen. In einem breiigen Dialekt bestätigen sie sich, sie fühlten sich wie am Balkan, als Vergleiche wurden die Städtenamen Sofia und Bukarest genannt. Zu den Gerüchen, die in der Luft hingen, gesellte sich der säuerliche Dunst von niederösterreichischem Landwein. Dann begann ächzend die Gepäckauslieferung mit ihrer Rotation. Eines der ersten Stücke, die sie anlieferte, war Kerstings Reisetasche.

Er musste Aufstellung nehmen vor dem Metalltisch eines Zöllners. Der Mann betrachtete kurzsichtig den Zettel, auf dem Kerstings Mitbringsel notiert waren. Er forderte auf, die Tasche zu öffnen, wühlte etwas in den darin befindlichen Wäschestücken und holte ein Buch heraus, *Jugendstil in Wien*. Kersting wolle in die Deutsche Demokratische Republik ein Druckerzeugnis einführen? Kersting sagte, hierbei handle es sich um ein Arbeitsmittel, das er auch bei der erneuten Ausreise wieder bei sich führen würde. Der Zöllner sagte, es wäre Kerstings Pflicht gewesen, das Buch auf der Zollerklärung zu deklarieren. Eine weitere Entgegnung duldete er nicht und forderte Kersting auf, ihm zu folgen.

Er betrat mit Kersting eine Kabine, in der sich ein hölzerner Tisch und eine Art von Katheder befanden. Der Zöllner wies an, den Inhalt der Reisetasche vollständig zu entleeren. Auf der Tischplatte häuften sich Textilien, ein Kunstlederbeutel mit

Waschzeug, das schwarze Kästchen mit dem elektrischen Rasierapparat. Der Zöllner wies an, einzelne Wäschestücke auseinanderzufalten. Er forderte auf, den Inhalt des Toilettenbeutels zu öffnen. Er griff in das Innere der Reisetasche. Mit triumphalem Lächeln holte er seine Hand zurück, die eine kleine goldene Scheibe hielt, einen in metallisch glänzendes Papier verpackten Schokoladentaler, der irgendwann, von Kersting unbemerkt, unter die Bodenabdeckung der Tasche geglitten war. Das Lächeln im Gesicht des Zöllners vertrocknete.

Er forderte Kersting auf, Mantel und Jacke abzulegen. Er forderte Kersting auf, das etwa dreißig Zentimeter hohe Holzpodest zu besteigen. Er begann, Kerstings Hosenbeine abzutasten. Er griff in Kerstings Schritt. Er forderte Kersting auf, die Krawatte zu lockern, den Hemdkragen zu öffnen und sich vorzubeugen, damit Einsicht genommen werden konnte in den Ausschnitt. Dann bedeutete er Kersting, sich wieder anzuziehen und das auf der Tischplatte ausgebreitete Eigentum zu verpacken. In Händen den Reisepass und das Buch über Jugendstil, verließ er die Kabine.

Kersting ordnete seine Reisetasche. Die Tür zu der Kabine, in der er sich befand, war verschlossen, es gab keine Klinke, um die Tür von innen zu öffnen. Kersting hörte Schritte und Stimmen, die allmählich leiser und weniger wurden. Statt Furcht empfand er jetzt Apathie und Trostlosigkeit. So wartete er lange. Die Stimmen in der Halle verstummten. Schließlich kehrte der Zöllner zurück. Er teilte mit, das Buch über den Jugendstil sei wegen Verstoßes gegen die Zollbestimmungen der Deutschen Demokratischen Republik beschlagnahmt. Er überreichte, zusammen mit dem Reisepass und der Zollerklärung, eine Bescheinigung über den Einzug des Buches.

Vor dem Flughafengebäude wartete ein einsames Taxi. Kersting stieg ein und ließ sich in die Stadt fahren. Der Taxifahrer war schlecht gelaunt, wortkarg, im Wagen roch es nach Maschinenöl und Schweiß. Der Gegenverkehr war schwach. Nach einer halben Stunde stand Kersting vor der Tür des Hauses, in dem sich seine Wohnung befand. Die Straße war eng und dunkel. Es gab zu wenige Laternen, auch die Lichter hinter den verschiedenen Fenstern brannten bloß vereinzelt.

Resultatlos stocherte Kersting mit dem Schlüssel im Schloss der Haustür, bis er entdeckte, dass es herausgebrochen war und die Tür sich problemlos aufdrücken ließ. Er tastete nach dem Lichtschalter. Er fand ihn, berührte ihn, doch die Beleuchtung sprang nicht an. Allmählich gewöhnten sich seine Augen an die Finsternis im Hausflur. Es roch nach Dreck und Urin. Er tastete sich bis zur Treppe, die er hinanstieg, wobei sich, nach den ersten vier Stufen, die in der Zeit seines Hierseins erworbene Vertrautheit mit der Umgebung wieder einstellte. In der ersten Etage sprang die Beleuchtung an. Er sah das metallene Türschild mit seinem Namen. Ihm war, als betrachte er die Tür eines Fremden.

In seiner Wohnung lag Staub, überall, ein feiner weißgrauer Pelz, der alle Möbel und Gegenstände mit einem Firnis aus Feindseligkeit überzog und den zu berühren widerwärtig war. Er schaltete das Radio ein. Dass die Stimme des Nachrichtensprechers nicht mit österreichischen Akzenten redete, kam ihm sonderbar vor. Er erfuhr, dass die schlimmste Hochwasserkatastrophe seit siebzig Jahren herrsche und die Altstadt von Regensburg unter Wasser stand. Der westdeutsche Bundesanwalt Rebmann äußerte seinen Triumph über die Verhaftung mehrerer sowjetischer Spione.

Kersting schaltete das Radio ab. Er zog sich aus und ging zu Bett. Er schlief unruhig in dieser Nacht.

70

An einer der Wände hing, als Kupferstich, eine Vedute des friderizianischen Potsdam, mit hochragendem Garnisonkirchenturm. An anderen Wänden befestigt waren drei alte und offenbar kostbare Uhren, deren Perpendikel sich nicht synchron bewegten und die Zeit in feines Gehäcksel zerlegten. Der Schreibtisch war ein Biedermeiermöbel, helles Kirschholz. Rechtsanwalt Dr. Matejka, der dahinter saß, mochte so alt sein wie Kersting. Er war ein sanfter Mensch mit rosiger Gesichtshaut, einem Grübchen im Kinn und leuchtend blauen Augen. Er trug eine graue Tweedjacke, von deren Knopfloch am linken Revers eine goldene Uhrkette herabhing bis zur Tasche für das Einstecktuch. In den Fensterscheiben direkt neben Dr. Matejkas Kopf stand schräg die blasse Vorfrühlingssonne.

Es sei gut, sagte Dr. Matejka, es sei nützlich, dass Kersting gekommen sei. Direkt aus Österreich, nicht wahr?

Ja, sagte Kersting, aus Wien.

Wien, sagte Dr. Matejka und seufzte. Manchmal befinde er sich in Wien, dienstlich natürlich, doch nutze er den Aufenthalt dann auch anderweitig. Theater, Museen, einmal habe er am Opernball teilgenommen. Äußerst glanzvolles Ereignis, Kersting habe das vielleicht auch erlebt?

Nein, sagte Kersting.

Nun ja, sagte Dr. Matejka. Er klappte ein goldenes Etui auf und entnahm eine Zigarette. Er atmete Tabakrauch ein und aus, ehe er fand, jetzt unterhalte man sich besser über David. Keine ganz einfache Sache, und jedenfalls wäre gut, man könnte den Jungen zur Vernunft bringen. Gut für ihn und für andere, die Eltern zunächst, natürlich, aber auch, nun ja, für die Politik.

Kersting musste gestehen, er wisse fast gar nichts. Er habe den Anruf seiner Frau erhalten, dass David verhaftet sei. Er, Kersting, solle rasch nach Berlin kommen und Dr. Matejka aufsuchen.

Nun ja, sagte Dr. Matejka. So sei das eben, Telefonate über Grenzen hinweg, jedenfalls solche Grenzen, da äußere man sich vorsichtig.

Er lächelte schwach. Anschließend begann er von der Verhaftung zu reden.

In einigen evangelischen Kirchen der Stadt fänden seit zwei, drei Jahren pazifistische Veranstaltungen statt. Öffentliche Aussprachen, Abende mit Poesie und Liedern, Ausstellungen, einschlägige Gottesdienste. Der Pazifismus sei freilich bloß eine Art Vorwand, um junge Leute zu versammeln, die zur DDR in heimlicher Opposition stünden. Bisher habe das die Staatsmacht stillschweigend hingenommen. Seit Beginn dieses Kalenderjahres hätten sich derartige Aktivitäten verstärkt, Kersting habe gewiss gehört von den Geschehnissen rund um die Liebknecht-Luxemburg-Demonstration im Januar.

Sicher, sagte Kersting, es stand davon in den österreichischen Zeitungen.

Die Sache, sagte Dr. Matejka, sei inzwischen beigelegt, auch durch seine, Dr. Matejkas, Hilfe. Freilich habe das alles ein beträchtliches Aufsehen erregt, mit der Folge, dass die Veranstaltungen in den Kirchen sich häuften. Dies sei der Hintergrund, vor dem man Davids Haltung sehen müsse.

Wie, sagte Kersting, mein Sohn ein christlicher Pazifist?

Das Gegenteil, sagte Dr. Matejka und lächelte traurig. Er nahm, ehe er weitersprach, eine neue Zigarette aus seinem Etui und schilderte dann, wie David, gemeinsam mit anderen Gleichgesinnten seines Alters, den Gottesdienst einer Kirche im Berliner Bezirk Friedrichshain gewaltsam gestört habe. Während der Predigt seien Zwischenrufe erfolgt. Nach dem Gottesdienst habe es tätliche Auseinandersetzungen zwischen Davids Freunden und Kirchenbesuchern gegeben. Zusätzlich seien Schmierereien an der Tür und den Wänden der Kirche gestanden. Die Zwischenrufe seien faschistische Parolen gewesen und die Schmierereien Hakenkreuze und SS-Runen. Die Leitung der Berliner evangelischen Kirche habe Anzeige erstattet. Den Ordnungskräften sei nichts geblieben, als David und seine Freunde festzunehmen.

Dr. Matejka schwieg. Aus leuchtend blauen Augen beobachtete er die Wirkung seiner Worte. Kersting saß vor dem Kirschholzschreibtisch, blutleer im Gesicht, und starrte auf seine Knie.

Die Sache, sagte Dr. Matejka, sei heikel. Zunächst wegen der Tätlichkeit, vor allem aber, weil es sich um faschistische Bekundungen gehandelt habe, ausgeführt von Leuten, die zu Teilen aus guten sozialistischen Elternhäusern kämen. Man denke nur an Kerstings Schwiegervater. Sitz im SED-Zentralkomitee. Abgeordneter zur Volkskammer. Hochschulrektor. Karl-Marx-Orden. Dagegen das Verhalten des Jungen. In der gegenwärtig angespannten Situation sei so was von einiger Brisanz.

Kersting fragte heiser: Was soll ich da tun?

Reden Sie mit Ihrem Sohn, antwortete mit sanftem Lächeln Dr. Matejka. Ich habe Ihnen einen Besuch arrangiert.

Sie fuhren in Dr. Matejkas Wagen, einer dunkelgrünen Limousine des britischen Fabrikats Jaguar, zur Haftanstalt Rummelsburg. Sie durchliefen mehrere Kontrollen. Dann wurde Kersting dem dort tätigen Personal überantwortet, allein. Nach einer kurzen Zeit des Wartens würde er seinem Sohn gegenüberstehen.

David wurde hereingeführt durch einen Polizisten in Uniform, der sich danach in deutlicher Entfernung zu ihnen setzte, auf einen Hocker. Seine Dienstmütze hatte er abgenommen. Sein Gesicht war bleich und sah ungesund aus, offensichtlich war er auch erkältet, wiederholt zog er geräuschvoll Luft durch die Nase, manchmal hustete er. Dr. Matejka hatte versichert, Kerstings Gespräch mit David werde vertraulich sein. Kein Dritter werde zuhören. Die anwesende Dienstperson sei lediglich zugegen aus Gründen der Sicherheit.

Über mehrere Monate hinweg hatte Kersting seinen Sohn nicht gesehen. Einige Male hatten sie miteinander telefoniert, in Abständen von zwei oder drei Wochen, die Gespräche waren von Mal zu Mal kürzer und inhaltsärmer verlaufen. Seine letzte Erinnerung an David war die an einen dürren Halbwüchsigen mit langen hellblonden Locken, Hornhaut an manchen Fingern, wegen eines allzu intensiven Umgangs mit Gitarren. Früher war David der Rockmusik verfallen gewesen und hatte sich in Nachahmungen probiert.

Seine langen Locken waren verschwunden. Er trug sein Haar jetzt militärisch kurz und mit einem Seitenscheitel. Seine Ohren standen etwas ab. Seine graugrünen Augen blickten verächtlich.

Hallo, sagte er, mit schwachem Grinsen, und streckte seinem Vater die Hand entgegen. Seine Stimme klang belegt.

Sie saßen einander gegenüber an einem quadratischen Tisch, der aus einer hellgrauen Kunststoffplatte und dunklen Metallbeinen bestand. Das Fenster, klein und vergittert, befand sich unmittelbar unter dem Plafond. Über dem Tisch hing ein weiß emaillierter Lampenschirm mit einer brennenden Glühbirne. Die Wände hatten einen Sockel aus Ölfarbe, hellgelb, verschiedentlich aufgeplatzt, dass der Mörtel darunter frei lag. Die Luft schmeckte nach abgestandener Fleischbrühe. Kersting entdeckte eine weitere Veränderung: In Davids linkem Ohrläppchen steckte ein kleiner Brillant. Ihm fiel keine andere Frage ein als: Wie geht es dir hier?

Hier, sagte David, bin ich erst seit einer Stunde.

Sie haben dich eigens hierher gebracht?

Ja.

Zu unserem Gespräch?

Offenbar.

Wo bist du sonst?

Ich weiß es nicht. Irgendwo im Norden. Hohenschönhausen oder so. Sie sagen es einem nicht. Man kann auch nichts erkennen, wenn sie einen transportieren.

Der Polizist auf seinem Hocker schnäuzte sich. Er benutzte dazu ein Papiertaschentuch. Dabei starrte er auf den Fußboden, dessen Belag aus braungelber Kunststofffolie mit stilisierten Blumenmustern bestand.

Kersting fragte: Wie behandeln sie dich?

Es geht.

Das Essen? Deine Unterbringung?

Es geht. Wirklich.

Du weißt, warum sie dich verhaftet haben?

Ja.

Musste diese Sache denn sein?

Sie musste sein.

Was stört dich an diesen Kirchenleuten?

Alles.

Erklär mir.

Die, sagte David verächtlich, sind doch nichts als schlaff. Die sind weich und wehrlos und noch ein Grund, weshalb der Laden hier auseinanderfliegt. Merkst du das nicht? Alles ist verschlampt. Nichts funktioniert mehr. Es gibt keine vernünftige Ordnung mehr. Alles muss sich ändern, gründlich, andere Leute müssen her. Wir brauchen eine Elite.

Elite?

Ja.

Kein sehr guter Begriff.

Doch.

Wie soll sie aussehen, deine Elite?

Stark und wehrhaft. Diese Scheißgleichmacherei gehört abgeschafft. Es gibt nämlich oben und unten, Idioten und Genies, es gibt sie überall, so ist die Natur. Hier soll es nicht so sein, aber du siehst, was dabei herauskommt. Die blanke Katastrophe. Dabei ist es doch schön, unser Land. Es lohnt sich, dafür zu bluten und zu sterben.

Was redest du da.

Der Satz stammt aus einem Buch.

Willst du tatsächlich den Hitler zurück?

Hitler ist tot.

Warum malst du dann Hakenkreuze?

Weil ich weiß, wie die Bonzen das aufregt.

Mich regt es auch auf, und ich bin kein Bonze.

Dein Problem.

Kersting bemerkte, wie der Polizist zu ihnen hinsah, aus den Augenwinkeln. Als er Kerstings Blick wahrnahm, drehte er hastig den Kopf fort.

Du erinnerst dich, sagte Kersting, aus welcher Familie du stammst?

Genau deswegen tu ich das.

Ich begreife dich nicht, David. Wie bist du dazu gekommen?

Es hat sich so ergeben. Es überzeugt mich auch.

Du weißt, was dir hier bevorsteht?

Ich weiß es, und ich werde es aushalten.

Kann dich gar nichts von dieser Sache abbringen?

Das hier keinesfalls, sagte David. Er sagte es verächtlich. Jetzt begann der Polizist zu husten, er krächzte, seine Stimme überschlug sich, mehrfach, es war der trockene Brechhusten eines Rauchers. David deutete mit dem linken Daumen auf ihn und flüsterte: Das Beängstigende in der Maske des Lächerlichen.

Bitte?

Wieder ein Zitat. Wieder von Jünger.

Wovon redest du?

Ich rede von dem großen deutschen Schriftsteller Ernst Jünger. Sein Buch heißt *In Stahlgewittern*.

So was liest du?

Ja.

Was findest du darin?

Alles, was sie uns hier vorenthalten.

Woher hast du das Buch?

Woher, fragte David grinsend, hast du deine Bücher über Wien?

Der Polizist hatte seinen Hustenanfall überstanden. Er japste noch etwas, danach putzte er seine Nase mit einem Papiertaschentuch. Sein Blick wanderte vom Fußboden bis zur Decke. Er hatte nichts hören sollen, aber er hatte alles gehört.

71

Die abgestrafte Kunstgeschichtsstudentin Swantje Martensen erschien zu Vorlesungen an der Berliner Humboldt-Universität nicht mehr. Noch am Tage der Fakultätsvollversammlung verließ sie samt ihrem Gepäck das Studentenwohnheim im

Stadtteil Karlshorst. Anzunehmen war, dass sie fortan Veranstaltungen der Freien Universität im Berliner Westen besuchen würde. Möglicherweise hatte sie gehofft, ihr Kommilitone Jacob Kersting werde ihr bei ihrem Auszug behilflich sein, was allerdings nicht geschah.

Der war vielmehr mit sich selbst beschäftigt. Er wusste, in der Fakultätsvollversammlung mit Swantje Martensens Ausschluss hatte er für ein Unrecht gestimmt. Er versuchte sich einzureden, er habe aus momentaner Irritation gehandelt, doch insgeheim wusste er, dass es aus Angst geschehen war und aus Feigheit.

Die Angst war eher diffus. Hatte er Angst vor Geesche? Die war bloß eklig. Doch Geesche stand für mehr. Er erinnerte sich der zwei Festnahmen seines Vaters. Eine war durch Adolf Hitlers politische Polizei erfolgt, die andere durch den NKWD. Bedeutete das, Gestapo, sowjetischer Geheimdienst und FDJ waren irgend austauschbar?

Wochen später traf er Swantje Martensen bei einem Gang über den Westberliner Kurfürstendamm. Sie hatte sich sehr verändert. Ihre Zöpfe waren gefallen, und statt Rüschenbluse und Bauernrock trug sie hier ein geblümtes Sommerkleid mit sehr weitem Ausschnitt. Jetzt wohne sie in einem kirchlichen Konvikt, sagte sie, in Spandau, und studiere an der Freien Universität in Dahlem, außer Kunstgeschichte noch Skandinavistik, und in vier Tagen reise sie mit einer Exkursion in die Toskana, zu den Terrakotten von Luca della Robbia. Neben ihr stand ein hochgewachsener, fortwährend grinsender und fortwährend gummikauender Mensch mit hellblondem Kraushaar. Sie stellte ihn vor als ihren Verlobten Bengt Lindblom aus Uppsala, Pastorensohn und Student der Physik.

Die Begegnung war nur kurz. Hinterher sagte sich Jacob, es

sei ganz in Ordnung gewesen, dass Swantje Martensen die Humboldt-Universität habe verlassen müssen. Geesches politische Intrige habe sich im Nachhinein geradezu als eine glückliche Fügung erwiesen. Außerdem hätte die Fakultätsvollversammlung Geesches Antrag in jedem Falle bestätigt, auch ohne Jacobs Zustimmung. Zwischendurch dachte er an Swantjes skandinavischen Verlobten und an den weiten Ausschnitt ihres geblümten Sommerkleids. Er fragte sich, wieso er eigentlich nicht versucht hatte, mit ihr zu schlafen. Er tröstete sich, als Reaktion auf Geesches Vorgehen, mit allerlei Zynismen, was, wie er später wissen würde, eine für das Überleben im realen Sozialismus unverzichtbare Technik war.

Geesche aber sah nach der Fakultätsvollversammlung Anlass, über ihr eigenes Auftreten und ihr Verhalten gegenüber Jacob ausführlicher nachzudenken.

Sie hatte Jacob vernichten wollen. Sie wollte das immer noch. Insofern war die Fakultätsvollversammlung für sie ein Erfolg gewesen, da sie Jacob hatte zwingen können, seine Selbstachtung zu verlieren. Dieser Triumph wog schwer. Er wog schwerer als der in einer anschließenden Parteiversammlung gegen sie vorgetragene Einwand, der vage Angriff auf einen ungenannten Kommilitonen sei überzogen, unkonkret und daher ein politischer Fehler gewesen. Ihren Genossen sagte sie, das sehe sie ein, und sie bereue ihren Fehler. In Wahrheit bereute sie nicht.

Doch auch freuen konnte sie sich nicht. Ihr war, als hätte ihr Hassgefühl sie innerlich ausgehöhlt, dass sie jetzt statt eines Triumphes bloß Leere spürte. Sie saß in dem Zimmer des Studentenwohnheims, in dem sie nunmehr allein lebte, da Swantje Martensen ausgezogen und ein neuer Mitbewohner noch nicht gefunden war. Sie saß und erinnerte sich an Jacobs

Gesicht während der Fakultätsvollversammlung. Das Gesicht war blass gewesen. Verzerrter Mund und verkniffene Augen. Deren Blick war nicht auf sie gerichtet, sondern auf Swantje. *Sünd und Hölle mag sich grämen,* stand in der zweiten Strophe des Chorals von Valentin Triller. *Tod und Teufel mag sich schämen.* Die fünfte Strophe besang dann das Aufgehen von Jakobs Stern. Geesche merkte nicht, wie ihr jetzt dicke Tränen aus den Augen tropften.

Auf einmal wurde ihr übel. Sie rannte über den Wohnheimflur in die Toilette und erbrach sich dort. Galliger Saft lief ihr über die Zähne und besudelte bräunlich den weißen Rand der Toilettenschüssel. Immer wieder übergab sie sich, denn die Magenkrämpfe ließen nicht nach.

Erst nach Minuten kehrte sie zurück in ihr Zimmer, völlig erschöpft. Sie legte sich auf ihr Bett. Irgendwann schlief sie ein. Durch ihre Träume taumelten Vikar Herbert Jinnerjahn, ihre Ahnin Julie Wulff, J. W. Stalin und immer wieder auch der Satan. Stunden später wachte sie auf und spürte, dass sie Fieber hatte. Sie ließ einen Arzt rufen. Ärztliche Anweisung zwang sie zu Ruhe und zum Verzehr von Tabletten. Sie aß nur wenig und musste sich immer wieder übergeben.

Das ging so über eine längere Zeit. Als sie fieberfrei war und aufstehen konnte, war sie mager und spillerig geworden wie einst als kleines Mädchen in Grotenweddingen. Gegessenes brach sie immer wieder aus. Mit Rücksicht auf ihren Krankheitszustand war das zweite Bett in ihrem Zimmer noch nicht belegt worden.

Sie ging zur Universität. Sie entdeckte, dass sie in ihren Kenntnissen der Sprache Aleksander Puschkins und J. W. Stalins zurückgefallen war. Das Amt in der FDJ-Fakultätsleitung hatte man ihr abgenommen, wegen ihrer Krankheit. Angestrengt überlegte sie, wie sie die Lücken im Russischen auffüllen und wie die Funktion in der FDJ-Leitung zurückerlangen konnte.

Sie saß in ihrem Zimmer und starrte vor sich hin. Dann schaltete sie das Radio ein. Sie hörte Trauermusik. Sie schaltete auf einen anderen Sender, wo gleichfalls Trauermusik lief. Fröhliche Musiken spielten die Radiostationen des Klassenfeinds, den Geesche verabscheute und dessen Sender sie niemals empfing. Sie kehrte zurück zur Trauermusik. Die endete dann, und ein pathetischer Sprecher begann mit der Mitteilung, die Welt, die gesamte Welt trage unermessliche Trauer, da das Herz des großen Stalin, des weisen Führers aller Werktätigen, aufgehört habe zu schlagen. Umgehend spürte Geesche in ihrem Magen einen stechenden Schmerz. Sie rannte über den Flur, in die Toilette, sie übergab sich sehr ausführlich, und diesmal fielen neben zerkauten Brocken und galligbraunen Säften noch dicke Tränen in die Toilettenschüssel.

Das Erbrechen ließ nach. Die Tränen liefen weiter. Zehn Stunden lang heulte Geesche fast ununterbrochen, sie füllte viele Taschentücher aus Stoff und Papier mit Tränen und Rotz. Anderntags begab sie sich zu dem Trauermarsch, den die Jugendorganisation der Humboldt-Universität veranstaltete und an dem Lehrer wie Studenten teilnehmen mussten.

Der Zug führte vor das Stalin-Denkmal an der aus klassizistischem Beton errichteten und nach Stalin benannten Prunkstraße östlich des Alexanderplatzes. Der Zug war sehr lang. Geesche blieb nicht die einzige Teilnehmerin, die sich ein Taschentuch vors Gesicht hielt, um Rotz und Tränen zu bergen, das Heulen weiblicher Personen war in dem Trauerzug weit verbreitet, doch Geesche betrieb es mit pathologischer Ausführlichkeit. Sie fiel auch auf wegen ihres ungepflegten Äußeren. Ihr Haar war zu fettigen Strähnen gewachsen. Ihre FDJ-Bluse war schmuddelig. Ihr Mund zeigte sich schwärzlich verkrustet durch den ausführlichen Verzehr von Süßkram.

Nämlich, sie lebte inzwischen von Zuckerzeug. Es war das einzige Nahrungsmittel, das ihr Magen behielt, sie wurde gierig auf Süßkram wie einst als kleines Mädchen in Grotenweddingen, sie wurde so spillerig wie damals, sie dachte an Hexen und Hexenwerk, sie träumte von Satan und Stalin, bis Stalin zu Satan wurde, den sie um Sukkubi bat, damit sie Vikar Jinnerjahn heimsuchten oder Jacobs Stern, der auf- und unterging. Immer mehr vertiefte sich Geesche in die Vorstellung von Zaubersalben aus Nachtschatten, Tollkirsche, Mandragora, Opium und Schierling. Sie setzte sich in einen Stadtbahnwagen und fuhr zur Station Rahnsdorf, um im dortigen Forst nach einschlägigen Pflanzen zu suchen. Dabei war es Vorfrühling, und es wuchs kaum Grün.

Zufällige Spaziergänger stießen auf ein abgemagertes und völlig verwahrlostes Mädchen in dreckiger Kleidung, das einmal die Uniform der FDJ gewesen war. Das Mädchen sammelte trockene Gräser und totes Laub, wobei sie lauthals sang *Wir, die unser Heil annehmen, werfen allen Kummer hin.* Es handelte sich um einen Choral von Valentin Triller, der bis zum Jahre 1573 gelebt hatte, als lutherischer Pfarrer von Oberpanthenau bei Nimptsch in Schlesien.

Gesine Zinke wurde in die Psychiatrie der Universitätsklinik Charité eingeliefert. Man wusch sie und fütterte sie mit Psychopharmaka. Wenn sie etwas bei Bewusstsein war, verlangte sie nach Zuckerzeug und faselte von Satan, Jacobs Stern, Sukkubi und Nachtschatten. Ihre medizinische Diagnose lautete auf katatonische Schizophrenie, wahrscheinlich inkurabel.

Später wurde sie in die Psychiatrie des St.-Joseph-Krankenhauses im Stadtbezirk Weißensee eingewiesen, wo sie eine zumeist stille Patientin war. Ab und zu sang sie *Den die Hirten lobeten sehre.* Das Krankenhaus unterstand der katholischen Alexiusbruderschaft, die zu evangelischen Chorälen wenig Beziehung unterhielt. Dass die Verfolgungen der Jungen Gemeinden bald nach Stalins Tod beendet und ihre Mitglieder sogar rehabilitiert wurden, erreichte sie nicht.

72

Sonja legte eine Reihe grüner Tabletten des volkseigenen Sedativs *Faustan* vor sich. Es hatte den Anschein, als schlucke sie diese Dragees wie ein vernaschtes Kind sein Schokoladenkonfekt. Auf dem Tisch standen außerdem ein mit Zigarettenresten gefüllter Aschenbecher, zwei Schnapsgläser und eine Flasche Aquavit, das Etikett zeigte, in Farbe, zwei mecklenburgischen Trachtenfiguren. Außer Sonja war Heidelinde zugegen, die Nachbarin, dürr, neurotisch und mit strähnigen Haaren. Sie litt an ihrer gescheiterten Ehe und an der mangelnden Beachtung ihrer im surrealen Duktus von Paul Klee verfertigten Bilder. Kersting hatte Heidelinde nie gemocht.

Er war drei Stunden später gekommen als verabredet. Der von ihm benutzte Eisenbahnzug hatte kurz hinter Oranienburg fast vierzig Minuten auf freier Strecke anhalten müssen. Kersting setzte jetzt seine Tasche ab, erklärte seine Verspätung, nickte Heidelinde zu und sagte hastig, er wolle noch eine Weile umhergehen.

Es war früher Nachmittag. Er ging den unbefestigten Weg hinan zum Steilufer. Er sah, dass der Strand schmaler geworden war seit seinem letzten Aufenthalt, auch das Steilufer hatte verloren, große Brocken aus Sand und Mergel waren herausgebrochen aus der unregelmäßigen Kante und hingen auf halber Höhe, mitsamt ein paar entwurzelten Hundsrosenbüschen. Irgendwann würde das alles völlig herabfallen. Das Wasser würde es auflecken und forttragen.

Die See war bloß wenig bewegt. Es hing Dunst in der Luft. Schwarze Buhnenstümpfe liefen in unregelmäßiger Ordnung durchs Meer, die Horizontlinie zerfloss, auch die Spitze der Halbinsel mit dem Leuchtturm blieb unsichtbar. Ein paar Möwen flogen krätschend umeinander.

Er ging die steile Holztreppe hinab. Trockener Tang lag in Klecksen zwischen Sand und Geröll. Bäume bückten sich zum Wasser hin, die auslaufenden Wellen setzten Flocken weißgrauen Schaums ab. Er war immer gern hier gewesen, zu jeder Jahreszeit. Er mochte das klare und kühle Licht, das es hier gab. Er mochte das Bild der in die Dünen geduckten Häuser mit ihren grauen, von Moos überwucherten Rohrdächern. Er liebte das Bild der blankgespülten Kiefernwurzeln unmittelbar neben dem Spülsaum, bleich und bizarr geformt, wie abstrakte Plastiken von Henry Moore oder Barbara Hepworth. Davids Bemerkung fiel ihm ein, das Land sei doch schön, und es lohne, dafür zu bluten und zu sterben.

Er ging zurück. Die meisten Sommerhäuser standen leer. Die Gärten waren manchmal schlammig, auf den Beeten lag faulendes Laub. Hinter den nackten Pappeln schimmerte der Bodden, und wie immer in Winter und Frühjahr, wenn die Bäume keine Blätter trugen, war er von hier aus zu sehen. Kersting erinnerte sich, wie er, seinen kleinen Sohn David an der Hand, hier umherspaziert war.

Er ging bis zur Hauptstraße. Dunkelgrauer Rauch quoll aus

dem Schornstein der Bäckerei. Ein einsames Auto fuhr vorüber, ein dunkelgrüner Wagen vom Typ Trabant, er zog blaugraue Auspuffwölkchen hinter sich her. Überall roch es jetzt nach Braunkohlenabgas. Es roch nach DDR.

Als er zu Sonja zurückkehrte, war sie allein. Sie hatte ihre Faustan-Dragees fortgeräumt oder verzehrt, vor ihr auf dem Tisch lag jetzt neben einer geöffneten Zigarettenschachtel ein Exemplar der Moskauer Tageszeitung *Iswestija*, mit einem Bild von Generalsekretär Gorbatschow auf dem Titelblatt. Er erwartete, dass Sonja zu einem ausführlichen Lob von Glasnost und Perestroika anheben würde. Ihre schrill und lautstark vorgetragene Slawophilie war nach wie vor unerschütterlich.

Sonja schob die Zeitung beiseite und sagte zu den sowjetischen Verhältnissen kein Wort. Obwohl er es abwehrte, setzte sie ihm ein Glas mit Aquavit vor, offensichtlich ihr derzeitiges Lieblingsgetränk. Sie fing zu reden an. Wie schlecht sie sich fühle, welche ärztlichen Befunde jetzt vorlägen, wie sehr Davids Verhaftung sie seelisch belaste. Sie redete und rauchte und saß auf einem Klappstuhl von Marcel Breuer, Stahlrohr und Leder, das sechzig Jahre alte Bauhausmodell B 4. Sie saß unter einem Bild von Wilhelm Reichow, der fast abstrakten Ansicht eines Bergdorfs. Es hingen noch andere Reichow-Bilder im Zimmer. Creyenveldt besaß eine größere Sammlung und war sehr stolz darauf.

Sonja hatte ihre Krankengeschichte vorgetragen, sie hatte dazu geraucht und Aquavit getrunken. Ihre ursprüngliche Apathie war umgeschlagen in einen Zustand fast euphorischer Überreaktion. Kersting sagte, er habe bei David überhaupt nichts erreicht. Er habe auf den Jungen eingeredet, doch der sei starrsinnig geblieben, offenbar wolle er sich als Held fühlen oder als Märtyrer. Matejka habe geraten, David solle einen Irrtum eingestehen und Reue zeigen, womit sich alles beilegen lasse, auch ohne Gerichtsverfahren. Freilich, einen Prozess werde es so oder so kaum geben, schon wegen des damit verbundenen Skandals. Vermutlich werde David nach Westdeutschland abgeschoben. Es war sinnlos, sagte Kersting, dass ich meinen Wien-Aufenthalt unterbrochen habe. Ich habe nichts ändern können. Die Sache hat mich bloß Geld gekostet, österreichisches Geld, um genau zu sein.

Sonja zuckte mit den Achseln. Kerstings Mitteilungen schienen sie nicht zu berühren. Sie sagte, wenn David in den Westen gehe, werde sie ihm ein paar Reichows mitgeben, die er dort verkaufen könne, damit er Geld für einen wirtschaftlichen Anfang habe. Kersting sagte, derlei verstoße gegen geltendes DDR-Gesetz. Ihr Vater, sagte Sonja verächtlich, werde das alles richten, er oder Matejka. Kersting wusste, dass der Anwalt und Sonjas Vater einander gut kannten, Creyenveldt hatte Matejkas Antiquitäteneinkäufe gefördert. Jetzt war er freilich nur mehr ein gehbehinderter Mann, der in einem Altersheim für verdiente Partei-Kader lebte, Kersting wusste nicht, wie viel Einfluss er noch besaß.

Immerhin war er jemand, dessen Name weiterhin genannt wurde und der in Büchern und Zeitschriften vorkam. Der in einem Künstlerdorf an der mecklenburgischen Ostseeküste ein rohrgedecktes Ferienhaus besaß, auch wenn er es nicht mehr nutzte, nicht mehr nutzen konnte, so dass jetzt die meiste Zeit des Jahres seine Tochter Sonja darin wohnte. Creyenveldt kümmerte sich nicht mehr viel um seine Tochter, die ihrerseits bloß noch mit sich selber befasst war. Tabletten und Alkohol hatten sie etwas aufgeschwemmt. Ihr kastanienrotes Haar war an den Wurzeln schneeweiß.

Ihr euphorischer Zustand ging vorüber. Sie trank weiter

Aquavit, bis ihr die Zunge nicht mehr gehorchte und sie wirres Zeug zu reden begann. Dass Kersting sich viel zu wenig gekümmert habe um David. Dass die Zustände in Ostdeutschland beschissen seien. Dass Kersting nicht mehr mit ihr zusammenlebe. Dass sie schwer krank sei. Dass Kersting nie etwas getaugt habe im Bett. Dass Kersting sie betrogen habe mit einer miesen Kunstmalerin. Hier hätte er den Namen von Gleb S. Surkow nennen können. Wahrscheinlich hätte sie geantwortet, auch das habe allein er verschuldet.

Sie zündete sich eine neue Zigarette an. Sie trank Aquavit und redete. Dass ihr Leiden sich nicht kurieren lasse. Dass Kersting selber schuld sei, wenn er keine Karriere gemacht habe. Dass ihr Vater ein großartiger Mann sei. Dass Russland wunderbar, mächtig, reich und unübertroffen sei. Dass sie eine sehr schwere Krankheit habe. Kersting kannte solche Ausbrüche und hörte nicht mehr zu. Weshalb war er überhaupt hierher an die Ostseeküste gekommen? Hatte er ernsthaft gemeint, er hätte sinnvoll mit Sonja über David reden können? Oder war er gekommen, um sich seiner zerstörten Ehe zu vergewissern, wieder einmal? Er bereute es heftig, nicht in Wien geblieben zu sein.

73

Anfang Juni 1953 begann Jacob ein Praktikum bei der Galerie Moritzburg in Halle an der Saale. Der spätmittelalterliche Schlossbau hinter seinem ausgetrockneten Wassergraben war dunkel, verfallen und feucht. Zur Zeit der Luther-Reformation hatte ihn ein prunksüchtiger Kirchenfürst aus dem Hause Hohenzollern zu seiner Vorzugsresidenz erkoren, jetzt bewahrte die Burg eine umfängliche Kunstsammlung aus verschiedenen Jahrhunderten.

Jacob wohnte unter dem Dach eines großen Hauses nahe dem Botanischen Garten. Sein Fußweg zur Moritzburg war kurz. Er trat seine Arbeit an und traf auf ein überwiegend misslauniges Personal. Er durfte neue Katalogtexte schreiben und andere redigieren. Er übernahm Führungen, bei denen er gelangweilten Schulkindern die Bilder von Lukas Cranach, Angelika Kauffmann und Walter Leistikow erläuterte.

Er freundete sich an mit einem der Kustoden, einem älteren, etwas griesgrämigen Menschen. Der war noch dem früheren Museumsleiter Max Sauerlandt begegnet, einem, wie Jacob erfuhr, überaus verdienstvollen Förderer von Künstlern des deutschen Expressionismus. Die meisten der von Sauerlandt erworbenen Arbeiten hatte später Adolf Hitler ins Ausland verkaufen lassen, ein paar waren immerhin verblieben, doch wurden sie auch jetzt nicht gezeigt oder nicht mehr. Der Kustos führte Jacob in das Depot, zu den dort abgestellten Bildern, darunter Arbeiten von Otto Mueller, Max Pechstein und Lyonel Feininger. Auch drei frühe Collagen von Wilhelm Reichow standen dort. Jacob betrachtete sie lange. Die Bilder waren effektvoll. Ihr leinener Untergrund war aufgeschnitten und zu Wölbungen verformt. Jacob erzählte dem Kustoden von seiner Bekanntschaft mit Wilhelm Reichow. Der Kustos lachte durch die Nase, höhnisch und kurz, dann kramte er zwischen seinen Unterlagen und zog eine Mappe hervor, die er Jakob überließ. Die Mappe enthielt sorgfältig gesammelte Texte zu den Kunst-Diskussionen der letzten Jahre, darunter war der Zeitungsartikel von N. S. Serow *Wo stehen die Feinde der deutschen Kunst?* Wilhelm Reichow wurde darin verurteilt als ein volksfremder Formalist.

Jacob fuhr nach Suderwieck. Robert zeigte sich wortkarg und wirkte noch vergrübelter als früher. Dabei war er, seiner Improvisationsfähigkeit und seines Geschicks im Umgang mit Menschen wegen, von der Suderwiecker Maschinenfabrik, in der er arbeitete, zum technischen Leiter berufen worden. Seine Malerei hatte er nicht wieder aufgenommen. Nach dem Studium und den Lebensumständen seines Sohnes fragte er nicht. Er hatte sich in Suderwieck eine Wohnung gemietet und lebte darin gemeinsam mit seiner Sekretärin, einer knochigen Person mit hochgestecktem Blondhaar und verrauchtem Atem. Jacob mochte sie nicht.

Mit dem Omnibus fuhr er nach Grotenweddingen. Er ging vom Bahnhofsvorplatz fort, er ging vorbei an Dörings Eisdiele, die jetzt ein Zeitungskiosk war, er ging den Weg neben dem Ufer des Nöschenbachs. An den Süßkirschenbäumen hingen unreife Früchte wie kleine grüne Geschwüre. Im Gras lagen Schafsköttel. Seine Schritte scheuchten Aasfliegen auf. Schließlich stand er vor dem Haus, in dem er neun Jahre lang gelebt hatte, und alles, Häuser, Wege, Steine, kam ihm sonderbar geschrumpft vor. In Roberts einstiger Wohnung war ein Fenster geöffnet. Im Halbdunkel stand ein ausladender Kleiderschrank. Zwei Frauen, die ihm fremd waren, gingen auf den Hauseingang zu und unterhielten sich. Sie trugen prallgefüllte Einkaufstaschen. Ein kleines Mädchen hieb mit der Peitsche auf einen tanzenden Kreisel ein. Auch dieses Kind kannte Jacob nicht.

Er ging zurück. Er ging bis zur Langen Gasse. Das Bestattungsunternehmen Witold & Söhne gab es nicht mehr, das Nachfolge-Unternehmen *Pietät* war umgezogen, in die Nähe des Friedhofs von St. Martin, Dietrich Lehmanns Geschäftsräume nutzte jetzt ein Ofenbauer, das Schaufenster zeigte einen schwarzen Eisenherd. Jacob ging weiter. Er ging bis zur Georg-Friedrich-Händel-Oberschule. Er überquerte den Pausenhof. Über den Außentoiletten hing wie früher scharfer Uringeruch. Der Stein, vor dem sich einst, nach bestandener Prüfung, die Abiturienten versammelt hatten, um *Gaudeamus igitur* zu singen, trug das fürstlich-grotenweddingsche Wappen nicht mehr. Der glatte Granit zeigte nur mehr einen hellen Fleck und fünf Bohrlöcher.

Aus dem Gebäudeinneren war Chorgesang zu vernehmen, mehrstimmig. Er wurde abgebrochen. Drei Klavierakkorde schlugen an, danach setzte der Chorgesang wieder ein. Es schien, als wolle die Anstalt dem durch ihren berühmten Namenspatron vorgegebenen Anspruch nachkommen. Jacob musterte die Fassade des Schulgebäudes. An den neugotischen Simsen hing weißlicher Taubendreck. Jacob fühlte Wehmut, obschon er nicht hätte sagen können wieso.

Am 16. Juni, einem Dienstag, kehrte er abends aus dem Museum in sein Zimmer zurück. Er schaltete das Radio ein. Der Apparat war sein Eigentum, ein kleiner hölzerner Kasten, der sich in einer Aktentasche unterbringen ließ und den er aus Berlin mitgebracht hatte. Wie immer schaltete er auf die Nachrichtensendung des Hamburger Rundfunks. Dort wurde von einer wilden Demonstration berichtet, die stattgefunden habe im Ostsektor von Berlin und die sich inzwischen friedlich aufgelöst habe. Die Teilnehmer seien an der Stalinallee beschäftigte Bauarbeiter gewesen. Ihre Forderung habe gelautet, die Regierung solle die seit Beginn des Jahres für die volkseigene Industrie im Land verbindlichen Arbeitsnormen zurücknehmen. Für den kommenden Tag seien weitere Proteste angekündigt.

Noch später hörte Jacob, diesmal über einen ostdeutschen

Sender, die Übertragung einer Ansprache, gehalten von Ministerpräsident Otto Grotewohl im Berliner Friedrichstadtpalast vor Parteimitgliedern. Der Redner klang sehr nachdenklich. Für den Unmut der Ostberliner Arbeiterschaft schien er Verständnis zu hegen.

Am nächsten Morgen fand Jacob alle Türen der Galerie Moritzburg verschlossen. Als er fortgehen wollte, traf er auf seinen Bekannten, den älteren Kustos, der ihm aufgeregt erzählte, die gesamte Stadt sei von Unruhen erfasst. Von Streik werde geredet. Vielleicht werde sich jetzt alles ändern. Vielleicht sei Deutschland bald wieder vereint.

Jacob ging weiter. Er ging vorüber an den Gebäuden der Universität. Dort standen Gruppen aus erregt gestikulierenden jungen Leuten. Für Augenblicke hatte Jacob ähnliche Empfindungen wie unmittelbar nach dem Kriegsende. Ein unbestimmtes Gefühl der Leichtigkeit, das sich mit jedem Schritt zu verstärken schien. Als sei alle Bedrängnis von einer Minute auf die andere gewichen.

Auf dem Platz vor der Verwaltungszentrale der Sozialistischen Einheitspartei hatte sich eine Menschenmenge versammelt. Aus den aufgeregten Reden Umstehender erfuhr Jacob, Demonstranten seien gewaltsam in das Gebäude eingedrungen. Dort wurden jetzt Fenster geöffnet und Papiere auf die Straße geworfen, Aktenstöße, Broschüren, lose Blätter. Einzelne Bögen wirbelten durch die Luft. Die Menge begrüßte sie mit Jubel und Beifall. Manche der Papiere wurden aufgefangen und von den Fängern zerfetzt. Auch dafür gab es Beifall. Dann kamen Sprechchöre auf, sie verlangten den Sturz von Generalsekretär Walter Ulbricht und Freiheit für die politischen Gefangenen. Für den Nachmittag wurde zu einer Großkundgebung aufgerufen.

Sie fand statt unter freiem Himmel, auf dem Hallmarkt im Stadtzentrum. Als Jacob dort eintraf, waren bereits Tausende versammelt und standen dicht bei dicht, bis tief in die Einmündungen der Seitenstraßen hinein. Inmitten der Menge wartete ein großes graugrünes Panzerfahrzeug sowjetischer Bauart. Seine Luke wurde geöffnet. Aus dem Panzerturm erhob sich der Oberkörper eines Rotarmisten, eines noch jungen Menschen. Er tauchte wieder zurück und warf den Fahrzeugmotor an. Es gab ein dröhnendes Geräusch, das die Menge zurückdrängte. Der Panzerturm schwenkte kurz hin und her, blaue Wölkchen von Dieselabgas stiegen hoch, dann erstarb der Motor. Der Rotarmist kroch erneut aus seiner Lukenöffnung und zeigte lachend seine schadhaften Zähne.

Am Rande des Platzes standen große Lautsprechersäulen. Unmittelbar vor der Front des Polizeipräsidiums war eine Tribüne errichtet worden und ein Mikrofon installiert. Mehrere Redner traten auf, ein Lehrer, ein Arbeiter aus den städtischen Versorgungsbetrieben, ein Ingenieur aus einem benachbarten Chemiewerk. Sie verlangten das Immergleiche: Ende der roten Diktatur, freie Wahlen, gerechtere Entlohnung, Ende der Unrechtsjustiz, Wiedervereinigung Deutschlands. Jede dieser Forderungen erhielt starken Beifall. Ein Volkspolizist stellte sich hinter das Mikrofon, er trug noch seine Uniform, er berichtete in ungelenken Worten, bis zu diesem Morgen habe er sämtliche Anordnungen der ihm vorgesetzten Behörde gehorsam befolgt, nunmehr sei er fest entschlossen, den Dienst zu verweigern, denn niemals werde er gegen seine Landsleute vorgehen. Er erhielt besonders viel Zustimmung.

Nach ihm trat ein Redner auf, der die gegenwärtige Situation und die weitere Entwicklung beschrieb. Das gesamte Land befinde sich im Streik. In wenigstens zweihundertsechzig Orten fänden jetzt, zur genau gleichen Zeit, derartige Kundgebungen statt. Der Aufstand werde von Arbeitern getragen, jener Schicht, in deren Interesse die gegenwärtige Staatsmacht zu handeln vorgebe, die sie aber fortwährend missachte und verrate. Namens des Metallbetriebs, in dem er arbeite und dessen Streikkomitee er leite, werde er, gemeinsam mit Abgeordneten anderer Einrichtungen, sich noch diesen Abend nach Berlin begeben, um dort mit Vertretern von Partei und Regierung über deren Kapitulation zu verhandeln. Man erstrebe einen friedlichen und gründlichen Wechsel der politischen Führung. Man erstrebe jene Ordnung, die als einzige den Willen des Proletariats vollziehen könne, nämlich den Anarchosyndikalismus. Das sowjetische Panzerfahrzeug ließ wieder einmal seinen Motor aufheulen und stieß blaue Abgaswölkchen in die Luft.

Der Redner hatte anfangs starken Beifall erhalten, stärkeren als jeder andere zuvor, denn er war von allen bisherigen Rednern der beste. Zum Ende hin fiel die Zustimmung dann deutlich geringer aus, da den Versammelten die Vorstellungen einer anarchosyndikalistischen Verwaltung sichtlich fremd erschienen. Jacob waren sie vertraut. Er kannte viele der auf der Tribüne geäußerten Sätze. Er hatte sie oft vernommen, wie er auch den Redner gut kannte, der sein aus Suderwieck hierher gekommener Vater Robert Kersting war.

Die Versammlung löste sich auf. Jacob kehrte in sein Zimmer zurück. Den ganzen Abend über hörte er die Radionachrichten des Hamburger Senders. Er hörte von Demonstrationen, von tätlichen Auseinandersetzungen, von Streiks, von Massenaufmärschen, von öffentlich vorgetragenen Parolen. Er stand am Fenster des Dachzimmers, das er bewohnte. Er sah das Zuchthaus, einen alten Bau aus verschmutzten Backsteinen. Er konnte die Mauer erkennen, mit auseinandergerolltem Stacheldraht auf dem First, er sah eine Reihe vergitterter Fenster. Der Komplex war hell erleuchtet. Alles war so wie immer. Auch das Gefühl von Leichtigkeit, das Jacob an diesem Tage gespürt hatte, war vergangen, und er wusste, obschon er sich nicht hätte erklären können wieso, dass der gesamte Aufstand, dass dieser gesamte Sommertag der Anarchie mit einer Niederlage enden würde.

Anderntags verhängte die sowjetische Stadtkommandantur von Halle an der Saale den Ausnahmezustand. Eilig ausgehängte Plakate teilten die Einzelheiten mit. Zusammenrottungen und Aufmärsche aller Art waren verboten. Bei Zuwiderhandlungen würde es den Gebrauch von Schusswaffen geben. Am übernächsten Morgen begab sich Jacob, wie fast alle Tage zuvor, in die Galerie Moritzburg, um sein Praktikum fortzusetzen.

Sein Vater war noch in der Nacht des 17. Juni nach Berlin gefahren. Den nächsten Morgen wurde er, wie die anderen Streikführer, von Angehörigen der sowjetischen Geheimpolizei NKWD verhaftet. Er saß ein in der Haftanstalt Berlin-Hohenschönhausen, wo er verhört wurde, zunächst von russischen, später von deutschen Vernehmern. Als er sagte, er fühle sich an sein Verhör bei Adolf Hitlers Gestapo erinnert, schrien die Vernehmer ihn an, nannten ihn einen Provokateur und schlugen ihm ins Gesicht, mehrfach. Danach schickten sie ihn für zwei Wochen in eine fensterlose Sonderzelle, deren Wände eine dicke schwarze Gummihaut waren.

Im Mai des Folgejahres stand Robert Kersting vor dem Obersten Gerichtshof der DDR. Die Verhandlung war nicht öffentlich. Robert erhielt eine Zuchthausstrafe von acht Jahren, das Urteil gegen ihn fiel deutlich höher aus das gegen die anderen Streikführer. Jacob, Roberts Sohn und nächster Verwandter, erfuhr von alledem erst später.

74

Kersting stand vor dem Schalter der Grenzkontrolle im Flughafen Berlin-Schönefeld. Er wartete darauf, dass er abgefertigt würde. Er versuchte sich vorzustellen, was geschähe, wenn man ihn jetzt zurückwies. Wenn der uniformierte junge Kerl hinter dem Fenster der Abfertigungskoje ihm mitteilte, die Ausreise sei untersagt, der Pass werde eingezogen, weitere Auskünfte könnten nicht erteilt werden. Merkwürdigerweise löste diese Vorstellung in ihm keine Panik aus, bloß ein vages Gefühl von Tristesse und dumpfer Erleichterung. Ihm würde eine Entscheidung abgenommen. Er würde zurückfallen können in jene allgemeine Apathie und Unselbständigkeit, die das Land beherrschte, über die sich ausführlich jammern und spotten ließ, die ihm aber vertraut war wie der eigene Pulsschlag und die eigene Haut. Sein Pass wurde, die geöffneten Innenseiten nach unten, auf eine in die Tischplatte der Abfertigungskoje eingelassene Glasscheibe gelegt. Unmittelbar daneben stand ein schwarzer Telefonapparat. Etwas Zeit verging. Dann klingelte das Telefon. Der Grenzsoldat nahm den Hörer ab. Er lauschte, wohl einer Anweisung, er nickte mehrmals, er murmelte Unverständliches. War dies der Befehl zur Zurückweisung? Kersting überlegte, welche Maßnahmen er ergreifen könne, sofern er sich überhaupt entschließen würde, eine Maßnahme zu ergreifen. Er konnte sich an Creyenveldt wenden. Doch Creyenveldt war alt, krank, er hatte kaum mehr Einfluss. Vielleicht sollte er besser Dr. Matejka bemühen? Hier nickte der Grenzsoldat nochmals und legte den Hörer wieder auf. Der Pass wurde von der Glasscheibe genommen und umgedreht. Der Grenzsoldat griff nach einem Stempel und drückte ihn auf die Seite neben dem Ausreisevisum. Die große graue Metalltür, hinter der Kersting stand, öffnete sich mit ächzendem Geräusch. Kersting durfte weitergehen und ging mit weichen Knien.

Im Transitraum begegnete er Marian Sichelschmidt, einem in Ostberlin wohnhaften Bühnenbildner, den er flüchtig kannte. Der Mann war dicklich, sein graues Haar hing ihm strähnig bis über den Kragen, er schwitzte leicht und drückte wiederholt ein weißes Taschentuch auf Stirn und Oberlippe.

Die Maschine der Fluggesellschaft Austrian Airlines war im Inneren ausgestattet mit den Nationalfarben rot und weiß. Aus den Lautsprechern ertönte Walzermusik von Johann Strauß Sohn. Die Kabine war weniger als zur Hälfte besetzt. Kersting nahm Platz neben Sichelschmidt, der während des Fluges sehr viel zu erzählen wusste. Er habe einen Vertrag mit der Wiener Staatsoper, erzählte er, durch Vermittlung der DDR-Künstleragentur. Er verfertige die Ausstattung zu einer Neuinszenierung von Giuseppe Verdis *Macht des Schicksals*. Dies sei nicht seine erste Verpflichtung im nichtsozialistischen Ausland, er habe auch schon in Zürich, Paris und Mailand gearbeitet, ebenso wie, natürlich, in Leningrad, Warschau und Budapest. Danach erzählte Kersting von Josef Hoffmann und Adolf Loos. Er sagte, er sei immer noch im Zweifel, ob er nicht besser über Loos schreiben solle als über Hoffmann, einfach weil Loos interessanter sei. Sichelschmidt waren beide Namen geläufig.

Nach anderthalb Stunden landete die Maschine in Schwechat, bei strahlendem Sonnenschein. Kersting hatte den Eindruck, er kehre heim. Gemeinsam mit Sichelschmidt stand er am Laufband für das eintreffende Fluggepäck. Sichelschmidt nahm vier große Koffer in Empfang. Er werde, sagte er schwitzend und wie zur Erklärung, vier Wochen in der Stadt bleiben. Er verabschiedete sich von Kersting mit einem feuchten Händedruck. Vielleicht werde man einander in der Stadt begegnen, Kersting könne ihn auch besuchen, sagte Sichelschmidt, in der Staatsoper vielleicht oder in Sichelschmidts Unterkunft, er wohne direkt neben der Peterskirche, nahe am Graben, das Hotel sei früher einmal ein vornehmes Bordell gewesen.

Vier Tage später las Kersting, Marian Sichelschmidt, international berühmter Bühnenbildner aus Ostberlin, wolle nicht in die DDR zurückkehren. Seinen künftigen Wohnsitz werde er in München nehmen.

75

Ernst Creyenveldt lehrte als angesehener Ordinarius und Institutsleiter Kunstgeschichte an der Berliner Humboldtuniversität, obschon er keinerlei akademisches Studium hinter sich hatte, weder in diesem Fach noch in einem anderen, von Promotion und Habilitation nicht zu reden. Selbst das Gymnasium hatte er nicht abgeschlossen. Der Doktortitel war ihm zuerkannt worden nach einer Intervention der Staatspartei. Als Dissertation dienten ihm fünf seiner Texte zur Kulturpolitik, hastig zusammengefasst in einem Buch.

Dass er in seinem Fach souverän und ein eindrucksvoller Redner war, wussten seine Studenten und wusste er selbst. Er war klein und beweglich. Seine Studenten nannten ihn Kugelblitz. Er war geschmeidig und autoritär. Er trug maßgeschneiderte Anzüge und fuhr einen Sportwagen, der kurz vor

Weltkriegsbeginn in Bayern hergestellt worden war, in bloß wenigen Exemplaren.

Jacob wurde bei Creyenveldt Aspirant. Als er zum ersten Male in Creyenveldts Privatwohnung kam, war ihm, als betrete er eine andere Welt.

Das Haus im Berliner Ortsteil Niederschönhausen, eine große Villa, hatte früher einem von Adolf Hitler geförderten Bildhauer gehört. Das Atelier war zu einem pompösen Wohnraum geworden, mit Schränken voller Bücher, mit hellen Jugendstilmöbeln und ein paar Bauhausstücken, mit Plastiken und zahlreichen Bildern, darunter Arbeiten von Wilhelm Reichow. Dass er den Maler persönlich gekannt habe, erwähnte Jacob bei seinem zweiten Besuch. Er erzählte auch vom Schicksal der Reichow-Bilder in der hallischen Galerie Moritzburg, wozu Creyenveldt abweisend die Achseln zuckte. Merkwürdigerweise schien ihn die Sache nicht besonders zu interessieren.

Er lebte in seinem Haus gemeinsam mit seiner Tochter. Sonja war in Moskau geboren und in Russland groß geworden, ihre Mutter hatte sie früh verloren. Sie war hoch gewachsen, ihren Vater überragte sie um Kopfeslänge. Sie hatte lange Beine, große Hände und kleine Zähne. Ihr Haar war ein Gewirr aus dichten dunklen Locken. Über ihrem linken Mundwinkel stand ein kleiner brauner Leberfleck. Wenn sie lachte, zeigte sie Grübchen.

Sie war eine starke Raucherin. Sie sprach mit slawischem Akzent, mit offenen Vokalen und harten Konsonanten, ihre Stimme war etwas schrill. Sie sprach sehr viel. Ihr leidenschaftliches Interesse galt der Frauenrechtlerin Alexandra Kollontai, die sie immer wieder erwähnte: Volkskommissarin unter W. I. Lenin, Aktivistin des Frauenrechts und Propagandistin der freien Liebe, zuletzt Diplomatin in Schweden. Ebenso oft erzählte sie von Moskau, von sommerlichen Ferienlagern auf der Insel Krim, sie erzählte von ihrer anstrengenden Evakuierung nach Sibirien während der Kriegsjahre, von lichtlosen Wintern am Polarkreis, von verräucherten Wohnküchen, von endlosen Gesprächen beim Verzehr geräucherten Störs mit Brot, Wodka, Zwiebeln und marinierten Pilzen. Gesprächen über Poesie, Musik und Leben. Alles wunderbar, sagte sie, alles sehr sehr gut. Dann brach ihr die Stimme, und fast kamen ihr Tränen, ihr Vater schüttelte darüber den Kopf. Sie legte Schallplatten auf, alte kratzende Aufnahmen des berühmten Sängers Fjodor Schaljapin, der mit orgelnder Bassstimme französische Opernarien und russische Volkslieder sang. Alles wunderbar. Alles sehr sehr gut.

In Berlin hatte Sonja ein Studium der Germanistik begonnen und nach drei Semestern abgebrochen. Gelegentlich übersetzte sie aus dem Russischen. Ihre deutschen Texte waren fehlerhaft. Sie las viel, durchweg russische Bücher, Tschechow, Turgenjew, Majakowski, Pasternak und immer wieder Tolstoi. Überhaupt schienen ihr Geist und ihre Seele von Russischem förmlich überschwemmt, woraus sie das Recht zu einer Attitüde intellektueller Überlegenheit bezog. Über Stalin redete sie niemals. Gelegentlich fiel sie in einen Zustand dumpfer Lethargie. Dann sagte sie, dass Deutschland sie langweile und ihr immer fremd bleiben werde. Ihre wichtigste Beschäftigung bestand darin, Ernst Creyenveldts slawophile Tochter zu sein.

Regelmäßig versammelte Creyenveldt in seinem Haus eine Reihe von Gästen, darunter Ausländer, nämlich Tschechen, Finnen, Österreicher und Schweizer, durchweg Kommunisten. Die meisten waren mit praktischer Kunst befasst oder mit Kunstgeschichte, Creyenveldt kannte sie von internationalen

Begegnungen. Wenn sie gut Deutsch sprachen, holte er sie in die Universität zu Gastvorträgen. Außerdem lud er in sein Haus deutsche Bekannte, Journalisten und Universitätspersonal, auch Jacob. Es wurde durcheinandergeredet. Es wurde geraucht und viel getrunken. Jacob entdeckte bald, dass er nach diesen Begegnungen süchtig wurde. Sie bestärkten ihn in der Hoffnung, Marxismus könne doch mehr sein als die unvollkommene und stupide Welt des Staates, in dem er lebte.

An einem dieser Abende traf er den chilenischen Maler José Miguel Guillén. Dessen Stil erinnerte an den anderer großer Lateinamerikaner, Diego Rivera und Alfaro Siqueiros, Jacob wusste, dass Creyenveldt an einer Arbeit über mexikanische Monumentalmalerei saß, *Muralismo.* Guillén war sehr liebenswürdig. Er war ein eleganter Mann mit brünetter Haut, tiefschwarzen Haaren und stahlblauen Augen. Er sprach etwas Deutsch und etwas Russisch. Er erzählte von seinen Aufenthalten in Asien. Jacob hörte ihm zu. Guillén gefiel ihm, und Guillén schien ihn zu mögen. Sie waren beide schon etwas angetrunken, als Jacob fragte: Sind Sie niemals unsicher geworden?

Wie, fragte der Maler.

Haben Sie niemals Zweifel gehabt? Zweifel an Ihrer Überzeugung? Oder an dem, was damit geschieht?

Nein, sagte Guillén. Wie sollte ich?

Dabei lächelte er. Sein Lächeln wirkte arrogant. Zum Abschied schenkte er Jacob zwei seiner Holzschnitte, surreale Szenen aus indianischen Mythen, auf eines der Blätter notierte er: *A Jacob, el escéptico.*

Jacob der Zweifler. War er das? Seine Dissertation sollte von den Arbeiten des belgischen Architekten Henry van de Velde in Thüringen handeln. Das Thema hatte ihm Creyenveldt gestellt. Er hätte es ablehnen können, doch er blieb dabei. Er fing an, den *art nouveau* und die Stilkunst um 1900 zu mögen. Das war merkwürdig insofern, als es um eine fast vergessene und zwischendurch völlig verworfene Kunstrichtung ging, doch ihn beeindruckte die handwerkliche Perfektion, die es hier gab, in Architektur und Design fast mehr noch als in Bildern, und ihn beeindruckte die allenthalben spürbare Morbidezza. Dabei lebte er selber in Zuständen, wo es um Stärke ging, um Ungebrochenheit, um Empathie, und er war damit auch einverstanden, allen Anfechtung zum Trotz.

Als er aufbrechen wollte, um zu van de Veldes Arbeiten nach Thüringen zu fahren, sagte Sonja, sie werde ihn begleiten. Sie sagte es gebieterisch. Für die Fahrt lieh sie sich den Wagen ihres Vaters. Sie fuhren auf der Autobahn nach Süden, vorbei an Naumburg und seinen Weinbergen, von denen einer Max Klinger gehört hatte, einem anderen Stilkünstler um 1900. Sie fuhren bis Weimar. Sonja betrat erhobenen Hauptes das Hotel *Elephant* und ließ sich Tee mit Wodka bringen. Jacob ging in die Stadt und suchte das Gebäude des Nietzsche-Archivs. Er fand es. Er fand es beschädigt. Die Mauern wirkten moros, als wollten sie Nietzsches Krankheit nach außen transportieren. Verglichen mit anderen Jugendstilarchitekten, deren Arbeiten Jacob aus Abbildungen kannte, besaß van de Velde eine zarte Neigung zur Süßlichkeit.

Von Weimar aus wollte er mit Sonja noch in die Töpferwarenmanufaktur Bürgel fahren, für die van de Velde Keramiken entworfen hatte. Es war schon später Nachmittag. Sie fuhren auf krummen Landstraßen. Kein Wagen schien unterwegs außer dem ihren. Sie durchquerten Wälder und sahen graue Felsbrocken, tief unten in einem Taleinschnitt schäumte ein kleiner Fluss. Jacob dachte nach über die Unterschiede zwischen Thüringer Wald und den Bergen um Grotenweddingen. Die

Geologie war in beiden Fällen ähnlich, auch die Bäume waren es und die Gräser, doch das Licht war hier anders, es war wärmer, weicher und südlicher. Er sagte das, und Sonja nickte. Sie nahm die Geschwindigkeit zurück. Vorsichtig lenkte sie den Wagen in die Mündung eines Waldwegs. Mit ihrer etwas schrillen Stimme entschied sie, hier sei es wunderbar, sehr sehr gut, hier wolle sie etwas umhergehen.

Sie stellte den Motor ab. Sonja und Jacob verließen den Wagen. Sonja packte Jacobs Hand. Aus der Erde wuchsen Farn und Anemonen, schillernde Insekten flogen, und von den Fichtenstämmen troff das Harz. Sie gingen ein paar Schritte, dann blieb Sonja stehen, schlang ihre Arme um Jacobs Hals und küsste ihn. Ihr Mund schmeckte nach Tabak. Sie zog ihn zu Boden. Sie öffnete ihre Bluse, streifte ihr Hemd und ihren Rock ab und begann ihn zu verführen. Er ließ es geschehen. Es war ihm nicht unangenehm.

76

Kersting saß manchmal mit Josef Kerschbaumer zusammen, manchmal mit Sándor Juhász, manchmal mit beiden. Sie trafen sich in einem der Kaffeehäuser der Josefstadt oder in dem Studentenhotel, bei Kersting, der von ihnen die geräumigste Wohnung hatte. Kerschbaumer schaffte Literflaschen mit Grünem Veltliner heran und Kerschbaumer seinen magyarischen Aprikosenschnaps. Juhász und Kerschbaumer begegneten einander in einer Art höflicher Ratlosigkeit. Kersting vermutete, Kerschbaumer müsse Juhász' sexuelle Disposition unheimlich sein, allerdings hatte er mit Kerschbaumer nie darüber geredet.

Manchmal stritten sich die beiden, zum Beispiel über einen Film, *Der Freund meiner Freundin*, eine Beziehungskomödie von einem Franzosen namens Eric Rohmer. Der Film lief in den Wiener Kinos, Juhász und Kerschbaumer hatten ihn gesehen. Kersting war an Kino nicht mehr interessiert. Er war nicht mehr der halbwüchsige Junge, der zweimal die Woche im Lichtspieltheater *Corso* von Grotenweddingen saß. Kerschbaumer und Juhász hatten genügend Alkohol getrunken, dass ihr Gespräch auch weiterhin lebhaft blieb. Das Radio war eingeschaltet und sendete Musik von Gustav Mahler. Kerschbaumer erzählte von einem Kriminalfall, der sich in seiner Heimat Tirol zugetragen hatte. Die Sache lag lange zurück, doch sie beschäftigte die Öffentlichkeit weiterhin. Das Jahr der Ereignisse wiederhole sich eben zum sechzigsten Mal, sagte Kerschbaumer, verschiedene Veröffentlichungen über die Hintergründe stünden an, dazu eine Unterschriftenaktion.

Juhász erzählte von einem Besuch bei Hermann Nitsch, auf Schloss Prinzendorf im Weinviertel. Kersting kannte diesen Namen. Hermann Nitsch war ein bärtiger Kerl, der den Wiener Aktionismus vertrat. Nitsch hatte das Orgien-Mysterientheater erfunden, das war die öffentliche Zurschaustellung von Schlachtvorgängen an Kühen und Schweinen, mit zahlreichen Beteiligten und angeleitet von Hermann Nitsch. Die Sache sollte als totemistisches Opfer- und Reinigungsritual begriffen werden. Das anfallende Tierblut spritzte auf weiße Stoffe, lief dort ab und trocknete an. Die besudelten Textilien wurden als Kunstobjekte verkauft.

Kerschbaumer berichtete von dem damals jungen Philipp Halsmann, der aus Riga stammte und Student an der Technischen Universität Dresden war. Gemeinsam mit seinem Vater Mordok, einem Zahnarzt, hatte er eine Bergwanderung ins hintere Zillertal unternommen. An deren Ende war er allein zurückgekehrt. Sein Vater war beim Klettern abgestürzt. Die Rettungsmannschaft fand den Zahnarzt tot, mit dem Gesicht in einem Gebirgsbach, nicht ertrunken, vielmehr den Schädel zertrümmert. Philipp Halsmann wurde festgenommen unter dem Verdacht, er habe seinen Vater erschlagen.

Hermann Nitsch, sagte Juhász, fessele auch junge Männer und Frauen an ein Holzkreuz. Er verbinde ihnen die Augen. Anschließend gieße er über sie abwechselnd Schweineblut, Eigelb und Wasser. Das sei irgendwie ekelerregend, aber eine Faszination sei es irgendwie auch. Jedenfalls kämen zu Nitschs Aktionen immer eine Menge Leute und zahlten dafür. Juhász war von einem Bekannten aus Budapest dorthin mitgenommen worden, einem reichen Kunsthändler und natürlich schwul.

Kerschbaumer redete weiter von Philipp Halsmann. Während des Strafprozesses, der gegen den Studenten geführt wurde, habe der immerfort seine Unschuld beteuert. Die aufgebotenen Indizien seien auch dürftig gewesen. Ein mögliches Tatmotiv sei schon gar nicht gefunden worden. Das Schwurgericht, lauter Antisemiten, habe Philipp Halsmann für schuldig erklärt und zu einer Freiheitsstrafe von zehn Jahren verurteilt.

Noch verrückter als bei Nitsch, sagte Juhász, gehe es bei Otto Muehl zu. Der sei gleichfalls ein Aktionist, wie Nitsch, und früher hätten Nitsch und Muehl zusammengearbeitet. Muehl habe sich ebenfalls ein eigenes Anwesen gekauft, im Burgenland.

Die Schwester von Philipp Halsmann, sagte Kerschbaumer, habe sich um eine Revision des Urteils gegen ihren Bruder bemüht. Sie habe Detektive beauftragt. Die seien auf zahlreiche Fehler bei der Ermittlung gestoßen. Dazu habe es Proteste von bekannten Schriftstellern gegeben. Das Urteil habe kassiert und die Causa erneut verhandelt werden müssen.

Friedrichshof, sagte Juhász. Der Name von Otto Muehls Siedlung sei Friedrichshof. Dort betreibe er eine Kommune. Zu der gebe es auch Ableger, im Ausland. Muehl empfinde sich als Fortsetzer von Karl Marx, Friedrich Engels, Sigmund Freud und Wilhelm Reich. Sein Prinzip sei das der absoluten sexuellen Freiheit.

Kerschbaumer erzählte von dem zweiten Prozess gegen Philipp Halsmann. Die Antisemiten der zweiten Instanz hätten die Antisemiten der ersten Instanz nicht blamieren wollen. Das Urteil habe jetzt auf vier Jahre Freiheitsentzug gelautet. Weil die Hälfte von der Strafe schon verbüßt worden war, sei der junge Halsmann vom österreichischen Bundespräsidenten begnadigt worden. Er sei erst nach Frankreich, dann in die USA gegangen. Er habe sich einen Namen als Porträtfotograf gemacht.

Juhász erzählte ausführlich von seinem Besuch bei Otto Muehl. Einen Tag habe er es ausgehalten. Dass er schwul sei, habe keinen interessiert. Alle seien nackt herumgelaufen. Auch die schwangeren Frauen. Von denen habe es mehrere gegeben.

Kerschbaumer sagte, der Leichnam vom alten Halsmann sei schon vier Tage nach dem Hinscheiden beigesetzt worden. Ausgenommen den Kopf. Der schwimme in einer Konservierungslösung, im Institut für Gerichtliche Medizin an der Universität Innsbruck. Der sollte endlich auch beigesetzt werden, wie es das jüdische Bestattungsritual gebiete.

Eine stillende Mutter, rief Juhász, hat mit ihrer Milch herumgespritzt. Ich habe dem Strahl grad noch ausweichen können.

Der Kopf zu dem Rumpf, schrie Kerschbaumer. Wie es sich gehört. Die Innsbrucker Gerichtsmedizin will das nicht. Sie hält den Philipp Halsmann immer noch für schuldig.

Alles schweinisch und unverschämt, schrie Juhász. Die Muehlleute sagen, der Mensch ist Material. Genauso wie Farbe. Oder wie Mist. Oder wie Müll.

Kersting schüttelte den Kopf. Was ging ihn das alles an? Blut, Wahnsinn, Dreck, Ekstase, Antisemitismus, Sekrete, Kunstanstrengung, Tod. War das Österreich? Auch das war Österreich. Da er sich mit Österreich beschäftigte, musste es ihn angehen. Juhász und Kerschbaumer redeten weiter. Ihre Augen glänzten. Sie redeten aneinander vorbei. Sie waren völlig betrunken. Im Radio liefen Johann-Strauß-Walzer, von Arnold Schönberg arrangiert für Salonorchester, mit wenigen Geigern, mit einem quäkenden Harmonium. Kersting fiel ein, die beiden, Juhász und Kerschbaumer, könnten seine Söhne sein. Von seinem eigenen Sohn hatte er sich entfernt. Er mochte die beiden hier. Sie waren sein ältester Kontakt in Wien, freilich, mit keinem war er befreundet. Er hatte keine Freunde. Er hatte nie Freunde gehabt, er besaß keinerlei Talent für Freundschaften, er war auf Väter fixiert, sein Leben bestand darin, von Vätern freizukommen, um gleich darauf wieder neuen Vätern zu verfallen. Er war jetzt sehr betrunken. Seine Gedanken flossen schmerzhaft und zäh. Wie die Töne des Kaiserwalzers in Schönbergs Arrangement, wie Blut und Eigelb in den Mysterienspielen von Hermann Nitsch.

77

Einmal im Vierteljahr durfte Jacob seinen Vater besuchen. Mit mehreren Zügen der Deutschen Reichsbahn fuhr er von Berlin fort in die graue, etwas verkommene Barockstadt Bautzen, wo Robert einsaß, in der Haftanstalt II.

Nach dem Passieren mehrerer Kontrollen wurde Jacob in eine kahle Zelle geführt. Dort standen ein Tisch und zwei Stühle. Unter der Tischplatte war ein Metallgitter angebracht. Es sollte verhindern, dass die Füße der Sitzenden sich etwa berührten. Der Gefängnispolizist, der Jacob begleitet hatte, verließ die Zelle. Jacob setzte sich. Die Tür ging wieder auf, und Robert wurde hereingeführt. Vater und Sohn reichten einander die Hand. Der zweite Gefängnispolizist verblieb in der Zelle. Er überwachte die Begegnung und würde eingreifen, wenn eine Regelwidrigkeit geschah.

Jacob und sein Vater saßen einander gegenüber. Roberts Gesicht war deutlich aufgeschwemmt. Seine Jacke, sah Jacob, hatte keine Taschen. Jacob berichtete von sich, von seiner Arbeit, von van de Velde, Robert hörte zu, manchmal nickte er kurz, dabei wirkte er, als sei er an dem, was Jacob vortrug, nur wenig interessiert. Von sich selber erzählte er kaum. Offensichtlich durfte er über seine Haft und deren Bedingungen, über die Behandlung, über seine Mitgefangenen nicht reden. Manchmal fragte er nach Grotenweddingen und nach Suderwieck. Manchmal redete er über seine Gesundheit und erzählte etwa, dass er krank gewesen sei. Eine Erkältung. Oder eine etwas komplizierte Darminfektion. Magengeschwüre. Er habe Arbeit, sagte er, in einer Schlosserei, worüber er froh sei, denn es mache den Tagesablauf leichter. Er sagte noch, dass er Zeitungen lese und Sportergebnisse verfolge. Früher hatte er sich nie für Sport interessiert.

Bei späteren Besuchen konnte geschehen, dass sie einander minutenlang schweigend gegenübersaßen und jeder zur Seite blickte. Jacob mochte nichts von Creyenveldt erzählen oder von Sonja. Zum Abschluss stellte er immer einen Beutel mit harter Wust und Obst auf den Tisch. Er wusste, solche Geschenke waren gestattet. Robert nahm den Beutel an sich. Zum Abschied reichten sie einander wieder die Hand. Die vorgegebene Besuchsdauer betrug exakt dreißig Minuten. Der im Raum befindliche Gefängnispolizist sagte mit lauter Stimme an, wenn die Zeit abgelaufen war.

78

Kersting überquerte vor dem großen Mietshaus im vierten Gemeindebezirk, das einmal die Botschaft des Königreichs Serbien beherbergt hatte, die Fahrbahn der Schwindgasse. Es war Abend. Unter den schräg gegen den Bordstein geparkten Fahrzeugen entdeckte er Karin Mayers Wagen. Hinter den Fenstern im ersten Stockwerk, die zu Karin Mayers Wohnung gehörten, brannten Lampen. Er dachte darüber nach, ob er stehen bleiben und die neben dem Hauseingang befindliche Klingel drücken sollte. Er dachte darüber nach, welche Erklärung, wenn er dies täte, er dann vortragen könne, um seinen Besuch zu begründen. Er überlegte zugleich, ob sein Vorgehen vielleicht lächerlich wirkte. Hier wurde die Haustür geöffnet. Karin Mayer trat auf die Straße. Sie sah ihn und nickte ihm zu. Sie war nicht allein. Neben ihr ging der Produzent des Fernsehfilms über österreichische Selbstmörder. Die schwere Haustür schlug zurück ins Schloss. Karin Mayer und ihr Begleiter entfernten sich in Richtung Schwarzenbergplatz. Der Produzent, sah Kersting, legte seinen Arm um die Schultern des Mädchens.

An nächsten Morgen begleitete er Josef Kerschbaumer in den Stephansdom. Es war Sonntag. Vor dem Tor hockten zwei schmutzige Bettlerinnen und streckten demütig die rechte Hand aus. Im Inneren roch es nach Olibanum. Das Hochamt war kurz vor dem Ende, Kerschbaumer griff in das Weihwasserbecken, bekreuzigte sich und beugte im Angesicht des Hochaltars das rechte Knie. Im Eingangsbereich standen dicht an dicht die Besucher. Der nur mehr als eine feierliche Lautsprecherstimme vorhandene Priester erteilte den Segen, worauf jeder dem neben ihm Stehenden lächelnd die Hand reichte. Kersting würde später aus dem Mund von Josef Kerschbaumer erfahren, dass es sich hierbei um ein Ritual aus dem burgundischen Taizé handle, Zentrum einer ökumenischen Vereinigung. Zuvor ging Josef Kerschbaumer beiseite und betrat einen der Beichtstühle. Kersting warf ein Fünfschillingstück in eine Blechbüchse und nahm eine Betkerze, die er entzündete und auf einem Drahtgestell befestigte, zwischen vielen anderen brennenden Kerzen, deren Wachs manchmal ausgelaufen war und zu dicken weißen Tränen geronnen. Josef Kerschbaumer kehrte aus dem Beichtstuhl zurück und lächelte leer, Haarsträhnen in der Stirn, die Arme hingen ihm an den Schultern wie fremde Objekte.

Bei der Lektüre von Texten Jean Amérys fand Kersting diese Sätze:

Wir mögen dem Spiegel ausweichen. Wir können aber nicht verhindern, dass wir unsere Hände sehen, an denen die Adern hervortreten, unseren Bauch, der schlaff und faltig wird, unsere Füße, deren Zehennägel trotz aller Pedikeurskünste verdickt und rissig wurden. Wir können unserem Körper, wären wir selbst blind, nicht davonlaufen, können nicht aus der Haut fahren, wie wir das nur allzu gerne möchten, wenn wir diese schilfrig sich schuppende Haut betasten.

79

Creyenveldt hatte für Sonja und Jacob eine Wohnung beschafft, in einem der neu errichteten Hochhäuser am Strausberger Platz in Berlin. Creyenveldt stiftete ihnen auch die Möbel. Jacob befestigte an der Wand seines Arbeitszimmers die beiden Holzschnitte, die ihm der chilenische Maler José Miguel Guillén geschenkt hatte, dazu ein Ölbild seines Vaters. Sonja witzelte über die ungelenke Maltechnik Roberts, etwas herablassend nannte sie das Bild: Schöpfung jenes Häftlings in Bautzen. Den Umstand, mit dem Sohn eines verurteilten Anarchisten zu leben, schien sie nicht gut zu ertragen.

Bald nach dem Einzug in ihre gemeinsame Wohnung, es war der Februar 1956, begann in Moskau der XX. Parteikongress der sowjetischen Kommunistischen Partei. Generalsekretär Nikita Sergejewitsch Chruschtschow hielt seine Enthüllungsrede über die Verbrechen J. W. Stalins. Von dem Inhalt wurden Mitglieder der ostdeutschen Staatspartei in geschlossenen Versammlungen unterrichtet, andere, wie Jacob, erfuhren davon aus den Nachrichtensendungen des westdeutschen und Westberliner Radios.

Die Erschütterungen, die Chruschtschows Bericht auslöste, waren außerordentlich. Es wurde darüber geredet, zumeist halblaut oder heimlich, in der Universität und sonst in Ostberliner Intellektuellenzirkeln. Sonja äußerte sich nicht. Auf Fragen von Jacob reagierte sie gereizt. Offenbar war sie unfähig, die von Chruschtschow mitgeteilten Tatsachen mit ihrem eigenen Russlandbild in Übereinstimmung zu bringen.

Sie saßen bei Creyenveldt. Er hatte, wie auch sonst oft, Jacob und Sonja zum Abendessen eingeladen. Er bewohnte sein riesiges Haus jetzt allein. Es hieß, er habe wechselnde Freundinnen, der Name einer Schauspielerin wurde genannt, der einer Journalistin, der einer Doktorandin aus dem kunsthistorischen Institut. In seinem Haus wohnen durfte keine, und jedenfalls vermied er es, dass sie mit seiner Tochter zusammentrafen.

Als sie jetzt zu dritt um den Esstisch saßen und außen an den Scheiben der Atelierfenster Schneeregen herablief, begann Creyenveldt, was er zuvor noch niemals getan hatte, ausführlich von der Zeit und den Umständen seiner Emigration zu erzählen. Sonja reagierte darauf mit Unruhe. Mehrmals versuchte sie zu unterbrechen, als sei die Sache ihr peinlich, Creyenveldt ließ sich nicht abhalten. Er erzählte von seinem Leben im Moskauer Hotel *Lux*, in dem er ab 1935 untergebracht war, wie die anderen kommunistischen Emigranten aus Deutschland. Er erzählte von wachsendem Misstrauen und wechselseitigen Denunziationen, von morgendlichen Verhaftungen, von Parteizusammenkünften, von Verdächten, von alles lähmender Angst. Er erzählte von Strafprozessen, Arbeitslagern und Hinrichtungen durch Pistolenschüsse ins Genick. Sonja mochte nicht länger zuhören. Offenbar kannte sie alles und wollte sich dem nicht nochmals aussetzen, oder es war ihr unangenehm, dass jetzt Jacob davon erfuhr. Sie verließ den Raum. Hinter den Fensterscheiben glitzerten im austretenden Lampenlicht die fallenden Flocken und Tropfen.

Aus dem Nebenraum kam Musik. Sonja hatte Schallplatten aufgelegt, Arien von Tschaikowski, aus *Eugen Onegin*. Creyenveldt erzählte, wie er damals in Moskau glücklich gewesen war über seinen illegalen Einsatz in Hitlerdeutschland. Der Auftrag sei überraschend gekommen. Er, Creyenveldt, habe eher mit seiner Verhaftung gerechnet. Natürlich habe er genau gewusst, welche Risiken in Deutschland er einging. Lieber hätte er von wirklichen Feinden verfolgt und womöglich hingerichtet werden wollen statt von den engsten politischen Gefährten. Sonjas Mutter? Sie war verurteilt worden, als Trotzkistin, zur Zeit von Creyenveldts Einsatz in Deutschland. Ihr Schicksal war eines von vielen. Sie starb in einem sibirischen Arbeitslager, an Knochentuberkulose, im vorletzten Kriegsjahr. Im Nebenzimmer sang eine dunkle Männerstimme *Ja ljublju Tatjanu.*

Sonja habe vom Schicksal ihrer Mutter nichts gewusst, sagte Creyenveldt. Damals sei sie Zögling einer Internatsschule gewesen und eine begeisterte Jungkommunistin, wie die anderen Kinder von Emigranten. Verliebt in alles Russische und verliebt in J. W. Stalin. Vom Ende ihrer Mutter habe sie erfahren, als sie schon in Deutschland lebte. Die Nachricht habe sie tief verletzt. An den seelischen Konflikten, die das verursacht habe, leide sie wohl immer noch.

Creyenveldt redete länger als eine Stunde. Sonja im Nebenzimmer legte noch die Briefszene aus *Eugen Onegin* auf, gesungen von einer etwas grellen Sopranstimme. Jacob fragte, weshalb Creyenveldt überhaupt noch hier sei, im politischen Osten, nach allen seinen Erlebnissen. Creyenveldt antwortete nicht sofort. Dann breitete er die Arme aus, verzog sein Eulengesicht zu einem Grinsen und sagte: Soll ich das alles hier aufgeben? Übrigens, sagte er, meine ich das nicht bloß materiell. Ich meine auch nicht bloß die Gegenwart. Ich möchte nicht das Gefühl haben, ich hätte zwei Drittel meines Lebens umsonst gelebt.

Sie redeten dann nichts mehr. Die *Eugen-Onegin*-Platten im Nebenzimmer waren abgespielt. Sonja kehrte zurück, brennende Zigarette im Mund und in den Händen eine Wodkaflasche mit Gläsern. Jacob trank ziemlich viel in dieser Nacht.

Er reiste dann zwei Wochen zusammen mit Sonja durch Polen. Sie benutzten Creyenveldts Wagen. Sie besuchten Krakau und fuhren weiter in die Tatra, nach Zakopane, kehrten um und fuhren nach Warschau. Sie trafen polnische Intellektuelle, Bekannte von Sonjas Vater. Sie erlebten die bitterböse Filmkunst von Andrzej Wajda und Andrzej Munk. Sie besuchten Ausstellungen mit gegenstandloser Malerei. Sie erfuhren von einer Studentenzeitung, die *Po prostu* hieß, und ließen sich die Inhalte von darin veröffentlichten Artikeln erzählen. Es ging um radikale Proteste gegen die bestehende kommunistische Ordnung. Sie erlebten ein Klima der Liberalität, wie sie es von daheim nicht kannten.

Creyenveldt kehrte von einer zehntägigen Moskau-Reise zurück. Er berichtete von der Unruhe, die er angetroffen habe, von den größeren Freiheiten auch dort und von den Hoffnungen der Intellektuellen. Er berichtete von der massenhaften Rückkehr ehemaliger Häftlinge aus Stalins Arbeitslagern und Haftanstalten. In Moskau existiere eine Behörde für sie. Vor dem Schalter drängten sich viele abgehärmte Gestalten. Der Beamte fragte den Ersten der Wartenden: Warum wurdest du verurteilt, Genosse? Die Antwort: Ich war für Iwanow. Er fragte den nächsten: Und warum wurdest du verurteilt, Genosse? Die Antwort: Ich war gegen Iwanow. Er fragte den dritten: Und warum wurdest du verurteilt, Genosse? Die Antwort: Ich bin Iwanow. So was erzähle man sich in Moskau, sagte Creyenveldt. Dann lachte er meckernd und ausführlich, um dann eine weitere Geschichte zu erzählen:

Ein Reporter von Radio Moskau fährt auf die Tschuktschenhalbinsel im Beringmeer, um einen uralten Mann zu treffen. Er befragt ihn nach Erinnerungen an die Zeit vor der Oktoberrevolution. Der alte Mann sagt: Wir hatten Hunger, Kälte und Einsamkeit. Gut, sagt der Reporter, und was war nach der Revolution? Der alte Mann sagt: Wir hatten Hunger, Kälte und Einsamkeit. Der Reporter: Aber irgendwas muss sich doch verändert haben. Ist wirklich gar nichts hinzugekommen? Doch, sagt der alte Mann, Dankbarkeit.

An der Universität fand sich eine Gruppe zusammen zu regelmäßigen Gesprächen. Jacob gehörte von Beginn an dazu. Anfangs ging es um Kunst, Philosophie, um Bücher, Theaterstücke und Bilder. Jacob erzählte von seinen Erlebnissen in Polen. Andere aus dem Kreis hatten Ungarn besucht und erzählten von den Veränderungen in Budapest. Die dortigen Stalinisten waren gestürzt. Imre Nagy, eben noch Parteifeind, hatte die Führung übernommen. In aller Öffentlichkeit würden Diskussionen geführt über das Schicksal der kommunistischen Bewegung. Es herrsche eine erstaunliche intellektuelle Freiheit, nicht viel anders als in Polen.

Die Zusammenkünfte fanden zunächst in Privatwohnungen statt, später in Räumen der Universität. Die Geheimrede von Nikita Chruschtschow und das Eingeständnis von Stalins Verbrechen waren das vorherrschende Thema. Die Teilnehmer fragten sich, in welchem Maß sie das eigene Land betrafen, die DDR.

Die Ereignisse überstürzten sich. Jacob meinte, er sei aus der Zeit gefallen. Er hatte plötzlich kein Empfinden mehr für die Dauer eines Tages oder einer Woche. Alles war zusammengedrängt, überbordend und maßlos, es gab keine Zäsuren. Er wollte Hoffnung und Wirklichkeit zusammenzwingen. Er wollte es endlich und unbedingt. Er wollte die Konkretisierung der Utopie. Gelegentlich hatte er das Gefühl zu schweben. Alles war wie ein tagheller Rausch.

Die letzte und größte Zusammenkunft des Gesprächskreises fand statt in einem Hörsaal der Universität. Sie waren um die vierzig Personen. Ernst Creyenveldt, allseits verehrter Hochschullehrer für Kunstgeschichte mit dem bezeichnenden Spitznamen Kugelblitz, saß erstmals zwischen ihnen. Jacob hatte ihm zugeredet, und Creyenveldt war gekommen. Wieder wurden Argumente, Erinnerungen, Kritiken, Hoffnungen vorgetragen. Die Wortwahl geriet deutlich kühner. Die Teilnehmer stritten, welches Programm zu formulieren sei und wie dessen Umsetzung zu erfolgen habe. Eine Arbeiterselbstverwaltung in Produktionsbetrieben sollte eingeführt werden. Ein neuer Ministerrat sollte gebildet werden. Der durch seine Handlungen völlig diskreditierte Walter Ulbricht war abzulösen. Creyenveldt sollte ein hohes politisches Amt übernehmen. Jacob hatte alles mitgeschrieben. Zum Abschluss trug er die versammelten Forderungen vor. Die Teilnehmer waren wie euphorisiert, sie lärmten und klatschten Beifall

Am darauf folgenden Vormittag wurde ein Philosophiedozent, der zu den Teilnehmern des Kreises gehörte und in dessen Wohnung anfangs manche der Zusammenkünfte stattgefunden hatten, von zwei Mitarbeitern der Berliner Bezirksbehörde für die Staatssicherheit festgenommen. Die Nachricht verbreitete sich rasch. Jacob trug seine Notizen mit den Forderungen noch bei sich. Er verbrannte die Zettel in einem von Sonjas Aschenbechern.

Zu den Gesprächsteilnehmern hatte Creyenveldts Oberassistent gehört, ein Kriegskrüppel mit Beinprothese. Staatssicherheitsleute verhafteten ihn auf dem Vorplatz der Universität. Jacob sah, wie der Mann abführte wurde: Hinkend bewegte er sich zwischen zwei Männern, die dunkelgrüne Ledermänteln trugen, er hinkte bis zu einem schwarzen Personenkraftwagen, der auf der Straße Unter den Linden stand, mit laufendem Motor.

Im gleichen Hochhaus wie Jacob wohnten drei andere Teilnehmer des Kreises. Wenn Jacob morgens auf die Straße trat, um zur U-Bahnstation zu gehen, entdeckte er nahe der Haustür geparkt einen Personenwagen ähnlich jenem, in dem Creyenveldts Oberassistent fortgebracht worden war. Neben dem Wagen wartete ein in dunkelbraunes Leder gekleideter Mann. Zwei anderer Männer, gleichfalls in Leder, verließen das Haus und geleiteten einen der Teilnehmer des Kreises zu dem Wagen. Alle stiegen ein. Die Türen schlugen zu, und der Wagen fuhr davon. Zufällig vorüberkommende Passanten bemühten sich, den Vorgang nicht zu beachten.

Dem engeren Gesprächskreis hatten insgesamt zwölf Personen zugehört. Fünf von ihnen waren jetzt verhaftet. Jacob wusste nicht, was ihm bevorstand und wie er sich verhalten sollte. Er konnte das Haus verlassen und sich zur nächsten U-Bahnstation begeben. Er konnte eine Fahrkarte kaufen. Er konnte nach Westberlin fahren und für immer dort bleiben. Wie würde dann seine Zukunft sein? Wie würde Sonja reagieren? Würde sie ihm folgen? Wie würde er selber leben?

Auch an den Folgetagen wurden Teilnehmer des Gesprächskreises von Angehörigen der Staatssicherheitsbehörde abgeholt. Manche kehrten nach einigen Stunden zurück. Sie sahen sehr erschöpft aus und verweigerten jegliche Auskunft.

Jacob erwartete das morgendliche Klopfen an seiner Wohnungstür. Er sah sich über den Korridor schlurfen und die Tür aufschließen, seine Hände zitterten dabei und waren schweißnass. Zwei in dunkles Leder gekleidet Männer wiesen ihre Dienstausweise vor. Sie teilten mit, Jacob habe ihnen zu folgen. Zusammen mit ihnen betrat er den Fahrstuhl. Zusammen mit ihnen verließ er das Haus. Gemeinsam mit ihnen stieg er ein in den wartenden Personenkraftwagen. Das Fahrziel hieß Hohenschönhausen oder Rummelsburg. Er sah sich eintreten in eine kahle Zelle, ähnlich jener, die er von seinen Besuchen bei Robert kannte. Er dachte an das sibirische Arbeitslager, in dem Sonjas Mutter, vorgebliche Trotzkistin, an Knochentuberkulose erkrankt und elend verreckt war.

Von den zwölf Teilnehmern des engeren Gesprächskreises hatte die Staatssicherheitsbehörde zuletzt neun Personen abgeführt. Vier von ihnen waren zurückgekehrt, fünf blieben in Haft. Die Festnahmen hörten plötzlich auf. Jacob blieb unbehelligt.

Das Verfahren gegen die konterrevolutionäre Verschwörung von fünf Angehörigen der Humboldt-Universität fand im Herbst des auffolgenden Jahres vor dem Obersten Gerichtshof der DDR in Ostberlin statt. Drei der Gesprächskreisteilnehmer traten als Belastungszeugen auf. Über den Verlauf des Prozesses wurde in Zeitungen und im Rundfunk berichtet. Die Generalstaatsanwaltschaft begründete ihre Anklage mit Verstößen gegen Paragraf 13 des Staatsrechtsergänzungsgesetzes. Die Angeklagten waren überwiegend geständig, lediglich Creyenveldts Oberassistent, der Kriegskrüppel, beharrte auf seiner Unschuld. Es ergingen Freiheitsstrafen zwischen zwei und sieben Jahren.

Ernst Creyenveldt, Ordinarius für Kunstgeschichte an der Humboldt-Universität und einmaliger Teilnehmer an einer Versammlung des Gesprächskreises, war von der Behörde für Staatssicherheit nicht behelligt worden. Dafür befassten sich Versammlungen der Partei-Grundorganisation mit seinem Verhalten. Schwere Vorwürfe wurden laut. Creyenveldt wies hin auf seine Verdienste als Antifaschist, was beantwortet wurde mit höhnischem Gelächter. Redner warfen ihm Kosmopolitismus und Arroganz vor. Sie beschuldigten ihn, die Aktivitäten des Klassenfeindes ignoriert und die Verbindung mit den werktätigen Massen verloren zu haben.

Irgendwann begriff er, dass aller Widerstand zwecklos war. Er sagte, er gestehe seine Fehler. Er bezichtigte sich des Mangels an Wachsamkeit. Er verurteilte die konterrevolutionären Aktivitäten seines Oberassistenten, den nicht rechtzeitig entlarvt zu haben sein schweres Versäumnis gewesen sei. Er machte sich ideologische Blindheit und Leichtsinn zum Vorwurf. Er verdammte alle Versuche, die bestehende Arbeiter- und Bauernmacht zu gefährden. Er bat um die Möglichkeit, seine Irrtümer zu korrigieren. Er schäme sich, sagte er noch, und die Scham treibe ihm Tränen in den Augen. Es wurde ein erniedrigender und überaus peinlicher Auftritt.

Bei seinen Studenten hieß er fortan nicht mehr Kugelblitz, sondern Tränen-Ernie. In der Folge zeigte sich, dass er sich von der erlittenen Demütigung nie mehr völlig erholen würde. Seine rhetorische Brillanz begann zu schwinden. Seine Vorlesungen wurden immer noch gerne besucht, doch der Zuspruch ließ nach. Er veröffentlichte wenig. Sein Buch über *Muralismo* blieb unvollendet. Er veränderte sich auch äußerlich: Er magerte ab, zwischen Wangenknochen und Kinn gruben sich scharfe Falten in sein Eulengesicht.

80

Das Leben in der DDR, las Kersting in einer österreichischen Zeitung, sei von frustrierender Glanzlosigkeit, eintönig und träge.

Dann saß er bei Moritz Ginsberg und hörte von Josef Hoffmanns Sohn Wolfgang, der gleichfalls ein Architekt war, aber während der dreißiger Jahren ausgewandert in die USA. Ginsberg hatte ihn dort wiedergetroffen. Zum Abschied habe der Vater damals seinem Sohn diese Worte gesagt: Vergiss nie, Bub, dass du ein Herr bist, und mach keine Schulden. Kein schlagender Beweis einer besonders familiären Nähe, sagte Ginsberg. Erst mit einem reichlichen Jahr Verspätung habe dieser Sohn erfahren, dass sein Vater ein zweites Mal die Ehe eingegangen sei, übrigens mit einer bildschönen Frau, einem ehemaligen Model der Wiener Werkstätte. Hoffmann sei nicht sehr gesund gewesen. Jedenfalls behauptete er das von sich. Er litt unter Schlaflosigkeit. Er hatte nervöse Ausfälle, bei denen er das Bewusstsein verlor. Auch mit seinem Gedächtnis gab es Probleme und das von früh an. Er suchte Rat und Heilung bei Naturheilpraktikern und in Sanatorien, wenn auch nicht gerade Purkersdorf, seiner berühmten Architektur. Dabei wurde er sehr alt. Offenbar war er ein Hypochonder, wie er auch ein Opportunist war.

War er das? fragte Kersting.

Aber ja, sagte Ginsberg. Er war ein Opportunist. Ich mache ihm daraus keinen Vorwurf, aber er war es nun. Er war stockkonservativ bei den Schwarzen und ungeheuer progressiv bei den Roten. Er hat brav für die Nazi gebaut und ebenso für die Republik. Er war ein Talent ohne Rückgrat. Er war geldgierig und prinzipienlos. Er dachte immer bloß an sich.

Er hat sich, fragte Kersting, allen Ernstes mit den Nazis eingelassen?

Aber ja, sagte Ginsberg. Er hat ihnen dieses Haus der Wehrmacht gebaut. In Wien. In der Metternichgasse. Ein ganz scheußliches Ding und ein rechter Nazibau. Heute ist es die westdeutsche Botschaft. Sind Sie noch nie dort gewesen?

81

Es war unsinnig, allzu viel Energie und Aufmerksamkeit auf Adolf Loos zu verwenden. Der Verlagsvertrag, den er unterschrieben hatte, lautete auf eine Josef-Hoffmann-Monografie. Das Stipendium, das ihm der österreichische Staat zahlte, war an Studien zu Josef Hoffmann gebunden. Der mochte farbloser, vielleicht langweiliger sein als Loos, aber vielleicht war es eben das, weshalb er Erfolg gehabt hatte, mehr jedenfalls als Adolf Loos.

Gestützt auf seine bisher gesammelten Exzerpte, auf seine Notizen von Besichtigungen und Gesprächen, begann er mit der Niederschrift. Josef Kerschbaumer hatte ihm einen Home-Computer überlassen, ein älteres Modell, dessen Prozessor, sagte Kerschbaumer, der sich in solchen Dingen auskannte, entschieden zu langsam getaktet sei. Kersting hatte seine bisherigen Texte mit der Schreibmaschine verfertigt. Er besaß keinerlei Erfahrung im Umgang mit Computern. In der DDR, aus der er kam, waren Computer eine weithin ungebräuchliche und einigermaßen geheimnisvolle Einrichtung, allenfalls bei staatlichen Institutionen fand sie Verwendung.

Kersting war von dem Apparat beeindruckt. Der kleine Monitor zeigte grün auf schwarz Buchstaben, die auf dem Keyboard geheißenen Manual eingegeben wurden. Die Zeilen umbrachen selbsttätig. Überflüssiges zu entfernen, um es durch anderes zu ersetzen, war in beliebiger Wiederholung möglich. Der fertige Wortlaut ließ sich abspeichern. Das Übertragen auf Papier erfolgte mit Hilfe eines schnarrenden Druckers, über den die zu einem Endlosstapel geschichteten Papierseiten liefen.

Das Herstellen von Texten mit diesem Gerät war verführerisch, aber es war, zeigte sich, auch voller Irritation. Nichts mehr blieb unwiderruflich. Die Zahl der Möglichkeiten, Varianten, der immer neuen Ansätze ging ins Unendliche. Kersting schrieb, veränderte, druckte aus und verwarf. War es der Computer, der ihn verwirrte? War es die immer unfasslicher werdende Biografie des österreichischen Architekten und Designers Josef Hoffmann? Würde er das gnadenlose Porträt eines furchtsamen angepassten Egomanen aufsetzen und dies zu welchem Zweck? Sollte er von einem gebrochenen Charakter erzählen für eine Welt, in der nichts so häufig existierte wie gebrochene Charaktere? Konnte er für sich selber den Vorwurf, ein gebrochener Charakter zu sein, blanken Gewissens abweisen? Die grünen Buchstaben rieselten unaufhörlich über das Schwarz des Bildschirms. Das monotone Blinken des Cursors war das Signal, die Lettern invers zu stellen und mit dem Druck auf die Delete-Taste unwiederbringlich zu entfernen.

Bei Jean Améry las er, die Zeit, der man im Alter gewahr werde, sei nicht bloß unangreifbar, sie sei auch voller Ungereimtheiten, bitterer Verhöhnung jeder angestrebten intellektuellen Präzision.

Während eines seiner Besuche bei Moritz Ginsberg gestand er, dass er über seinen endgültigen Fortgang aus der DDR nachdenke, seit er sich in Wien aufhalte. Er schilderte seine Begegnung mit dem Münchner Verleger. Er sagte, er habe nicht so sehr Angst vor dem politischen Verrat wie Angst vor seiner beruflichen Zukunft. Er sei nicht mehr jung. Auf einen kaum siebenundfünfzigjährigen Kunsthistoriker aus der DDR warte man weder in München noch in Wien. Ginsberg hörte zu. Er sagte dann, er wolle über die Sache nachdenken.

Mitten auf dem Schwarzenbergplatz, beim Überqueren einer Ampelkreuzung, traf Kersting Karin Mayer. Sie lachte ihm flüchtig zu. Er drückte ihre Hand. Er änderte seinen Weg und kehrte mit ihr zurück auf die Straßenseite, die er soeben verlassen hatte. Es gab die üblichen Fragen und Antworten zum persönlichen Befinden. Sie standen einander gegenüber, nahe einer großporigen Gebäudewand. Gravitätische Fußgänger und hastige junge Leute bewegten sich an ihnen vorüber, einmal auch ein Halbwüchsiger auf einem klappernden Skateboard. Ein leinenlos umherlaufender Hund schnüffelte an der Mauerkante. Hinter Karin Mayers Kopf stand die Nachmittagssonne. An den Konturen ihrer linken Schläfe flimmerten winzigste Härchen, wie die Andeutung einer geheimnisvollen Protuberanz. Während sie redete, verlor sie ihr Gleichgewicht. Er fing sie auf. Er hielt sie bei den Schultern und roch ihre Haut. Es war eine bestürzende und völlig folgenlose Berührung. Sie laboriere an einer Grippe, sagte sie, zur Erklärung, und hüstelte etwas. Er blickte ihr nach, als sie fortging. Ihr Gang hatte etwas Jungenhaftes.

82

Sonja war schwanger. Sollte das Kind ein Mädchen sein, wollte sie es Tatjana nennen, nach der weiblichen Hauptfigur in Puschkins Versepos *Eugen Onegin*, das auch die Vorlage abgab für Tschaikowskis Oper. *Ja ljublju Tatjanu.* Das Kind wurde geboren und war ein Mädchen. Es starb zehn Tage nach der Geburt an einer Gehirnblutung. Sonja verfiel darüber in Depressionen, von denen sie sich lange nicht erholte. Sie fuhr häufig nach Moskau und nach Leningrad. Sie begann mit einer Übersetzung von Iwan Turgenjews *Aufzeichnungen eines Jägers*, die sie niemals zu Ende brachte.

Dafür warf sie ihrem Manne vor, er komme in seinem Beruf nicht voran. In der Tat weigerte sich Jacob, Mitglied bei der Sozialistischen Einheitspartei Deutschlands zu werden, was als unbedingte Vorbedingung für eine mögliche berufliche Beförderung galt. Die Idee, auf die sich die Partei berief, beeindruckte ihn auch weiterhin. Wenn er Texte von Ernst Bloch las oder von Konrad Farner oder von Pierre Daix, fühlte er sich in seiner Haltung bestätigt.

Als am 13. August 1961 die Berliner Mauer errichtet wurde, begriff Jacob das als die Niederlage, die es war. Den gesamten Tag über saß er vor dem Fernsehgerät. Er blickte auf die grauen Bilder, die das Ausrollen von Stacheldraht zeigten und das Aufstellen von Panzersperren. Menschen sprangen aus Fenstern von unmittelbar an der Grenze stehenden Häusern. Andere winkten, manche mit Bettlaken, während Maurer in weißen Kitteln große Betonsteine aufeinanderhäuften. Er wusste, fortan würde seine Bewegungsfreiheit noch eingeengter sein, die virtuelle wie die tatsächliche. Er musste an seinen Vater Robert denken, an die Besuche in Bautzen, er spürte, sitzend in seiner Wohnung, das gleiche Gefühl von Entmündigung, das ihn beim Betreten der Haftanstalt überkam.

Creyenveldt war über die Maßnahmen vom 13. August anderer Ansicht. Fortan, so behauptete er, werde es im Land viel mehr an Stabilität geben und, bedingt dadurch, mehr an intellektueller Großzügigkeit. Ende Oktober fuhr er zu einem wissenschaftlichen Kongress nach Paris. Sonja durfte ihn begleiten, nicht aber Jacob, der kein Visum erhielt. Sonja würde in Frankreich auch auf Angehörige der *Emigranschtschina* treffen, Kinder zaristischer Flüchtlinge aus der Zeit unmittelbar nach 1917, fortgelaufene sowjetische Dissidenten. Deren Hauptbeschäftigung, erzählte sie nach ihrer Heimkehr, bestehe darin, sich wechselseitig der Spitzeltätigkeit für den sowjetischen Geheimdienst zu verdächtigen. Sonja kicherte, während sie sprach. Sie fand diese Situation höchst komisch.

Ernst Bloch lebte jetzt in Tübingen. Konrad Farner war als ideologischer Revisionist verfemt. Jacobs Überzeugungen wurden fadenscheiniger von Jahr zu Jahr, bis sie nicht viel mehr waren als ein unkontrollierbarer Reflex.

Als im Sommer 1968 die Rote Armee Prag besetzte, um den Reformkommunismus von Alexander Dubček zu beenden, ging er zum Gebäude der tschechoslowakischen Botschaft. Er gab einen Brief ab, in dem er seine Sympathien für die Reformer beschrieb. Er hatte niemandem von dem Brief erzählt, selbst seiner Frau nicht, dennoch erhielt die Akademie der Wissenschaften, sein Arbeitsplatz, von seinem Besuch umgehend Kenntnis. Die Leitung des Instituts, dem er angehörte, rief ihn zu einem Gespräch. Sein Brief, erfuhr er, und auch dessen genauer Wortlaut, da daraus zitiert wurde, waren der Institutsleitung bekannt. Er vernahm, sein Vorgehen sei eine gegen die Politik der Deutschen Demokratischen Republik und der Staaten des Warschauer Paktes gerichtete Provokation. Er wurde aufgefordert, sein Fehlverhalten in einer öffentlichen Erklärung einzugestehen. Er erfuhr, lediglich seine familiäre Verwandtschaft mit einem verdienten Genossen bewahre ihn vor Strafmaßnahmen. Er sagte, er könne nicht als einen Fehler bekennen, was in seinen Augen kein Fehler sei. Eine Woche darauf wurde er von seiner Arbeitsstelle in der Akademie der Wissenschaften entlassen.

Creyenveldt tadelte ihn nicht für sein Verhalten, im Gegensatz zu Sonja. Dabei hatte Creyenveldt das Prager Experiment für illusorisch und verfehlt gehalten, von Anfang an. Jacob begann eigene Texte zu publizieren. Bei der Suche nach Zeitschriftenredaktionen und einem Verlag war ihm Creyenveldt behilflich. Irgendwann sagte Creyenveldt, bei einem der gemeinsamen Abendessen mit Sonja und Jacob, die heroische Periode der Partei sei endgültig vergangen, nunmehr blähe sich bloß noch die Mittelmäßigkeit. Er sagte nicht, was er unter Heroismus verstand, und Jacob unterließ es, ihn danach zu fragen.

Creyenveldt entwickelte plötzlich den Ehrgeiz, eine politische Karriere zu durchlaufen. Wie er meinte, fehle es der Partei an der erforderlichen Intelligenz, und die wolle er ihr liefern. Zu Beginn der siebziger Jahre zog er als Mitglied ein ins Zentralkomitee der Sozialistischen Einheitspartei, außerdem wurde er Abgeordneter zur Volkskammer, dem ohnmächtigen ostdeutschen Parlament. Sein Bild stand häufig in Tageszeitungen, auf den ersten Seiten, er erschien auch in Sendungen des ostdeutschen Fernsehfunks.

Die für eine einzelne Person zu geräumige Villa in Niederschönhausen hatte er da schon aufgegeben. Seine neue Wohnung befand sich im Hugenottenviertel hinter der Berliner Friedrichstraße. Sonja und Jacob hatten ihm beim Umzug geholfen, und Jacob stieß dabei auf ein altes Manuskript, das er zunächst beiseite legte, als sein Blick auf die Überschrift fiel: *Wo stehen die Feinde der deutschen Kunst?* Der Text handelte von Wesen und Rolle des Formalismus. Der sei die Verneinung alles fortschrittlichen Inhalts. Er sei kosmopolitisch, imperialistisch, volksfeindlich und reaktionär. Als verwerfliches Beispiel diente die gegenstandslose Malerei von Wilhelm Reichow. Das Manuskript zeigte unverkennbar die Handschrift von Ernst Creyenveldt, dessen zeitweiliger Deckname N. S. Serow damals also gewesen war.

83

In einer Tageszeitung stand, die Zahl der Flüchtlinge aus der DDR sei im ersten Drittel dieses Jahres, verglichen mit dem Vorjahreszeitraum, deutlich gestiegen. 2775 DDR-Bewohner seien in den ersten vier Monaten geflüchtet. 81 davon hätten die innerdeutsche Grenze überwunden. 4817 DDR-Bewohner seien übergesiedelt.

Die Arbeit an dem Text über Josef Hoffmann ging sehr langsam voran und gestaltete sich sehr mühselig. Grün auf dem Schwarz des Computer-Monitors wuchsen Sätze, wurden umgeformt, erweitert, gekürzt, in neue Zusammenhänge gestellt, wieder getilgt. *Wie bilden sich Lebensläufe in Zeiten eines offensichtlichen Niedergangs? Das politische Gefüge zerbröselt. Kraftgebärden sind Ausdruck von Verzweiflung. Der Schatten der übermächtigen Vaterfigur legt sich als Lähmung über das eigene Wollen. Alles deutet auf Zerfall, Ziellosigkeit, Versagen, Resignation. Wie der eigenen Schwäche entfliehen, im Blick auf ein Vorhaben, an dessen Vollendung man zweifelt?*

Karin Mayer sollte eine Arbeit in Salzburg übernehmen. Ein Fernsehfilm musste fertiggestellt werden, der dafür ursprünglich vorgesehene Cutter war plötzlich erkrankt. Josef Kerschbaumer lud Kersting ein, die Geschwister zu begleiten. Kersting kannte Salzburg nicht. Seit Beginn seines Wien-Aufenthaltes hatte sich er sich vorgenommen, diese Stadt aufzusuchen, Kerschbaumers Einladung bot dazu die willkommene Gelegenheit.

Sie fuhren in Karin Mayers Wagen. Kerschbaumer saß am Steuer. Sie fuhren um die drei Stunden. Das Studio in Salzburg war ein blutroter Funktionalbau, gelegen in einer üppigen Grünanlage. Karin Mayer sagte, ebenso seien die ORF-Studios in fünf anderen Bundesländern beschaffen, entworfen von einem angesehenen Wiener Architekten, Gustav Peichl, der nebenher politische Karikaturen zeichne, die ihres simplen Strichs wegen nicht nach jedermanns Geschmack seien. Sie verließ den Wagen. Kerschbaumer wirkte nervös und übernächtigt, seine Stirne war feucht. Er fuhr von dem Studio ins Stadtinnere und parkte den Wagen nahe dem Domplatz.

Kerschbaumer deutete auf einen hoch über die Stadt ragenden Felsen und sagte, dies, der Mönchsberg, sei ein beliebter Ort für Selbstmörder, und zwar nicht bloß für jene, die sich in dem gleich nebenan befindlichen Spielcasino finanziell ruiniert hätten. Kersting erinnerte sich, dass Jean Améry, wortmächtiger Theoretiker des Suizids, seine eigene Selbsttötung in Salzburg vollzogen hatte.

Sie wanderten durch Gassen, über Plätze, vorbei an der Residenz, vorbei an anderen barocken Gotteshäusern, an gurgelnden Brunnen, vorbei am Eingang des Georg-Trakl-Museums, das sie gerne aufgesucht hätten, aber es hielt geschlossen. Nicht weit entfernt, sagte Kerschbaumer, befinde sich eine Gasse, die früher die städtische Hurenmeile gewesen sei, Trakl habe sich als Schüler dort umhergetrieben. Kersting wusste von dem Dichter aus dem Szenario der Fernsehserie über Selbstmörder. Er wusste, dass Trakl eng befreundet gewesen war mit Adolf Loos. Georg Trakl hatte ein blutschänderisches Verhältnis mit seiner Schwester unterhalten, er litt darunter und genoss es zugleich, sagte das Szenario, seine Verse seien voller Sündenstolz und voller religiöser Ausflüchte. 1914 sei er in den Krieg gegangen, als Sanitätssoldat. Er habe das Elend, das er erleben musste, nicht ertragen können. Er habe sich eine tödliche Überdosis Kokain injiziert, fernab, in einem Krakauer Militärlazarett.

Als Kersting sehr spät abends in das Studentenhotel zurückkehrte, fand er neuerlich die Nachricht vor, er möge umgehend seine Frau anrufen. Er ging in seine Wohnung, nahm den Telefonhörer auf und wählte Sonjas Berliner Anschluss. Sonjas Stimme klang erschöpft. Sie sagte, David sei vor zwei Tagen nach Westdeutschland ausgereist. Kersting fragte nach der Adresse. Sonja wusste sie nicht, noch nicht, David werde sich melden, sagte sie, wenn er eine Unterkunft habe. Sonjas Redeweise war schleppend. Vermutlich hatte sie Sedativa zu sich genommen oder Alkohol oder beides. Kersting mochte nicht fragen, ob David, wie vorgesehen, Bilder von Wilhelm Reichow mitgenommen hatte. Das Telefonat wurde vielleicht abgehört. Sonja fragte, ob Kersting, wenn nötig, seinem Sohn finanziell helfen könne, mit einem Teil seines Wiener Stipendiums. Kersting antwortete, er wolle es versuchen, natürlich. Sonja begann zu weinen. Sie sagte, David fehle ihr sehr. Dabei hatte sie sich immer viel weniger um David gekümmert als er, Kersting.

84

Moritz Ginsberg hatte sich von seiner Haushälterin Lisl im Wagen nach Wien bringen lassen. In einem Praterrestaurant hatte er einen Tisch bestellt und Kersting dorthin eingeladen. Sie saßen an einem Tisch im Garten, wo Heizlampen standen, große pilzförmige Apparate mit brennenden Gasflammen. Serviert wurde gebackener Karpfen, eine Spezialität des Wirts, sagte Ginsberg, überhaupt eine böhmische Spezialität.

Er ließ eine Literkaraffe Wein kommen. Er redete tschechisch mit dem Wirt. Die Familie seiner Mutter, sagte Ginsberg, stamme aus Tabor, er selbst habe sich als Kind oft dort aufgehalten, bei der Verwandtschaft, in den Sommerferien, von daher spreche er Tschechisch, wenn auch nicht sehr gut. Er war an diesem Abend von einer überraschenden Lebhaftigkeit. An einem Nebentisch saßen sechs lärmende Menschen, sicher Emigranten, sagte Ginsberg, sie redeten tschechisch mit südböhmischem Akzent. Es befänden sich viele Tschechen in Wien, seit dem achtundsechziger Jahr, seit dem Ende des Prager Frühlings.

Er trank ungewöhnlich viel. Er begann von seiner Zeit in den USA zu erzählen, von Philip Johnson, für dessen Architekturen er sich damals interessiert hatte und über den er ausführlich hätte arbeiten wollen, doch am Ende sei nicht mehr herausgekommen als ein kleiner Text für eine britische Zeitschrift. Johnson, Schüler und Mitarbeiter der Hitlerflüchtlinge Gropius, Breuer und Mies van der Rohe, später Faschist und Antisemit, schwul und heterosexuell, ein Genie und ein Blender, eben ein Schlemihl. Immerfort hoffe man, dass ein guter Künstler auch ein ordentlicher Mensch sei, dabei sprächen sämtliche Erfahrungen der Kulturgeschichte dagegen.

Der Wirt stellte eine neue Literkaraffe mit Silvaner auf den Tisch. Ginsberg sagte, er müsse sich anderntags ins Spital begeben. Bloß ein kleiner Eingriff, nichts Besonderes, spätestens nach einer Woche werde er wieder entlassen. Dann sagte er noch, ihm sei eine Idee gekommen, wie er Kersting helfen könne, in Österreich eine dauerhafte Tätigkeit zu erlangen. Gleich nach dem Eingriff wolle er sich der Sache annehmen. Schon vom Krankenbett aus werde er erste Telefonate führen. Vielleicht sehe Kersting die Möglichkeit, ihn im Spital zu besuchen? Allgemeines Krankenhaus im neunten Wiener Bezirk. Die tschechischen Emigranten am Nebentisch hatten zu singen begonnen.

Ginsberg zahlte die Rechnung. Er humpelte, gestützt auf seinen Stock, dem Ausgang entgegen, wo sein Wagen wartete, mit Lisl am Steuer. Miteinander fuhren sie in die Josefstadt, zu dem Studentenhotel, wo Kersting sich verabschiedete und ausstieg. Er sah, wie der Wagen wendete und dann in Richtung Ringstraße davonfuhr.

Am übernächsten Abend hörte er in den Radionachrichten, der bekannte Wiener Architekturhistoriker Moritz Ginsberg, Doyen der österreichischen Kulturkritik, sei überraschend verstorben.

In einer Tageszeitung, die tags darauf erschien, war auf der Titelseite zu lesen, infolge eines operativen Eingriffs sei bei Moritz Ginsberg eine Embolie aufgetreten, die entgegen allen Bemühungen des medizinischen Personals zum plötzlichen Ableben geführt habe. Im Feuilleton des gleichen Blattes stand ein ausführlicher Nachruf, aus dem Kersting erfuhr, Ginsberg sei insgesamt dreimal verheiratet gewesen.

Die Beisetzung fand an einem Mittwoch statt, zwei Tage nach Ginsbergs Ableben. Ort war der israelitische Teil des Wiener Zentralfriedhofs. Die Trauergäste standen getrennt nach Geschlechtern, insgesamt um die hundert Personen, mehr Männer als Frauen, Kersting war erstaunt, wie viele Anhänger und Freunde Ginsberg immerhin hatte. Ein Team des österreichischen Fernsehens wartete unmittelbar neben der offenen Grube.

Es regnete stark. Kersting sah, wie allmählich um seine Schuhe eine schlammige Pfütze wuchs. Auf der anderen Seite erkannte er Lisl, Ginsbergs Haushälterin und vielleicht seine Geliebte, die sich immerfort ein blassgelbes Spitzentuch vor den Mund hielt. Sie stand zwischen anderen Frauen, darunter jene drei, die, wie Kersting erfuhr, da Umstehende es einander zuwisperten, einst mit Moritz Ginsberg verheiratet gewesen waren.

Junge Männer trugen auf ihren Schultern eine Kiste aus rohem Kiefernholz herbei. Es wurde eine Gedenkrede gehalten, lang und langatmig, Moritz Ginsberg erschien darin als erklärter Lieblingsschüler seines Lehrers, des großen österreichischen Baumeisters und Designers Josef Hoffmann, beide seien einander eng verbunden gewesen und hätten einander stets geachtet, bis schließlich, infolge der tragischen Ereignisse vom achtunddreißiger Jahr, Moritz Ginsberg seine Heimat hatte verlassen müssen. Der Redner war jener weinerliche junge Mensch, dem Kersting im verwilderten Park des Sanatoriums Purkersdorf begegnet war. Danach fing ein Kantor zu singen an, hebräische Worte, in denen der Name Moritz Ephraim Ginsberg vorkam.

Kersting spürte, wie ihm von der Mütze, die er trug, kaltes Wasser in den Kragen rann. Er fröstelte, und ihm war elend zumut. Schließlich stand er zwischen den vielen, die von einer bereitgehaltenen Schaufel Erde nahmen und in die Tiefe warfen. Die Erde war nass und klebte an den Händen. Als Kersting hinabschaute, ließ sich von dem Holzsarg nichts mehr erkennen.

85

Die unförmige Krabbe war von rötlicher Farbe, als sei sie bereits gesotten. Dabei war sie durchaus lebendig und trug lediglich an der linken ihrer großen Scheren eine weiß wuchernde Schimmelpilzfläche. Auf dünnen Beinen überschritt sie die Häuserdächer von Wien, das keine intakte Stadt mehr war, sondern eine Landschaft aus grünen Fragmenten. Wie eines der Bilder des späten Max Ernst, schrie Kersting und fühlte Triumph, dass sein kunsthistorisches Gedächtnis so verlässlich reagierte.

Die Krabbe stakte weiter. Sie verlor dabei eines ihrer Beine, das im grauen Erdreich haften blieb. Er erkannte darin den Pfahl im Fleische, obschon eine Stadt nicht fleischern war und Gliedmaßen eines Schalentiers sich zum Pfählen nicht eigneten. Man dürfe es alles nicht so genau nehmen, rief er höhnisch, aber da war das Bein schon ein raschelnder Baum, mit breiter Krone und mit merkwürdig traubenartigen blassblauen Früchten. Den Pfahl im Fleisch trug er selber, als schneidenden Schmerz in der Brust. Woran sollte ihn dies erinnern?

Die Frage blieb, als er wach wurde, und ebenso blieb der Schmerz in seiner Brust. Er spürte, dass er Fieber hatte. Er stand auf, taumelte durch das Zimmer und suchte in seiner Badetasche nach einem Thermometer, das er, zurückgekehrt in das Bett, unter seine Zunge schob. Die Erinnerung an die Traumkrabbe blieb noch eine Weile.

Das Quecksilber des Thermometers zeigte zwölf Striche über dem rot markierten Normalwert. Er überlegte, ob er einen Arzt benachrichtigen solle und wie der zu honorieren sei. Er schaltete das Radio ein, wo ein Schlager lief, dessen Sänger einen englisch radebrechenden Österreicher imitierte. Einem Fremden wurde zunächst eine Armbanduhr, dann die minderjährige Schwester des Händlers zum Kauf angeboten.

In diesem Augenblick trat, nach kurzem Klopfen, Josef Kerschbaumer durch die Tür. Er roch deutlich nach Wein. Er ließ sich Kerstings Zustand berichten und sagte, in der Stadt gehe Influenza um. Er sagte, er werde sich kümmern, und ging.

Kersting fiel erneut in den Schlaf, der diesmal traumlos war oder von dessen Träumen er nach dem Erwachen nichts in Erinnerung behielt. Das Fieber war geblieben. Auf seiner Stirn standen Hautfett und Schweiß, in seinen Kniegelenken nistete eine Art Juckreiz, dafür war der Schmerz in seiner Brust gewichen. Kerschbaumer kehrte zurück, in der Hand den Kunststoffbeutel einer Josefstädter Apotheke. Er entnahm eine Packung und tat eine Tablette in ein Glas voll Mineralwasser der Marke Vöslauer. Kersting sah, wie sich die Tablette zischend auflöste und dabei kleine Bläschen entließ. Das Zeug schmeckte sauer. Er schlief erneut und sah, nach dem Aufwachen und nach neuerlicher Messung mittels Thermometer, dass die Fiebertemperatur gesunken war. Das Radio lief immer noch. Wiederum warb der englisch radebrechende Sänger, dessen Lied offenbar sehr populär war, da es so oft wiederholt wurde, für den Kauf von *my little sister, she's only twelf years old.*

Er drehte das Radio ab und griff nach dem nächstgelegenen Papierstapel. Es war das Skript der Fernsehserie über österreichische Selbstmörder, das ihm der Produzent überlassen hatte. Die Lektüre der in zwei Spalten gesetzten Texte war für Kersting ungewohnt, weswegen er die Blätter immer wieder beiseitegelegt hatte. *Es ist einfach so, dass ich viel zu traurig und zu müde bin, um noch leben zu wollen,* las er. *Der Tod ist etwas Sauberes. Er wäscht alle Lügen auf.* Das hatte die suizidäre Dichterin Hertha Kräftner geschrieben. Kersting erinnerte sich an ihr Bild auf den Monitoren des Schneideraums. Er erinnerte sich an die Stimme der Schauspielerin, die die Verse der Kräftner sprach. In dem Skript stand ein weiteres Gedicht:

Das erste Mal geschah es auch am Nachmittag.
Anna hat zuviel weißes Fleisch
und hatte niemals einen Mann,
Anna hat einen schönen breiten Mund
und Zähne, weiß und scharf.

Da sah er Josef Kerschbaumers Schwester Karin vor sich. Schönes weißes Fleisch. Zähne, weiß und scharf.

86

In der Hand seine Reisetasche, begab sich Jacob Kersting an einem frühen Donnerstagvormittag zu jenem Anbau des Bahnhofs Friedrichstraße, der bei den Leuten Tränenpalast hieß. Es regnete etwas. Er stand zwischen vielen alten Menschen, manche von ihnen waren in Begleitung Jüngerer gekommen, die nun abseits standen, aufgespannte Regenschirme in Händen und leeres Lächeln im Mund. Langsam, mit kleinen Schüben schob sich die Menge auf den Gebäudeeingang zu. Unmittelbar unter der Tür wartete ein uniformierter Grenzpolizist, der eine erste flüchtige Prüfung des Passes vornahm.

Jacob Kersting durfte eintreten in eine hohe Halle. Das Licht fiel aus staubigen Fenstern. Er ging eine breite Treppe hinab, an deren Fuß Metalltische und Kontrollboxen für die Zöllner standen. Seine Zollerklärung wurde nur flüchtig betrachtet. Seine Tasche musste er nicht öffnen. Er ging die wenigen Schritte bis zu der nächsten Kontrollstelle, an der abermals sein Reisepass überprüft wurde. Er konnte beobachten, wie eine behaarte Jungmännerhand das in dem Pass enthaltene Ausreisevisum mit einem Stempel versah.

Er ging weiter. Er ging in lange fensterlose Gänge hinein. Er versuchte sich zu erinnern, wie der Bahnhof vor dem August 1961 beschaffen gewesen war, als die von ihren Konstrukteuren antifaschistischer Schutzwall benannte Berliner Mauer noch nicht stand, als er diesen Bahnhof häufig betreten hatte, um nach Westberlin zu fahren. Er erkannte nichts wieder. Die Gänge waren ein mit Kacheln ausgekleidetes Stück Niemandsland, ein Schlund aus Dämmerung, Verfall, Feindseligkeit und Dreck.

Er stand auf jenem Bahnsteig, von dem der Zug nach Frankfurt am Main abfahren sollte. Eine grell verzerrte Lautsprecherstimme teilte mit, die weiße Kontrolllinie auf dem Bahnsteig dürfe erst überschritten werden, wenn das Besteigen des Zuges ausdrücklich freigegeben sei. Uniformierte mit angeleinten Hunden erschienen und kletterten in jeden der Waggons. Eingehend überprüften sie dessen Inneres. Sie stellten sich auf die Sitzbänke. Sie betasteten die Gepäckablagen. Die Lichtstrahlen ihrer Taschenlampen leckten die Abteilwände ab. Ihre bewegten Umrisse waren deutlich erkennbar hinter den Fenstern.

Es sollte nicht die letzte Kontrollmaßnahme bleiben, die Kersting auf seiner Reise erlebte. Weitere Prüfungen seiner Papiere durch Passbeamte und Zöllner erfolgten an der Grenze zwischen Westberlin und Potsdam, dann nochmals an der Grenze zwischen Thüringen und Hessen. Jedes Mal erfolgte dazu ein längerer Aufenthalt des Zuges.

Kersting saß in einem Abteil zusammen mit drei faltigen Greisinnen und einem teuer gekleideten Ehepaar mittleren Alters, das am Westberliner Bahnhof Zoologischer Garten zugestiegen war. Niemand sprach während der Fahrt. Es roch nach billigem Desinfektionsmittel, nach Leberwurstbroten und schwerem Parfum. Die Fahrt bis Frankfurt am Main würde insgesamt zehn Stunden dauern.

Auf den Feldern draußen lag Dunst. Viele Häuser schienen aufgelassen und hatten eingesunkene Dächer, steinerne Krüppel in einer Landschaft von uferloser Tristesse. Jenseits der Grenze änderte sich das. Alles zeigte sich nunmehr mit fast peinigender Schärfe bunt, gewaschen und aufgeräumt.

Eine Woche zuvor hatte er ein Telegramm aus Darmstadt erhalten mit der Nachricht, sein Vater liege im Krankenhaus, das baldige Ableben müsse befürchtet werden. Ein Brief, der Roberts Gesundheitszustand ärztlich bestätigte, traf zwei Tage später ein. Kersting trug die Unterlagen zu einer Polizeibehörde und beantragte eine Reise. Anders als im Fall von Roberts 75. Geburtstag, als ein entsprechendes Ersuchen abgelehnt worden war, ohne jegliche Begründung, wurde diesmal die Genehmigung erteilt, in Gestalt eines eingestempelten Visums in einem mit dunkelblauer Pappe umkleideten Reisepass.

Es war Abend, als er in Darmstadt eintraf. Hier gab es keinen Regen, und die Luft war mild. Am Bahnhof bestieg er eines der in langer Reihe wartenden Taxis und ließ sich zur Wohnung seines Vaters fahren. Er stand vor einem ausladenden Mietshaus in einer hügelan verlaufenden Straße. Die Laternen waren eingeschaltet und verstreuten milchiges Licht.

Er suchte das Klingelschild mit dem Namen Kersting. Die Frau, die ihm öffnete, hatte er nie zuvor gesehen. Aus einem seiner seltenen Telefonate mit Robert wusste er ihren Namen. Susanne war groß und trug eine Brille, ihr graues Haar war kurzgeschnitten. Er sagte ihr, wer er sei.

Er saß in einem Zimmer, an dessen Wänden einige von Robert gemalte Bilder hingen: Landschaften, Stillleben, ein Kinderporträt. Sein Vater hatte wieder zu malen begonnen, in völlig anderer Manier als früher, der naive Surrealismus seiner einstigen Bilder hatte sich verflüchtigt, Robert hatte seinen Malstil verändert, wie er sein Leben verändert hatte. Das Kinderporträt zeigte Anna, Roberts Tochter. Auch von ihrer Existenz wusste Kersting aus Telefonaten mit seinem Vater. Anna war acht Jahre alt, ein unscheinbares, etwas dickliches Mädchen mit einer Brille. Sie kicherte häufig.

Den nächsten Morgen nahm Kersting bei einer städtischen Behörde den Begrüßungsgeld genannten Betrag in Empfang, der ihm als Ostdeutschen zustand und von dem er seine Ausgaben würde bestreiten können. Ehe man ihn vorließ, musste er eine Viertelstunde warten. Er saß in einem halbdunklen Amtskorridor, in Händen ein Lokalblatt vom Vortag, die Schlagzeile handelte von Bundesaußenminister Hans-Dietrich Genscher. Er saß zwischen vielen alten Menschen, von denen manche redeten, mit sächsischen Akzenten, eine Versammlung von schäbigen Almosenempfängern, von Bettlern, und er, Kersting, gehörte zu ihnen.

Er erhielt das Geld. Er fuhr mit einem Taxi in das Krankenhaus. Er betrat ein Zimmer mit zwei Betten, von denen eines unbenutzt war. Der alte Mann in den weißen Kissen erschien ihm fremd. Der alte Mann trug einen gestutzten weißen Vollbart und hatte dünnes strähniges weißgelbes Haar. Kersting setzte sich auf einen Stuhl neben das Bett. Er nannte Roberts Namen. Er ergriff die Hand des Kranken, die weich und schlaff war. Der Kranke bewegte den Kopf in Richtung auf Kersting, seine Augen waren geöffnet, graue Iris in angegilbtem Weiß, sie schienen nichts wahrzunehmen und schlossen sich bald. Allmählich entdeckte Kersting in dem mageren alten Mann die ihm vertrauten Züge seines Vaters. Roberts Gesichtshaut glänzte und war glatt. Die Augenbrauen bestanden aus langen weißen Fäden. Der Atem ging flach. Kersting war es, als sitze er neben einem greisen Kind.

Sie hatten einander seit anderthalb Jahrzehnten nicht mehr gesehen. Robert war 1961 aus dem Zuchthaus entlassen worden, vorzeitig, Kersting hatte den Entlassungstermin nicht erfahren, Robert hatte ihm eine Ansichtspostkarte aus Hannover geschickt. Ein paar Tage später wurde in Berlin die Mauer gebaut. Robert gab Interviews für das Radio, einmal trat er im Fernsehen auf, wo er ausführlich von seinem Prozess erzählte und von seiner Haftzeit. Er sah mager aus und sehr gealtert. Seine öffentlichen Äußerungen führten dazu, dass Kersting niemals eine Genehmigung zu Reisen nach Westdeutschland oder Westeuropa erhielt, auch Creyenveldts Einfluss konnte daran nichts ändern. Robert wurde fest angestellter Funktionär der hessischen Metallarbeitergewerkschaft. Er redete auf Kongressen und verhandelte Flächentarifverträge. Er ging eine Ehe ein, das erste Mal in seinem Leben, mit der Redakteurin eines Gewerkschaftsblatts. Er zeugte ein Kind. Er begann wieder zu malen. Den einstigen Anarchisten hatten der DDR-Strafvollzug und das bundesdeutsche Wirtschaftsleben gründlich verändert.

Die Tür des Krankenzimmers wurde geöffnet, eine Stationsschwester erschien, eine lächelnde Asiatin. Mit heller, fast zwitschernder Stimme erzählte sie, dass Robert ein überaus freundlicher und sehr sanfter Patient sei. Zu den Eigenschaften, die Kersting an seinem Vater kannte, hatten Freundlichkeit und Sanftmut niemals gehört. Die Asiatin stellte eine Vase mit Astern auf die Fensterbank. Die Blumen hatte Roberts Frau Susanne gekauft, Kersting hatte sie mitgebracht. Die Asiatin nickte, lächelte und verließ den Raum.

Kersting überlegte, was er sagen würde, wenn Robert zuhören, wenn er Robert fragen, wenn Robert reagieren könnte. Vielleicht würde Kersting von Creyenveldt erzählen, von seinen Arbeiten, von Sonja, von seinem eigenen Kind. Sein Leben war dahingegangen und ging dahin, ein wenig trübe und überwiegend ereignisarm. Er hatte sein Universitätsstudium abgeschlossen und war promoviert worden. Er hatte drei Bücher geschrieben, von denen eines, eine kurze Geschichte der Weltkunst, immer wieder aufgelegt wurde, da sie in der DDR als Standardwerk galt. In Fachkreisen kannte man seinen Namen, auch jenseits der Grenzen. Einmal, dazu war er entschlossen, würde er noch eine große, eine bedeutende Arbeit liefern wollen.

Durch Roberts Körper lief ein Zittern. Speichel trat ihm vor den Mund und rann seitlich in den Bart. Kersting griff nach einem der bereitliegenden Papiertücher und trocknete seinem Vater die Lippen.

Es verdross ihn, dass Robert ihn nicht hören konnte. Er hätte gerne geredet. Er hätte gerne Roberts Stimme gehört. Er wusste, wie viel von seinem gesamten Leben sich auf Robert bezogen hatte. Er war, was er war, durch Robert geworden oder im Widerstand gegen Robert. Lange hatte er um Roberts Zuneigung gebettelt, den das kaum interessiert hatte, Anarchisten waren Egomanen. Er hatte in Robert nicht den Vater gefunden, den er gebraucht hätte, und deswegen hatte er sich auf die Suche nach andern Vätern begeben, um auch von denen enttäuscht zu werden.

Die Tür öffnete sich erneut, Susanne und ihre Tochter betraten das Krankenzimmer. Die kleine Anna blinzelte hinter ihren Brillengläsern. Kersting stand auf, stellte den Stuhl beiseite, nickte seiner Halbschwester zu und verließ den Raum.

Er ging zur Mathildenhöhe. Er betrachtete die fast hundertjährige Anlage des kunstsinnigen Großherzogs Ernst Ludwig mit Josef Maria Olbrichs Architekturen. Er stand vor dem Hochzeitsturm mit seiner seltsamen Mischung aus Backsteingotik, *art nouveau* und frühem Konstruktivismus. Die aufgestellten Steinplastiken von Hoetger erschienen ihm wie wunderliche Vorwegnahmen von Arbeiten Ernst Barlachs. Das erste Mal an diesem Tag fühlte er sich weniger beschwert, da das Bild des moribunden Robert in seinem Spitalbett etwas verblasste. Vor der russischen Kapelle fragte er sich, ob Sonja, seine slawophile Frau, jemals ein solches Gotteshaus betreten hatte. Die christliche Orthodoxie war geistiger Untergrund allen Lebens in Russland und jetzt vielleicht schon dabei, es wieder zu sein.

Das Ausstellungsgebäude hielt geschlossen. Neben der langen Treppe zum Eingang bewegten sich Bauarbeiter. Er ging vorüber am rechten Rand des Wasserbeckens und sah die Schäden der farbigen Keramiken auf dem Beckenboden. Er ging bis zu dem Pavillon mit den marmornen Schwanenreliefs. Außer ihm waren ein paar alte Leute unterwegs, sie blieben stehen, deuteten mit den Armen und gingen weiter.

Er fragte sich, was denn wäre, wenn er für immer hier bliebe. Hier oder in einer anderen westdeutschen Stadt. Es war nicht das erste Mal, dass er darüber nachdachte, aber es war das erste Mal, dass die Möglichkeit dazu so mühelos erreichbar war. Er würde lediglich eine Amtsstelle aufsuchen müssen, seine Absichten mitteilen und darauf warten, dass man ihm einen anderen Personalausweis aushändigte. Gab es einen triftigen Grund für ihn, dies nicht zu tun? Seine Familie lebte in Ostberlin. Er würde versuchen können, sie nachzuholen, aber er wusste nicht, wie Sonja darauf reagieren würde, abgesehen davon, dass sehr viel Zeit vergehen dürfte, ehe die DDR eine

Übersiedlung erlaubte, wenn sie dies überhaupt tat. Er selbst würde dann zu einer Welt gehören, die ihm völlig fremd war. In der zum Beispiel sein alter Schulgefährte Ytsche Lehmann lebte. Ytsche Lehmann hatte die zu groß gewachsene Tochter von Fabrikant Walter Henseler geheiratet, hatte sie heiraten können nach dem völligen Bankrott von Henselers Metallfabrik. Die Lehmanns betrieben in Koblenz ein Bestattungsinstitut. Sie gingen einem Gewerbe nach, das Ytsche Lehmann gut genug kannte und das offenbar genügend Gewinn abwarf, um auch Reitpferde zu finanzieren für Gudrun Lehmann, geborene Henseler.

Ebenso lebte Jürgen Rohwedder in Westdeutschland. Er lebte in Bonn. Der einstige Pimpfenführer und spätere Universitätsdozent für Marxismus-Leninismus amtierte nunmehr, im Dienstgrad eines Oberleutnants, als Presseoffizier der Deutschen Bundeswehr. Kersting wollte nicht sein wie Ytsche Lehmann und Jürgen Rohwedder. Er wollte nicht Überzeugung und Wohnort wechseln nach Bedarf, Gelegenheit oder Laune. Er wollte bleiben wollen, wohin zu gehören er meinte. Dort lebte auch noch Gesine Zinke, die sich erst Geesche, später Gruschenka genannt hatte, die erst eifernde Christin und dann glühende Kommunistin gewesen war. Sie verdämmerte ihr Leben in einem Ostberliner Spital für Geisteskranke, das ein katholischer Mönchsorden unterhielt. War das gleichnishaft zu nehmen?

Am Abend hockte in Roberts Wohnung Oliver, Susannes Sohn aus einer früheren Verbindung, ein dürrer Kerl mit groben Händen, schulterlangen Haaren und gelben Zähnen. Es war nicht auszumachen, ob er wegen Roberts Gesundheitszustand gekommen war oder bloß aus Zufall. Er fragte nicht nach seinem Stiefvater. Er drehte sich Zigaretten aus schwarzem Tabak und erzählte von der Reformuniversität Bremen, an der er studierte, im dritten Semester, Geschichte und Soziologie. Er saß unter den von Robert gemalten Bildern, rauchte und fuchtelte mit seinen groben Händen, deren Nägel, sah Kersting, abgekaut waren. Er fragte Kersting nach Ostberlin. Es sei manches anders geworden, sagte Kersting, auch weniger schlimm als früher. Ja, sagte Oliver, das revolutionäre Feuer drüben sei tot. Wenn es überhaupt je gebrannt hatte. Oliver sagte, die Deutschen seien ein Volk von Arschlöchern, Ost wie West, ihre beschissene Lage begriffen sie nicht.

Oliver trug ein schwarzes T-Shirt mit rotem Sowjetstern und vom Schweiß ausgebleichten Flecken unter den Achseln. Im Folgenden offenbarte er sich als bedingungsloser Anhänger der sozialistischen Weltrevolution. Seine blassgrauen Augen begannen zu funkeln, wenn er Namen wie Lenin, Trotzki, Córvalan und Che Guevara nannte. Er hatte ein Jahr lang in Brasilien gelebt. Er war als christlicher Entwicklungshelfer gegangen und als kämpferischer Kommunist zurückgekehrt. Er erzählte von dem materiellen Elend in einer Stadt wie São Paolo: zehn Millionen Bewohner, zwei Drittel davon in Favelas, also Slums, spätabends legten sich Halbwüchsige zum Schlafen in die Hauseingänge, mit einem Pappkarton als Bett und mit stinkenden Ratten als Schlafgenossen. Verglichen damit klinge das Kleinbürgergewinsel hierzulande total parasitär. Gegen Zustände wie in São Paolo helfe bloß Gewalt. Es sei Pflicht eines anständigen Linken, diese Gewalt zu unterstützen.

Kersting hörte zu und sagte wenig. Bei der Schilderung des Elends in brasilianischen Favelas hätte er mit Eindrücken von Rumänien argumentieren können, einem Land, das seine leninistische Revolution hinter sich hatte, ohne die materielle Verelendung zu verringern. Einmal nannte er die Namen Baader, Ensslin und RAF, worauf Oliver geringschätzig die Schultern hob. Auch bei der radikalen Linken gebe es Übertreibungen. Die müsse man in Kauf nehmen. So wie man Stalin habe in Kauf nehmen müssen. An der prinzipiellen Richtigkeit der Idee ändere das überhaupt nichts.

Kersting hätte fast jede Behauptung Olivers aus eigener Kenntnis wiederholen und fast jede mit unbestreitbaren Tatsachen widerlegen können. Er tat es nicht. Er erlebte in Oliver eine grelle Zerrform seiner eigenen früheren Existenz, was ihn gleichermaßen anrührte, erheiterte und entsetzte. Sie saßen sehr lange so. Sie tranken brasilianischen Zuckerrohrschnaps, und Oliver rauchte selbstgedrehte Zigaretten. Am nächsten Tag würden sie erfahren, dass Robert in dieser Nacht verstorben war.

87

Von David, seinem Sohn, hatte Kersting noch nichts wieder gehört. Sonja, seine Frau, hatte, wenn sie Neues wüsste, ihn anrufen wollen und hatte es nicht getan. Vielleicht hatte sie ihr Versprechen vergessen.

Von seinem durch ein Stipendium österreichischer Behörden finanzierten Arbeitsaufenthalt in Wien war inzwischen mehr als die Hälfte der Zeit vergangen. Wie hatte er sie genutzt? Worin bestanden die Ergebnisse? Seine Arbeit über Josef Hoffmann kam weiterhin bloß schleppend voran. Voller Zorn betrachtete er die angehäuften Seiten aus hellgrauem Recyclingpapier, Computerausdrucke seiner Textentwürfe, eine Halde aus intellektuellem Schrott.

Das erste ornament, das geboren wurde, das kreuz, war erotischen ursprungs. Das erste kunstwerk, die erste künstlerische tat, die der erste künstler, um seine überschüssigkeiten los zu werden, an die wand schmierte. Ein horizontaler strich: das liegende weib. Ein vertikaler strich: der sie durchdringende mann.

Dies stand so bei Adolf Loos. Er kam von dem glücklosen Avantgardisten nicht los. Er vermochte es schon deshalb nicht, da ohne Rückgriffe auf Adolf Loos von Josef Hoffmann nicht zu handeln war, freilich musste er sich jedes Mal, wenn er auf Loos stieß, neuerlich davon überzeugen, dass er zu Hoffmann zurückzukehren habe. Die Unentschiedenheit begann jener zu ähneln, die seine persönliche Zukunft betraf.

Die Berliner Mauer, las er in einer Zeitung, habe eine Gesamtlänge von 165,7 Kilometern, von der nur noch ein halber Kilometer aus alten Grundstückmauern bestehe, während 107,6 Kilometer durch Metallgitterzäune gebildet würden. Er fragte sich, wer solche absurden Messungen vornahm und wie wichtig sie waren.

Wie zur Antwort stand eines Abends in seinem Zimmer Josef Kerschbaumer, übernächtigt und erkennbar angetrunken, er stank nach Schweiß und Alkohol. Kersting fand den Anblick unappetitlich. Kerschbaumer stotterte beim Reden. Kersting sah, wie ihm dabei Blut über die Zähne sickerte. Unter Stottern brachte Kerschbaumer hervor, seine Schwester Karin habe eine Fehlgeburt erlitten. Sie sei aus dem Spital bereits wieder entlassen. Derzeit befinde sie sich bei den Eltern in Innsbruck. Kersting vermutete, dass Erzeuger des toten Fötus der Produzent der ORF-Fernsehserie über österreichische Selbstmörder war. Wusste dieser Mensch von der Sache? Hatte man ihn benachrichtigt? Zeigte er sich von dem Geschehen beeindruckt? Kersting fragte es nicht. Josef Kerschbaumer verabschiedete sich mit Worten und Gebärden einer geradezu hysterischen Herzlichkeit, die Kerstings Widerwillen verstärkte.

Armer Kerl, sagte mit traurigem Lächeln Sándor Juhász. Aus seinem Mund erfuhr Kersting am folgenden Morgen die Nachricht von den weiteren Ereignissen des vergangenen Tages. Kerschbaumer hatte das Studentenhotel umgehend verlassen. Er war auf direktem Wege bis zur Schwindgasse gegangen, schwankenden Schrittes. In der Schwindgasse stand, wie er wusste, immer noch das Automobil seiner Schwester. Er besaß dafür einen Schlüssel. Er öffnete die Wagentür. Er stieg ein und startete. Er fuhr an Schloss Belvedere und dem Zentralfriedhof vorbei auf die Autobahn in Richtung Linz. Er war immer noch sehr betrunken. Kurz vor der Anschlussstelle St. Pölten, auf einer geraden und gut übersehbaren Strecke, wo die Sicht völlig unbehindert war, prallte der Wagen mit stark überhöhter Geschwindigkeit gegen eine Leitplanke, geriet ins Schleudern und überschlug sich mehrmals. Die nachfolgenden Fahrzeuge konnten rechtzeitig anhalten. Kerschbaumer wurde von Polizisten aus dem Wrack befreit und vom Notdienst eingeliefert in ein St. Pöltener Krankenhaus. Die ärztliche Diagnose ergab mehrere Rippenbrüche, eine gequetschte Niere und einen Blutalkoholwert von zwei Komma drei Promille. Er wurde operiert und in ein künstliches Koma versetzt.

Kersting erfuhr von alledem in Juhász' Zimmer. Das kleine japanische Fernsehgerät war eingeschaltet und zeigte, bei abgedrehtem Ton, die Übertragung eines Wrestlingkampfes. Zwei fette Männer rangen miteinander und schlugen sich, einer der beiden trug eine schwarze Maske, zwischendurch waren noch Aufnahmen eines völlig enthemmten Publikums zu sehen.

Der arme Kerl habe das möglicherweise mit Absicht getan, sagte Juhász. Man könne es verstehen als eine Handlungsweise der Verzweiflung und der Selbstbestrafung. Quittung für begangene Sünde. Kersting erfuhr, dass sich Juhász und Kerschbaumer länger und besser gekannt hatten als von ihm vermutet. Auf dem Fernsehschirm war zu sehen, wie der Wrestlingkämpfer mit der Maske seinen Gegner in die Ringseile flocht. Danach präsentierte er sich triumphierend dem Publikum und zeigte seine Muskeln. Sein Gegner konnte sich wieder befreien und sprang ihm hinterrücks und mit beiden Füßen in die Rippen.

Kerschbaumer habe sich ihm früher einmal anvertraut, sagte Juhász, in einer Nacht der großen Besäufnis. Perverse und Sünder unter sich. Obwohl, sagte Juhász mit seinem traurigen Lächeln, er selber sich natürlich nicht dazu rechne, zu den Perversen nicht und nicht zu den Sündern. Bloß nach katholischer Moral sei er wohl auch einer, und Kerschbaumer sei im Unterschied zu ihm, Juhász, ein überzeugter und strenger Katholik. Außer um eine Sünde sei es bei Kerschbaumer noch um eine juristische Straftat gegangen. Mit der Fehlgeburt sei sie schließlich apert geworden. Nämlich, das Mädchen habe geredet, das dumme Huhn. Inzest unter Geschwistern. Hier musste Kersting an Salzburg denken, an seinen Besuch dort und an den Dichter Georg Trakl. *Vérfertőzés*, sagte grinsend Juhász. Blutschande. Übrigens ein scheußliches Wort.

88

Kersting stand an einer Innenstadtstraße, die den sonderbaren Namen Tiefer Graben trug, gegenüber einem Hotel namens Orient, ausgestattet mit einer hellen Jugendstilfassade. Josef Kerschbaumer hatte ihm von diesem Haus erzählt. Es sei sehr berühmt, ein *hôtel d'heure* für die höheren Stände, zu entsprechenden Preisen, das seien tausend Schilling auf drei Stunden, ein Glas Champagner inbegriffen. Im Inneren gebe es viel Plüsch, Samt und Stuck, viele alte Möbel und über den Betten riesige Spiegel. Badewannen bloß vereinzelt. Das Personal, vorwiegend Frauen, verhalte sich reserviert und kühl. Bei den Gästen sei es üblich, sich mit Fantasienamen einzutragen.

Er sah den großen gelben Klingelknopf neben der Tür. Er probierte die Vorstellung, er würde die Straße überqueren und um Einlass bitten. Er sah sich in einem Zimmer mit dunkelroten Tapeten, das nach Moder, Mottenkugeln und Kölnischwasser roch. Er dachte nach über die mögliche Begleitung. Er sah, wie gegenüber die schwere Tür sich öffnete und ein Paar auf die Straße trat. Der Mann war groß und weißhaarig, seine Begleiterin zierlich und noch jung, etwa im Alter von Karin Mayer. Die beiden trennten sich ohne Händedruck. Sie nickten einander flüchtig zu und gingen unterschiedliche Wege.

Kersting stand in der halbdunklen Sonnenfelsgasse, in der Inneren Stadt, vor einer unscheinbaren Tür, hinter der sich, wusste er, ein besonders teures Bordell befand. Er hätte gern erfahren, wie es im Inneren des Hauses aussah, plüschig oder streng, luxuriös oder zurückhaltend, welche Huren es dort gab und wie sie auftraten. Er wusste, dass die Gelder, die er bei sich führte, für einen Besuch nicht ausreichten. Er sah nicht, dass jemand das Haus betrat oder verließ. Er sagte sich, die Existenz dieser Einrichtung sei vielleicht bloß ein Gerücht.

Er fuhr mit der Straßenbahn bis zum Westbahnhof. Er ging den Lerchenfelder Gürtel hinab, der eine trostlose Kneipe an die andere reihte. Ihn fröstelte. Er betrat ein Beisl mit dunklen Holzpaneelen und stickiger Luft. Er setzte sich an einen leeren Tisch und begann sich zu betrinken. Neben ihm wurde laut geredet, im Dialekt, mit dickem L, er konnte nicht viel verstehen, bloß einige Wörter, wie Fußballer, Schaastrommel, Göd und Baba. Es war um Mitternacht, als er wieder auf der Straße stand.

Der Weg zur nächsten Stadtbahnstation führte vorüber an aufgereihten Huren, der Dialektausdruck dafür hieß Schnepfenstrich. Die Huren lehnten, manche mit brennender Zigarette im Mund, an den Häuserwänden und warteten auf Kundschaft. Manche sprachen ihn an, manche in Wienerdeutsch mit slawischem Akzent, dazu schlugen sie ihre knapp geschnittenen Jacken auf, um ihre Décolletés zu zeigen, oder sie rafften ihre Rocksäume, damit er die weiße Haut ihrer Oberschenkel betrachten könne. Vor einem mit zuckenden Neonröhren ausgestatteten Eingang stand ein Mann, nicht mehr jung und etwas dicklich, vielleicht der Inhaber. In monotonem Singsang bot er Handentspannung an zum günstigen Preis. Kersting war angetrunken genug, dass er darauf einging.

Er folgte dem Mann die Stufen hinab zum Souterrain. Die Luft dort war trocken und sehr warm. Der Mann führte ihn in eine fensterlose Kabine. Die Wände waren tapeziert mit weinrotem Stoff, Kersting sah eine Art Liegesessel, dazu einen Hocker, einen kleinen Tisch und auf einem Wandregal ein Videogerät mit Monitor. Der Mann nahm die verlangte Fünfhundertschillingnote entgegen. Er bat für einen Augenblick um Geduld und verließ die Kabine. Kersting hockte sich auf den Sessel. Eine junge Frau trat ein, groß und auf goldenen Stilettoschuhen, sie trug einen knappen zweiteiligen Badeanzug aus fleischfarbenem Stoff. Ihr Haar war lang und blond. In der linken Hand hielt sie ein Tablett mit einem Weinglas. Gute Prosecco, sagte sie, bittersähr. Ihr Akzent klang ungarisch, ähnlich dem von Sándor Juhász.

Sie setzte das Tablett ab und drückte Kersting in den Sessel zurück. Ihre Achseln waren unrasiert und zeigten schwarzes Haar. Sie schaltete das Videogerät ein. Auf dem Bildschirm des Monitors zuckten weiße Linien, ehe ein Film begann, er zeigte eine hübsche Schwarzafrikanerin, die nackt auf einem Orientteppich lag, mit gespreizten Beinen. Ein gleichfalls nackter weißer Mann lag vor ihr, das Gesicht in ihrem Schoß. Zwei andere Männer, gleichfalls weiß und gleichfalls nackt, standen neben diesen beiden, blickten zu ihnen herab und begannen zu masturbieren. Die Schwarze drehte verzückt den Kopf hin und her. Sie seufzte *O yeah, yeah,* der Videofilm war offensichtlich amerikanischer Herkunft. In einer Großaufnahme wurde gezeigt, wie der Mann, dessen Gesicht sich unmittelbar vor dem Schoß der Schwarzen befand, mit vier Fingern die Schamlippen auseinanderzog. Das Innere der Vulva zeigte ein helles Rosa, unvermutet heller als die äußere Haut der Frau. Der weiße Mann schob seine Zunge zwischen die Schamlippen und begann zu lecken. Kersting erinnerte sich einer Ausstellung, er wusste nicht mehr welcher und wo, er hatte kleine pornografische Bilder gesehen, ihm war der Gedanke gekommen, Kunstbetrachtung sei nichts anderes als das sinnliche Entzücken an fremder Leistung, Kunstbetrachtung sei Voyeurismus, es war ein wahnsinniger Gedanke gewesen, aber er traf wohl zu, für ihn traf er zu.

Die blonde Frau hatte sich auf den Hocker neben Kersting gesetzt. Sie öffnete seine Hose, nahm in die rechte Hand sein erigiertes Glied und zog es heraus. Langsam begann sie es zu massieren, im gleichen Rhythmus wie die masturbierenden Männer auf dem Videofilm, *kellemes,* sagte sie, *igen.* Die Männer auf dem Videofilm hielten in ihren Handbewegungen inne, fast gleichzeitig, sie blickten triumphierend an sich herab und begannen zu ejakulieren. Auch das wurde in Großaufnahme gezeigt: dicker weißer Schaum, der aus zwei zuckenden Phalli spritzte. Die Männer riefen *Eat it! Eat it!*, was die Schwarze, der es galt, nicht zu hören schien. Sie warf bloß weiter den Kopf hin und her und rieb erregt an ihren kleinen dunklen Brüsten. Kersting spürte seinen Orgasmus. Die blonde Frau griff ein Papiertuch und fing damit das Sperma auf.

89

Er stand an der Marienbrücke. Er war nie wieder hierher gekommen seit dem Tage seines ersten Aufenthalts. Er stand am Geländer und blickte hinab. Auf dem Wasser schaukelten Möwen. Der Dampfer mit der goldenen Johann-Strauß-Statue auf dem Deck zeigte sich unverändert. Die Berge am Horizont blieben unsichtbar, denn es war ein trüber Tag. Die Fahrzeuge am Leopoldstädter Ufer hatten ihre Lampen eingeschaltet.

Kersting dachte an Josef Kerschbaumer. Er dachte an sich. Er dachte an Jean Améry. *Einer geht abends heim und sagt sich in der schlecht beleuchteten Gasse, die er durchschreiten muss: Es ist alles nichts wert, nichts lohnte meine Mühe, was ich erhoffen könnte, ist Illusion, die sich in ihrer Verwirklichung aufzehrt. Ich mache der schlechten Sache ein Ende.* Er sah die fromme Statue, nach der die Brücke ihren Namen trug. Maria, Mutter des Heilands und Patronin der Christenheit. Schutzheilige der Gastwirte, Essigbrauer, Weber, Kürschner, Töpfer und Schiffer. Helferin bei Gewitter und in allen Nöten. Lieblingsmotiv der bildenden Kunst. Der Name, das Wort Mirjam oder Marjam, war vermutlich ägyptischen Ursprungs und bedeutete so viel wie Gottes Geliebte.

Jean Améry hatte geschrieben: *Ich brauche nur loszulassen. Wie wird mein Körper hinabstürzen? In eleganten Körperdrehungen, wie ich sie bei Kunstspringern so oft bewunderte? Oder wie ein Stein?* Kersting sah, die große Digitaluhr am Leopoldstädter Ufer zeigte die Ziffern 19:21. Er war sehr müde. Er fühlte sich sehr benommen. *Oder Ertrinken … Wasser an den Beinen, Wasser, das langsam steigt, zur Brust, über sie hinaus, an die Lippen. Der Kopf wird noch eine Weile oberhalb der Wellen bleiben wollen, voll bis zum Zerspringen von gurgelnder Flutenmusik. Bis er verschwindet …*

Als er aufwachte, sah er sich mit Schläuchen und Drähten angeschlossen an verschiedene medizinische Apparaturen. Er trug ein weißes Leinenhemd. Er lag in einem weißen Metallbett, neben dem eine lächelnde Krankenschwester stand, eine ältere Frau mit großer Haube und einem Kreuz vor der Brust. Das erste Wort, das ihm einfiel, lautete Scheitern. Er dachte an Moritz Ginsberg, der in einem solchen Krankenhaus gestorben war. Er erinnerte sich seines Besuchs in Darmstadt, bei seinem sterbenden Vater. Die Schwester sagte ihm, da es sich bei seinem Sturz von der Marienbrücke in das Wasser des Donaukanals, der Sturz sei übrigens mehr als glimpflich verlaufen, um einen Vorgang im öffentlichen Raum gehandelt habe, werde demnächst ein Angehöriger der Wiener Polizeibehörde erscheinen und ihn befragen.

Bevor dies geschehen konnte, stand ein Mitglied der DDR-Botschaft in Österreich neben seinem Bett. Es handelte sich um jenen melancholischen und höflichen Mann, der ihm während des Besuches im Botschaftsgebäude aufgefallen war und mit dem er, als Einzigem in diesem Haus, gerne geredet hatte. Diesmal wirkte der Mann verdrossen und beinahe feindselig. Er sagte, Kerstings Unfall sei geeignet, politische Komplikationen hervorzurufen. Man müsse Aufsehen vermeiden. Kersting wolle etwaigen Kontakten mit Journalisten ausweichen und baldmöglichst zurückkehren nach Berlin, sofort nach seiner Entlassung aus dem Spital. Die werde in drei oder vier Tagen erfolgen. Man habe sich bei dem ärztlichen Personal erkundigt. Kerstings vorzeitige Rückkehr nach Berlin, sagte der Mann, sei eine Anweisung.

Kersting hörte zu. Er drehte den Kopf zur Wand und antwortete nichts. Der Mann verließ grußlos das Zimmer. Kersting starrte weiter an die Wand mit ihrem matt glänzenden Farbauftrag, durch den zarte Risse liefen. Er konnte die soeben vernommene Aufforderung befolgen, und er konnte sich weigern.